—————— 每本书都是一座传送门

次元书馆

荆棘与玫瑰（上）

［美］萨拉·J. 玛阿斯 著
刘媛 译

新 星 出 版 社　NEW STAR PRESS

致乔希——

因你亦愿为我奔赴山之底。

我爱你。

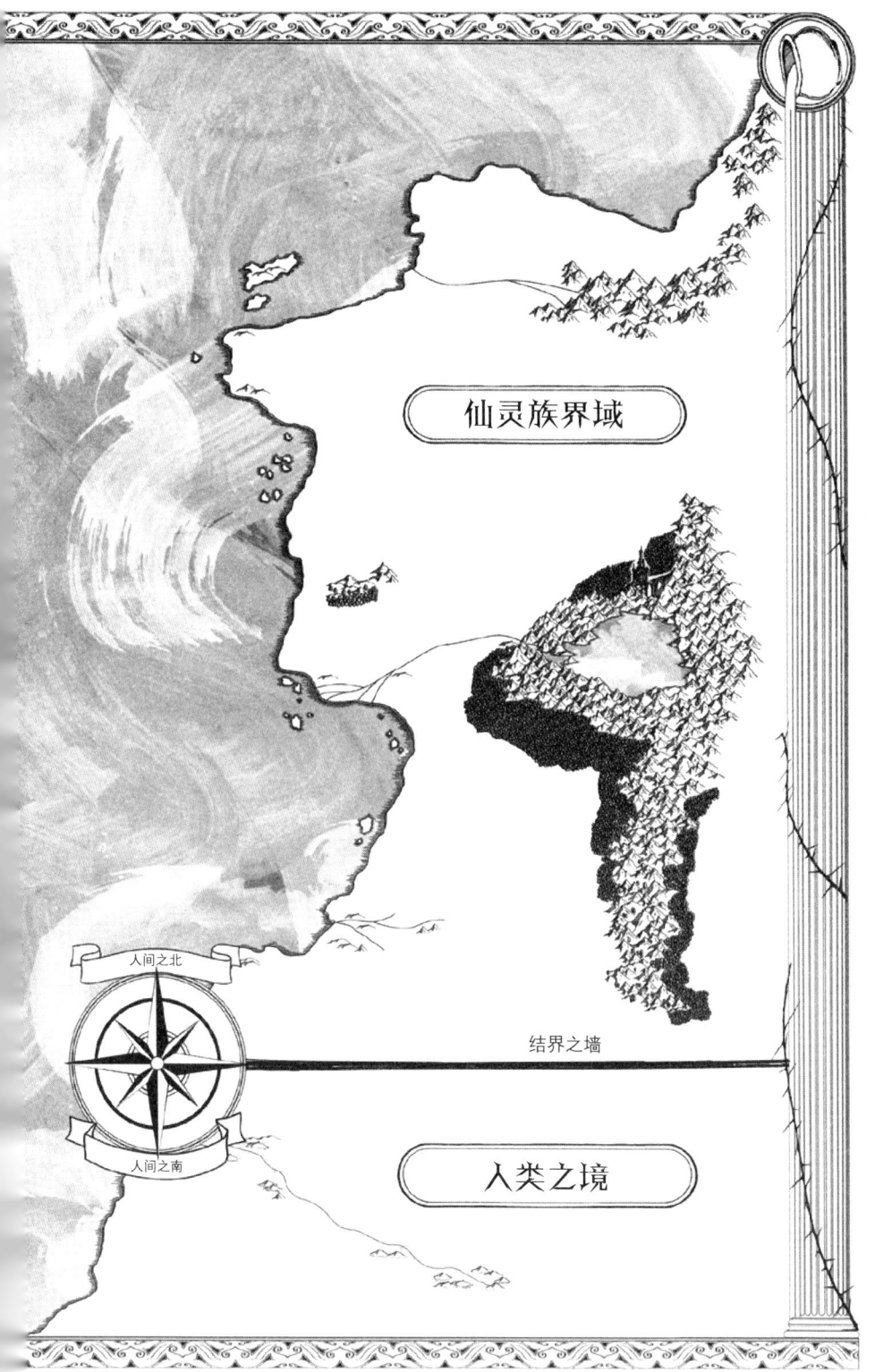

第一章

森林在我眼前变成了一座冰雪迷宫。

我已经盯着灌木丛的边界观察了一个小时,想在弯曲的枝条间找到有利的位置,结果却一无所获。肆虐的狂风不断扬起雪片,扫去了我的足印,却也把任何潜在猎物的踪迹掩埋得难以寻觅。

在饥饿感的驱使下,我甘愿冒险,一路越行越远,但寒冬从来不是果腹的好时节。动物们都躲进了密林深处,我只能寄希望于零零散散的落单者,祈祷能借此熬到春天。

可惜,事与愿违。

我用冻僵的手指刮掉了沾在睫毛上的雪渣,这附近的树上并未留下树皮剥落的痕迹,看不出有哪头鹿曾行经这里——说明它们还没动身。那些鹿会留到树皮耗尽为止,然后向北经过狼群的地盘,说不定还会进入皮西亚仙境——那里是凡人绝不会轻易涉足的禁地,除非有人活得不耐烦了。

这念头让我顿觉脊背上一阵寒意,我赶忙摒弃杂念,把注意力集中在四周的环境和前方的危机上。眼下唯有如此,且我已经这样度过了许多年——专注眼下,以周为单位,以天为单位,乃至以小时为单位地去打赢这场生存战。现在，再加上积雪添乱，想要看清目标更是难上加难——何况我还在树上，几乎连前方十五英尺的距离都看不真切。僵硬的四肢在我移动时发出抗议，我呻吟一声，拨箭下弦，跳下树来。

冰寒的冻雪被我脚上破损的靴子踩得嘎吱作响，我不禁咬紧牙关。能见度本就极不理想，这下又发出了毫无必要的噪音——看来这次狩猎又注定要无功而返了。

距离天亮只有不到几个小时。要是我不尽快离开，就必须要摸黑返回住处，而镇上猎手们的前车之鉴还清晰地回响在我的脑海里——黑暗中会有潜藏的巨狼，且会成群出击；更不用说沿途还可能会遇到身材高瘦、其意不善的各色怪人。

那些绝对不是仙灵族，猎兽们已经开始向被我们遗忘已久的神灵祈求眷顾——我也在暗地里与他们一同祈祷。在过去八年里，我们在距离皮西亚边境两日路程的村庄中过着安宁的日子，没有受到过什么侵扰——虽然旅行商人偶尔会带回一些坏消息，说曾在某某边陲小镇上看见过不幸遇难者的残肢断腿。村中的长者们往往对这些传闻不屑一顾，然而这几个月来遇难者的尸体变得越发常见，每个市场交易日上都能听到人们在窃窃谈论。

我贸然闯进密林深处的做法无疑是自蹈险境，可我们昨天已经吃光了最后一块面包，仅剩的肉干也在前一天见了底。即便如此，我还是宁可饥肠辘辘地熬上一天，这样也好过满足某条恶狼——或是某个仙灵的口腹之欲。

事实上，我身上也并没剩下几两肉可以吃。到了这个时节，我早已经骨瘦如柴，纯粹靠几根肋骨撑着这层皮囊。我尽可能矫捷而悄无声息地在树与树之间飞快地移动，用一只手捂住自己那饿得发疼的肠胃。万一我这次又是两手空空地回到茅屋，不用想也知道我那两位姐姐会露出什么样的表情。

在小心寻找了几分钟之后,我躲在一丛覆满积雪的荆棘后面。透过一根根棘刺,我隐约看到了一条清澈的小溪从中流过。冰面上几个孔洞清晰可见,说明就在不久前还有动物频繁经过,但愿这次不会令我失望。

我透过鼻子出了口气,用弓的前端对准地面,前额紧贴木头的天然弧度。如果再找不到食物的话,我们恐怕连一星期都撑不过去。已经有太多家庭开始向我发出乞求,希望能让镇上的富人发发善心,我可是亲眼见证过那些人乐善好施的程度的。

我变换了一个更加舒服的姿势,令呼吸放缓,竖起耳朵倾听狂风席卷下的密林之音。雪片不断飞降,如顽皮的浪花般在空中旋舞,给这个仅有灰棕两色的世界笼罩上了一层鲜活与洁净。尽管我孤身一人且四肢僵麻,却仍要竭力抑制那几乎要从胸中雀跃而出的欲望,让自己的头脑在这片披着白雪的林地中保持冷静。

曾几何时,我格外地享受清新绿草与黑暗土壤的色彩对比,或是紫水晶胸针闪烁在祖母绿色绸衣褶皱间的明媚;曾几何时,我满脑满心满眼里都是色彩、光线与形状的绮丽交汇。有时我甚至会沉浸在幻想之中,幻想两位姐姐嫁为人妇,家里只剩下我与父亲,再也不用为食物发愁,有足够的金钱去购买颜料,还有足够的清闲时间把那些色彩和形状画在白纸、帆布或是茅屋的墙壁上。

这一天想来不会很快实现——也许永远都只会是空想。于是我就只能像这样做做白日梦,欣赏一下闪烁在寒冬白雪地上的点点光芒。我已经记不起来上一次这样做是什么时候了——更别说还能想起什么可爱或是有趣的东西。

跟伊萨克·海尔在破旧谷仓里相处的时间不能被计算在内——那段时间总是意味着饥饿与空虚,有时甚至称得上残忍,绝对和可爱毫无关系。

咆哮的狂风渐渐变成了轻柔的叹息声,雪片飘得懒洋洋的,大团地积聚在树枝的弯折处和枝杈附近。这般雪景既凄清又柔美,我看得有些出神。过不了多久,我就不得不必须返回那泥泞冰寒的村庄里去,钻进那间闷热拥挤的茅屋。我内心深处忽然生出了对这念头的排斥感。

林间空地另一侧的灌木丛中传出了沙沙的声响。

我屏住呼吸,凭直觉拉动弓弦,透过荆棘向不远处望去。

就在不到三十步的距离之外,站着一头小鹿,寒冬虽然还没让它瘦到皮包骨头的地步,却也已经逼得它跑进了这处空地,对着其中一棵树的树皮啃了起来。

像这样的一头鹿,供我全家吃上一个星期还绰绰有余。

忍着欲滴的垂涎,我用甚至比风拂树叶还轻的动作,瞄准目标。

那头小鹿还在继续啃咬着树皮,慢慢咀嚼,全然不知死神就在咫尺之外。

我可以把一半鹿肉制成肉干,另一半和家人立即享用——烹制成炖菜或是鹿肉派……还能把鹿皮剥下来卖钱,或者给家人缝制些衣服。我需要一双新皮靴,埃兰需要一件新斗篷,妮斯塔则是什么都少不了她的。

我的手指不住地颤抖。如此丰盛的大餐近在眼前,能帮助我们立即摆脱困境。我稳住心神,更加小心地瞄准猎物。

这时我发现在我旁边的灌木丛里有一双金色的眼睛在闪闪发光。

密林变得死寂,连风都停下了,雪片凝固在半空中。

我们凡人早就不再崇拜什么神灵,可倘若我还记得他们的名字,此时一定会虔诚祈祷,祈求所有神灵出手庇护。那头狼借着灌木丛的掩护步步靠近,目光锁定在那头对危机浑然不觉的小鹿身上。

他实在是大得出奇——和矮种马不相上下——尽管我事先就被告诫要警惕这样的对手，这一刻还是被吓得不知所措。

最可怕的还不是他那巨大的体形，而是那超乎寻常的隐秘行动力——他在灌木丛中一步一步地逼近猎物，却没有发出任何声响，全然避过了那头小鹿的耳目。这般庞大的野兽，移动起来绝对不可能如此悄然无声。但如果他不是普通的野兽，如果带有皮西亚血统，如果是某种仙灵，那么我该担心的就不只是被吃掉那么简单了。

如果他真是仙灵，我早应该拔腿就跑。

但也许……要是我能在不被察觉的情况下将他杀死，那么无疑会对这个世界、对我的村庄，乃至对我自己都大有裨益。将一枚箭矢射进他的眉心应该不是什么难事。

他虽然体形巨大，可终究看上去还是一头狼，移动的样子也像是一头狼。不过是野兽而已嘛，我这样安慰自己。不过是野兽而已。我不允许自己去考虑其他任何可能性——这个时候我最需要的就是保持头脑冷静，稳住呼吸。

我身上带着一把狩猎短刀和三枚箭矢。其中两枚箭矢很是寻常——简单好用，但射在那样的巨狼身上简直和被蜜蜂蜇一下没什么两样。第三枚箭矢——也是最长最重的那枚——是我在某年夏天钱袋充裕时从旅行商人手里买来的奢侈品。那箭矢的主体取材于桦树，箭头由钢铁制成。

从襁褓时起，我们就听过各式童谣，都知道仙灵惧怕钢铁的传说。然而这枚箭矢最特别的地方在于桦树，那种木材能够阻碍仙灵的治疗魔法，让人类足以对他们造成致命一击——起码在传闻和故事里是这么讲的。可惜由于桦树的稀缺性，我们还无法验证这种木材的效果。我曾见过那种树木的画作，却从未有幸亲眼得见——那些树木早在很久之前就几乎被高等魔仙全部烧毁，只留下矮小细瘦的寥寥数棵，被那些地位尊贵的仙灵藏在有高墙环绕的树林里。我曾经花了好几个星期的时间跟自己辩论，想弄明白就为了那么一丁点稀缺木料而浪费了大把金钱是否值得，说不定那还是个冒牌货。整整三年，那枚桦树制成的箭矢都好好地待在我的箭袋里，从来没有过用武之地。

此时此刻，我将那枚箭矢拿了出来，快速而安静地移动步伐，尽量避免吸引那头巨狼的注意力。桦木箭矢又长又重，足以对他造成伤害，如果我瞄得够准，说不定能一击毙命。

我的胸口越抽越紧，以至于有些发疼。而就在那一刹那，我意识到我这条命全都托付在了一个问题上——那头狼是单独行动的吗？

我将弓握紧，向后拉拽弓弦。我箭术尚可，但从来没有直面过一头狼。我过去认为没有那样的经历是好运气，甚至称得上是神灵眷顾，然而此时此刻……我才发觉自己完全不知道哪里是狼的要害，想象不出他们的移动速度能有多块。这一击绝对不容有失，我手里只有这一枚宝贵的桦木箭矢。

万一在那层狼皮底下跳动的确实是一颗仙灵的心，那更会是我求之不得的大好机会。仙灵们坏事做尽，我绝不会留下这个祸患，等他悄悄潜入我们的村庄杀戮横行，制造新的灾难。就让他在此时此地咽气吧，就让我来手刃他。

那头狼越靠越近，一只狼爪踩断了一根树枝——他的每一只利爪都比我的手要大得多。那头鹿愣住了，只见她左顾右盼，朝着灰色的天空竖起双耳。巨狼处在下风处，成功避开了小鹿的视线与嗅觉。

他低着头，伏低肩膀，将银白色的庞大身躯完美地掩藏在白雪与暗影之间。小鹿还在看向错误的方向。

我的视线在小鹿和巨狼间打了个来回，那头狼没有其他同伴——我总算是交了一点好运气。可要是那头小鹿被吓跑的话，站在这头饥肠辘辘的巨狼面前的就只剩下我这唯一的猎物了——搞不好对方还是个仙灵。而要是他将那头鹿杀死，珍贵的鹿皮和鹿肉也将与我无缘……

如果我判断失误，我损失的将不仅仅是这一条命，过去八年我凭借在林中狩猎积累的经验也会化作乌有，而大多数情况下我都能精准命中目标。大多数情况下。

那头狼犹如划出一道灰白黑三色闪电，从灌木丛中飞速蹿出，黄色利齿闪着寒光。他在开阔的地面上体形更显巨大，简直是集力量、速度与凶残于一体的奇迹。那头鹿毫无任何挣扎的机会。

在他即将咬断小鹿脖子的一瞬间，梣木箭矢飞离了我的弓弦。

箭矢射进了他的腰腹，我发誓就连大地都在随之震颤。巨狼痛苦地嚎叫，松开了鹿颈，鲜血溅落在白雪上——如同红宝石般鲜艳夺目。

那头狼飞速转向我，怒瞪黄色锐目，弓起脊背。他低沉的吼声在我耳边回响，我一跃而起，四周扬起无数雪片，另一枚箭矢瞬间被搭在弦上。

可那头狼却只是看着我，嘴边带血，我那枚梣木箭矢不偏不倚地扎进了他的侧腰。雪继续下，他愣愣地注视着我，出于警觉与惊讶，我射出了第二支箭。只是为了以防万一——以防对方真的是某种难以被杀死的邪恶生灵。

他并未躲闪，第二支箭干净利落地飞进了他大睁的黄色眼睛。

狼倒在了地上。

各种颜色与黑暗交织盘旋，和大雪一起模糊了我的视线。

他四肢扭曲，在狂风中发出一声低沉的呜咽。这不可能——他此时应该死了才对，而不是仍在苟延残喘。那箭矢命中得不偏不倚，恰好刺入了他的眼睛。

无论他是狼还是仙灵，都不重要了。桦木箭矢已经扎进了他的身体，他很快就会断气。然而我的双手在掸落雪片时还是止不住地颤抖，我向他靠近，却还保持着很远的距离。鲜血从他的伤口里汩汩流出，附近的白雪被染得殷红。

巨狼用利爪抓挠地面，呼吸渐渐趋缓。他是不堪忍受剧痛的折磨，还是在奋力与死神抗争？我也不确定自己是否想要知晓答案。

大雪纷飞，我目不转睛地看着他，直到那层兼有炭灰、曜石黑和象牙白三色的皮毛停止了起伏。那是一头狼——没错，哪怕体形再大，他也仅仅是一头狼。

我感到心终于不再揪在一处，松了口气，呼吸在我眼前拧成一团雾气。至少，桦木箭矢确实有着致命的杀伤力，不必追究被它杀死的究竟是什么东西。

在迅速检查了那头鹿之后，我料定自己只能带走一只野兽——就连这都是非常艰巨的任务。可是将那么大的一头巨狼留下实在是太浪费了。

虽然接下来的动作浪费了我宝贵的几分钟时间——在那几分钟里，随时可能会有其他掠食者被鲜血的气味吸引而来——我剥下狼皮，尽力把箭矢上的血污擦拭干净。

好吧，我总算是练了回手。我用狼皮被鲜血染红的那一侧裹住了鹿脖颈上的致命伤，将鹿扛在肩头。这里距我们的茅舍还有几里路，我可不想在沿途留下血迹，以防招来别的长有尖牙和利爪的猛兽。

小鹿的重量压得我喘了口粗气，我抓紧鹿腿，回头朝还在冒着丝丝热气的巨狼尸体看了最后一眼。他另一只金黄色的眼睛望着雪色沉沉的天空，在那一刻，我真希望自己能对他心生怜悯。

然而这就是凛冽严冬的丛林法则。

第二章

我走出密林时,夕阳已经下山,我的双膝还在颤抖不止。我的手因为长时间紧攥鹿腿而先是变得僵硬,在几分钟前彻底麻木得不再有任何知觉。然而严寒却无处不在,即便肩上扛着鹿的尸体,还是难以抵挡严寒的侵袭。

放眼望去,除了从我们那破旧茅屋的窗户里漏出的些许微光,整个世界都沐浴在暗沉的蓝色之中。这感觉如同在一幅生动的画卷中行走——静谧转瞬即逝,暗蓝很快就变成了一片凝重的漆黑。

我走在小路上,每一步都迈得格外艰难,腹中的饥饿感几乎令我晕眩,隐约听见前方传来两位姐姐说话的声音。我都无须仔细分辨,猜都能猜得出她们很可能又是在叽叽喳喳地聊着某个帅气的男孩子,或是在砍柴时偷懒跑去村中玩耍,在那里邂逅了几条漂亮的丝带,然而我对此只是一笑置之。

我对着石头门框踢了两脚,弄掉靴子上的积雪。从茅屋外面灰色的石砖上掉落了几片冰渣,刻在门槛周围的一圈庇护印记这才显现出来。父亲当年好不容易才说服了一位路过的江湖术士,用自己亲手捕获的猎物作为交换,请他帮忙刻下了这些据说能够防范仙灵的符文。父亲能为我们做的事情实在是少之又少，所以我无论如何也不忍心告诉他那些符文毫无用处……根本就是骗人的。凡人不具备那样的魔法——在仙灵或高等魔仙那超凡的力量和速度面前完全不是对手。那个江湖术士号称自己的祖上可以追溯到某位高等魔仙，其实只不过是在门和窗户上胡乱刻了几笔螺旋的纹样，又写了几个让人看不懂的符号，嘴里嘟囔了几句，然后就大摇大摆地离开了。

我拉开木门，门上的铁把手冰得我皮肤生疼。我赶忙钻进屋内，暖意和火光令我感到目眩。

"菲娅！"埃兰娇柔的喘息声从我耳畔掠过，我眨眨眼睛，从明亮的火光中回过神来，我的二姐就在我面前。虽然她身上只裹着一条破烂的毛毯，一头金棕色的长发——那是我们三姐妹共有的发色——却完美地盘绕在头顶上。八年的贫苦生活始终没有磨灭她对美丽的向往。"你是打哪儿弄来这个的？"这样的语气在近几个星期来再熟悉不过了，她的话语里带着掩饰不住的饥饿感，根本没有注意到我身上的血迹。我早就不再奢望她们会关心我的死活，关心我每晚能否平安无事地从林中归来，除非她们饿极了才会再次想起我这个人。然而话说回来，母亲在临终前也没有强迫她们立下任何照顾我的誓言。

我把小鹿的尸体放下，喘了口气。鹿的尸体在接触桌面时发出一声闷响，震得桌子另一端的陶瓷杯直晃。

"你说我是打哪儿弄来的？"我的声音变得刺耳，每个字都在冒火。父亲和妮斯塔在炉边默不作声地暖着手，大姐仍然和平日里一样对他不理不睬。我把狼皮从鹿的尸体上解下，脱下靴子放在门边，这才转过身来看向埃兰。

她那双棕色的继承于父亲的眼睛还在一眨不眨地盯着鹿看。"你要花很长时间才能把它清理干净吗？"注意，她只是在问我，负责清理的不会是她,也不会是别人。我从来没见过他们的手上沾染过鲜血或皮毛,就连狩猎技巧都是我从其他人那里学到的。

埃兰用手摸了摸肚子,看来她也和我一样饿得发疯。倒不是说埃兰有多残酷,她跟妮斯塔不同,妮斯塔从生下来脸上就带着讥笑。埃兰有时候只是会有些莫名其妙。她不会出手帮忙,并非出于吝啬,只是因为她从来都没有想到过自己还能干些把手弄脏的活儿。我想不通她是真不明白我们眼下的困苦程度呢,抑或纯粹是拒绝接受这样的现实。但我还是会在条件允许的情况下给她买些种子,让她种在花园里,空闲的时候悉心照料。

而她也在我存够积蓄购买桦木箭矢的那个夏天给我买了三小罐颜料——分别是红、黄、蓝三色。那是她馈赠给我的唯一一份礼物,在我们的茅屋里还留有那份礼物的痕迹,虽然颜色渐渐褪去,不再如当初那般鲜亮——我绕着窗框、门槛和各种家具的边缘画上了小小的藤蔓与花朵,在壁炉边的石砖上画上了缭绕的丝丝火苗。在那个富足的夏天,我把所有空闲的时间都用来装点我们的小茅屋,甚至还会在抽屉内侧、磨破的窗帘背后甚至桌椅底下巧妙地勾勒出几笔花纹。

在那之后,我们就再也没有过如此安逸的夏天了。

"菲娅。"从炉火旁传来了父亲深邃而低沉的声音。他深色的胡须修剪得格外整齐,脸上也是干干净净,和我两位姐姐一样。"你今天真是太走运了,居然给我们带来了这么丰盛的大餐。"

妮斯塔在父亲身旁哼了一声。这不奇怪。只要是有任何人获得一丁点赞许——无论是我、埃兰还是其他村民——她都会摆出不屑的态度。不管父亲开口说什么话,也都会招来她的嘲讽。

我挺直身体,虽然我已经累得快要站不住了,却还是用一只手撑住鹿尸体旁边的桌面,瞪了妮斯塔一眼。在一家人里,妮斯塔最难接受我们失去一切的事实。打从我们逃离庄园的那时起，她就在心里恨极了父亲，自从在某个债权人找上门来表达对投资失败的极大不满之后，就没有给过父亲好脸色。

但是至少妮斯塔没有像我们的父亲那样，把各种关于如何重振家业的废话灌输给我们。不，她只是会把我没对她藏起来的钱全都花光，很少过问父亲颓废的现状。某些时候，我甚至说不清我们当中到底哪个人过得最可怜最痛苦。

"我们这个星期可以把一半的鹿肉吃掉。"我说着把视线移动到小鹿的尸体上。兼具餐桌、工作台和厨房三项功能的那张桌子几乎被那头鹿占得满满当当。"另一半鹿肉拿去风干。"我接着说，反正无论我用多么好听的字眼去形容，苦活还是要由我来做。"明天我会到市场走一圈，看看鹿皮能卖多少钱。"我自顾自地说完了这番话，天知道他们有没有听进去。

父亲伸直那条伤腿，尽可能地去享受炉火的温暖。每当天寒地冻、雨雪降临或是气温骤变的时候，那条腿的疼痛感都会加剧，让他膝盖周围疼痛不已。他那柄刻有花纹的手杖就立在椅子旁边——那是他亲手为自己打制的……妮斯塔有时候会刻意坐得离他远远的。

如果他不是被羞耻所累，他大可以找到谋生的工作。每当我小声提及此事时，妮斯塔总会这么说。她也很憎恨父亲的腿伤——责怪父亲没有在债权人带着一帮恶棍上门闹事，反复猛砸他的膝盖时奋起反击。妮斯塔和埃兰当时逃进了卧室，从里面堵住了房门。只有我待在原处，在父亲凄声尖叫时不断地恳求和哭泣，听着骨头被砸得咔咔作响。我把自己搞得浑身是灰——甚至对着壁炉前的石砖呕吐起来，那些暴徒见状才转身离去。从那天起，暴徒再也没有出现在我们的生活里。

我们用了一部分积蓄给父亲治病，父亲花了整整六个月的时间才起身行走，一年之后才总算能走出一里路。他的木雕技艺只能换来少得可怜的几枚铜板，根本不足以让我们吃饱穿暖。五年前，当我们陷入名副其实的一穷二白境地时，当我的父亲还不能——也不愿——多走几步路时，我要求外出狩猎的提议并没有得到他的反对。

他甚至都没有站起身来，依旧坐在炉边那张座椅上，看着手里的木雕活计。他任由我去往那片危机四伏的密林里冒险，就连那些经验丰富的老猎手都会心有余悸。现在他对我算是多了些关心——有时会表达感恩之情，有时会一瘸一拐地进城去卖他那些木雕作品——但这样的情形终究不多。

"我想要件新斗篷。"埃兰终于叹了口气说道，妮斯塔恰好也站了起来，说："我要一双新皮靴。"

我沉默不语，知道最好别在这个时候加入她们两人的争抢，但我还是转过头去，朝妮斯塔放在门边那双新得发亮的靴子看了一眼。在她的靴子旁边，我那双小皮靴已经被磨得破破烂烂，只靠皱巴巴的鞋带绑住才不至于散架。

"可那件破斗篷穿着简直冷极了。"埃兰恳求道。"我会被活活冻死的。"她瞪着一双大眼睛看着我，"求你了，菲娅。"她在念出我名字那两个字时带着无尽的哀怨，妮斯塔立即大声咂起舌头，然后命令她闭嘴。

我的两位姐姐争吵起来，为明天到底该由谁享有卖鹿皮的钱而喋喋不休，我喝止了她们，这时父亲站在桌边，一只手撑着桌面确保自己不至于倒下，检查起那头鹿来。随后，他又将目光投向了那张巨大的狼皮，用仍然光滑而带有绅士气质的手指把狼皮翻了个面，手指沿着血淋淋的底边划过。我顿觉紧张。

他用那双深色的眸子看向我。"菲娅，"父亲小声说，紧抿嘴唇，"你是从哪儿弄到这张皮的？"

"就是在我发现这头鹿的地方。"我低声回答,言语冷静而犀利。

他的目光从弓弦上越过,我不禁打了个冷战,木质刀柄的狩猎短刀紧贴我的身侧。父亲的眼神变得冰冷。"菲娅……这风险实在是……"

我用下巴指了指狼皮,声音再也无法保持平静。"我当时没有别的选择。"

我真正想说的是:你在大多数时候甚至连门都不肯出。要不是有我,一家人全都要饿肚子。要不是有我,我们全都已经饿死了。

"菲娅。"父亲又喊了一声我的名字,闭上了眼睛。

我的两位姐姐也陷入沉默,我抬起头,刚好看见妮斯塔嗤之以鼻的模样,她拎起了我的斗篷。"你臭得简直像是一头浑身是屎的猪猡,难道就不能装装样子,别总像个无知的庄稼妞?"

我没有流露出受伤的表情。我年纪最小,在我家遭遇不幸时,还没来得及学会多少礼仪或是读书写字的本事,而她从来都不会忘记提醒我这一点。

我慢悠悠地把原本想用来反击她的言辞咽了回去。妮斯塔比我年长三岁,看起来却比我还要年轻,容光焕发的脸颊上总是闪耀着一抹优雅而鲜活的淡粉色。"你能不能烧壶热水,顺便给壁炉添些柴火?"我话刚说出口,就留意到了旁边的木柴堆,里面只剩下五根木柴了。"我还以为你今天会去砍柴呢。"

妮斯塔扬起纤长而洁净的指甲。"我讨厌砍柴,那会让我指甲开裂。"妮斯塔说着眨了眨深色睫毛掩映下的眼睛。我们三姐妹中,妮斯塔长得最像我们的母亲——尤其是在她心有所求的时候。"再说了,菲娅,"妮斯塔噘着嘴说,"这方面你比我擅长多了!由你去砍柴简直是事半功倍。你那双手就是为砍柴而生的——反正都已经那么粗糙了。"

我绷紧下巴。"拜托。"我努力平静呼吸,知道自己在这个时候最不需要最不愿意做的事情就是陷入争吵。"请早起一会儿,去准备木柴。"我解开了上衣衣领附近的纽扣,"不然我们就只能吃冷冰冰的早餐了。"

她皱起眉毛。"我才不会做这些事呢!"

可我已经在朝我和姐姐们一起睡觉的那间卧室走去。埃兰还在低声地求着妮斯塔,得到的只是从鼻孔里挤出的答复。我朝父亲的方向转过身,指了指那头鹿。"把刀准备好。"我的语气里并没有带有刻意的亲和,"我很快就要出去了。"说完没等他回答,就关上了身后的门。

卧室尚显宽敞,摆放着一张摇摇晃晃的梳妆台,还有我们一起睡觉的那张硬木大床。这是我家仅剩的财产了,是父亲当年迎娶母亲时定做的聘礼。我们姐妹三人都在这张床上出生,母亲也在这张床上离世。虽然我在过去几年间给屋里的不少角落添上过色彩,却从未碰过它一下。

我脱下外衣,丢在站立不稳的梳妆台上——当我看到我画在埃兰抽屉旋钮上的紫罗兰和玫瑰花、妮斯塔抽屉旋钮上那跃动的火焰和我抽屉旋钮周围的夜空时,不禁皱起眉头——夜空中还布满了用黄色代替白色绘制的满天星辰。我希望能用这些色彩给这间晦暗的卧室增添明快的色调,但她们谁都没有做出过任何评价。反正我原本也没指望她们能有什么反应。

我呻吟一声,只有这样才能强撑着不至于倒在床上。

✣

我们当天晚上享用了烤鹿肉大餐。尽管我知道这样做很蠢,但我还是等到每个人都吃了第二小盘鹿肉之后才告诉他们可以放开肚皮随便吃。明天我会继续处理吃剩下的鹿肉,然后再花上几个小时鞣制两张皮革，拿到市场上去贩卖。我认识几名商贩，说不定会有兴趣跟我做这笔交易——虽然他们谁都未必愿意给出我开的价格。不过再少的钱也是钱，我眼下既没有时间也没有资本大老远地去最近的大城镇寻觅更加厚道的买主。

我舔了舔叉子尖，享受着残留在那金属餐具上的肥腻余味，感觉舌头滑过那弯曲的弧线——这把叉子是父亲好不容易才从仆人房里抢出来的，当时那群恶棍正在不遗余力地洗劫我们的房舍。我们眼下并没有配得上它的其他器皿，可总比直接用手吃饭强得多。我母亲那些精致的嫁妆早就被卖光了。

我的母亲对孩子们专横而又冷漠，在那些频频造访我家的贵客面前总是一副长袖善舞的模样，跟我父亲的感情倒是十分融洽——父亲是她唯一真正爱慕并且尊敬的人。然而她太过热衷于参加大小舞会，以至于根本抽不出时间来与我共度，更顾不上关心我那初露头角的素描和绘画本领，错失了借此能帮我物色个如意郎君的机会。要是她能多活几年，亲眼看到我们家境败落，肯定会深受打击——甚至会比父亲还要一蹶不振。如此想来，她早早去世倒也未尝不是一件好事。

起码少了个人跟我们分享食物。

除了那张硬木床，还有我立下的誓言之外，这间茅屋里再也没有她的其他遗物了。

每当我看向远处的地平线，或是暗想自己是否应该大步朝前走，再也不要回头时，我都会听见十一年前我在她临终前立下的承诺。绝不抛弃家人，照顾好他们。我答应了。当时我年纪太小，根本想不到问她为什么没把这项使命托付给我的两位姐姐或是我们的父亲。但我对她发过誓，然后她就咽了气，在我们这个糟糕的人类世界里——保护我们的只有高等魔仙在五百年前立下的誓言——在这个我们已经遗忘众神名号的世界里，誓言就是律法，誓言就是货币，誓言就是一切。

我曾经也对此有过怨恨，责怪她要我说出那样的话。也许是因为她当时发着高烧，稀里糊涂，压根儿不知道自己在要求些什么吧。也许是因为她在将死之时总算看清了几个孩子和丈夫的本性。

我放下手中的叉子，看着那团小小的火焰在仅剩的柴火堆上跳跃，在桌子底下伸了伸疼痛的双腿。

我转身看向我的两位姐姐。跟往常一样，妮斯塔在抱怨村民们的言行——说他们毫无教养，不通礼仪，根本不知道身上衣服的质地有多下等，还煞有介事地以为那是什么华美的丝绸或雪纺。打从我们家境衰败的那天起，姐姐们原先的朋友们就都不约而同地不再与她们交往，她们只好跟镇上那些干惯农活的年轻人混在一处，建立起了"退而求其次"的社交圈。

我抿了一口杯中的热水——我们近来连茶叶也买不起了——妮斯塔这时还在对着埃兰说个没完。

"然后我对他说，'如果你认为自己可以如此爱答不理地跟我说话，我可就彻底不再理睬你了！'你知道托马斯怎么回答我吗？"埃兰把双臂撑在桌上，大睁着眼睛摇了摇头。

"托马斯·曼德雷？"我打断了妮斯塔，"那个木匠家的二儿子？"

妮斯塔眯缝起那双蓝灰色的眼睛："是啊。"她说完又接着转身面朝埃兰。

"他想干什么？"我朝父亲看了一眼。父亲毫无反应——脸上波澜不惊，甚至看不出他有没有在听我们说话，只一心沉浸在往昔的记忆中，温和地看着他最喜欢的埃兰，眼中带笑。埃兰是我们三姐妹中唯一还真心愿意跟他开口说话的人。

"他想要娶她。"埃兰做梦似的说道。我眨了眨眼。

妮斯塔把头一伸。我曾经见过掠食的猛兽做过同样的动作。我有时候甚至会想,如果不是因为她对我们家境败落的现状如此无法释怀,说不定她能凭借那股刚强的倔劲帮助我们更好地生存下去——甚至让全家兴旺起来。"有问题吗,菲娅?"她几乎用无礼的语气叫出了我的名字,我的下颌因为骤然绷紧而疼了一下。

父亲在座椅上挪了挪,眨眨眼,尽管我知道不该对她冒犯的语气做出任何回应,我还是回答说:"你连帮我们劈柴都不愿意,却想要嫁给一位木匠的儿子?"

妮斯塔端正肩膀。"我还以为你一心想让我们赶紧另立门户呢——恨不得让我和埃兰嫁出去,那样你就能有足够多的时间来绘制那些辉煌的画作了。"她面带讥笑地看着我沿着桌边勾勒的那一条吊钟花——颜色有些太暗太蓝,喇叭形花瓣里也没有白色花蕊,可我还是画出来了,虽然我内心万般不愿在没有白色颜料的情况下勉强完成这样充满瑕疵而又会长久存在的作品。

我强压下想要伸手将它捂住的欲望,也许明天我会干脆把它刮个一干二净。"相信我,"我对她说,"等到你想要嫁个有钱人的那一天,我会昂首阔步地把你送过门去,亲手交给新郎。但那个人不会是托马斯。"

妮斯塔优雅地张开了鼻孔。"你阻止不了这件事。克莱尔·贝多今天下午跟我说,托马斯随时有可能会向我求婚,然后我就再也不用吃这些垃圾了。"她说完又笑了笑,"至少我不用像个动物似的跟伊萨克·海尔在干草堆里鬼混。"

父亲尴尬地咳了一声,回头看了看他那张摆在炉火旁边的简易小床。无论是出于害怕还是内疚,他从来没有跟妮斯塔唱过反调,显然他现在也不打算这么做,虽然这还是他头一次听说伊萨克这件事。

我用两只手按住桌子，怔怔地看着她。埃兰将手从原来的位置挪开，仿佛我指甲缝里的泥土和血污会跳到她那光洁无瑕的皮肤上去似的。"托马斯的家庭条件没比我们好多少。"我努力克制着愤怒，"你嫁过去，只不过是再增加一张需要喂饱的嘴而已。要是他没能意识到这一点，那么他的父母也应该想明白。"

其实托马斯肯定清楚——我们之前在树林里遇见过对方。当他发现我正在追逐野兔时，我在他眼中看见了因饥饿至极而露出的凶光。我还从来没杀死过任何人类，但在那一天，我感到随身携带的狩猎短刀沉甸甸的。从那时起，我开始对他避而远之。

"我们给不起嫁妆。"我接着说，虽然我的语气很是坚定，声音却变小了，"你们俩无论谁出嫁，都给不起。"如果妮斯塔想要离家而去，那很好，非常好，我距离那灿烂而宁静的未来又近了一步，能在更加安静的家里享用足够的食物，有更多的时间绘制画作。不过我们眼下一穷二白，没法吸引任何求婚者来把我的两位姐姐从家里接走。

"我们彼此相爱。"妮斯塔宣布，埃兰认同地点了点头。我几乎大笑出声——她们俩从什么时候开始眼睛里不再只盯着贵族，转而跟乡下小子们对上眼了？

"有情饮水饱只是传说而已。"我反击道，尽量维持着毫不动摇的目光。

妮斯塔像是挨了我一拳似的跳了起来。"你就是嫉妒！我已经听说了，伊萨克要娶绿野的某个乡下妹，人家会带去不菲的嫁妆。"

我也听说了，伊萨克在我们上次见面时提起过这件事。"嫉妒？"我缓缓说道，努力把愤怒强压下去。"我们什么都给不起——没有嫁妆，甚至没有牲畜。托马斯说不定真会愿意娶你……给自己白白添个累赘。"

"你知道什么？"妮斯塔气呼呼地说，"你就是一只半开化的野兽，一天到晚对着别人发号施令。你就这样继续下去好了，总有一天——总有一天，菲娅，再也没人会记得你，也没人在乎你是否存在过。"她说完快步离去，埃兰飞也似的追在她身后，一边温和地劝说。卧室的房门在两人身后重重关上，连桌上的餐盘都被震得直晃。

我以前听到过这些话——也知道她之所以会重复这话，是因为我在第一次受到这般侮辱时露出过极为不悦的表情。直到此刻我仍然感到十分刺耳。

我对着残破的杯口深深抿了一大口水。父亲挪了挪身体，木板凳嘎吱作响。我又喝了一口，随后才说道："你该好好劝劝她。"

他边检查着桌面上的一条火烧留下的痕迹边说："我能说什么？如果是真爱——"

"不可能是什么真爱，起码在对方看来不是，他家的情形简直糟透了。我看到过他在村子周围晃悠的模样——他只图她一点儿，绝不是想和她携手——"

"我们要心怀希望，就像我们需要面包和肉块来填饱肚子一样。"父亲打断了我，眼睛里现出了罕见的澄澈。"我们要心怀希望，否则根本熬不下去。就让她带着这份希望吧，菲娅，让她去想象能过上更加美好的生活，身处更加美好的世界。"

我从桌边站起身，把手攥成拳头，可在这个只有两个房间的茅屋里根本无处可躲。我望着桌边那已经褪色的吊钟花，外缘喇叭形状的花瓣已经斑驳淡化，花茎的下半部分甚至没了色彩。过不了几年，这花纹就会彻底消失——再也不会留有任何痕迹证明它当初存在过。如同我一样。

我转过头去看着父亲，眼神笃定地说："根本不会有这种事。"

第三章

通往村庄的小径上覆满白雪,上面零星分布着车马经过后留下的棕黑色痕迹。当我们经过时,埃兰和妮斯塔愁眉苦脸地咂着舌头,小心翼翼地尽量避开那些尤其肮脏的路段。我知道我的两位姐姐为什么会跟来——刚一看见我把两张兽皮叠好放进背包里,她们就忙不迭地抓起了各自的斗篷。

我懒得跟她们多说,反正自从昨晚之后,她们也不屑于开口和我说话,不过妮斯塔倒是一大早跑出去砍了柴火。可能是因为她知道我今天会到集市上卖兽皮,然后带着钱回家吧。埃兰和妮斯塔一路跟在我身后,在积雪覆盖的田野里穿行,走进了我们困苦的村庄。

村里一座座石头房子毫不起眼,在寒冷冬季的映衬下更显萧瑟。然而今天是市场交易日,意味着位于镇子中央位置的那处小广场上应该已经挤满了无惧凛冽晨风的商贩。

当我走到距离集市还有一条街的地方时,就闻到了热气腾腾的食物散发出来的香味——各种调味料从我的记忆中喷薄欲出。埃兰在我身后轻轻哎哟一声。盐、糖还有各式各样的香料——在我们村里可都是稀罕物,不是我们能买得起的。

要是我能把兽皮卖出高价，说不定就能给大伙买些好吃的。就在我刚想开口提议时，我们恰巧转过街角，险些撞到某个人，齐齐刹住了脚步。

"愿永生之光照耀在你们三姐妹身上。"身穿一席淡蓝色长袍的年轻女子在我们面前直接说道。

妮斯塔和埃兰又咂了咂舌头，我在心里暗暗叫苦。这真是太完美了。在交易日上碰到福佑之子，分散所有人的注意力，把集市搞得浑浊一片。村中的长者通常只会允许他们停留几个小时，可即便如此，这群崇拜高等魔仙的疯子还是会把民众惹得大为恼火。也会令我大为恼火。很久之前，高等魔仙是我们的领主——而非神灵。他们对我们也绝对不够仁慈。

那位年轻的女人伸出她那月牙白色的双手，摆出了问候的姿势，手腕上串着银铃的手环——不是纯银打造的——叮当作响。"你们有空聆听福佑之言吗？"

"没有。"妮斯塔面带讥笑地回答，无视那女孩伸向她的双手，推着埃兰往前走。"我们没空。"

年轻女人披散在肩头的深色长发在晨光中闪耀着光泽，富有朝气的面容上露出了美丽的微笑。在她身后还有另外五位侍僧，有男有女，都很年轻，未经修剪的长发散在身后，用目光扫视着人群，物色着愿意听他们传道的年轻人。"只不过耽误你一分钟时间。"女人说着挡在了妮斯塔身前。

妮斯塔顿时挺直腰板，端平肩膀，趾高气扬地看着那年轻的女人，那气势犹如一位无冕的女王，不禁令我由衷地对她刮目相看。"去找蠢蛋散播你那套疯癫的废话吧，这里不会有人受骗。"

那女人往后一缩，棕色的眼睛里有阴影闪过。我隐隐感到不安，也许这不是对付这种人的好办法，万一激怒他们，可就麻烦大了——

妮斯塔抬起一只手，将外套的袖口往上一挽，露出了铁手镯。埃兰手腕上也有一只，那是她们几年前一块买的。侍僧惊呼一声，瞪大眼睛。"瞧见没有？"妮斯塔说着迈步上前，逼得侍僧朝后退去，"这才是你应该戴在手腕上的东西，戴那些招引仙灵怪物的银铃铛干什么？"

"你竟敢在我们永生不朽的朋友面前佩戴这样的秽物——"

"去别的镇上传道吧。"妮斯塔啐了一口。

两位体态丰满、面容姣好的农妇手挽着手走到集市上，在走近侍僧时，脸上不约而同地露出了厌恶的表情。"信仰仙灵的贱人。"其中一位农妇对那年轻的女人抛出脏话。我对此并无异议。

几名侍僧沉默不语。旁边的农妇——看起来家境不错，脖子上戴着一条麻花式样的铁质项链——眯起眼睛，抿起嘴唇。"你们这些白痴难道不明白那些怪物在几百年前对我们做过什么吗？何不索性见好就收，非要来自讨没趣？你们活该要在仙灵手上不得善终，全是白痴，贱人！"

妮斯塔朝那两位农妇点点头表示赞同，看着她们继续向前走去。我们转过神，看着仍然堵在我们跟前的那位年轻女人，就连埃兰也厌恶地皱起了眉头。

但那年轻女人吸了口气，恢复了平静的神色，开口说道："我原本也活得如此无知，直到我听到了福佑之言。我从小也在这样萧条而又破败的村子里长大。然而就在不到一个月前，我表亲的一个朋友被当作给皮西亚的贡品去往边境——然后并没有被送回来。现在她成了高等魔仙的新娘，过上了富裕舒心的好日子，如果你们愿意花上片刻听我——"

"她可能是被吃掉了。"妮斯塔说，"所以才没回来。"

说不定真实情况更加糟糕，倘若真有高等魔仙被牵扯进了将凡人变成皮西亚的事件里……我从来没见过那位皮西亚统治者，据说他手腕残忍，相貌酷似人类，也没见过生活在那片禁地的仙灵，只知道他们身上长着鳞片和翅膀，手臂又细又长，能把你拖进被遗忘的池塘深处。真不知道哪种遭遇更可怕。

那侍僧脸色一沉。"我们仁慈的主人们绝不会伤害我们。皮西亚是一片宁静而富饶的土地。如果你们也能得到仙灵们的庇佑，肯定会愿意去那里生活的。"

妮斯塔转了转眼珠。埃兰瞄了瞄我，又瞄了瞄妮斯塔，然后看着前方的集市——还有那些驻足旁观的村民们。我们该走了。

没等妮斯塔再次开口，我迈步站到他们中间，飞快扫视那女孩淡蓝色的长袍，银白色的手环和光滑可人的肌肤，在她身上看不到任何多余的痕迹或是斑点。"你这是在自找麻烦。"我对她说。

"值得。"女孩光彩照人地回答。

我轻轻推着妮斯塔往前走，回头对那侍僧说："不，并不值得。"

当我们仨走进人头攒动的集市广场时，我还能感觉到侍僧的目光在身后尾随，但我却没再回头。他们很快就会离去，到下一座城镇去传教布道。我们回家时只要绕些远路，小心别再遇见他们就行了。等到走出足够远的距离之后，我回头看了看身后的两位姐姐。埃兰仍然愁容满面，妮斯塔的眼睛却在冒火，嘴唇紧抿。我真怕她会一怒之下走回去跟对方打起来。

这不是我眼下要关心的问题。"一小时后我们在这里见面。"说完没等她们伸手抓我，我一闪身钻进了广场的人群中。

我花了十分钟的时间考虑摆在我面前的两个选择。我可以去找相熟的买主——从附近镇上赶来的鞋匠或制皮匠，他们经验丰富，眼光独到。还有一个选择充满未知：在破烂的广场喷泉边上坐着一个胖女人，面前既没有推车也没有摊位，但看上去架势十足，身上的疤痕和武器表明了她雇佣兵的身份。

我能感觉到鞋匠和制皮匠的目光都锁定在我身上，觉察到他们故作若无其事地打量着我的背包。好吧，我决定今天拼一下。

我朝那名雇佣兵走去，她那头浓密的短发被修剪到下巴的长度，被晒得黝黑的脸庞犹如雕琢有致的花岗岩，乌黑的眼睛在看到我的身影时微微眯起。那双眼睛真是有趣——不仅是纯黑的色调，而是……而是有很多不同层次的棕色交织成影。我把没用的念头从脑海中甩干净，不再去多想色彩、光影和形状那些东西，在她对我投以潜在威胁或是居高临下的眼神时仍然保持着不卑不亢。她佩带在身上的武器——锋利而寒光闪闪——足以吓得我直咽唾沫。我在距离她还有足足两英尺的距离外停下脚步。

"我不做以物换物的交易。"她的声音里夹杂着一种我从未听过的口音，"只收现钱。"

几个过路的村民尽量对我们的交谈表现得漠然无视，尤其是当我说道："那你在这样的地方可就交不到好运了。"

她即使在坐着的时候也显得膀大腰圆。"那么你想跟我做什么买卖呢，小女孩？"

她的年纪在二十五岁到三十岁之间，不过长久的饥饿令我看上去又瘦又小，她称我为小女孩也不奇怪。"我手上有一张狼皮和一张鹿皮，我想你也许有兴趣把它们收走。"

"是你偷来的？"

"当然不是。"我迎着她的目光说，"是我自己打猎打来的，我发誓。"

她再次用那双深色的眼眸飞快地打量了我一遍。"怎么做到的——"这不是一个疑问句，而是命令，那口气像是见惯了把誓言随随便便挂在嘴边,并对他们施以惩罚的人。

于是我一五一十地对她讲了自己是怎么剥下了那两张兽皮,听我说完之后,她抬起一只手指了指我的背包。"让我瞧瞧。"我把两张小心折叠的兽皮从包里取出。"关于那头狼的体形,你倒是没说谎。"她喃喃自语,"不过看来不像是仙灵。"她用专业的眼光检查着那两张皮,用手指上下摸了摸,开出了价码。

我眨眨眼——强忍住了第二次眨眼的冲动。她给的价比我预想的高出太多了。

她朝我身后望去。"站在广场那一侧往这边看的两个女孩想必是你的姐姐吧。你们都长着黄铜色的头发——全是一副饥饿样。"确实,她们还在使劲偷听我们说话,设法不被发现。

"我不需要你的怜悯。"

"是。但你需要我的钱,整个早上市场上的生意都不怎么好,所有人都被那些瞪着牛眼的狂热者给吸引过去了,他们在广场上四处给人洗脑。"她扬起下巴,指了指那些福佑之子,那些侍僧还在不断地挡在路人身前,手腕上的银铃叮叮当当地响个不停。

我转过身,看见那雇佣兵脸上带着淡淡的笑。"随便你,小女孩。"

"你为什么要这么做?"

她耸耸肩。"当我们过得极为困苦时,也有人伸出过援手。我想是时候做出报答了。"

我再次打量起她来。"我父亲有些木雕作品,我可以拿来送给你——让这交易更公平些。"

"我向来轻装出行,送给我,我也用不上。但这些嘛——"她拍了拍手里的两张兽皮——"倒是省得我再去亲自狩猎了。"

我点点头,看着她从那件厚重外衣的内侧口袋里掏出钱袋,感到双颊火烫。那钱袋鼓鼓囊囊的,从那清脆的声响判断,里面装的至少都是银币,说不定还有金币。雇佣兵在我们的领地上向来都能赚到不菲的酬金。

我们的领地狭小而又穷苦,很难维持一支常备军来监视皮西亚墙内的动静,村民们仅能寄希望于五百年前缔结的那纸条约的约束力,不过上层阶级有条件招兵买马——比如说雇用我面前的这个女人来守卫毗邻永生之地的地盘。这种安逸只不过是假象罢了,就如同画在我家门槛上的那些花纹。我们在内心深处全都清楚它们在仙灵面前根本不堪一击。我们所有人都知道,无论阶层高低,自从我们出生的那一刻起,我们在摇篮里就听过预警的歌谣,在学校里也高声齐唱过那样的旋律,说某个高等魔仙从一百码距离之外把你的骨头化成桦木,但我和姐姐们并没有亲眼见过。

尽管如此,我们还是努力相信有某种力量——无论那力量是什么——能够与之抗衡,只是我们还没遇到而已。在集市上有两个摊位迎合着顾客的这种心理,专门出售护身符、小饰品、咒文和铁片之类的玩意儿。我是买不起的——就算那些东西果真有用,顶多也只能给我们争取到几分钟的时间来做好准备。逃跑是徒劳的,抗争也是白费力气。但每当妮斯塔和埃兰离家外出时,总会把铁项链戴在脖子上。就连伊萨克都在手腕上戴了一个铁圈儿,时刻藏在袖子里。他曾经提议要给我也买一个,我拒绝了。那样的物品太过私人,也太像是在支付某种报酬,像是永远提醒我们彼此是什么关系。

雇佣兵把钱放在我摊开的手掌里,我随即装进衣袋,感觉像魔石般沉甸甸的。我的两位姐姐绝对看见这笔钱了,肯定已经在心里盘算着该怎么说服我多分给她们一些。

"谢谢了。"我对雇佣兵说道,这时我感觉到姐姐们像猛禽扑食般飞快地靠了过来,于是终究还是没能稳住语调。

那雇佣兵抚摸着狼皮问:"想不想听我这猎手同行给你个忠告?"我挑起眉毛。

"别往密林里钻得太深,换作是我,绝不会靠近你昨天狩猎的地方。像那样的巨狼只是小儿科,里面还潜伏着比狼凶狠得多的敌人,我听说那些东西有时会从墙内溜出来。"

一股寒意袭上我的脊梁。"他们——他们会出击吗?"如果事情果真如她所说,我必须要想办法把全家人从这又穷又破的地方带走,一路南下——在敌人攻来之前就远远地逃离那道将我们的世界一分为二的隐形高墙。

从前——说起来足有几千年那么久远——我们曾是高等魔仙领主的奴隶。从前,我们用自己的鲜血与汗水为他们铸就了辉煌灿烂的文明,为他们那凶猛的神祇建造了一座座神殿。从前,我们曾起身反抗,在各个地方掀起暴动。那场大决战的战场上血流成河,尸横遍野,最后六位凡间女王共同缔结了条约,这才终止了双方的对杀,建造了那座高墙:我们世界的北方归高等魔仙和仙灵族所有,变成了一片魔法之地;南方则归凡人,我们只能终日在田间劳作。

"谁也不知道仙灵们在谋划着什么。"雇佣兵说,脸色冷如岩石。"我们不知道究竟是因为高等仙灵正在渐渐失去对那些野兽的驾驭力,还是故意放他们出来捣乱。我的某位雇主是个年长的贵族,他声称情况在过去五十年间变得日益恶化。他在两个星期前乘船南行,说我如果是个聪明人的话,就赶紧离开。在他扬帆起航之前,他承认自己曾经听某个朋友说起过,在夜深人静之时,有一群玛塔斯翻过高墙,摧毁了他的一半村庄。"

"玛塔斯?"我倒吸一口冷气。我知道存在着各种仙灵,他们和其他生物一样也有不同的种类,但我只听过其中少数的名字。

雇佣兵那深邃如夜的眼眸里微光一闪。"身体像熊那么大,头像狮子——嘴里有三排比鲨鱼牙还要锋利的锐齿，凶狠程度比这三种猛兽加起来还要更甚。那贵族说，他们把村民们切成了名副其实的碎片。"

我的肠胃翻滚起来。在我和雇佣兵身后，我的两位姐姐看上去被吓坏了——她们那苍白的皮肤是那么的精致而脆弱。在玛塔斯那样的敌人面前，我们绝不会有半点机会。那些福佑之子全是蠢货——一群疯狂的蠢货。

"所以我们也不知道这些攻击到底意味着什么。"雇佣兵接着说道，"反正会给我带来更多赚钱的机会，至于你们，离那道高墙越远越好，尤其是万一有高等魔仙——甚至有至高之主开始现身，就更麻烦了。玛塔斯在他们面前简直就是一群狗。"

我端详着她那伤痕遍布且因严寒而皲裂的双手。"你面对过其他种类的仙灵吗？"

她闭上眼睛说："还是别问了，小女孩——除非你想把早饭都吐出来。"

我的确感到有些不适——胃肠搅动，紧张不安。"难道比玛塔斯还要致命？"我壮着胆子问她。

那女人卷起厚重外衣的袖子，露出那黝黑而肌肉发达的小臂，上面七扭八歪地布满了可怕的伤痕，弧线是那么像——"块头没有玛塔斯那么大，论力量也略逊一筹，"她说，"不过毒性极大，我被咬了之后足足昏睡了两个月，接着又过了四个月才有力气下床走路。"她说着又卷起一侧的裤腿。这腿很美，我暗自想到，尽管恐怖感在我内心搅个不停。在她那黝黑的皮肤底下，血管呈现出黑色，如同纯黑的蜘蛛网，让人见之顿觉毛骨悚然。"治疗师对此束手无策——我还能走路真是奇迹了，毕竟还有毒素残存在这两条腿里。也许它总有一天会夺走我的性命，也许会让我变成残废，但起码我知道那怪物先死在了我的手上。"

在她放下裤脚的那一瞬间，我血管里的血液似乎也跟着凝固了。要是广场上有人看见了刚才这一幕，也绝对不敢提起半句——或是走过来瞧个仔细。今天我受的刺激已经够多了，我后退一步，稳住情绪，不让自己被刚才的所见所闻吓倒。"多谢你的告诫。"我对她说。

她的目光在我背后一闪，给了我一个饶有兴味的微笑："祝你好运了。"

这时有一只纤细得多的手抓住我的手臂，把我拽开。我连看都不用看就知道那一定是妮斯塔。

"那些人太危险了。"妮斯塔小声说，用手紧掐着我，继续把我往雇佣兵相反的方向拖。"别再靠近他们。"

我盯着她看了一会儿，随后看向埃兰，埃兰也早已脸色苍白，神情紧张。"有什么我不知道的事情吗？"我平静地问。我还真不记得妮斯塔什么时候对我发出过警告，埃兰才是她唯一真心愿意照料的人。

"他们就是一群蛮子，见钱就要，甚至会暴力抢夺。"

我看了那雇佣兵一眼，对方还在检查那两张新兽皮。"她抢你了？"

"不是她。"埃兰嘀咕道，"而是另一个刚才从这经过的人，看到我们手里只有几枚硬币就发了疯，但是——"

"你们怎么不喊人帮忙——或是告诉我？"

"告诉你又有什么用？"妮斯塔讥笑道，"你打算拿着那把弓箭去跟他决斗吗？在这种破地方，就算我们喊了，又有什么人会在乎？"

"你那位托马斯·曼德雷呢？"我冷冷地问。

妮斯塔眼光一闪，这时我身后的动静吸引了她的目光，于是她硬生生地对着我挤出一个笑容——可能是因为她突然想起了我口袋里的钱币。"你的朋友在等着你呢。"

我转过身。果然，伊萨克在广场对面看着我们，双臂交叉在胸前，倚靠着一幢建筑物。虽然他是我们村唯一境况尚可的农民家庭中的长子，这个冬天还是把他折磨得身形消瘦，棕色的头发也显得乱蓬蓬的。从长相上说，他算比较帅气，言谈温和，举止有礼，但在表面之下暗藏着某种黑暗，正是那种黑暗令我们彼此吸引，我们对眼下糟糕的光景和毫无希望的未来持相同的看法。

我俩已经相熟多年——从我家搬进村的那天起，我们就认识了——不过我从未过多地关注过他，直到某天下午，我们并肩走在主路上。我们当时只是在聊着他带到集市上的鸡蛋——我跟他说，那个装鸡蛋的提篮五颜六色的真是好看——深浅褐色相间，还有淡蓝和浅绿点缀其上。那天我们聊得格外畅快，也许还有那么点尴尬，但当他把我送回茅屋转身离去时，我感到没那么孤独了。一个星期后，我把他拽进了那个破旧的谷仓。

他是我的第一个情人，而且在那之后的两年里我也没再和别人好过。有时我们会接连七天夜夜约会，有时会长达一个月互不关心。但每次的过程都是一样的：两人匆匆忙忙地褪尽衣衫，气喘吁吁，缠绵热吻。偶尔我们也会聊天——或者说是他会聊起父亲施加给他的压力和重担。大多数情况下，我们自始至终都不会开口说话。我不认为我们做爱的技巧有多么娴熟，可那仍然能让我们释放压力，忘却现实，带点自私的味道。

在我们之间没有爱情，从来也没有过——至少跟我从别人口中听到的爱情很不一样——然而当他告诉我，他很快就要娶别的姑娘为妻时，我还是有些失落，但还没绝望到会开口要求他在结婚之后继续跟我见面的地步。

伊萨克把头一偏,摆出熟悉的姿势,随后大步沿街向前走去——他会走到镇外,走进那个破旧的谷仓,在那里等我。我们从来都没有刻意避讳别人的眼神,但也会用些暗号来让彼此的关系不至于太过惹人耳目。

妮斯塔咂了咂舌头,抱起双臂。"但愿你们俩会采取些措施。"

"这时候再假装关心也太晚了点吧。"我说。不过我们向来十分小心。我承受不了意外的后果,所以伊萨克会喝避孕酒,他知道如果他不喝的话,我绝对不会跟他亲热。我把手伸进口袋,拿出一枚带有数字20的铜板。埃兰吸了口气,我并没有把目光投向我的两位姐姐,只是把那铜板往埃兰手心里一推,对她说:"回家等我。"

✝

后来,在又吃过一顿鹿肉晚餐之后,我们全家坐在炉火周围,享受着睡觉前一小时静谧的时光,我看着两位姐姐低声私语,放声大笑。她们已经把我给的钱全都花得干干净净——至于花去了哪里,我也不知道,只看见埃兰给父亲带回来了一把新凿子,让他继续木雕的活计。至于她们在前一晚吵着要买的斗篷和皮靴,由于价格太高,还是没能如愿带回。我没有责备她们乱花钱,尤其是当我看见妮斯塔在没被要求的情况下又主动跑出去砍了一次柴。万幸的是,她们没再跟福佑之子碰撞出什么火星来。

父亲仍然在座椅上打着盹,手杖放在骨节突出的膝盖旁边。我自认为在这个时候跟妮斯塔重提托马斯·曼德雷的话题再合适不过了,于是转身面朝她,准备开口说话。

一声惊天动地的咆哮险些震聋我的耳朵,我的两位姐姐尖声跳起,一个愤怒的身影伴随着疯狂扬起的飞雪出现在门口。

第四章

  我不知道自己是怎么握住狩猎短刀的木质刀柄的,起初只是稀里糊涂地看见一个披着金色毛皮的庞然巨兽咆哮着冲了进来,接着听见姐姐们的尖叫声,感受到灌进屋里的刺骨寒风,视野里还有父亲那张惊恐万状的脸。

  我意识到那不是玛塔斯——但如释重负之感只持续了短短的一瞬间。那巨兽巨大得跟马一样高,体形像猫科动物,长着狼头。我不知道该怎么形容从它头顶上伸出来的类似麋鹿头上的弯曲顶角,可无论它是猛狮、恶狼还是麋鹿,光是看看它那锐如匕刃的黑色利爪和满口黄色尖牙,任何人都不会质疑它的威力。

  倘若我是孤身一人在树林里,我也许会任由自己被恐惧吞噬,跪在地上祈求对方能让我痛快地速速死去。但是此刻的情形容不得我害怕,哪怕心如擂鼓,也不能退后一步。不知怎的,我挺身挡在了两位姐姐身前,只见那怪物抬起结实的蹄脚,龇着牙大吼一声:"凶手!"

  这时候在我心中响起了另一个词:

  仙灵。

我们在门槛上布下的结界对他来说就像蜘蛛网那般脆弱。我应该跟那位雇佣兵学习一下击杀仙灵的经验才对。可那巨兽粗壮的脖子——倒是刚好适合我的匕首扎进去。

我壮着胆子回头看了一眼,姐姐们还在尖叫,跪在壁炉墙边,父亲蜷伏在她们跟前。对了,我还要保护他。我愚蠢地朝那仙灵迈了一步,跟他分别站在桌子两边,竭力不让双手颤抖。我的弓和箭袋都在茅屋的另一边,路被对手挡住了,必须绕过去才能拿到那支桦木箭矢,还要给自己争取到瞄准的时间。

"凶手!"巨兽再次怒声咆哮,准备出击。

"求——求你了。"父亲在我身后结结巴巴地说,无力站起身来走到我旁边。"不管我们做了什么,都是无心之过,而且——"

"我们——我们——我们没杀过任何人。"妮斯塔哽咽地补充道,将一只手臂举过头顶,仿佛那枚小小的铁手环能挡住这怪物似的。

我从桌上抓起另一把餐刀,在我没能拿到箭袋之前,这是我唯一能用来自卫的武器了。"出去。"我对那巨兽斩钉截铁地说,手里胡乱挥舞着两把短刀。视野之内并没有铁能让我拿来跟他对抗,除非我把姐姐们的手环朝他扔过去。"出去,快滚。"我双手抖个不停,几乎连刀柄都握不住了。铁钉——这时候要是能抓到一根铁钉就好了。

他对我回以咆哮,整个茅屋都在晃动,杯盘器皿互相撞得哐啷作响。但伴随着这声咆哮,他那粗壮的脖子便暴露在外,我把狩猎匕首飞快地扔了过去。

巨兽以快到我难以分辨的速度伸爪一挡,匕首被弹到一旁,只见他张开血盆大口朝我的脸咬了下来。

我向后一跃,差点儿撞在蜷缩在地的父亲身上。那仙灵刚才那一击本就可以夺取我的性命——幸好那猛扑只是作为警告。妮斯塔和埃兰在旁边哭个不停，嘴里念叨着各种祷文，祈求那些被遗忘已久的神灵此刻还在附近。

"是谁杀死了他？"那巨兽步步进逼，把一只爪子放在桌上，桌面被压得嘎吱作响。他把爪子一只接一只地重重踩在桌面上。

怪物伸出鼻子，一个一个地闻起我们身上的气味，我大胆往前又迈了一步。在他那双绿颜色的眼睛里布满了琥珀色的斑点。那不是野兽的眼睛，野兽的眼睛不会有那样的形状和颜色。当我反问他时，我也被自己那镇定自若的语气吓了一跳："谁杀死了谁？"

他低吼一声，声音粗重而凶狠。"那头狼。"他说，我的心不由得漏跳了一拍。刚才那声不再是咆哮，然而愤怒还在——或许还夹杂着悲伤。

埃兰痛哭的声调越发高亢。我继续扬着下巴问道："一头狼？"

"一头长着灰色毛皮的巨狼。"他怒声答道。要是我说谎的话，会被他拆穿吗？仙灵族不会说谎——所有凡人都清楚这一点——可他们能闻出人类舌头上谎言的气味吗？想靠硬拼来逃过这一劫是不可能了，但说不定可以想些其他的办法。

"如果是误杀，"我尽量语气平稳地说道，"我们该付出什么样的代价？"我多希望这一切都是一场梦魇，我很快就会在炉火边醒来，只不过因为在集市上奔波了一天，又和伊萨克待了一下午，累坏了而已。

那怪物放声大吼，又像是在苦笑。他跳下桌子，在吱呀的地板上绕起小圈。寒意如此强烈，冻得我直打冷战。"你们必须付出我们双方条约所规定的代价。"

"为了一头狼？"我反问，父亲小声喊住了我。我模糊地记得小时候曾经在课堂上阅读过那纸条约，却不记得里面有提到狼的内容。

巨兽猛地转过身来。"到底是谁杀死了那头狼？"

我凝视着那双碧玉色的眼睛。"是我。"

他眨眨眼，朝我的两位姐姐看了一眼，转而回头看向我，看着我的瘦弱——他显然把我当成了一个弱不禁风的小女孩。"你是想替她们俩顶罪吧？"

"我们没杀过任何东西！"埃兰哭着说，"求你了……求求你放过我们吧！"妮斯塔忍着啜泣，严厉地要求埃兰闭嘴，一把将她推到身后。见此情景，我的心凛然一沉。

父亲站起身来，忍着腿上的痛，跛着脚往前走，还没等他走到我跟前，我再次重复道："就是我杀的。"那只巨兽刚刚已经闻过了我姐姐身上的气味，这时端详起我来。我挺起肩膀："我今天把它的狼皮拿到集市上卖了。如果我事先知道那是仙灵，绝对不会去碰它。"

"骗子。"他咆哮着说，"别说谎了。要是你知道那是我的同族，只会更迫不及待地对它下手。"

对，没错，正是这样。"那能怪我吗？"

"他攻击你了吗？先挑衅你了？"

我张开嘴，本想给出肯定的答案，但是——"没有。"我也发出一声怒吼。"但鉴于你们仙灵族对我们干的那些好事，鉴于你们仙灵族仍然喜欢继续对我们干那些好事，即使我明知道事情会这样，它也是死有余辜。"反正横竖都是一死，倒不如昂首挺胸，不必死得像只窝囊的蝼蚁。

无论那巨兽的咆哮声里带着多少令人胆寒的怒火。

火光映衬着他那暴露在外的利齿，真不知道要是喉咙被咬上一口会是什么滋味，不知道我的两位姐姐在临死之前会惨叫得多大声。然而我知道的是——那一刻我忽然变得格外清醒——妮斯塔一定会为埃兰争取逃生的时间。妮斯塔不会管父亲，她对父亲的厌恶已经深入骨髓；妮斯塔也不会管我，因为妮斯塔从来都明白她跟我相当于同一枚硬币的正反面,并且痛恨我有能力独自迎战敌人的事实。可是埃兰,整天喜欢摆弄花花草草,内心柔软……妮斯塔肯定会为她挺身而出。

这个一闪而过的念头驱使我用仍然握在手中的另一把短刀对准了那个怪物。"条约规定的代价是什么?"

他看着我说道:"一命还一命。如果有人类在并未受到挑衅的情况下攻击仙灵族,必须拿人命来还。"

姐姐们停止了哭泣。我在镇上遇见的那名雇佣兵是杀死过仙灵没错,可她那是被迫还手。"我不知道。"我说,"我不知道条约里这样写过。"

仙灵族不会说谎——而且他一字一句都说得清清楚楚,没有添油加醋。

"你们大多数凡人都选择忘记了条约的那一部分。"他说,"所以惩罚你们就变得更加有趣了。"

我的膝盖在颤抖。我逃不掉了,根本无路可逃,甚至连尝试逃跑都是在白费力气,因为他就挡在门前。"到外面去解决吧。"我小声说道,声音还在打着战,"别在……这儿。"如果我的家人能够得到饶恕,我不希望他们还要在事后清理我留下的血渍。

那仙灵发出邪恶的笑声。"这么轻易就对命运屈服了?"我只是盯着他看,他接着说道,"看在你有胆量选择自己就死的分儿上,我告诉你个秘密吧,人类:本着一命还一命的原则,皮西亚必须要以某种形式夺取你的性命。所以作为来自永生之地的代表,我既可以像杀猪一样把你大卸八块,也可以允许你翻过那道高墙,在皮西亚的地盘上度过余生。"

我眨眨眼问:"你说什么?"

他说得慢条斯理,仿佛我的的确确是一头蠢猪。"你可以选择今晚就死，也可以选择离开人类的领地，余生永远在皮西亚境内度过。"

"去吧，菲娅。"父亲在我身后小声说，"去吧。"

我没有回头。"我住哪里？皮西亚的每一寸土地都会要了我们凡人的命。"要是我人生接下来的每一天都要在高墙的另一侧备受煎熬，惶惶不可终日，倒不如今晚脆利落地断了这口气。

"我有领地。"那仙灵平静地回答——语气有些勉强。"我会给你住的地方。"

"何必那么麻烦？"也许这问题真是蠢到家了，可是——

"你杀死了我的朋友。"那巨兽咆哮着说，"不仅杀死了他，还剥了他的皮，卖到了集市上，然后说他死有余辜，这时候你还有胆量质疑我如此宽宏大量的决定？"多么典型的人类啊，他似乎无声地加了一句。

"可你只是在挑好的说。"我逼近到他跟前，感受到那仙灵灼热的呼吸喷在我的脸上。仙灵族是不会说谎，不过他们大可以对某些信息避而不谈。

巨兽再次怒声咆哮。"我真是大意，忘记了人类对我们怀有如此强烈的偏见。难道你们人类已经不再相信有怜悯这回事了吗？"他的尖牙距离我的嗓子眼只有毫厘的距离。"我就跟你把话挑明了吧，小女孩：你要么跟我回皮西亚，到我家里去替那头狼抵命，要么现在就跟我出门，被我撕成碎片。自己选。"

身后传来父亲一瘸一拐的脚步声，他抓住我的肩膀。"求您了，好心的阁下——菲娅是我最小的女儿，我求您饶她一命吧，她是……她是……"他后面的话被那巨兽的怒吼声卡在了嗓子眼里，然而他刚才说出口的那些话，还有他做出的努力，仿佛一把刀插在了我的肚子上。父亲瑟缩着继续说："求您——"

"安静。"怪物打断了他，怒火几乎要冲出我的胸腔，我强忍着要把匕首扎进他眼睛里的冲动。事实上,还没等我把手举起来,对方就能一口咬断我的脖子。

"我可以去凑钱——"父亲这话让我胸中的怒火再次腾起。他凑钱的唯一办法就是去东求西讨,即便如此,能凑到区区几枚铜板就算是走运了。我早就见惯了村里那些有钱人家的铁石心肠。住在我们凡人领地上的那些家伙跟墙那边的怪物同样恶劣。

巨兽讥笑一声:"你女儿的性命对你来说值多少钱?你觉得能跟多大的数目画上等号?"

妮斯塔仍然挡在埃兰身前,埃兰脸色苍白,跟屋外的白雪一个颜色。妮斯塔警惕着那怪物的一举一动,垂着双眼,甚至都没朝父亲的方向瞧上一眼——像是已经知道了他的答案。

父亲一语不发,我朝那巨兽又迈了一步,将他的注意力吸引到自己身上。我得把他引出去才行,让他远离我的家人。从他挡掉我匕首的动作来看,我绝不可能抓住任何机会从他眼皮底下逃走。凭借那敏锐的听觉,我在短时间内肯定休想脱身,除非先让他相信我归顺的真心。如果我操之过急地抢先出击或是试图逃跑,他会把我全家杀光,满足杀戮的欲望,然后他还是会把我给找出来。我别无选择,只有先跟他走,等到时机成熟时再割断那怪物的喉咙,或者起码能把他弄残,防止他从身后追来。

只要我能不再被仙灵族抓住,我就不会受到条约的惩罚,即使我这样做会违背毒誓。要是跟他离去,我一样要打破我毕生立下最重要的誓言,那誓言当然比什么我从没签署过的古老条约要紧得多。

我松开刀柄,盯着那双绿色的眼睛静静地看了很久,才开口对他说:"我们什么时候动身?"

在那张像极了恶狼的脸上还是只有凶残邪恶的表情。眼见他走向门口,我所有残存的希望全都幻灭得干干净净——不,他不是在朝门口走，而是要去拿我放在门后的箭袋。巨兽从箭袋里取出那支梣木箭矢，闻了闻，对着它怒吼一声，轻而易举地把它掰成两截，扔进了我两位姐姐身后的火炉里，随后才朝我转过身来。我在他的气息里嗅到了死亡的判决，他只说出了两个字："现在。"

现在。

就连埃兰都抬起头来，惊恐地看着我。可我却不能看她，也不能看妮斯塔——她们俩都还静默无声地缩在那里。我回头看着父亲，在他的眼中有微光闪过，于是我朝家中仅剩的几个柜橱看了一眼，把手上还有褪色的黄色水仙花。现在。

怪物走到门口。我不愿意去想自己将要去往哪里，或者他会对我做些什么。在适当的时机到来之前，逃跑也是愚蠢的举动。

"那些鹿肉够你们吃两个礼拜了。"我对父亲交代，一边往身上套着衣服，准备去抵挡屋外的严寒。"先吃鲜肉，剩下的制成肉干——你知道怎么做。"

"菲娅——"父亲开口，但我还在继续扎紧斗篷。

"我把卖兽皮剩下的钱放在梳妆台上了。"我说，"如果悠着点花的话，那些钱可以让你们撑一阵子。"我终于再次看向父亲，让自己记清他脸的轮廓。我双眼刺痛，于是眨了眨眼，让眼眶不再湿润，把手塞进那双破破烂烂的手套里。"等到春季来临时，到银泉湾水流转弯处南边的树林里去狩猎——那边的野兔很不错。找……找伊萨克·海尔学习如何制作陷阱吧，我去年教过他。"

父亲点点头，用一只手捂住嘴。巨兽发出警告的咆哮，冲进夜色之中。我跟在他身后，却还是回头朝姐姐们看了一眼，她们俩还缩在炉火边，仿佛在我离开之前绝不敢随便动弹。

埃兰无声地喊出了我的名字，身体仍然保持着蜷缩，把头低了下去。于是我转身面向妮斯塔，她那张脸简直和母亲是从一个模子里刻出来的,如此的冰冷和坚决。

"随便你做什么,"我平静地说,"总之别嫁给托马斯·曼德雷。他的父亲会对妻子动手,儿子们也全都不会出手阻止。"妮斯塔瞪大眼睛,我继续说道,"瘀青比贫穷更难掩藏。"

妮斯塔愣住了,什么都没说——我的两位姐姐都没有说出半个字来——看着我走向敞开的屋门。这时有一只手拽住了我的胳膊,迫使我停下脚步。

我转身面向他,父亲开口想说话,又闭上了嘴。那巨兽在外面感觉到我被拦住了,又朝茅屋发出一声震耳的怒吼。

"菲娅……"父亲用颤抖的十指握住我戴着手套的双手,眼神却变得清澈勇敢,我很多年没在他眼里见过这样的目光了。"这里配不上你的好,菲娅。我们配不上你的好,这儿的所有人都配不上。"他将我的手握紧。"如果你有幸能逃出去,有幸能把欠他们的债还清,就别再回来了。"

我从没想过会以这种揪心的方式和家人分别,也没想过父亲会对我说出这番话。

"永远都别回来了。"父亲说着放开我的手,晃动着我的肩膀。"菲娅。"他战栗着唤出我的名字,喉咙哽咽了。"去一个新的地方——再给自己另起一个名字吧。"

巨兽已经在远处渐渐变成了一团黑影。一命换一命——但如果这条命能保住另外三个人的性命呢?光是这个念头就足以令我变得勇敢而刚强。

我从来没对父亲提起过当年对母亲立下的誓言,现在已然没有解释的必要了。于是我甩开他的手,转身离去。

路上的积雪被我的靴子踩得嘎吱作响,那声音将父亲刚刚的话逐出了我的脑海,我跟在那怪物后面,朝着夜色浓重的密林奔去。

第五章

那巨兽飞快地朝着密林深处奔跑,脚步迅捷而轻盈,我跟在他身后,奔赴那未知的遭遇与苦难,甚至不敢回头再看茅屋一眼。

我们在一排排树木间疾奔,前方漆黑一片。

这时我看到一匹没有被拴住的白马耐心地等在一棵树旁边,它全身上下的白毛在月光下犹如刚刚飘落的初雪。看到巨兽靠近,它只是轻轻低下头——像是在表达敬意。

他抬起一只巨大的爪子,示意我翻身上马。即便他走到了完全可以一击取它性命的距离,那匹马还是格外平静。我已经好多年没有骑过马了,当年骑的还是小马驹,但当我跨上马鞍,随它往前迈步时,我那快要冻僵的身体还是感受到了顺着马背传来的暖意。四下里黑暗无光,我只能听凭它追随那巨兽的脚步。他们俩几乎体形相等。当我们朝北方——仙灵领地的方向行进时,我并没有感到意外,但还是觉得胃里一紧,紧得发疼。

我将要跟他一起生活,我今后的人生都要在他的地盘上度过。也许这是怜悯吧——然而,他并没有具体说明过我会以什么样的形式在那里生存下去。条约明令禁止仙灵族把凡人带走当奴隶,不过——也许杀死过仙灵族的凡人不在此列。

我们很可能要从高墙的某条裂缝钻过去，神不知鬼不觉地穿过边界。等我们到了那道隐形高墙的另一边，进入皮西亚的境内，我的家人们就再也无法找到我了。我在狼群的国度里就是一只羔羊。狼群——狼。

杀死了仙灵。那是我犯的罪。

我感到喉咙发干。我杀死了仙灵这个念头实在无法令我产生什么负罪感。我的家人因此被扔下，被迫终日忍饥挨饿，而且这个世界从此少了一个邪恶卑鄙的怪物。那巨兽烧毁了我的桦木箭矢——所以我只能期盼好运能让我再找到一块桦树的木料，才有机会把它干掉——起码限制他的行动速度。

对他们弱点的掌控，了解到他们无力对抗桦木，帮助我们在那场古老的叛乱中没有被高等魔仙赶尽杀绝，活了下来，他们当时是遭到了自己同族的背叛。

我徒劳地在四周那些枝干窄瘦的树木间搜寻着桦树的痕迹，感觉体内的血液变得愈发冷却。我从来没见过这片密林如此寂静，想必林中的所有猛兽在这巨兽面前都乖乖地俯首称臣，尽管我胯下的坐骑没有表现出半点惊慌。等到我们走进他的领地之后，但愿他也能让其他仙灵退避三舍。

皮西亚。这个词像丧钟般一次又一次地在我脑海中响起。

土地——他说过他有土地，但那里会有什么样的住所呢？这匹马雄健硕美，马鞍也是用上好的皮革制成，说明他平日里过着某种文明人的生活。我没听说过仙灵族和高等魔仙过着怎样的生活——只听说过他们有着致命的攻击力和惊人的食欲。我握紧缰绳，不让双手颤抖。

关于皮西亚的第一手资料少之又少。越过那道高墙的凡人——

要么是自愿作为献给福佑之子的礼物，要么是被掳走的，全都是有去无回。我对皮西亚的了解大多从村民们讲述的传说中获得，尽管父亲偶尔也会在晚上给我们讲几个不那么血腥的故事，提醒自己我们的存在。

据我们所知，高等魔仙仍然控制着我们世界的北部疆域——以那条把我们和大陆分离的狭窄海峡为分界线，他们占领着大片辽阔岛屿、幽深峡湾、冰封荒原和灼热沙漠，一直绵延到另一侧的汪洋大海。某些仙灵族的领土上**矗立着帝国**，另一些则在国王与王后的监管之下。还有类似于皮西亚这样的地方，被七大至高之主分而治之——至高之主有着无可匹敌的强大力量，相传他们能夷平建筑，击破军队，眨眼间就能让你尸首分离。我对此毫不怀疑。

从没有人对我说过为什么祖先们选择留在我们这片领地上，地方狭小不说，离皮西亚的边界还这么近。这是只有蠢货——无论是谁在那场大战后选择留在离敌人这么近的地方，都绝对是自寻死路的蠢货。即使人类和仙灵早在几百年前就缔结了那纸条约，在双方之间那道带有防御结界的高墙各处仍有不少缝隙和裂口，大到足以让那些凶恶的怪物钻进我们的地盘，横行取乐。

福佑之子们从来都不愿意承认皮西亚的这一面——也许那正是我很快就要目睹的一面。我的五脏六腑开始翻滚。跟他一起生活，我一次又一次地提醒自己。是生活，不是死亡。

虽然我认为自己可以在地牢里活得下去。他有可能会把我锁起来，忘记我在里面，忘记人类需要食物、饮水以及取暖。

那巨兽疾行在前，顶角伸向夜空，从口鼻里不断喷出一缕缕炽热的气雾。我们必须找个地方扎营过夜，这里距离皮西亚边界线还有几天的路程。等我们停下，我会整夜保持清醒，决不让他离开我的视线。尽管桦木箭矢被他烧了，我斗篷底下还藏着那把短刀，说不定今晚就该它上场了。

然而令我在恐惧、愤怒与绝望中越陷越深的不只是我个人的死活。随着我们越走越远——耳边只有利爪和马蹄踩在积雪上的声响——想到家人会因为饿肚子才想起我有多重要，我不禁感到一阵恼火，但想到父亲拖着残腿沿街乞讨，我又觉得一阵心疼。每当我朝那野兽看时，我都能看见父亲跛着脚走过街巷，找人讨要铜板来让我的两位姐姐活下去。更糟糕的是，妮斯塔也许还要委曲求全地去保护埃兰。她不会把父亲的死活放在心上，但是为了埃兰——还有她自己，要她去说谎，去偷盗，甚至出卖所有，她也在所不惜。

我仔细观察着那巨兽的移动，试图从中找出任何——任何——弱点，但却一无所获。"你是哪种仙灵？"我问他，声音几乎被白雪、密林和满布繁星的天空吞噬。

他头也没回，根本连一个字也懒得说。这很公平。我毕竟杀死了他的朋友。

我再次尝试。"你有名字吗？"或者能用来诅咒他的任何称谓。

他哼了一声，那是夹带着苦涩的嘲笑。"这对你来说重要吗，人类？"

我没有回答。他说不定随时会改变主意，不愿再留我一命。

但也许我可以在他决定把我开膛破肚之前逃走。我可以带上家人，逃上一艘船，航行到很远很远的地方去。也许我可以试着杀死他，不管能否成功，不管那是否意味着又一次在未经挑衅的情况下主动攻击，只要干掉这个跑来要我以命换命的畜生——他想要我的命，反观仙灵族，却根本不把凡人的性命当回事。那名雇佣兵在跟仙灵交手时活下来了，也许我也能活下来。

我张开嘴，想再次询问他的名字，这时他恼怒地咆哮一声。我根本没机会挣扎，来不及还手，只觉得被什么金属狠狠地砸在了鼻子上。我顿时觉得天旋地转，被黑暗彻底吞了进去。

✠

我在马背上猛然惊醒，感觉身体被一条看不见的绳索绑住了。太阳已经高悬在空中。

是魔法——刚才击晕我的，以及后来将我四肢紧紧缠住的一定是魔法，让我根本不能掏出短刀。来自凡人共同的记忆与恐惧，使我从骨髓深处认得那股力量。我失去意识多久了？他为了避免跟我交谈，让我昏睡了多长时间？

我咬紧牙齿，本想继续追问答案——本想对那个自顾自往前跑的巨兽高声大喊，但这时有一群飞鸟叽叽喳喳地从我身旁飞过，轻柔的微风拂过我的脸庞。我发现前面有一道两旁筑有篱笆的金属大门。

我不知道等待我的究竟是囚禁，还是救赎。

两天——从我家的茅屋跑到高墙，进入皮西亚最南端的领地，总共用了两天时间。我在魔法的作用下睡了那么久吗？这个浑蛋。

大门砰然开启，附近既没有看门人，也没有哨兵，巨兽继续往里奔跑。无论我愿不愿意，我的马都紧紧跟了上去。

第六章

庭园被建造在一片绵延起伏的绿色田野之上。我从没见过任何类似这样的地方,就连我们当年的庄园也无法与之相比。四周长满了玫瑰与常春藤,露台、阳台和阶梯从雪白光洁的建筑两侧向外延伸。庭园周围是一片密林,广袤得一眼望不到边际。我只觉得眼前色彩斑斓,光影交错,使我目不暇接。在这样的地方,颜料根本起不到任何点缀的作用,顶多只能画蛇添足。

要不是因为这里太过空旷寂静,惊叹肯定会压过我心中的恐惧。当我们踩着碎石铺就的小径走向庭园的正门时,整座花园仿佛都在香甜地沉睡。排布有致的紫色鸢尾、白色雪莲和黄色水仙随风摆动,我感到微弱的金属臭气撩动着我的鼻孔。

当然是魔法,因为这里本就是魔法的源头所在。他们究竟掌握着何种力量,能让这片土地跟我们的家园如此不同,甚至能随心所欲地操控季节和天气?厚重的衣服开始令我汗流浃背,喘不上气。我转了转手腕,在鞍座上挪动身体,原先限制我动弹的那条看不见的绳索已经消失了。

那仙灵奔跑在前,步履轻盈地跳上恢宏的大理石阶梯,用力跃起，径直落在那两扇巨大的橡木门前。门无声开启，他迈步而入。毫无疑问，他早就计划好了这次行程——让我一路昏睡，根本弄不清楚自己身在何方，找不到回家的路，更无法进入沿途其他敌对仙灵的领地。我伸手摸刀，却只摸到了一层层破烂的衣服。

想到那怪物在路上把利爪伸进了我的斗篷，将刀拿走，我不禁感到口干舌燥。我甩走愤怒、恐惧和烟雾的情绪，这时马在阶梯下方自顾停了下来。这其中的含义不言而喻。眼前这座雄伟的庭园似乎正在监视着，等待着。

我回头朝身后仍然开启的大门看了一眼，要是我打算逃跑，必须趁现在行动。

往南——我只要一路往南跑，总会跑到高墙那里。前提是我在沿途不会遭遇敌人。我拽了拽缰绳，那匹马却一动不动——无论我怎么用脚跟踢打都无济于事。我发出一声低嘶，它总算动了一只马蹄。

我弯曲双膝，向前移动，眼前金星乱冒。我抓住马鞍，五官因疼痛和饥饿而扭曲。就是现在——我必须现在就走。我竭力想要往前走，却还是觉得天旋地转。

只有蠢货才会在饿得虚脱的情况下想要逃跑。

我这模样连半里路都跑不出去，就会被那巨兽抓回来撕得粉碎，他一定会说到做到。

我战栗地深吸一口气。食物——要先找到食物，然后等待下一次逃跑的绝佳良机。这主意听来十分合理。

估摸着恢复了走路的力气，我翻身下马，一步一步地迈上阶梯。我感到呼吸窒闷，穿过打开的橡木门，走进幽暗的庭园。

宅内更显富丽堂皇。地上铺着黑白相间的光滑大理石，连通着难以计数的房门和向上旋绕的阶梯。一条狭长的走廊与位于庭园另一端的巨大玻璃门相连，玻璃门外又是一座花园，比屋外的花园更加绚烂夺目。这里没有地牢的迹象,地下也没有传来任何喊叫或求饶声。唯一的声音就是从附近某个房间里传出的低吼,那声音格外低沉,连被摆在大厅桌台上装满一簇簇绣球花的花瓶都跟着震动起来。似乎是作为回应,我左边另一扇被打磨得锃亮的木门开得更大,有人示意让我进去。

我用颤抖的手指揉了揉眼睛。我知道高等魔仙在世界各地都建造了宫殿和神庙——为了泄愤,我的凡人先祖们在大决战结束后把那些建筑捣毁了不少——可是我从来没想过还有多少会被保留到今天,更不知道其中还暗藏着多少气数和财富。我从没想过,像仙灵族这样野蛮的怪物,居然会住在比凡人还要雄伟壮丽的住所里。

我紧张地走进房间。

一张长桌台——比我家庄园里的任何桌台都要长得多——占据了房间的大部分。上面摆满了食物和美酒——简直称得上琳琅满目,有些还冒着热气,惹得我口水直流。至少都是些常见的东西,不是什么诡异的仙灵族餐食——桌上有鸡,有面包,有豌豆,有鱼,有芦笋,有羔羊肉……无论在多么阔绰的凡人家庭里,都堪称凡人国度里的满汉全席。于是我又吃了一惊。那巨兽朝着餐桌尽头那张大得离谱的座椅走去。

我在门口犹豫不决地看着那一桌子美食——热气腾腾,色香诱人——却不能吃。那是我们在儿时学会的第一条规矩,通常会以儿歌或童谣的形式学会它——万一你不幸要与仙灵共处,绝不能喝他们的酒,吃他们的东西。任何时候都不得破例。否则你必会为奴为婢,灵魂难获自由,身体也会被困在皮西亚。好吧,后一半已经成真,但我说不定还有机会避免前一半发生。

那怪物扑通一声重重坐下,椅子被压得嘎吱作响,突然有白光闪过,只见他变成了一个长着满头金发的男子。

我失声惊呼，跌靠在门边，把脚紧贴门槛，随时准备逃跑。这怪物既不是人也不是低等仙灵，而是高等魔仙，并且是高贵的统治阶层——美丽优雅，凶残无情。

他正值青年——至少他长着一张年轻人的脸，脸上戴着一张精美的金色面具，遮住鼻梁、脸颊和眉毛，上面镶嵌着一颗颗树叶形状的绿宝石。这无疑是在高等魔仙中流行的某种荒唐时尚。隔着面具，我只能看到他的那双眼睛——跟他野兽形态下的眼睛倒是如出一辙——和强有力的下颌，还有被抿成细缝的一张嘴。

"你应该吃点东西。"他说。跟他脸上华美的面具形成鲜明对比的是他那件朴实无华的暗绿色上衣，宽大的胸口只点缀着一条皮革绑带，看上去实战作用要远大于装饰作用，即使我并没有在他身上发现任何武器。所以他不仅是高等魔仙，还是一名战士。

我不愿意去深想他会在什么情况下换上战斗的衣装，也不愿意去仔细看那被从他身后窗外透进的阳光照得发亮的皮革绑带。我已经有好几个月没见过这般万里无云的晴空了。他从切割精巧的水晶酒器里倒出一杯美酒，大口饮下，像是渴望已久了。

我小心地朝门口挪动，狂跳的心脏几乎要跃出嗓子眼了。门板上的金属合页让我的手指感到丝丝寒意。要是我移动得够快，应该能跑到屋外，在几秒之内奔到大门口。他的速度肯定在我之上，但在跑过走廊时说不定会撞到那些精美的家具并因此减速。虽然他那双魔仙特有的耳朵——纤细灵巧地向上弯着——能够听见我发出的任何细小的动静。

"你是什么人？"我开口问道。那淡金色的头发跟野兽形态下毛皮的颜色真是接近。在他这身皮囊底下，肯定还藏着那四只巨大的爪子。

"坐下。"他粗声粗气地说，对着桌子把大手一挥。"吃。"

我在脑海中一遍又一遍地吟唱着儿时的童谣。这太不划算了——怎么能为了满足口腹之欲，让自己去冒身心为奴的危险呢？

他低声怒吼："除非你愿意晕过去？"

"这对人类来说不安全。"我真是吃了豹子胆。

他大笑起来，笑得格外狂野："放心吃吧，不会有事的，人类。"那双奇怪的绿眼睛把我死死钉在原地，仿佛他能察觉到我身上每块肌肉正在酝酿的动静。"想走就走。"他说话间牙齿微露。"我不是在逼你坐牢，大门开着呢——你可以随便到皮西亚的任何地方生活。"

然后被某个卑鄙的仙灵吃进肚子里去，或是被折磨得生不如死。但尽管这地方的一砖一瓦都是如此的精致而完美，优雅而洁净，我却必须离开，回到我来的地方。那是我对母亲立下的承诺，纵使她既冷酷又虚荣，我也别无选择。我没有对面前的食物表露出任何欲望。

"好吧。"他的语气里带着愤怒，开始自顾自地吃起来。

这时有人从我身旁走过，径直走向餐桌的那端，成功地为我解了围，使我不必面对再次惹怒他的后果。

"所以呢？"那陌生人问道——他也是高等魔仙：红头发，身穿华美的银色外衣，脸上也戴着面具。他对着坐在桌边的那个人浅浅鞠了一躬，随后交叉双臂，似乎没有注意到仍然贴墙站立的我。

"什么所以呢？"抓我的人把头一伸，这动作真是充满兽性，不太像人。

"安德拉斯死了？"

我的囚禁者——或是救赎者，点了点头。"我很遗憾。"他静静地说。

"怎么死的？"陌生人追问，指关节因双拳紧攥而渐渐发白。

"桉木箭矢。"那人回答。他身边红头发的同伴吸了口气。"条约的召唤之力带我找到了那个凡人，给那女孩提供了容身之所。"

"一个女孩——一个普通的凡人女孩，居然杀死了安德拉斯。"红发人恶狠狠地从牙缝里挤出了这句话，朝餐桌另一头留给我的那张空椅子看了一眼。"条约的召唤之力带你找到了凶手？"

戴金面具的人苦笑着指了指我："对，魔法直接把我带到了她家门口。"

陌生人身姿优雅地转过身来，青铜色的面具带着狐狸的五官轮廓，只露出下半张脸——最显眼的是一条从眉毛延伸到下颌的疤痕，看起来很是触目惊心。面具后面那只空洞的眼睛——用一枚雕琢而成的金色小球代替了眼珠——跟正常的眼睛一样，在跟随他的意志转动，盯住了我。

即便站在房间的另一侧，我也能看清他另外一只黄褐色的眼睛睁得老大。他先是闻了闻，又动了动嘴唇，露出整齐洁白的牙齿，转身面朝刚才回答他问题的那个魔仙。"你在和我开玩笑。"他平静地说。"你说是这个骨瘦如柴的东西用一枚梣木箭矢杀死了安德拉斯？"

混账——真是彻头彻尾的混账。可惜梣木箭矢此刻不在我手上——不然我肯定会一箭结果了他。

"她承认了。"金发魔仙正色道，一根手指从酒杯边缘划过。一只又长又锋利的爪子摩挲着那金属。我竭力让自己呼吸平稳。尤其当他又补充了一句："她没有试图否认。"

戴狐狸面具的魔仙坐到桌边，火红色的长发被光芒照亮。我能理解他的面具，还有那道令人望而生畏的疤痕和缺失的眼珠，但金发魔仙却似乎满脸的无动于衷。也许他戴那面具只是出于对习俗的尊重，说不定恰恰解释了他们那怪异的潮流。"好吧，"红发魔仙激动地说，"现在我们算是困住了，多亏了你那毫无用处的怜悯，你毁了——"

我迈步上前——只迈了一步。我也不知道自己想说什么,但听到自己被人这样讨论……我还是紧紧闭着嘴,但那已经足够了。

"你很享受杀死我的朋友吗,人类?"红发魔仙说,"你有没有犹豫过,还是说你心中的仇恨已经强烈到了让你毫不迟疑的地步?像你这么弱小的凡人,击倒那样强大的对手,想必是很有成就感吧?"

金发魔仙缄口不言,只是绷紧了下巴。在他们俩端详的目光下,我下意识地去摸那把早就不在原处的短刀。

"总而言之……"戴狐狸面具的人接着说,面带讥笑地望着他的同伴。要是我真的对他拔出刀,他可能会大笑出声。"也许有办法,来让——"

"卢西恩,"抓我的人语气平静地喊出那人的名字,仿佛带着愠怒,"别乱来。"

卢西恩身体一僵,却从桌边跳下,对我深深鞠躬。"抱歉,女士。"这又是在拿我取乐。"我是卢西恩。我是侍臣,也是使者。"他夸张地把手一挥。"您的双眸如星辰般明亮,您的秀发如黄金般璀璨。"

他把头一偏,在等我报上名字。但我是否应该对他透露关于我和家人的信息,以及我来自哪里——

"她叫菲娅。"看似大权在握的巨兽说道。他肯定是在茅屋里听见了我的名字。那双醒目的绿眼睛再次和我四目相对,接着把视线转到门口。"艾莉丝会带你去你的房间,你可以洗个澡,换身干净的衣服。"

我也说不清那是冒犯还是什么。一只强有力的手抓住了我的胳膊,我不由得身子一缩。这时有个棕色头发、脸戴简朴铜色飞鸟面具的矮胖女人走上前来将我拉住，带我朝敞开的房门走去。她那件朴素的棕色长裙外面罩着白色的围裙——代表着她仆人的身份。看来面具在这里果然是某种潮流。

如果他们对着装如此在意，就连仆人穿什么都有规定的话，那他们可能就是一群肤浅又虚荣的家伙，好骗得很，主人这身战服只是唬人罢了。可是我的对手再怎么说也是高等魔仙，我必须要小心应对，静待时机，才能逃离魔窟。于是我乖乖跟在艾莉丝身后朝着房间——而不是牢房走去。好歹暂时能松口气。

我还没走出几步远，就听见卢西恩咆哮道："那就是创世之釜派来对付我们的克星？真是她杀死了安德拉斯？我们从一开始就不该让他到那里去——他们谁都不该到那里去执行那愚蠢的任务。"那咆哮声里充满苦涩，而非威胁。他也会变形吗？"也许我们应该亮出立场来——也许是时候说一句'够了'。找个地方把那女孩一扔，或是干脆杀死，我不在乎——把她留在这里只会徒增麻烦。想从她嘴里套话，别做梦了，她过不了多久就会在你背后捅刀子——搞不好任何人都会遭她毒手。"我稳住呼吸，脊背绷紧——

"不。"金发魔仙斩钉截铁地说，"在确定不会有其他解决办法之前，绝对不能轻举妄动。至于那个女孩，她留下，谁都不能动她分毫。这个话题到此结束。那间破屋子对她来说已经是人间地狱了。"我感到两颊发热，紧张地呼出一口气，不敢迎着艾莉丝的目光看。破屋子——跟这里比起来，用这三个字形容我和家人居住的茅屋实在是不为过。

"那你可真够能干的，老小子。"卢西恩说，"我相信她的性命和安德拉斯一样宝贵，搞不好她还能跟其他人一起去守卫边境呢。"

空气里传来一声怒吼。

我在闪闪发光、一尘不染的走廊上渐行渐远，再也听不见他们的交谈。

✠

艾莉丝领着我穿过金银相间的廊道，直到我们走上二楼，走进一间奢华的卧室。当艾莉丝和两名同样脸戴面具的仆人给我沐浴理发，然后把我从水里拎出来时，我感到自己活像一只等待上桌的水煮鸡，却并没做任何挣扎。根据我的判断，我应该正是他们下一顿大餐的主菜。

只有当我想到那高等魔仙的承诺时——他答应让我在皮西亚境内过完接下来的日子，而不会取我性命——我才能暂时不被刚才的念头吓倒。尽管仙灵族除了耳朵之外，看起来人模人样，我还从来没听过他们如何称呼自己的仆人。但我也不敢问，甚至根本不敢开口跟他们说话，光是他们的手放在我身上，或是近距离地待在我旁边，就已经足够让我浑身颤抖了。

不过，我还是朝艾莉丝帮我放在床上的那件绿松石色天鹅绒长裙看了一眼，穿好那件白色的紧身衬裙，坐在椅子上，恳求她能把我来时穿的旧衣服还给我。艾莉丝拒绝了，当我再次求她，尽量显得楚楚可怜，难过又卑微时，她索性夺门而去。我好多年没穿过长裙了，这时候也不想改变自己的着装习惯，眼下逃跑才是重中之重。有长裙束缚，我怎么可能自如地移动。

我身穿长裙，在那里坐了许久，耳边只有窗外花园中小鸟的鸣唱声。没有人惨叫，没有武器在噼啪作响，也没有任何杀戮或折磨的迹象。

这间卧室比我家的整座茅屋还要大。墙壁被粉刷成淡绿色，上面装点着精致的金色图案，就连突起的棱角都是金光灿灿。要不是有象牙白色家具和地毯做装点，我或许会觉得这房间俗不可耐。那张大床也是相似的色系，床头挂着窗帘，随着从窗外吹进的习习微风而轻轻摇曳。我身上的这袭长裙是用最上等的丝绸缝制而成，边缘缀着蕾丝——既简单质朴，又精致高雅，我不由自主地将一根手指从衣领上滑过。

我从小听说的那些故事都是假的——不然就是长达五百年的隔绝，已经把真相扭曲得面目全非。没错，我仍然是猎物，跟他们相比，仍然是弱不禁风，毫无用处，可这地方真是太平静了。处处透着安宁。除非连这也是幻象，而条约里的漏洞只是谎言——他们想骗我放松警惕，然后再对我下毒手。高等魔仙就是喜欢捉弄到手的食物。

房门嘎吱一响，是艾莉丝回来了——手里拿着一摞衣服。她举起一件湿漉漉的灰色布衫。"你确定想穿这个？"我看着衣襟和袖子上的破洞吸了口气。"洗衣工刚把它放进水里就烂成这样了。"她说着把另外几块棕色布条举给我看。"你的裤子还剩下这些。"

我忍住了险些破口而出的咒骂。她也许只是仆人，但也能轻而易举地杀死我。

"你现在愿意把长裙穿上了吗？"她问。我知道我应该站起身来，应该照她的意思去做，却还是陷在椅子里一动不动。艾莉丝盯着我看了一会儿，再次离开了。

等她再次出现时，给我带回了长裤和外套，刚好是我的尺寸，颜色很是丰富。我觉得有点夸张，不过还是老老实实地穿上白衬衫，套上深蓝色外套，用手摸了摸绣在领口的金色丝线。这衣服肯定造价不菲——而且触动了我内心深处对美好、新奇和鲜艳事物的向往。

家境败落前，我年纪还小，没留下多少记忆。父亲那时对我很是宠爱，会允许我到他工作的地方闲逛，有时还会给我介绍各种新鲜玩意儿和它们的价值，具体细节我早就记不清了。我在那里度过的时光——闻着各色奇特香料，听着美妙的异国乐曲——几乎占满了我那寥寥可数的快乐回忆。我无须知道这房间里每样东西价值几何，光是那翠绿色的窗帘——丝绸质地，上面点缀着金色的天鹅绒——就足够我们全家吃用一辈子。

一阵寒意从我背上掠过。我离家已经好几天，鹿肉应该早就被吃得差不多了。

艾莉丝带我走到黑暗壁炉前，让我坐在低背座椅上。我任由她帮我梳头，把头发编成发辫。

"你真是瘦得皮包骨头。"她说，用手指温柔地抚摸我的头皮。

"冬季对可怜的凡人就是这么残忍。"我极力掩饰着语调中的犀利。

她哈哈大笑："如果你是个聪明人，就该懂得少言多听，管住舌头对你有好处。切记什么时候都别丢了脑子——即便你的感觉有时会试图背叛你。"

我尽量装出没有被这威胁吓到的样子。艾莉丝继续说："有些人注定会对安德拉斯的遭遇表达不满。但是照我说，安德拉斯是一位优秀的哨兵不假，可他既然翻过那道墙，就该明白自己会在那边遇到什么——明白他很可能会惹祸上身。其他人也理解条约的内容——多亏了你主人的仁慈，就算他们不欢迎你，也没办法对你下手。所以保持低调吧，谁都不会来找你麻烦的。不过卢西恩——他对胆敢出言顶撞他的人倒是有点兴趣，前提是你有胆量那么做。"

我没有。而当我想继续追问还应该避开谁时，艾莉丝早就给我打理好了头发，打开了连通走廊的房门。

第七章

当艾莉丝把我带回餐厅时,那位金发的高等魔仙和卢西恩正懒洋洋地倚靠在餐桌旁边。两人面前的餐盘已被撤走,只是在从金灿灿的高脚杯里啜饮美酒。那酒杯是用纯金打造,不是镀金或是虚有其表的其他金属。我走到房间中央停下,脑袋里闪过和家人使用的那些毫不配套的餐具。这些富得流油的家伙,更加衬托出我们的一贫如洗。

半开化的野兽,妮斯塔曾经这么称呼我。但是跟面前这两个人、这个地方还有他们那淡定高雅的握杯姿势,以及那金发魔仙称我为人类的口吻比起来……我们跟高等魔仙相比全都是没开化的野人。虽然他们才是会随时变成长着毛皮和利爪的野兽。

桌上仍有食物,残留在空气中的香气分外诱人。我饿极了,饿得头晕眼花。

金发高等魔仙脸上的面具在夕阳最后一抹余晖的照耀下熠熠生辉。"在你开口询问之前,我先声明,这些食物是可以安全食用的。"他指了指餐桌另一端的那张座椅,手上看不见利爪。见我继续愣在原地,他大声叹了口气。"你到底想怎么样?"

我一语不发。想吃饭，想逃走，想去救我的家人……

卢西恩从桌边站起身。"我早说过了，塔姆林。"他说着朝他的朋友看了一眼。"这几十年间，你勾搭女人的本领可是大大生疏了。"

塔姆林。他瞪了卢西恩一眼，在椅子上挪了挪。我尽量对卢西恩刚才透露的另外一些信息表现出充耳不闻的样子。几十年间。

塔姆林看起来没比我年长多少，但他们一族是不朽者，现在说不定有好几百乃至好几千岁了。我仔细打量着这两张戴着面具的怪脸，感到嘴巴发干——这两张脸是如此的神秘、原始而傲慢，像是无可撼动的强大神灵或是野性难驯的异界使臣。

"好吧。"卢西恩用那只健全的褐色眼睛死死地盯着我看。"你现在看起来好多了，想到要和我们一起生活，应该是松了口气吧？就是这身衣服不如长裙漂亮。"

他们是随时准备扑向猎物的恶狼，跟他们的朋友一样。于是我小心措辞，一字一顿地说："我不愿意穿那套裙子。"

"为什么？"卢西恩低声问道。

塔姆林替我说出了答案："因为穿长裤更方便杀死我们。"

我保持着平静的表情，稳住心跳，说："既然我已经在这儿了，你们……你们打算把我怎么样？"

卢西恩用鼻子出口气，但塔姆林却语带恼怒地说："先坐下。"

餐桌尽头的一张空椅子已经被拉了出来。这么一大桌美食，散发着诱人的香气……仆人们可能是在我洗澡时端了新出炉的食物上桌。不吃真是太浪费了。我不禁把手攥成了拳头。

"我们不咬人。"卢西恩那口洁白的牙齿跟他这句话形成了鲜明的反差。我避开他的目光，避开那只诡异的会滴溜溜转动的金属眼睛，挪到椅子旁边，坐了下来。

塔姆林站起身，沿着左边走来——越走越近，步履轻盈而又带着腾腾杀机,那是铁血战士的力量。面对此情此景,想要坐着不动实在是太难了——尤其是见他拿起一只餐盘,递到我手里,还往我的餐盘上堆了些肉和酱汁。

我平静地说:"我可以自己来。"只要能让他离我远远的,我任何事情都不想劳他大驾。

塔姆林愣住了,我跟他离得这么近,他只要随便伸出一只利爪就能撕裂我的喉咙。难怪他的肩带上没有任何武器——你的身体本来就是武器,那还要别的累赘做什么?"接受高等魔仙的效劳,是人类的殊荣。"他粗声粗气地说。

我使劲咽了口唾沫。他还在继续往我的餐盘上堆各式各样的食物,在眼见肉块、酱汁和面包堆成一座小山之后才停下,又往我的酒杯里倒了些晶莹的淡色美酒。看他走回原位,我才小声呼了口气,但他可能还是听见了。

我只想把脸埋进盘子里,把桌上的所有食物扫荡得连渣都不剩,然而我却把双手压在大腿底下,凝视着两位仙灵。

他们也在看着我,目光炯炯。塔姆林把背脊稍稍挺直,说道:"你看起来……比之前好了很多。"

这算是恭维吗?我敢肯定卢西恩这时肯定鼓励地朝塔姆林点了点头。

"而且你的头发……也变干净了。"

也许是因为肚子实在太饿,我居然从这几句毫无水准的话里听出了恭维的意味。但我还是靠紧椅背,让语调显得平静而低调,用和其他掠食者对话的态度问:"你们是高等魔仙——仙灵中的贵族?"

卢西恩咳了一声,看着塔姆林:"这问题由你回答吧。"

"是。"塔姆林皱着眉说道——仿佛在费力寻找别的话题,最后还是简单地说,"正是这样。"

好吧。看来他是一位少言寡语的男——仙灵。我杀死了他的朋友,在这里是不受欢迎的宾客。换作是我,也不愿意理睬这样的人。

"既然你把我留下,打算对我做什么?"

塔姆林仍在盯着我的脸看。"什么都不做。你自便就好。"

"所以,我并不是你的奴隶?"我大胆问道。

卢西恩呛了口酒,可塔姆林却没笑。"我家不收留奴隶。"

我没有理会胸口如释重负的感觉。"那我终生留在这要干些什么呢?"我继续追问。"你——你想让我自食其力?给你干活?"这问题真蠢,万一他没有这么想过呢?但是……但是我必须要问明白。

塔姆林僵住了。"你想怎么度过余生跟我没有关系。"

卢西恩刻意清了清嗓子,塔姆林瞪了他一眼。在两人交换了一个我无法读懂的眼神之后,塔姆林叹了口气,对我说:"你难道就没有什么……兴趣爱好吗?"

"没有。"这不是真话,可我不准备把闲时涂鸦的那些事说给他听,他现在连在说话时保持基本的礼貌都很不擅长。

卢西恩嘟囔了一句:"真是典型的人类。"

塔姆林把嘴一撇:"那你想怎么打发时间就怎么打发吧。别惹麻烦就好。"

"所以你是真想让我永远留在这儿了。"我这话的真正意思是:所以我将留在这个地方独享奢华的生活,任由我的家人在外面活活饿死?

"我没有制定规则。"塔姆林简练地说。

"我的家人在挨饿。"我说。我不介意恳求——至少在这件事情上不会介意。我曾经立下过誓言,并且长久以来都重信守诺,离开了它,我觉得自己什么都不剩下了。"请放我走吧。在条约里一定还有——一定还有别的漏洞,能让你网开一面。"

"网开一面?"卢西恩说,"你到现在为止,道过歉吗?"

显然,那些所有看似对我的恭维都消失得无影无踪了。于是我凝视着卢西恩那只健全的眼睛说道:"对不起。"

卢西恩靠在椅背上。"你是怎么杀死他的?是经过了一场浴血奋战,还是冷血无情地暗下杀手?"

我脊背一凉。"我先朝他射出了一枚桦木箭矢,接着用另一枚普通的箭矢射穿了他的眼睛。他没有挣扎。在第一击命中之后,他只是盯着我看。"

"可你还是杀死了他——即便他根本没有做出攻击你的举动。然后你还扒了他的皮。"卢西恩恶狠狠地说。

"够了,卢西恩。"塔姆林对他的侍臣咆哮道,"我不想听这些细节。"说完他转身面向我,显得古老、凶残而又刚毅。

我在他开口之前抢先对他说:"离开了我,我的家人连一个月都熬不下去。"卢西恩咯咯笑起来,我咬紧牙关。"你知道挨饿是什么滋味吗?"我追问,愤怒在胸中腾起,吞噬了我所有的理智。"你知不知道吃了这顿不知道下顿在哪儿,是一种什么感觉?"

塔姆林绷紧下巴。"你的家人都还活着,而且活得好好的。你也太看不起仙灵了,真以为我会把他们唯一的收入来源给抢走,却不做任何弥补?"

我挺直脊背问道:"你发誓?"就算仙灵不会说谎,我也必须得到肯定的答案。

他发出一声低沉而难以置信的笑声:"我以我所有的一切发誓。"

"那你为什么不在带我离开茅屋时告诉我这些?"

"你那时候会相信我吗?就算是现在,你肯相信我吗?"塔姆林的利爪紧紧搭在座椅的扶手上。

"我凭什么要相信你说的话?你们这些仙灵最擅长颠倒是非,混淆黑白。"

"或许有人会告诉你,在仙灵的家里撒野不太明智。"塔姆林不客气地说,"或许有人会提醒你应该心存感激,幸亏是我先找到了你,要是被我其他同族找上门去,你现在哪里还有命在,更别说像这样过舒服的日子了。"

我听见这话跳了起来,再也顾不得什么理智,刚想把椅子往后踢,就有一双看不见的手捏紧了我的胳膊,把我推回到了椅子上。

"我劝你尽早打消你那些无稽的念头。"塔姆林说。

魔法的气味灼烧着我的鼻孔,我全身紧绷,想在座椅上挪动,看看那隐形的镣铐到底有多结实。然而我的双臂却被勒得紧紧的,我的后背被死死按在木头椅背上,甚至有些疼痛。我朝餐盘边上的短刀看了一眼——不管是不是白费力气,刚才也应该先把它抄在手里。

"我只警告你一次。"塔姆林的声音也太柔和了点。"就一次,然后你自己决定吧,人类。我不在乎你是不是想到皮西亚的其他地方去生活,可要是你敢逃走,一旦你翻过那道墙,你的家人就不会再有人照料了。"

他的话犹如一块石头砸在了我的头上。要是我逃走,哪怕只是尝试出逃,很可能都会牵连我的家人。而即使我胆敢冒险……即使我成功跑回了他们身边,我能把他们带到哪里去呢?我不能把姐姐们装在船上运走——等我们到了别处,到了某个安全的地方,也没有容身之所。但他现在正在用我家人的生命安全来威胁我,如果我敢越界一步,他们恐怕就难以活命了……

我张开嘴,但他的咆哮声却震得玻璃杯直晃。"这笔买卖难道不划算?如果你逃走,下次等其他敌人找上门,也许就不会这么走运了。"他将利爪收回到指关节底下。"食物上没有魔法,也没有被人下药,要是你吃完晕过去,也是你自己的原因。所以你接下来只能坐在这张餐桌旁边把食物吃下去,菲娅。卢西恩会尽量保持礼貌。"他说着朝卢西恩尖锐地看了一眼。卢西恩耸了耸肩。

隐形镣铐松开了,我双手撞到桌上,不禁吓了一跳。腿上和腰间的镣铐还在。塔姆林那双阴郁的绿眼睛解答了我的疑问:无论我是不是他的座上宾,都必须要吃些东西才能离开这张桌子。那就稍后再去考虑这些突如其来的变化,见机行事吧。现在……现在我注视着眼前那把银质餐叉,小心地拿了起来。

他们仍然在看着我——看着我的一举一动,连闻餐盘中的食物时鼻孔的翕动都不放过。这里没有魔法的金属恶臭,而且仙灵们不会说谎。所以他对食物的陈述都是真的。我叉起一块鸡肉,咬了一口。

想忍住狼吞虎咽的冲动真是太难了。我已经很多年没品尝过这样可口的人间美味。就算是我们在家境败落前吃的那些餐饭,跟这些比起来也是天壤之别。我悄无声息地把盘子里的东西吃了个精光,高等魔仙们的目光始终跟随着我嘴巴的一张一合,但当我伸手想再拿一块巧克力蛋糕时,食物突然消失不见了。就这么凭空消失得毫无踪影,仿佛从没存在过,连一点残渣都没剩下。

我使劲咽下口水,放下餐叉,以免被他们发现我的手开始颤抖。

"再多吃一口你就要吐出来了。"塔姆林说着,深深抿了一口高脚杯里的美酒。

我身上不再有任何镣铐。这是在默许我离开。

"多谢你的款待。"我想来想去,只想到了这句话。

"你不打算留下喝点酒吗?"卢西恩懒懒地倚靠在座椅上,友好中带着恶意。

我撑住把手,站起身来。"我累了,想睡一觉。"

"我已经有好几十年没见过你们了。"卢西恩慢条斯理地说,"不过你们人类一点都没变,所以我大可以问一句,跟我们相处,为什么就这么不愉快呢?你们那边的男人长得也没什么好看的。"

塔姆林在餐桌另一端意味深长地朝他的侍臣投来一个警告的眼神,卢西恩却没有理会。

"你们是高等魔仙。"我滴水不漏地反击,"我倒想问问,你们又何必大老远地把我邀请到这里来——或者说特地跟我吃饭呢。"我真是个被杀死十次都不为过的蠢货。

卢西恩说:"这话问得有理。不过容我再多句嘴——你这个女人类却宁可在那啃热煤块充饥,也不愿意跟我们多坐一会儿。算了,当我没说——"他把手一挥,指了指那只金属眼睛和脸上那道丑陋的疤痕。"我们肯定看起来没那么糟糕。"这真是仙灵族典型的虚荣和傲慢。至少传说还是有一定真实性的。我把这念头压了下去。"除非家里有人等着你,除非有一大群求婚者守在门口,让我们相比之下显得好像卑微的虫子。"

我在这话里听到了足够的轻蔑,于是用略有些自得的口气对他说:"村里确实有个男人和我关系很近。"在那纸条约把我掳来之前——在事实表明你们能对我们为所欲为,我们却毫无还手之力之前。

塔姆林和卢西恩交换了个眼神,这次换成了塔姆林开口:"你跟这个男人彼此相爱吗?"

"不。"我轻描淡写地回答。这不是谎话——即使我对伊萨克真有那方面的感觉,我的答案也不会有任何分别。被高等魔仙得知我家人的存在已经够糟糕了,我可不愿意再给伊萨克惹麻烦。

两位男仙灵又互相看了一眼。"那你……爱别的人吗?"塔姆林从牙缝里挤出这几个字。

我哈哈大笑,笑得有些歇斯底里。"不爱。"我看了看他们两个。真是荒谬。这群力量强大的不朽生灵难道就真没别的事情好做了吗?"你们真的只关心这些问题?关心我是否觉得你们比人类男性更帅气,关心我在家那边有没有爱人?反正我下半辈子哪里也去不了,又何必多此一问呢?"我感到怒火简直要从我的胸中喷薄而出了。

"我们想要多了解你一些,因为你会在这里逗留很长时间。"塔姆林抿紧嘴唇。"不过骄傲似乎让卢西恩忘了保持礼仪。"塔姆林叹了口气,似乎想结束和我的谈话。"去休息吧,我们俩大多数时间都很忙,如果你有什么需要,跟其他人开口就好,他们会帮你的。"

"为什么?"我问,"为什么这么慷慨?"卢西恩看了我一眼,意思是他也不明白,毕竟我杀死了他们的同伴,但塔姆林却盯着我看了很久。

"我杀人杀得太频繁了。"塔姆林过了半晌终于说道,耸了耸他那宽大的肩膀。"再说你根本无足轻重,不会把这宅子搞得天翻地覆。除非你决定对我们下手。"

我感到脸颊绯红,红晕一直向下蔓延到脖子。无足轻重——是啊,我在他们的生命和力量面前确实是无足轻重,就像我在茅屋周围画的那些已经斑驳褪色的图案一样。"好吧……"在我的语气里根本没有什么感激,"谢谢你。"

他淡淡地点点头,示意我离开。我被命令退下了。真不愧是低微的人类。卢西恩把下巴支在一只拳头上,懒洋洋似笑非笑地看着我。

够了。我站起身,朝门口走去。无论他们是否决定留我性命,背朝他们往前走都使我觉得如芒在背。我走出房门,他们在我身后什么都没说。

过了片刻,走廊上响起卢西恩响亮的笑声,紧跟着是一声命令他闭嘴的尖锐而严厉的怒斥。

那天夜里,我睡睡醒醒,加在卧室房门上的那道锁在我看来真是笑话。

✣

我在天亮之前就已经彻底醒来,但还是躺在床上,盯着那用金银细线精心装饰的天花板,看着越来越亮的天光透过窗帘缝隙照进屋内,贪恋着柔软的绒毛床垫。以前,我都是天刚破晓就离开茅屋——两位姐姐还会因为我大清早地搅扰她们的美梦而斥责我。如果我此时在家,肯定已经进入密林,不舍得浪费片刻珍贵的太阳光,聆听着寥寥冬鸟在林间轻声鸣叫。然而此时此刻,这间卧室和整座庭园都静谧无声,宽敞的大床显得诡异而空旷。我心里甚至有些想念和姐姐们挤在一张床上的温暖。

妮斯塔这时候肯定在伸着腿,微笑地享用着那多出来的空间。她说不定以为我已经被某个仙灵吃进了肚子里,说不定会把这消息当成引起村民们关注的谈资。也许我的遭遇能让他们心生怜悯,好心向我的家人施舍些吃的。又或者,塔姆林已经给了他们足够的金钱——或是食物,以及他那"弥补"二字里包含的其他含义。也许村民们会因不想因此跟皮西亚扯上关系而拒绝和我家人有任何往来,甚至会把他们赶出村子。

我把脸埋进枕头,把毛毯拽得更高。要是塔姆林确实照料了我的家人,要是那些照料会在我翻越高墙的瞬间化为乌有,那他们可能会更愿意让我永远都别回去。

你的头发也……变干净了。

真是一句悲哀的恭维。我以为,如果他把我请来这里定居,愿意留我一命,那应该算不上彻底的……邪恶。也许他那样说,是想缓和一下我们非常糟糕的开始。也许我能找到某种办法劝说他去寻找其他漏洞,让我免受条约魔法的惩罚。如果找不到某种办法的话,说不定能找到某个人……

我脑海中思绪万千，心乱如麻，这时门锁咔嗒一响——

先是一声尖叫，再是扑通一声，我跳了起来，发现艾莉丝摔倒在地。我用窗帘穗制成的绳索松松垮垮地堆在地板上，那是我设下的机关，被触发后会弹到对方的脸上。那是我就地取材，能想出的最佳措施了。

"对不起，对不起。"我匆忙道着歉，从床上跳下，但艾莉丝已经站起身，一边掸着围裙一边不悦地看着我，接着又眉头紧锁地看了看那根耷拉在地上的绳子。

"创世之釜在上，你这到底是——"

"我没想到会有人这么早进入我的房间，本来想防备一下，结果就——"

艾莉丝把我从头到脚打量了个遍。"要是我真想打碎你的骨头，你以为用区区一截绳子弹到我的脸上，就能阻止我吗？"我的血液冷却了。"你以为那些招数真会对我们有用？"

要不是因为她表现出来的轻蔑，我也许会继续向她道歉。我交叉双臂。"那相当于警铃，给我时间逃跑。不是陷阱。"

她看起来像是准备啐我一口，但却眯起了犀利的棕色眼睛。"你跑也跑不过我们的，小女孩。"

"我知道，"我的心终于平静下来，"可我至少不会在毫无防备的情况下死去。"

艾莉丝哈哈大笑。"主人跟我说，你会生活在这里——是生，不是死。我们会奉命行事。"她看着垂下的绳头。"但是你非要破坏那些漂亮的窗帘吗？"

我不愿意让脸上现出笑意，可一抹微笑还是硬爬上了我的嘴角。艾莉丝大步走到被我弄坏的窗帘旁边，一把拉开，窗外的天空依然是深蓝色长春花的颜色，因晨光初现而带了点橘黄和洋红的色调。

"对不起。"我再次对她表达歉意。

艾莉丝咂咂舌头。"起码你有点斗志,小女孩。这点我很欣赏。"

我刚想开口说话,又有一位戴着飞鸟面具的女仆人走了进来,手里端着早餐。她简短地对我说了句早安,把餐盘放在床边的一张小桌子上,转身进了浴室。屋里响起哗哗的水声。

我坐在桌边,端详起面前的麦片粥、鸡蛋和咸肉——咸肉。又是这些我们在墙那边吃惯的食物。我也不知道自己为什么会觉得意外。艾莉丝给我倒了一杯看上去和闻上去都像是茶的东西——醇厚而芳香,显然价格不菲。想在皮西亚和我生活的土地上找到这样的东西可不容易。"这里是什么地方?"我静静地问她,"这是哪里?"

"这里很安全,知道这一点就足够了。"艾莉丝说着放下茶壶。"至少这座宅子是安全的。要是你到处乱跑,就要多加警惕了。"

好吧——如果她不愿意回答那个问题……我决定再试试看。"我应该提防——哪种仙灵?"

"所有仙灵。"艾莉丝说,"离开了这儿,主人就保护不了你了。就凭你是人类,他们就全都会想要猎捕你,杀死你——无论你有没有杀死过安德拉斯。"

这话还是等于没说。我闷头吃起早餐,享用着每一口香醇的浓茶,艾莉丝也走进了浴室。等我吃饱喝足,净身沐浴之后,我拒绝了艾莉丝的帮忙,穿上了另一件精致的束腰外衣——这件是深沉的紫色,跟黑色相差无几。我真希望自己能叫得出这种颜色的名字,眼下只能暂时作罢。我穿上前一天穿过的那双棕色皮靴,坐在一张光洁的梳妆镜前,任由艾莉丝把我湿漉漉的头发编成发辫。镜子里的自己让我感到有些难堪。

这张脸算不上悦人——虽然那并非全是五官的问题。我的鼻梁相对笔挺,那是我从母亲那里继承来的另一个样貌特点。我至今还记得，当她某个无比阔绰的朋友跟她开着毫不幽默的玩笑时，她总会皱起鼻梁，假装乐在其中。

至少我长了像父亲那般柔软的嘴唇，虽然那嘴唇跟我过高的颧骨和塌陷的双颊形成了可笑的反差。我不愿意去看自己那双略微向上吊起的眼睛，我知道那会让我想起妮斯塔或是母亲回望我的目光。我有时候不禁会想，那是否就是姐姐总爱嘲笑我相貌的原因。我的相貌绝对算不上丑陋，然而却……却带有太多我们爱憎之人的面目痕迹，那让妮斯塔无可忍受。连我自己都忍受不了。

对于塔姆林——以及看惯了无瑕美貌的高等魔仙来说——想要对我这般相貌的人说出恭维话来，肯定很不容易吧。该死的仙灵族。

艾莉丝帮我编好了头发，我没等她从带进屋的篮子里拿出一朵朵小花，就迅速跳了起来。要不是因为家境贫穷，我应该也会用心打扮自己，可我对于那些事情从来不太在意。美丽在丛林里毫无意义。

当我问艾莉丝接下来该做什么——我接下来的余生该做什么——的时候，她耸了耸肩，建议我到花园里走走。我几乎笑出声，却没有多话。傻瓜才会一把推开潜在的盟友。我怀疑她在替塔姆林监视我，现在还不能问她什么，不过反正去外面走走，熟悉下环境也是好的——顺便观察下还有没有其他人会跟塔姆林报告我的行踪。

走廊寂静而空阔——对这么大的一所宅院来说，这太奇怪了。他们昨晚提起过其他人，但我却没看见任何人的踪迹。我意识到，和风中夹杂着蓝色风铃草的香味——仿佛是从埃兰的小花园顺着走廊飘进来的，还有白颊鸟悦耳的鸣唱之声，在家的时候，我恐怕几个月也听不见这种鸟叫——说不定永远都听不到。

正当我快要走到宏伟的楼梯口时，我注意到了那些画。

昨天来的时候，我没让自己定睛细看，不过此时空旷的厅堂间根本没人看得见我……一抹鲜亮的色彩突兀地出现在幽暗阴郁的墙面背景上，吸引我停下脚步，驻足欣赏，那色彩和纹理的碰撞，使我不由自主地转身面朝那镀金的画框。

我从来都没有见过这样的画作。

那只不过是静物而已，我心里有个声音说道。具体说来，那是一盏绿色的玻璃花瓶，从瓶口伸出各色花朵，形状、大小、颜色各异的花瓣和叶片竞相争艳——有玫瑰花、郁金香、牵牛花、秋麒麟、蕾丝花、芍药花……

需要多么高超的绘画技巧才能把它们描摹得如此栩栩如生，甚至连"栩栩如生"四个字都不足以形容这幅画的生动……看似只是暗色背景上的一个花瓶，却又绝非那么简单，每朵花似乎都绽放着独特的光华，犹如在对抗着围拢在四周的黑暗。画师需要将所有光华都凝聚在玻璃花瓶里，还要让那光华和瓶中的水完美融合，仿佛立在石质基座上的花瓶真有重量似的：真了不起。

我可以盯着这幅画看上几个小时——走廊上难以计数的一幅幅画作更是足够让我看上一整天——可是……花园。计划……

在我继续往前走时，我还是无法否认这地方的文明程度实在是太高了，甚至充满宁静，如果我愿意承认的话。

而倘若高等魔仙确实不像人类说的那么冷酷无情，那么用我悲惨的遭遇打动艾莉丝可能不会太难。倘若我能争取到艾莉丝的同情，让她认可条约对我的惩处是错误的，她也许会设法帮我脱身——

"你。"有个声音在喊我，我往后跳了一步。接着透过连通花园的玻璃门透进来的阳光，我看见一个身材高大的男性站在我面前。

是塔姆林。他身穿战士的衣装，那战服剪裁有致，衬托着他的英姿，肩带上插着三把简单的短刀——每一把短刀的长度看起来都能轻易把我切碎，就像他那狂野的利爪一样。他金色的头发束在脑后，露出尖耳朵和那张诡异却美丽的面具。"你要去哪儿？"他粗声问道，那语气更像是命令。你——我甚至怀疑他是否还记得我的名字。

过了好一会儿，我的双腿才有力气从半蹲的姿势转换成站立。"早上好。"我淡淡地说。至少这样的问候要比单单一个你字客气得多。"你说过，我愿意怎么打发时间都行。我没想到自己遭到了软禁。"

他下巴一紧。"你当然没有遭到软禁。"在他逐字说出这句话的时候，我无法对他那纯粹的男性之美视而不见——那结实的下巴，被晒成金棕色的皮肤——面具底下的那张脸想必很是帅气。

当意识到我不会回答他时，他咧开嘴，露出牙齿，应该是在对我微笑："你想我带你逛逛吗？"

"不必了，谢谢。"我只想脱身，待在他身边，我真是觉得浑身不自在。

他挡在我身前——这一步迈得太近，于是他又往后退了一点。"我一早上都坐在室内，需要呼吸些新鲜空气。"而且你无足轻重，也给我添不了什么麻烦。

"我自己能行。"我说，举重若轻地避开他。"你已经……已经够慷慨了。"我尽量让这句话里充满真情实感。

他皮笑肉不笑地看着我，似乎有些不悦，肯定是不习惯被人拒绝。"你对我有什么不满吗？"

"没有。"我静静回答，穿门而过。

他低声咆哮道："我不会杀你，更不会违背诺言。"

我回头望去，几乎在花园的阶梯上摔倒。他站在阶梯顶端，和庄园苍白的石料一样坚实而古老。"不会杀我——那么可以伤害我？这是另一个漏洞吗？卢西恩——还有这里的任何人，是不是都能用这漏洞来对付我？"

"我下过命令,他们连碰都不能碰你。"

"可我还是因为违反了某条我一无所知的规则,被困在你的地盘上。你的那位朋友当天为什么会出现在树林里?我以为条约是禁止仙灵族擅闯人类领地的。"

他只是盯着我看。也许我说太多了,问了太多不该问出口的问题。也许他知道我真正想问的是什么。

"那纸条约,"他平静地回答,"没有禁止我们做任何事,除了不能奴役你们。那道围墙真是麻烦。要是我们愿意,甚至可以直接把那道墙砸得稀烂,冲过去把你们全都杀光。"

我或许会被迫永远留在皮西亚,可是我的家人……不行,我大胆问道:"那你们会摧毁那道高墙吗?"

他上下打量着我,像是在考虑有没有必要跟我费力解释。"我对凡人的领地没兴趣,但我无法代表我的族类说话。"

然而他还是没有回答我的问题。"那你的朋友去林地里干什么呢?"

塔姆林沉默不语,就连呼吸都带着超越尘世而原始的优雅。"在这片土地上暴发了一种疫病,那种病扩散到了整个皮西亚,至今已经快要有五十年了。所以这房子和这地方才会如此空旷,大多数仙灵都离开了家园。疫病蔓延的速度很慢,但却让魔法变得很奇怪,连我自己的力量都随之变弱了。这些面具——"他拍了拍脸上的面具,接着说,"就是在四十九年前的一场化装舞会期间,疫病大规模爆发的结果。直到今天,我们也不能把面具摘下。"

被困在面具底下——还被困了将近五十年。换作是我,估计会发疯,干脆把整张脸皮都撕扯下来。"你在野兽形态下没戴面具——你的朋友也一样。"

"那疫病就是这么捉弄人。"

要么以野兽的面目生活,要么始终把面具戴在脸上。"那——那到底是一种什么病呢?"

"确切地说,不能算是病,跟瘟疫或普通的疾病不同,只是针对魔法,针对定居在皮西亚的仙灵族。安德拉斯那天之所以会越过高墙,是奉我的命令去寻找治疗方法。"

"人类会被感染吗?"我的肠胃揪成一团。"会不会蔓延到墙那边去?"

"嗯,"他说,"有一定概率会感染到凡人,蔓延到你们的领地。我知道的也只有这么多。疫病扩散得很慢,你的族人眼下是安全的。我们几十年来没有受到太大影响——魔法似乎趋于稳定,虽然被削弱了。"在他这句话里包含着与我未来有关的极大信息量:我再也回不了家,再也别想跟其他人类有任何接触,以免泄露了他们这个隐秘的弱点。

"有个雇佣兵告诉过我,她认为仙灵族也许正打算发起进攻,跟这件事有关吗?"

有笑意从他唇边闪过,他仿佛有些意外。"我也不知道。你经常和雇佣兵们交谈吗?"

"我会跟所有能够提供有用信息的人交谈。"

他挺直脊背,而我只能靠他那句不会杀我的承诺来给自己壮胆。然后他转了转肩膀,像是要把不悦都甩掉似的。"你在屋里设下的绊索,是给我准备的?"

我倒吸一口冷气。"那能怪我吗?"

"我大可以变成野兽,不过我是个文明人,菲娅。"

所以,至少他记得我的名字。但我定定地看着他的那双手,看着从他那被晒黑的皮肤底下伸出的长而弯曲,如刀锋般锐利的爪子。

他注意到了我的目光,于是把手放到身后,犀利地说:"晚餐时见。"

这不是请求，可我还是对他点点头，大步穿过篱笆，不在乎到底要去哪里——只要离他远远的就好。

在他们的土地上暴发了疫病，影响了他们的魔法，削弱了他们的力量……那魔法疫病有一天也许会蔓延到人类世界。在过惯了几百年没有魔法的日子之后，我们会毫无抵御之力——只能任由那疫病为祸人间。

不知道是否会有高等魔仙愿意对我的族人发出警告。

不久之后，我就会知道答案。

第八章

 我佯装在那美丽而恬静的花园里悠闲地散着步,暗暗将那一条条小径和适合藏身之所牢记在心,好为今后的行动做准备。他收走了我的武器,我在这里也不会愚蠢到幻想能找到一棵梣树,再造一枚箭矢。不过既然他的肩带上插着短刀,就说明在庄园里肯定有武器库。就算没有,我也会想到别的办法,在不得已的情况下偷一把武器过来,以防万一。

 根据前一天夜里的观察,我发现窗户没有上锁。想要偷偷钻出窗户,顺着紫藤爬下来并非难事——我爬树的经验丰富得很,那点高度根本难不倒我。我不是想通过那种办法逃跑,但是掌握这些信息总是好的,说不定什么时候我会在被逼无奈的时候冒险一搏。

 我没有怀疑过塔姆林的话,相信身为人类,想要在皮西亚的其他地方存活下去有多难——而且如果这片土地上真的有疫病肆虐,我还是暂时留在这里的好。

 然而这并不妨碍我拉拢别人替我去跟塔姆林说说情。

 不过卢西恩——他对胆敢出言顶撞他的人倒是有点兴趣,前提是你有胆量那么做。艾莉丝昨天对我说过这句话。

我一边走,一边咬着自己那又短又硬的指甲,想着每种可能的计划和缺陷。我从来不是十分精通言辞,不像母亲和两个姐姐那样擅长社交,可我说话的技巧也还算过得去,能在集市上把兽皮卖掉。

所以也许我能去找塔姆林的侍臣,即便他对我很是厌恶。他显然不愿意让我留在这儿——恨不得索性把我杀掉。也许他正急不可耐地把我送回去,想要劝说塔姆林去想别的办法来履行条约的规定,前提是如果有的话。

我走到一张石凳旁边,周围盛开着毛地黄,这时空气里突然回荡起脚踩碎石的声响。那是两双脚的脚步声,轻盈而迅捷。我挺直身体,沿着来路张望,路上空空如也。

我在长满毛草叶的开阔绿野边缘徘徊。这片生机勃勃、黄绿相间的草地已被丢弃。在我身后矗立着一棵枝干遒劲的山楂树,枝繁叶茂,花瓣娇艳,花影零星地落在我刚才正准备坐的石凳上。一阵轻风吹得叶子沙沙作响,白色的花瓣如雪片般飘落。

我环视花园,还有这片绿野——同时分外小心地观察和聆听着那两双脚发出的动静。

树上什么都没有,树后面也没有。

寒意袭过我的背脊。我在密林里度过了大把时间,早就练就了敏锐的直觉。

有人站在我身后——也许是两个。轻微的呼吸和窃窃的笑声表明对方距离我只有一步之遥,我的心提到了嗓子眼。

我余光瞄向身侧,眼角却只看见了闪亮的银光。

我必须转过身去,面对来者。

脚踩碎石的声音越来越近,我眼角余光瞥见的身影也渐渐变大,分离成了两个身高差不多到我腰间的小个子。我攥紧双拳。

"菲娅!"从花园另一端响起艾莉丝的声音。我全身紧绷,这时她再次喊出了我的名字："菲娅，该吃午饭了！"我飞速转身，叫喊声几乎脱口而出，我想要提醒她小心站在我身后的东西，无论是否徒劳，我还是毅然举起了拳头。

可那闪光的东西，连同它们的呼吸和窃笑声一起消失了，出现在我面前的只有两尊欢欣跃起的小羊雕像，风化得斑斑驳驳。我摸了摸脖子。

艾莉丝又喊了一声，我颤抖着喘了口气，转身走回庭园。然而就在我穿过篱笆，沿着来路小心往回走时，那种有人在背后窥视我的感觉仍然挥之不去，目光里似乎充满了好奇和捉弄的意味。

✝

那天晚上，我从餐桌上偷了把短刀，手里有样东西——随便什么东西——来防身总是好的。

事实证明，我只会在晚餐时分被邀请共同进餐，这很好。如果要我每天三顿饭都和塔姆林以及卢西恩一起吃，也太折磨人了。因为我只能忍受在他们那奢华的餐桌前毕恭毕敬地坐上一小时，让他们以为我已经变得温顺听话，放弃了改变命运的念头。

趁着卢西恩跟塔姆林抱怨他那只人工雕刻的魔法眼睛出现了什么视物故障的时候，我把餐刀塞进了外衣的袖管。我的心脏狂跳，我甚至怀疑会被他们听到，但卢西恩一直说个没完，塔姆林的注意力也都在他的侍臣身上。

我想我应该同情他们，同情他们无法摘下脸上的面具，同情他们的魔法和族人都受到了那疫病的影响。不过我还是少和他们交谈为好，尤其是卢西恩，只要我开口说话，就会被他打上滑稽的人类和毫无修养的标签。跟他发生冲突于我的计划无益。要想赢得他的青睐，需要付出艰苦的努力，再怎么说，他的朋友毕竟死在了我的手上。我得趁他独自一人的时候再去接近他，以免过早地引起塔姆林的怀疑。

卢西恩的一头红发在火光下分外闪耀，那色彩随着他的每一次移动而闪烁着光芒，镶嵌在他剑柄上的宝石也是光辉尽显——那把剑奢华得很，跟插在塔姆林胸前肩带上的那几把短刀截然不同。但这里并不是用剑的场合。虽然剑上镶满宝石，嵌满金丝，却有着宽大的锋刃，绝不仅是摆设那么简单。也许跟花园里那些行踪隐秘的东西有关，也许他就是在战斗中丢了眼睛，多了疤痕。这念头不禁使我浑身一颤。

艾莉丝说过这宅子里很安全，但也提醒过我要保持警惕。宅子外面到底潜伏着什么——会不会利用我人类的感官来对付我？塔姆林下达的任何人不得伤害我的命令，能在多大的范围内发挥作用？他手中究竟握有怎样的权力？

卢西恩停了下来，我发现他正在戏谑地看着我，脸上的疤痕更显凶残。"你是在欣赏我的剑，还是在盘算着怎么杀死我呢，菲娅？"

"当然不是。"我轻声说着，看向塔姆林。即使是坐在餐桌的另一端，我也能看到有金色光芒在他眼底闪过，心脏又狂跳起来。他会不会是听见了我藏起餐刀时，金属与木头接触的声响？我强迫自己将目光移回到卢西恩身上。

那懒洋洋的邪笑仍然挂在他的脸上。注意礼貌，举止庄重，说不定能把他争取过来……我一定可以的。

塔姆林打破了沉默："菲娅喜欢狩猎。"

"我不是喜欢狩猎。"或者我应该用更加礼貌的口吻回答，但我还是继续说道，"我外出狩猎是生活所迫。而且你是怎么知道的？"

塔姆林用专注的眼神审视着我。"否则你那天去树林里还能做什么？你家里还有一把弓和几支箭。"我想他刚才差点儿说出"破屋子"三个字。"我看过你父亲那双手，使用弓箭的人不会是他。"他说着指了指我那布满伤痕和老茧的手,接着说道,"你还向他叮嘱了如何安排口粮和卖兽皮的收入。仙灵族或许有很多特点,可我们并不蠢。除非是你们那荒诞无稽的传说把我们形容成了蠢货。"

荒诞无稽,无足轻重。

我看着金色餐盘里的面包屑和残余的酱汁。换作在家的时候,我肯定会把盘子舔干净,连一丁点儿食物都不舍得浪费。眼前这些盘子,只要拿走一个,就足够我买上好几匹马、一台耕犁和一块田地了。这真让人难堪。

卢西恩清了清嗓子道:"你多大了?"

"十九岁。"乡野丫头,粗莽无知……

卢西恩哼了一声道:"如此年轻,又如此沉重。而且已经是一名娴熟的杀手了。"

我握紧拳头,袖管里的金属餐刀已经被我的皮肤焐得温热。温驯、低调、顺从……我对母亲发过誓,一定会恪守誓言。塔姆林对我家人的照料跟我亲自照料他们毕竟不同。那狂热而渺小的梦想仍在我脑海中分外鲜明——姐姐们能够体面地嫁个好人家,我一辈子都守在父亲身边,有足够的粮食糊口,足够的时间画上几笔;或者去学些自己想学的东西。这梦想依然有实现的可能——或许会在某个遥远的地方——前提是我得设法摆脱眼下的困局。无论这群高等魔仙会怎样嘲笑我这典型人类的小小心愿,认为那有多么不值一提,我也不会放弃自己的初衷。

不过,任何零星的信息可能都会有帮助,而且要是我对他们表现出兴趣,说不定他们会更加善待我。这只是我在树林里遇到的另一个陷阱罢了。于是我说:"所以你们平时都这么干吗?利用条约的漏洞饶恕人类,还用好吃好喝款待他们?"我不加掩饰地看了看塔姆林的肩带和他的战服,还有卢西恩的佩剑。

卢西恩笑起来。"我们还会在满月之下跟鬼魂共舞，从摇篮里偷走人类的婴儿，用丑八怪跟他们调包——"

"你母亲……"塔姆林打断了卢西恩的话，声音变得出奇的温柔，"你母亲没给你讲过任何关于我们的事吗？"

我把食指扎进餐桌，短促的指甲插进木头里。"我母亲没时间给我讲故事。"至少，我可以对他们透露我的部分过往。

卢西恩这次居然没笑。在一阵相当尴尬的静默过后，塔姆林问："她是怎么死的？"见我挑起眉毛，他又更和蔼地补充了一句："我没有在你家发现年长女性留下的痕迹。"

不管他是不是铁血战士，我都不需要他的同情。但我还是回答了他："伤寒。在我八岁时去世的。"我站起身，准备离开。

"菲娅。"塔姆林喊住了我，我半转过身。他似乎想说些什么。

卢西恩打量着我们，那只金属眼睛在我们俩中间转来转去，却什么都没有说。塔姆林摇了摇头，这个动作更像是野兽，他小声说道："我对你的遭遇感到很遗憾。"

我转身往门外走去，尽量保持着从容的表情。我既不想要也不需要他的同情——尤其是在我失去母亲这件事上，因为我这些年来也没有想念过她。就让我像个粗野笨拙而且根本不值得他关注的人类那样离去吧。

我最好能说服卢西恩，让他去替我跟塔姆林说说情——越快越好，不能等到他们口中的其他仙灵族出现，也不能等到这场疫病蔓延得更广。明天，我明天就去找卢西恩，试他一试。

回到房间后，我在衣柜里找到了一个小背包，将一套替换的衣服和我偷来的那把餐刀塞了进去。那把其实不能算刀，但总算是聊胜于无。以防我哪天获准离开，而且必须立即收拾行李走人。

只是以防万一。

第九章

　　第二天早晨,艾莉丝带着其他女仆准备为我沐浴时,我正盘算着自己的计划。塔姆林说过,他和卢西恩各司其职,而且除了昨天在庭园中撞见过他一次之外,我并没有再见过他们两个。那么,找到卢西恩、单独跟他见面,就成了我眼下的头等大事。

　　我和艾莉丝随便闲聊了几句,从她嘴里套出了卢西恩今天会在边境巡查的消息——此刻他应该正在马厩里打算动身。

　　我穿过花园,朝我前一天发现的那排建筑物走去,正走到半路,塔姆林突然在我身后问道:"今天没准备绊索吗?"

　　我愣住了,转过身去,发现他就站在几步之外。

　　他是怎么做到在碎石地上悄无声息地接近我的?肯定是仙灵族善于隐匿行踪的特性。我竭力让自己镇静下来,尽量礼貌地回答:"你说过我在这里是安全的,我相信了。"

　　他微微眯起眼睛,看那表情像是在愉快地微笑。"我早晨的工作推迟了。"他说。确实,他没有穿着先前的战服,连肩带也不见了,白衬衫的衣袖挽到胳膊肘,黝黑的小臂上肌肉毕现。"如果你想四处瞧瞧——如果你对自己新的……住所有点兴趣,我可以带你逛逛。"

他还在努力对我示好,虽然他说出刚才的每一个字都费了不少力气。也许卢西恩最终能够说服他,在那之前……他既然大费周章地嘱咐手下的人不能伤我分毫,不让我受到那条约的惩罚,那么我要怎么才能摆脱他?我温和地一笑,对他说:"我今天想一个人走走。但还是很感谢你的提议。"

他身体一紧:"那不如——"

"不必了,谢谢。"我打断了他的话,对自己的大胆感到有些吃惊。但我必须要单独去找卢西恩,探探他的口风。他这时候说不定已经出发了。

塔姆林攥紧拳头,像是在抑制着向外伸出的利爪。可他没有斥责我,而是缄默不语地走回了房内。

要是运气够好的话,塔姆林很快就影响不到我了。我急匆匆地走向马厩,清空杂念。也许有一天,如果我真能重获自由,如果在我们之间隔着汪洋大海和经久年岁,我会回头想想当初他何必要这样自找麻烦。

等我终于走到那喷着鲜艳涂料的漂亮马厩时,尽量让自己显得没那么心急,呼吸也没那么急促。马童们全都戴着马脸造型的面具,这也在我的意料之中。当我看见他们同样在遭受着疫病的折磨时,不禁心生怜悯。这些马童必须一直把这种可笑的面具戴在脸上,直到有人想出解除魔法的办法来。然而整间马厩里却根本没人注意到我的到来——可能是因为我不值得关注,也可能是因为他们也怨恨我杀死了安德拉斯。对此我不怪他们。

当我总算找到骑在马背上对我咧嘴而笑的卢西恩时,我所有佯装出来的冷静再也维持不下去了,那口牙白得太不自然。

"早上好啊,菲娅。"我努力放松僵硬的肩膀,试着对他面带微笑。"是来找匹马骑,还是在考虑塔姆林的提议,打算开始跟我们一起生活？"我试图回想自己先前酝酿好的开场白，那些把他争取过来的言辞，可他只是大笑起来——那笑声显得并不愉快。"来吧，我今天要去南部树林里巡查，而且不管是不是意外，我都对你击倒我朋友的那两下子有些好奇。我已经很久没遇到过人类了，更别说还是一位仙灵杀手。让我见识下你狩猎的本事吧。"

完美——至少计划在顺利进行中，尽管这听起来像是要到兽穴里与熊共舞。我往旁边迈了一步，让某个马童走过去。他和这里所有的仙灵一样，走路风姿翩翩，而且也没有回头看我——没有对马厩里出现了仙灵杀手表现出任何情绪。

不过我掌握的狩猎技巧无法在马背上实现，而是要小心追踪猎物，精心设下陷阱和诱饵。我不知道要怎么骑着马去追击目标。卢西恩从折返的马童手里接过箭袋，并向对方点头致谢，随后微笑着说道："可惜今天没有梣木箭矢了。"说这话时，无论是他那只金属眼睛还是黄褐色的真眼睛，都没有看我。

我绷紧下颌，克制住了反唇相讥的欲望。如果他被下令不得伤害我，我也就不必深入探究他为什么要邀请我跟他同行了，免得他又要开始不遗余力地把我当成笑话。搞不好他就是太无聊了，这是对我最有利的解释。

于是我耸耸肩，一脸的百无聊赖。"那好吧……我想我这身打扮刚好适合出去打猎。"

"好极了。"卢西恩的金属眼睛被从马厩门外照进的太阳光照得一闪一闪的。我祈祷塔姆林千万别在这个时候从门外闯进来——祈祷他不要突然决定骑马外出，来这里找我们。

"那就走吧。"我说，卢西恩示意马童们再备匹马来。我倚靠在木墙边等待着，眼睛盯着门口，留意有没有塔姆林的身影，同时有一搭无一搭地跟卢西恩聊着天气。

谢天谢地，我很快就骑上了一匹白马，跟着卢西恩走出花园，进入那片春意盎然的树林。我跟那个戴着狐狸面具的仙灵始终保持着安全的距离，一前一后地走在大道上，希望他那只健全的眼睛没有透视后脑的能力。

这念头让我有些不安，我将它压了下去——同时我也尽力让自己不要显得大惊小怪，此时阳光透过林冠倾洒而下，一簇簇番红花点缀其中，跃动的紫色与棕绿相映成趣。这些都是没用的细节，对我的计划构不成什么影响。我关心的是这条路的走向和坡度，哪些树适合攀爬；我还要根据流水声寻找附近的水源，在危险关头，那些才是我生存的希望。然而跟这里的其他地方一样，这片林地也是空空荡荡，没有仙灵族，更看不见任何高等魔仙的踪影。毫无新意。

"好吧，看来你还真是个沉默的猎手。"卢西恩慢下脚步，等我赶上他。很好——让他主动来找我，总比我表现得太过急切和友善要合理得多。

我将胸前沉甸甸的箭袋摆正，然后用手指摸了摸身后那把平滑的紫杉木猎弓。这把弓要比我在家用的那把长得多，箭矢更重，箭头也更粗。在我适应它的重量和平衡性之前，我恐怕射不中任何猎物。

五年前，我拿父亲仅剩的几枚铜板换来了那套弓箭。在那之后，我每个月还会拨出很少的开支，用来购买箭矢，更换弓弦。

"嗯？"卢西恩继续问道，"没什么猎物能勾起你的兴趣吗？我们已经路过了不少松鼠和禽鸟。"树冠的阴影投在他的狐狸面具上——那金属轻盈、暗沉而又闪着微光。

"你们餐桌上的美食已经够多了，吃都吃不完，哪里还需要我来多此一举？"我很怀疑松鼠肉够不够资格被端上他们的餐桌。

卢西恩哼了一声，却没多说什么，带我从盛开的丁香花下方走过，低垂的紫色花瓣像沁凉而柔软的手指，轻抚着我的脸颊。甜美清爽的香气在我鼻孔里徘徊不去，即使走出很远还能闻得到。这些都是没用的细节，我提醒自己。不过……如果情况紧急，前面那茂密的灌木丛倒是藏身的好地方。

"你说你是塔姆林的侍臣。"我壮胆问道，"侍臣也需要外出巡查吗？"这问题显得很是漫不经心。

卢西恩咂了咂舌。"我是塔姆林身边的正牌侍臣，但这原本是安德拉斯的任务。所以总要有人替他完成，对此我感到十分荣幸。"

我使劲咽了口唾沫。安德拉斯在这里有地位，也有朋友——他不是什么无名无姓、无面无颜的仙灵，当然会被人想念，哪里像我……"对……对不起。"我说，语气里充满诚恳。"我不知道他在你们心中的意义。"

卢西恩耸耸肩。"塔姆林也是这么说的，所以才会把你带来这里。又或者是因为你穿着那些破衣烂衫显得太可怜了，博取了他的同情。"

"如果我事先知道你会利用这次外出来羞辱我的话，我是不会跟你出来的。"艾莉丝说起过，卢西恩对胆敢出言顶撞他的人倒是有点兴趣。真是太容易了。

卢西恩狡黠一笑："对不起，菲娅。"

要不是因为我了解他不会说谎，我也许会因为他此时言不由衷的表情而喊他骗子，用这样的方式向他道歉，或许会显得更加……真诚？我也说不好。

"好吧，"他接着说，"你打算什么时候开始劝说我替你去跟塔姆林说情，求他放过你，让你免受条约的制裁？"

我抑制住内心的震惊，问道："你说什么？"

"你同意跟我到这来，不就是为了这件事吗？否则怎么会偏巧在我要出发时跑去马厩里闲逛?"他用那只黄褐色的眼睛斜睨了我一眼。"说实话,我还挺欣赏你的做法——而且你认为我对塔姆林有如此大的影响力,对此我也觉得很是受用。"

我还不能亮出真实想法,还不是时候。"你在说什么啊——"

卢西恩把头一伸,将那答案表达得足够明显。他咯咯笑着说:"先别急着浪费你那少而珍贵的人类呼吸,先听我解释两件事。首先,如果我真有手段,你早就消失了,所以不用跟我多费口舌。其次,我也不能另想办法,因为条约规定得清清楚楚,再没有别的漏洞。"

"可是——可是一定会有其他——"

"我钦佩你的勇气,菲娅,真的。或者说,那只是愚蠢。但既然塔姆林不愿意听从我的建议把你开膛破肚,你就只能被困在这里了。除非你愿意在皮西亚自生自灭,这会——"他上下打量着我,"反正我是不建议你这么做。"

不——不,我不能就这么永远地待在这儿,直到死去的那天。说不定……说不定会有别的办法,或者别的什么人能帮我想出办法。我调整呼吸,从脑海中清空那些惊慌而混乱的思绪。

"勇气可嘉。"卢西恩唇边带笑地说道。

我已经懒得对他掩饰自己犀利的目光。

我们沉默着一路前行,除了几只飞鸟和松鼠之外,我再也没见过或是听过其他任何不寻常的东西。我让自己躁动的思绪归于安静,几分钟后,我开口说道:"塔姆林内阁的其他人都去哪儿了?都因为那场魔法疫病四散而逃了吗?"

"你怎么知道关于内阁的事?"他飞快地反问,我意识到他以为我另有所指。

我面无表情地回答:"普通的庭园会有侍臣吗?还有那么多忙里忙外的仆人。你们让他们在舞会上佩戴飞鸟面具,不就是这个原因?"

卢西恩沉下脸,那道疤痕也被拉得更长。"那天晚上,我们每个人都能自由选择佩戴什么样的面具,来对塔姆林的变形天赋表达敬意。仆人们也不例外。但是现在,如果我们有得选,肯定会用手把它们撕扯下来。"他说着拉了拉脸上的面具,面具纹丝不动。

"那魔法力量究竟出了什么意外,才让事情变成这样?"

卢西恩发出一声刺耳的笑声。"有些鬼东西从该死的地狱深处跑上来了。"他说,然后环视左右,咒骂道,"祸从口出,这话要是被她听见——"

"谁?"

他那被阳光晒得黝黑的皮肤忽然变得血色全无,用一只手拢了拢头发。"别问了。你知道得越少越好。塔姆林也许愿意跟你说疫病的事,我可不愿意让人类有机会把这情报卖给出价最高的对手。"

我顿觉一惊,然而他刚才不经意间说出的只言片语已经如璀璨的珠宝散落在我的面前。有个能让卢西恩害怕的她——卢西恩担心会有人在暗地里偷听和监视他的一举一动,即使在这里也不例外。我盯着一棵棵大树之间的阴影看了又看,还是一无所获。

皮西亚的统治者是七位至高之主——也许卢西恩口中的这个她正是统治这片领地的王者。倘若不是至高之主,那就是一位至高主母了。如果真存在那种可能性的话。

"你多大年纪了?"我问,希望能从他口中撬出更多有用的情报。这样总好过什么都不知道。

"很老了。"他说着检查着周围的灌木丛,但我有种感觉,他那锐利的目光并不是在寻找猎物。他的肩膀绷得太紧。

"你有什么样的力量?能像塔姆林那样变身吗?"

他叹了口气,先是盯着天空看了好久,随后才警惕地端详起我来，那只金属眼睛眯缝着，令人不安地汇聚在它的焦点上。"你是想搞清楚我的弱点,那样才好——"我瞪了他一眼。"告诉你吧,我不会变身。只有塔姆林能变身。"

"可是你的朋友——他以狼的形态出现。除非那是他的——"

"不,不。安德拉斯也是高等魔仙。塔姆林能在必要时把我们变成不同的形态。但他只会对他的哨兵那么做。当安德拉斯翻过那道高墙时,塔姆林把他变成了一只狼,以防有人发现他仙灵的身份。可无论他再怎么变,也掩盖不了他那巨大的体形。"

我打了个寒战,那寒战冷彻骨髓,以至于我甚至都没注意到卢西恩那红得冒火的目光。我实在没有勇气问他塔姆林能不能把我也变成别的样子。

"总而言之,"卢西恩接着说,"高等魔仙不像低等仙灵那样驾驭着特定的力量。如果你想知道我是否拥有与生俱来的某种习性,答案是否定的。我既不会把出现在视野范围内的一切都清除干净,也不会把凡人引到水中溺死,或是解答你为了给我下套而问出的各种问题。我们只是——为了统治而存在。"

我转过身,面朝另一个方向,以免他注意到我在滴溜溜地转眼珠。"我想如果我是你们其中的一员,我会是普通仙灵,而不会是高等魔仙?就像艾莉丝那样,无微不至地伺候你们?"他没有答话,应该是默认了。看他这一脸傲慢的模样,难怪会觉得由我代替他的朋友跟他外出狩猎堪称奇耻大辱。既然他对我的憎恨可能永远无法消弭,既然他还没等我开始实施计划就掐灭了我的希望,我索性直接问道:"你脸上那道疤痕是怎么来的?"

"我没有在应该闭嘴的时候管住自己的嘴巴,于是受到了惩罚。"

"是塔姆林干的?"

"创世之釜在上,当然不是。他当时根本不在场。不过他事后为我找到了替代品。"

这答案还是跟没说一样。"所以，如果你能困住某些仙灵，他们就会回答你的任何问题？"也许他们会知道如何帮我免受条约的惩罚。

"是的。"他严肃地说，"他们是苏瑞尔，既古老又邪恶，犯不着冒着极大的风险特地去寻找。而且要是你继续表现出这副大有兴趣的模样，我会觉得你更加可疑，并劝说塔姆林把你关起来。要是你蠢到想去找苏瑞尔的话，那你早就应该被关起来才对。"

瞧他这么紧张，说明苏瑞尔就潜藏在附近。卢西恩把头往右一偏，侧耳倾听，眼里闪着微光。我感到脖颈后面一阵发凉，以迅雷不及掩耳的速度拔出弓箭，瞄准了卢西恩注视的方向。

"把弓放下。"他的声音显得沙哑而低沉。"把你那该死的弓放下，人类，看前面。"

我依言照做，但随着灌木丛里传出声响，我手臂上的汗毛还是瞬间竖起。

"别动。"卢西恩继续看着前方，那只金属眼睛一动不动。"无论你看到或感受到什么，都别有反应，也别看。眼神盯着前面。"

我开始颤抖，抓紧缰绳，掌心都是汗水。我或许会怀疑这是不是某种可怕的笑话，可卢西恩的脸已经变得无比苍白。我们胯下马匹的耳朵紧紧贴在头边，还在继续前行，仿佛它们也听懂了卢西恩的命令。

然后，我感觉到了。

第十章

侵入骨髓的凉意使我周身的血液都凝固了。我什么都看不见，除了余光里有微弱的光影，但马匹却在我身下变得僵直。我强迫自己面无表情。就连这处春风和煦的树林似乎都在瑟缩枯萎，变得冰寒。

那冷冰冰的东西静悄悄地盘旋而过。我什么都看不见，却能感觉到。而在我脑海深处，有个古老而空灵的声音在轻声低语：

我会用利爪捏碎你的骨头，吸食你的骨髓，享用你的血肉。我就是你的恐惧，你的梦魇……看着我。看着我。

我想叫喊，嗓子眼却发不出声音。我目不转睛地看着树木和林冠，只觉得那冰冷的庞然大物不断地在我们周围打着转。

看着我。

我想看——我需要看清那究竟是什么。

看着我。

我凝视着远处的某棵榆树，看着它那粗糙的树干，脑子里想着令人愉悦的事情，比如说用热乎乎的面包填饱肚皮——

我会用你填饱我的肚皮。我会吞噬你。看着我。

一片碧蓝无云，星辰点点的夜空，泛着微亮，静谧而无垠。夏天的旭日即将升起。在林中的池塘里舒舒服服地洗个澡。跟伊萨克幽会，呼吸交融，纵情忘我地跟他的身体缠绵上一两个小时。

那东西就在我们周围，如此冰冷，冷到我的牙齿都在打战。看着我。

我注视着那看似越来越近的树干，根本不敢眨眼。我的眼睛渐酸，噙满泪水，我任由泪水垂落，拒绝承认那东西潜伏在我们周围的事实。

看着我。

就在我以为自己将要妥协的一瞬间，我的眼睛因为刻意回避目标而疼痛难耐的一瞬间，那团冰冷消失在灌木丛里，将那些在原地瑟缩发抖的植物留在身后。直到我听见卢西恩呼了口气，感觉到我们胯下的马匹摇了摇头，我才敢在马鞍上放松身体。连番红花都似乎再次挺直了茎干。

"那是什么？"我边擦眼泪边问。

卢西恩仍然脸色苍白。"你还是不知道的好。"

"拜托告诉我吧……那是你提起的苏瑞尔吗？"

卢西恩那只褐色的眼睛愈发显得暗沉，粗声粗气地回答："不。那是不该在这片土地上存在的东西，我们管它叫波吉。你不能去追猎它，也无法将它杀死。哪怕带上你最中意的梣木箭矢也不行。"

"我为什么不能看它？"

"因为要是你看了它——要是你承认了它的存在——它就会变成真的，就能把你杀死。"

我的脊椎上犹如有冰寒蜘蛛爬过。这才是我印象中的皮西亚——这里有可怕的怪物，直到今天人类还不敢大声提及它们的名字。恰恰是由于这个原因，当我那时候考虑到那头狼有可能是仙灵时，才没有过丝毫犹豫。"刚才在我脑袋里有声音,那声音让我看它。"

卢西恩转了转肩膀。"那就要感谢创世之釜的眷顾,幸好你没看,否则我今天接下来的时间都要忙着收拾烂摊子了。"他苍白一笑,我没有回应。

我仍能听见那波吉的声音在林叶间回响,在召唤着我。

我们在树林里漫步了一个小时,两人全程几乎毫无交流,我总算不再颤抖,转身面向他说道:"所以,你很老了,随身带着佩剑,还会到边境巡逻。你参加过战争吗?"好吧,也许我还是没有放下对他那只眼睛的好奇。

他不悦地说:"见鬼啊,菲娅。我还没那么老。"

"那你是战士吗?"如果情势所迫,你有没有能力杀死我?

卢西恩大笑。"虽说我的本事比不上塔姆林,但还是知道怎么摆弄手中的武器。"他把手放在剑柄上。"你是想让我教你怎么用剑,还是说你已经驾轻就熟了呢,厉害的凡人女猎手?倘若你真干掉了安德拉斯的话,可能也用不着多学什么别的东西,知道瞄准哪里就行了,对吧?"他说着拍了拍自己的胸口。

"我不知道怎么用剑,只知道如何狩猎。"

"难道不是一回事吗?"

"对我来说是不一样的。"

卢西恩沉默了,陷入了思考。"我想你们人类全都是可恶的胆小鬼,如果你们事先清楚安德拉斯真正的身份,只会尿湿裤子,缩成一团,乖乖等死。"这话真让人不堪忍受。卢西恩叹了口气,打量着我。"你什么时候才能不这么严肃无聊?"

"你什么时候才能不这么招惹我?"我反击道。

死人——这话可能真会让我变成一个死人。

然而卢西恩却笑嘻嘻地对我说:"这样好多了。"

看来艾莉丝真是没说错。

✟

我们当天下午达成的短暂和平,在晚餐的饭桌上烟消云散了。

塔姆林还是懒洋洋地坐在他平时坐的那张椅子上,一只长长的爪子握着高脚杯。在我跟卢西恩一前一后走进去时,酒杯停在了塔姆林的唇边,他用那双幽绿的眼睛把我钉在了原地。

对啊。我早上才拒绝了他的邀请,说自己想一个人待着。

塔姆林慢慢看向卢西恩,后者变得一脸严肃。"我们出去狩猎了。"卢西恩说。

"我听说了。"塔姆林嘶哑地说,轮番打量着落座的我俩。"开心吗?"他一边问,一边把爪子收了回去。

卢西恩没有回答,把答案留给我说。真是懦夫。我清了清嗓子。"还算可以吧。"

"抓到什么了?"他吐出的每个字都是从牙缝里挤出来的。

"没有。"卢西恩尖锐地对我咳嗽了一声,像是在催促我跟着多说几句。

可我却无话可说。塔姆林盯着我看了很久,然后继续吃起面前的食物,不再愿意跟我多做交谈。

这时卢西恩静静喊了一声:"塔姆。"

塔姆林抬起头,在那双绿色的眸子里更多的是兽性,而非仙灵族的目光。他在等着卢西恩开口把话说完。

卢西恩喉咙一紧。"波吉今天在树林里出现了。"

塔姆林手中的餐叉突然弯折,然而他的话语里却带着致命的平静:"你们遇到了?"

卢西恩点点头。"它很快从我们身旁经过,但距离很近,一定是从边界溜过去的。"

餐叉在塔姆林的利爪中发出了痛苦的呻吟。他忽地站起身,尽显强大而凶残。面对这般刻意抑制的狂怒,面对他口中那仿佛变长了的锐齿,我尽量让自己不要颤抖。"在林中的什么位置?"

卢西恩告诉了他。塔姆林朝我的方向瞥了一眼,随后大步走出房间,将门在身后关上,动作里带着令人不安的绅士气度。

卢西恩呼了口气,把他面前吃了一半的食物推开,揉搓着太阳穴。

"他去哪儿了?"我看着门外问。

"去猎杀波吉了。"

"开始你说过波吉是无法被杀死的——而且谁也打不过它。"

"塔姆林打得过。"

我的呼吸略微平稳了一些。原来那个试图取悦于我的高等魔仙,有着能杀死波吉的力量。但他却在第一天晚上亲自为我效劳,在生与死之间给了我生的机会。我知道他能够轻易夺人性命,知道他是某种战士,却不知道……

"那么,他是回我们今天遇见波吉的地方抓它了?"

卢西恩耸耸肩。"如果他想要追寻波吉的踪迹,只能回那个地方。"

我无法想象出任何人能跟那永恒不朽的恐惧抗衡,然而,那不关我的事。

虽然卢西恩不打算再吃东西,但那不代表我就不能吃。卢西恩陷入了沉思,甚至没注意到我在大快朵颐。

我走回自己的房间,而且无所事事地醒着,开始留意花园里的动静,寻找着塔姆林归来的迹象。他并没有回来。

月亮挂上了天穹,整个花园沐浴在银色的光影之中。

荒诞。我居然在等他回来,想看他能不能打败那个波吉,这实实在太荒诞无稽。我在窗边转过身,打算上床休息。

这时,花园里出现了什么。

我猛地闪到窗帘背后,不愿意被他看到我在等他,偷偷躲在暗处张望。

不是塔姆林——而是别人徘徊在篱笆周围,面朝庭园。那人在看我。

是男性,有些驼背,而且——

随着那仙灵一瘸一拐地向我走来,我感到快要无法呼吸——它距离从屋内照出的亮光只剩下两步远了。

不是仙灵,而是一个人。

是我的父亲。

第十一章

我没有给自己机会去恐慌,去怀疑,或者去做任何事,只后悔自己没从早餐桌上多偷些吃的,一边赶忙套上层层叠叠的衣服,裹上斗篷,把偷来的餐刀塞进靴子里。多余的衣服只会是累赘,就不必带上路了。

我的父亲。我的父亲来接我了——他来救我了。所以,无论塔姆林在我离开后给了他什么好处,对他来说都没多大吸引力。也许父亲准备了一艘船,要带我们去很远很远的地方;也许父亲已经卖掉了茅屋,凑够了钱,我们一家人将到新的大陆上去建造新的家园。

我的父亲,我那瘸腿而潦倒的父亲,居然来了。

我往窗外飞快地张望,发现外面没人——屋内也是一片寂静,说明父亲的行踪还没暴露。父亲还等在篱笆旁边,正在跟我点头。幸好,塔姆林也没回来。

我朝自己的房间最后看了一眼,想听听走廊上有没有人经过,然后攀着窗框旁边的紫藤,轻松地爬了下去。

落地时,碎石被靴子踩出了嘎吱声,我不禁眉头皱起,但父亲已经开始走向大门,拄着手杖一瘸一拐。他是怎么来到这儿的?附近一定有马匹。而且他衣衫单薄,等我们越过围墙之后,也难以抵挡冬日的严寒。不过我身上穿了这么多衣服,可以分给父亲几件。

我轻手轻脚,谨慎地躲避着月光,匆忙朝父亲走去,眼见父亲离漆黑的篱笆和大门越来越近,步伐矫健得出奇。

庭园里只有廊道上亮着几支蜡烛。我不敢大声喘气,更不敢出声呼唤跛脚朝我走来的父亲。如果我们现在离开,如果他确实有马匹,等他们发现我失踪时,我们已经快到家了。那样我们就能顺利逃走——逃离塔姆林,逃离那场将在不久之后侵入我们领地的疫病。

我的父亲已经走到了门边。大门仍然敞开着,远处幽暗的森林在等待着我们。他肯定是把马藏在林中深处了。父亲冲我转过身,那张熟悉的脸庞神色凝重,那双棕色的眼睛显得澄澈而急切。快啊,赶快,就连他那只手做出的每个动作都像是在呼喊着我。

我的心脏眼看就要从嗓子眼跳出来了。父亲近在眼前,属于我的自由,属于我的新生活,近在眼前——

一只大手突然抓紧了我的胳膊。"你要去哪儿?"

糟糕,糟糕,糟糕透顶。

塔姆林的利爪捏穿了我那一层又一层衣服,我抬起头,看着眼前这个可怕的魔仙。

我一动也不敢动,尤其是当我看到他闭嘴时那紧抿的唇线和下颌微微颤抖的肌肉,还有他张嘴时那依稀可见的锐齿——长而锋利的锐齿,在月光下闪着寒光。

他会杀了我,把我就地正法,紧跟着杀死我的父亲。不再有什么漏洞,不再有什么讨好,也不再有什么怜悯。他不再在乎。我此刻已经和死人无异。

"求你了……"我恳求道,"我的父亲……"

"你的父亲?"他抬眼朝我身后的大门望去,对我露齿低吼,那声音仿佛刺穿了我。"你不如再仔细看看？"说着松开了手。

我踉跄着后退一步，头晕目眩，想喘口气告诉父亲快跑，可是——

可是哪里有父亲的影子？门边只有一把苍白的长弓和装着苍白箭矢的箭袋。是高山桦树的木材。这些东西在片刻之前并不在这里，并不——

眼见它们泛起涟漪，如同流水一般。随后，那把长弓和箭袋变成了一个巨大的背囊，里面装满了补给品。涟漪再次涌动——我看到了我的姐姐们正在相拥哭泣。

我顿觉膝盖一软。"这是……"还没等我问完，我又看见父亲仍旧站在原处，驼着背召唤着我。那景象真是逼真。

"难道没人告诉过你要保持警惕吗？"塔姆林打断了我，"难道没人告诉过你，人类的知觉会背叛你？"他从我身旁走过，厉声呵斥，声音中的怒意惊走了那个如霹雳般从门边飞掠而过的闪着亮光的东西，钻进了黑暗。

"蠢货。"他转身对我说，"要是你真打算逃走，至少选在白天。"他俯视着我，缓缓收回了锐齿，但利爪还在。"夜晚，这片树林里有比波吉更恐怖的东西。刚才出现在门口的那个不在其中——但它还是会慢慢将你吞噬。"

终于，我的嘴巴又能开始动了。憋了那么多话，我说出的第一句却是："这能怪我吗？我那跛脚的父亲出现在我的窗户底下，你觉得我能不奔向他吗？就算你说过会照顾我的家人，你真以为我会心甘情愿地永远留在这里，就为了某份跟我毫无关系，却任由你的族人随便杀戮人类的条约？"

他弯起手指，仿佛想要把爪子缩回去，可它们还是伸在外面，随时准备刺穿皮肉。"你想怎么样，菲娅？"

"我想回家！"

"回家干什么呢?跟这里比起来,你宁愿回到那间悲惨的人类住所里去?"

"我发过誓。"我的气息变得不稳。"在我母亲临终时,我对她发过誓。我承诺过会照顾我的家人,会保护他们。我在过去的每一天,乃至每时每刻所做的一切,都是为了兑现当时的誓言。可恰恰是由于我为了救我的家人,为了让他们填饱肚子而外出狩猎,现在却落得必须违背誓言的下场。"

他朝庭园走去,我在他身后等了片刻,才跟上他的脚步。他的利爪总算一点一点地收回去了。他头也没回地说道:"你没有违背誓言,而是以留在这里的方式继续履行着它。你的家人现在正在接受更好的照料。"

茅屋里那些斑驳模糊的画作浮现在我的脑海中。也许他们会忘记当初是谁画下了那些图案。无足轻重——我陪伴他们的那些年,对他们来说仅仅意味着这四个字,正如我在这些高等魔仙眼里也是无足轻重一样。而我的那个梦——梦想有一天能和父亲单独生活在一起,享用着足够的食物和金钱,还能在闲暇时画上几笔……那只是我的梦,与任何人无关。

我揉了揉胸口。"我不能放弃那一切,不能放弃他们。无论你怎么说。"

即使我是蠢货——是一个呆傻的人类蠢货——竟然相信父亲真会来带我走。

塔姆林斜睨着我。"你没有放弃他们。"

"过着这般奢侈的生活,近乎锦衣玉食,这怎么不是放弃——"

"有人照料他们——他们也过得衣食无忧。"

衣食无忧。如果他没有说谎,如果这是真的,那么,那么那已经超出了我所有的盼望。

这样说来，我已经实现了对母亲立下的誓言。

我震惊得不知道说什么才好，只是静静地随他往前走。

我的人生如今被条约掌控，但是也许我以某种方式获得了自由。

当我们走近通向内宅的阶梯时，我终于开口问道："卢西恩会去边境巡逻，而且你说过还有其他哨兵——但我在这里从没见过他们。他们都在哪儿呢？"

"在边境线上。"他回答道，仿佛那答案恰如其分。接着，他又补充说，"我在的时候，这里用不着哨兵。"

因为他就足够凶悍了。我尽量不去多想，却还是忍不住接着问了下去："你接受了战士的训练吗？"

"是的。"见我没有答话，他继续说，"我从小到大，几乎所有时间都在跟着父亲的战队在边境战斗，被训练成一名战士，为了有朝一日能够为他或其他人效命。统治这片土地原本不该是我的职责。"他那冷冰冰的口气无疑表明了他对于眼下职衔的态度，以及他那巧舌如簧的朋友必须跟在他身边的原因。

但我实在不该继续追问到底是什么令他的人生经历了如此巨变，于是我清了清嗓子，问他："如果波吉都算不上最糟糕，那么在门外的树林里，还暗藏着哪种仙灵呢？刚才那东西究竟是什么？"

我真心想问的是，刚才是什么打算折磨继而吃掉我？你是谁？怎么会有如此强大的力量，连它们都无法对你构成威胁？

他在台阶底端停下脚步，等我赶上。"是普卡。它们会利用你自身的欲望把你引去某个遥远的地方。然后把你慢慢吃掉。它可能是在树林里嗅到了你的人类气息，一路跟了过来。"我打了个寒战，没有刻意掩饰。塔姆林接着说："这片土地曾经守卫森严。较为致命的仙灵都会被限制在它们自己的领地之内，由当地的魔仙领主看管，或是被逼着躲起来。像普卡那种东西从来都不敢在这里出现。可是现在,皮西亚暴发的这场疫病削弱了结界的力量,很难再阻挡它们。"他停顿了很久,仿佛有些话卡在喉咙里说不出来似的。"现在一切都不同了。夜晚独自外出不再安全——尤其是对于人类而言。"

跟卢西恩——还有塔姆林这种天生的铁血战士相比,人类当然是手无缚鸡之力的婴孩,他们在狩猎时甚至无须携带武器。我看了看他的手,却没再看见利爪,只有被晒成深褐色而遍布老茧的皮肤。

"现在还有什么不同了?"我跟着他走上门前的大理石台阶。

这次他没有停下脚步,甚至没有回头看我:"一切。"

✠

于是,我是真要永远生活在这里了。我愿意相信塔姆林说的照顾我家人的那些话都是真的,塔姆林声称,我不守在家人身边反而是对他们更好的照顾——即使只有我留在皮西亚才能真正兑现对母亲许下的誓言……少了那承诺的重量,我感觉空荡荡的。

在接下来的三天里,我会和卢西恩一块到安德拉斯过去负责的地点巡查,而塔姆林则总是神出鬼没地外出追猎波吉。虽然卢西恩有时表现得像个浑蛋,总体来说不太介意与我同行,而且大部分时间都是他说我听,刚好能让我暗暗思量射出一支箭的后果。

一支箭。在我们沿着边境巡查的这三天里,我连一支箭都没射出去过。某天早晨,我在峡谷里发现了一只红色的小鹿,出于直觉搭箭瞄准了猎物,正当那支箭要射进鹿的眼睛时,卢西恩讥笑说至少它不是仙灵。可是我盯着它看——它肥壮、健康而又满足——然后我松开了弓弦,把箭矢插回到箭袋里,放它走了。

我从来没在庭园附近见到过塔姆林——听卢西恩说,他近来夜以继日地在外追猎波吉。即便是在晚餐桌上,他也很少说话,饭毕便匆匆离席——继续去寻找他的猎物,夜夜不归。我不介意他在不在家,这反而令我感到轻松。

在我遇到普卡之后的第三天晚上，还没等我坐下，塔姆林就站起身，理由是不愿意浪费宝贵的狩猎时间。

卢西恩和我盯着他看了一会儿。

我发现卢西恩面色苍白，很是紧张。"你担心他。"我说。

卢西恩瘫倒在椅子上，完全没有了仙灵领主的气势。"塔姆林……心情不好。"

"他不愿意让你帮忙去追猎波吉？"

"他喜欢独来独往。而且在我们的领地上出现了波吉……你不会懂的。区区普卡对他来说不足为虑，但就算他能把那波吉大卸八块，他也会继续忧心。"

"就没有人能帮帮他吗？"

"要是有人胆敢违抗他的命令，恐怕一样会死在他的刀下。"

我脖颈一阵寒凉。"他有那么凶残？"

卢西恩端详着杯中的美酒。"与人人交好者，难成大事。在仙灵族中，无论是低等仙灵还是高等魔仙，都需要有铁腕执掌大权。我们太过强大，永生不朽这件事又太过无聊，所以就不会那么循规蹈矩了。"

高处不胜寒，尤其是当你原本并不想要位居高位的时候。我也不知道自己为什么会想这么多。

大雪纷飞，冰冷无情，当我拽动弓弦时，积雪已经没过了我的膝盖，我把弓弦越拉越紧，直到手臂颤抖。在我身后，有个阴影在潜伏——不，是在监视。我不敢回头看，不敢去看究竟是谁在黑暗中窥视着我，此时，面前的空地上还有一头狼在盯着我看。

它只是盯着我，仿佛在等待，仿佛在看我敢不敢射出那枚梣木箭矢。

不，不，我不愿意这么做，我不想再来一次，不想——

但我却控制不了自己的手指，一根手指也控制不了，在箭矢飞出去时它还在看着我。

一箭——一箭射穿了那只金色的眼睛。

鲜血染红了白雪，沉重的躯体闷声倒地，伴随着呼啸的风声。不。

倒在雪地上的不是一头狼——而是一个人，身材高大，体形健美。

不，不是一个人，而是高等魔仙，长着一双尖耳朵。

我眨眨眼，然后，然后我这双手热乎乎的，沾满了黏稠的鲜血，然后我看见他的身体变得通红，被扒了皮，在寒冷中冒着热气，而在我手里捧着的正是他的那层皮——

我把自己唤醒，汗流浃背，强迫自己大口呼吸，睁开眼睛，观察着夜晚的卧室中的每一个细节。这才是真的。我醒了。

可是我仍然能看见那高等魔仙脸朝下躺在雪地里，我的那支箭射穿了他的眼睛，他被我扒光了皮，殷红的鲜血流得到处都是。

胆汁涌上了我的嗓子眼。

不是真的。那只是一个梦。即使我确实杀死了安德拉斯，即使它看上去是一头狼……

我揉揉脸。或许是因为近些天来的安静和空虚吧——或许只是因为我不用再没完没了地担心该如何让我的家人生存下去，然而包裹住我的舌头，乃至我浑身骨头的，却是悔恨，也许还有羞愧。

我战栗着，似乎想把那种感觉抖掉，紧接着我踢开被单，跳下床来。

第十二章

我沿着昏暗的廊道往前走着,恐惧和梦魇依旧挥之不去,仆人们和卢西恩这时候早就睡熟了。但我必须要做些事情——任何事——在那场噩梦过后,我可不想再马上入睡。我一只手里拿着一张纸,另一只手里握着一杆笔,小心翼翼地往前走着,留心记下每扇窗户、门和所有出入口,时不时地在纸上粗略勾画几笔,写下X的符号。

我只能做到这个地步了,任何识文辨字的人类看到我写的这些标记都会觉得难解其意。可是我除了基本字母之外,既不会看,也不会写,而且有这样一份地图总比没有要好。如果我打算留在这里,必须要弄清楚最佳的藏身之地以及最容易脱身的出路,以防情势突然恶化。我绝不会彻底放松警惕。

廊道上光线太暗,我无法欣赏墙上的任何壁画,也不敢点亮蜡烛。在过去三天里,每当我鼓起勇气想仔细看看那些画时,走廊上总有仆人;而被妮斯塔嘲笑过的那个我,也在讽刺自己作为一个无知的人类,居然想去品鉴仙灵的艺术。那就以后再说吧,我这么告诉自己。我会选个别的日子,趁身边没人的时候,悄悄地欣赏它们。

我现在有大把时间——反正我要在这里过一辈子。说不定……说不定我会想明白该如何度过这漫长的光阴。

我沿着主阶梯往下走，月光泻在门廊那黑白相间的砖石上。我走到阶梯底端，赤裸的双脚悄无声息地踩在冰冷的石板上，静静聆听。没有声响——四周没有人。

我把小地图放在门厅的桌上，又加了几个X，画了几个圆圈，标出了门窗和前厅大理石阶梯的位置。很快，我就会对这座房子的地形了如指掌，就算有人把我眼睛蒙住，我也不会迷路。

一阵轻风宣告了他的到来——我转过身，面朝狭长的走廊，看着通往花园的那扇敞开的玻璃大门。

我已经忘了他在这个形态下有多巨大，忘了他那双弯曲的长角和凶狼般残忍的面孔，忘了他那像熊一样强壮却如猫般矫捷的身体。他那双绿色的眼睛在黑暗中闪着幽光，锁定在我身上，房门在他身后吱呀关了起来，走廊上只有他利爪踩在大理石地面上的声响。我站在原地，不敢退缩，也不敢移动一寸肌肉。

他的脚有些跛，而且在月色的映照下，我看到他身上有些深色而有光泽的血污。

他继续朝我走来，整个前厅里的空气都凝固了。他是如此庞大，令空间显得囚笼般格外狭小。我只听见利爪的摩擦声，不平稳的呼吸声，还有鲜血在滴落。

他在两步之间改变了形态，那道炫目的光芒使我闭紧双眼。当我睁开眼睛，再次适应了黑暗之后，他就站在我跟前。

他那样站着，却和平日里很不一样。没有了绑在胸前的肩带，也没有了佩刀，身上的衣服也变得破破烂烂——那七零八落的布条不禁令我纳闷他是怎么生还下来的。但在他衣衫底下那肌肉强健的皮肤倒是完好无损。

"你杀死那个波吉了?"我的声音几乎轻不可闻。

"嗯。"平淡而冷漠的一个字。仿佛他根本懒得摆出任何好脸色,仿佛我在他心里是最最不值得关注的一个人。

"你受伤了。"我更加安静地说。

的确,他的手上有血,脚下的地板上还有更多血渍。他面无表情地望着那只手——像是好不容易才想起自己还有手这件事,好不容易才注意到手上的伤口。真不知道面对那样邪恶的对手,他是拿出了怎样的意志和力量才将其杀死?他是穷尽了多少勇气——穷尽了他身体里所有的永生之力和魔法,才了结了它的性命?

他看着桌上的地图,声音显得空虚而不带有丝毫情感——既没有愤怒,也没有嘲弄——地问我:"那是什么?"

我一把将地图抓在手里:"我觉得应该熟悉下身处的环境。"

滴答,滴答,滴答。

我再次指着他的手,刚想开口说话,他却说:"你不会写字,是吧?"

我没有回答。我不知该说什么。愚蠢无知,无足轻重的人类。

"难怪你那么擅长别的事情。"

我以为他是沉浸在跟波吉的大战中,思维还没脱离那场战斗,所以没有意识到自己是在恭维我。如果那真是恭维的话。

又有一大滴血染红了大理石。"我们该去哪儿清理你手上的伤口?"

他抬起头,再次望着我,静静地,满是疲倦。然后他说:"有一间小医务室。"

我想告诉我自己,那可能是我整晚了解到的最有用的信息。但当我跟在他身后往前走,小心躲避着地上的血渍时,我想起卢西恩跟我说过他的孤单,他的重担,想起塔姆林提起过这些田产原本不该属于他，我竟然在为他感到难过。

✝

医务室里应有尽有，但更像是一间储藏室，里面还有工作台，怎么看也不像是给伤患仙灵治病的地方。我想那是因为他们都有着超凡的力量，大多数时间能自我疗伤，只要有这些就足够了。可是他的伤口并没有愈合。

塔姆林有气无力地倚在桌边，用另一只手握住伤手的手腕，看着我在橱柜和抽屉里翻找着药品。等我找到要用的东西之后，我努力让自己不要抗拒接触他的身体，可在我握住他手的一瞬间，恐惧感还是汹涌而来，当我冰凉的手指碰到他的皮肤时，只觉得如地狱烈焰般灼热。

我擦洗着他那只血淋淋的脏手，在乍看到指尖的利爪时愣了愣。但他没有把爪子缩回去，静默无声地任由我包扎着他的手——我没想到严重的割伤并没有几处，全都不需要缝合。

我固定住绷带，从他身边走开，把那碗血水端到房间后方深深的下水道旁边倒掉。他直直地看着我完成了清理工作，我只觉得这间屋子变得太过狭小，又闷又热。他杀死了波吉，几乎毫发无伤。如果塔姆林拥有这么强大的力量，那么皮西亚的至高之主们一定是近乎神的存在。我身体里的每一分凡人的直觉都被这念头吓得够呛。

我快要走近敞开的房门，急切地想要回自己的卧室，这时他对我说："你不会写字，却学会了狩猎和生存，你是怎么做到的？"

我在门口停下脚步。"当你必须要为别人的生命负责时，自然就能学会了，不是吗？因为你别无选择。"

他仍然坐在桌边，仍然没有彻底走出跟波吉的那场大战带给他的影响。我迎着他那野性而灼热的目光。

"你和其他人类比起来，不一样。"他说。

我没有答话。他在我离开时，也没有跟我道别。

第二天清晨，我沿着宏伟的楼梯往楼下走，尽量不去想下方的大理石地面有没有被清洗干净，是否还有塔姆林留下的血污。事实上，我在尽量不去回想我们昨晚的偶遇。

当我发现前厅里空无一人时，几乎露出了微笑——我那久久不散的空虚感泛起了一丝涟漪。也许现在，也许在这宁静的时刻，我总算能仔细看看墙上的画作，花些时间观察它们，了解它们，欣赏它们了。

这个念头使我心跳加速，我正准备前往某条廊道，先前我注意到那里挂满了一幅又一幅艺术品，这时我听见从餐厅里飘出了男性低沉的说话声。

我停住了。那声音里充满紧张，我不禁悄悄地躲到敞开的门板背后藏了起来。这真是懦弱又可鄙的做法——可他们讨论的话题却压倒了我所有的内疚。

"我只想知道，你以为自己在做什么。"是卢西恩的声音——每个字里都带着那熟悉而慵懒的邪恶。

"你又在做什么？"塔姆林反击道。透过门边合页的缝隙，我看见他们两人简直是脸贴着脸站在一起。在塔姆林那只没被绷带包扎过的手上，利爪在晨曦中闪着光。

"我？"卢西恩将一只手放在胸口上。"创世之釜在上，塔姆——时间已经所剩不多，而你整天只是郁郁不忿，恼火发怒，你现在甚至连装都懒得装了。"

我挑起眉毛。塔姆林转过身体，但片刻之后又猛地转了回来，露出利齿。"打从一开始就是个错误。我无法忍受了，尤其是在我的父亲对他们的族人和他们的土地做了那样的事情之后。我不会走他的老路——不会变成那样的人。所以别再多嘴。"

"别再多嘴?就眼睁睁地看着你封死我们的命运,看着你毁掉一切?我留在你身边,是因为心怀希望,不是看着你自讨苦吃。对于有着一颗石头心的人来说,你的心近来真是柔软了不少。我们的领地上闯入了波吉——那可是波吉啊,塔姆林!王庭之间的界限已经消失,就连我们的树林里都出现了普卡那种脏东西。你是只打算去外面生活,把每个溜进来的害虫一个个消灭干净?"

"注意你的言辞。"塔姆林说。

卢西恩朝他靠近一步,也把牙露了出来。一股气流打在了我的肚子上,金属的臭味灌满我的鼻孔。可是我却没有看见任何魔法——只是感觉到了。我也说不清那是否更加糟糕。

"别逼我,卢西恩。"塔姆林的语调冷静得吓人,紧接着,他发出一声纯粹是野兽发出的咆哮声,惊得我汗毛倒竖。"你认为我不清楚在我自己的领地上正在发生什么事吗?难道我不明白会失去什么?不明白已经失去了什么?"

那场疫病。也许它被控制住了,但似乎还在制造浩劫——仍是仙灵族的威胁,而且也许他们真的不想让我知道整件事情的来龙去脉,无论是因为缺乏信任还是……因为我对他们来说什么都不是。我往前凑了凑,不小心手指一滑,轻轻碰到了门框。这动静或许能逃过人类的耳朵,然而两位高等魔仙却一起转过身来,我的呼吸都停止了。

我迈步走向门口,清了清嗓子,脑袋里编造着十几个为自己辩解的理由。我看着卢西恩,强迫自己微笑。他睁大了眼睛,我不知是因为他看到了我的微笑,还是因为我看起来满是负罪感。"你打算外出吗?"我在身后伸出大拇指,这样的装腔作势令我感到恶心。我今天本来没打算跟他出去,可这说辞听起来很是合理。

卢西恩那只褐色的眼睛很明亮,尽管他对我报以的微笑显得颇为牵强。在塔姆林侍臣的脸上，此刻写满了训练有素与工于心计。"我今天很忙。"他说着朝塔姆林扬起下巴。"他会跟你一块去。"

塔姆林轻蔑地看了他朋友一眼，费了不少力气才将那表情掩饰住。他的肩带上插着比平日更多的短刀，当他转身面向我时，双肩紧绷绷的，华丽的刀柄熠熠发光。"当你准备好出发时，说一声就是了。"利爪从他没受伤的那只手上缩回了皮肤里。

不。我朝卢西恩投去一个恳求的眼神，差点把"不"字说出口。卢西恩从我身旁走过，只是拍了拍我的肩膀。"也许我明天能陪你去，人类。"

要跟塔姆林单独相处了，我使劲咽了口唾沫。

他站在那里，等待着我。

"我不想去狩猎。"我静静地说。这是真心话。"我讨厌狩猎。"

他把头一伸问道："那你想做什么？"

✠

塔姆林带我走过廊道。一阵夹杂着玫瑰香气的轻风从窗外吹了进来，抚摸着我的脸颊。

"你一直出去打猎。"塔姆林终于开口，"可你对打猎其实根本没兴趣。"他斜着眼睛看向我。"怪不得你们俩每次都是空手而回。"

此时站在我面前的再也不是昨晚那个冰冷而疏离的战士，也不是刚才那个愤怒的魔仙贵族。似乎只是塔姆林。

要是我会在塔姆林身边卸下防备，认为他的这种表现有任何意味的话，那我就太蠢了，尤其是眼下他庭园中的气氛很不对劲。他干掉了那个波吉——这也让他成了所遇到过的最危险的怪物。我不知道该怎么形容他才好，于是窘迫地问："你的手怎么样？"

他弯了弯被绷带包扎过的那只手，手上的布条在他那布满日光痕迹的皮肤上显得洁白而突兀。"我还没谢谢你呢。"

"不必道谢。"

可他却摇了摇头，一头金发在晨光中耀眼得像是朝阳的光辉洒进了屋内。"一旦被波吉咬中，会大大削弱高等魔仙的治愈力量，缓慢地将我们杀死。所以我必须要谢谢你。"看我不以为意，他又说道，"你是怎么学会那样包扎伤口的？即便缠着绷带，我这只手还是能活动自如。"

"不断尝试，吸取教训。我受伤的第二天还要拉弓射箭呢。"

他没再说什么，和我一起坐在洒满阳光的大理石廊道上，这时我终于敢看他了。我发现他也在仔细地端详着我，嘴唇抿成一条线。"有人照顾过你吗？"他静静地问。

"没有。"关于这一点，我早就不再自怨自艾了。

"你也是那样学会打猎的吗？不断尝试，吸取教训？"

"我会偷学其他猎手的技巧，然后不断练习，直到有所收获为止。每当我失手，我们就没东西吃。所以我要学会的第一件事就是如何瞄准。"

"我很好奇。"他漫不经心地说，绿色的眼眸中闪烁着琥珀色的光芒，也许在他身上多少还留下些那野兽战士的痕迹吧。"你有没有打算过要用那把从餐桌上偷走的短刀？"

我愣住了。"你怎么知道？"

隔着那张面具，我也能看出他在挑眉。"我早就被训练得不会漏掉那些事了，但最重要的是，我能在你身上闻到恐惧。"

我嘀咕着说："我还以为没人发现呢。"

他狡猾地冲我一笑，这笑容却比他之前刻意装出的微笑和恭维要真诚得多。"无论条约上写的什么，要是你想从我们手里逃走，光偷餐刀是不够的，得想出更有创意的办法才行。不过看你偷听的本事那么大，也许你哪天真能听到些有用的东西。"

我感到双耳发烫。"我——我不是……对不起。"我语无伦次地道着歉,但细想想我听到的那些事,也没理由再强装出没偷听的样子。"卢西恩说你们时间不多了,他是什么意思?因为那场疫病,会有更多类似波吉的怪物要侵入这里吗?"

塔姆林绷直身体,环视着我们四周的厅堂,确认没有任何异常的动静、声响和气味,然后才耸耸肩,故作轻松地回答:"我是不朽者,对我来说最多的就是时间了,菲娅。"

他在喊出我名字时,语气如此……亲昵。仿佛他不是那个强大的战士,能够杀死从梦魇中闯出的怪物。我张开嘴,想继续追问,但他却打断了我:"只要创世之釜庇护着我们,侵入我们土地、削弱我们魔法的那股力量,总有一天也会变成过眼云烟。不过你猜得没错——既然波吉已经入侵了这里,应该会有别的敌人跟着来,尤其是连那普卡都已经如此大胆。"

要是各个王庭之间的界限真如卢西恩说的那样消失了——要是皮西亚的一切都因为这场疫病,像塔姆林说的那样,变得不再一样,我真不想被卷进什么血腥的战争或是革命里去,那样我肯定命不久矣。

塔姆林大步往前走着,推开了走廊尽头那道双扇的大门,他背上强有力的肌肉在衣服底下清晰可见。我永远不会忘记他的身份,还有他的力量,以及他多年来经受的训练。

"来吧,"他说,"进书房。"

我往他身后看去,只觉得腹部一紧。

第十三章

塔姆林把手一挥,上百支蜡烛同时亮起。虽然卢西恩说过,这场疫病削弱了他们的魔法力量,但塔姆林显然没有受到太大影响,又或者是因为他的力量从一开始就太过强大,甚至能随心所欲地把哨兵变成狼。魔法的气味刺激着我的感官,可在朝里看之前我却仍然高昂着下巴。

当我看到那间宏伟宽敞的书房时,不禁感到手心冒汗。在每一面墙边,书卷摆放得整整齐齐,犹如无声的军队在等待检阅,屋内还有沙发、书桌,地上铺着华贵的地毯。可是,自从我离开家,已经过去了一个多星期。虽然父亲告诉过我永远别再回去,虽然我已经兑现了对母亲许下的承诺,我至少可以让家人知道我是安全的——或者说相对安全。我还应该提醒他们留意席卷皮西亚的这场疫病或许有蔓延到高墙另一侧的可能。

要想把这些话传出去,只有一个办法。

"你还需要别的什么吗?"塔姆林这话问得我一惊。他还站在我身后。

"没有了。"我说着走进书房。我无法去想他刚才那从容不迫的力量——优雅而淡然地令如此多的火焰焕发了生命。我必须专注眼下的任务。

我近乎文盲,这也不全是我的错。在家境败落之前,母亲疏于对我们的教育,没有聘请家庭教师。在沦为穷人之后,我的两位能读会写的姐姐认为到乡村学校上学与我们的身份不符,却也懒得教我什么。我勉强认得些字,大体把那些字凑在一起,能拼出一封信来,可写却是另一回事了,因为我连写出自己的名字都很难。

光是被塔姆林得知这件事,就已经够糟糕了。我还要考虑怎样才能在写完那封信之后,把信给寄出去,也许我可以求他,或是找卢西恩帮忙。

请他们代笔也太丢人了。我甚至能想象出他们的回答:典型的无知人类。而且既然卢西恩确信我会在时机成熟时变成间谍,他肯定会把信烧掉,有几封烧几封。所以我只能靠自己学了。

"那我就不打扰你了。"塔姆林终于打破了书房里漫长而紧张的沉默,对我说道。

我原地没动,直到他关上门,把我一个人留在了屋里。我走向书架,心跳声贯穿了我的整个身体。

✢

我不得不稍作休息,出去吃饭睡觉,但很快又在天光大亮之前回到了书房中。我在角落里找到了一张小书桌,弄来了纸笔和墨水。我的手指从一行字上滑过,小声念起来。

"她抓——起了……抓起了她的鞋,离……离开……离开了她的……"我坐回椅子上,用双手捂住眼睛。等我压下拔光头发的冲动之后,我才拿起鹅毛笔,在"位置"两个字底下画了条线。

我用颤抖的手,一个字一个字地在旁边那张纸上抄写着。纸上已经至少有四十个字了,歪歪扭扭,难以辨认。等晚些时候再去查它们的读音吧。

我站起身，必须要活动下双腿和脊椎了——或者只是转移下视线，不让自己再盯着那一长串我根本念不出的字，让自己暂时离开那把我的脸和脖子烤得暖烘烘的恒久热源。

我想这间书房更像是一间图书馆，四周层层叠叠地堆满了书，连上面的阁楼里也不例外，每一面墙壁都被遮得严严实实。不过书房这两个字听上去没那么有震慑力。我在书海里四处游走，渐渐被从另一端窗户外面照进来的太阳光吸引了过去。我意识到自己在俯瞰一座玫瑰花园，里面盛开着鲜红、嫩粉、雪白和鹅黄四色的玫瑰。

我原本可以任由自己沉浸在这绚丽的色彩里，好好看看那在朝阳的照耀下闪闪发亮的露珠，然而就在这时，我看到了沿着窗边墙面铺展开来的那幅画。

那不是一幅挂画。我眨眨眼退后几步，欣赏起这幅宏伟的艺术品来。不，那是……我在快要淡忘的记忆里使劲搜寻着那个字眼。画壁。正是这样。

起初我只顾着盯着它看，看着那力透砖墙的雄心，看着这样的杰作被埋没在这样的地方，从来不曾闯进任何人的视野，仿佛创造出这样一幅作品根本不值一提——真真正正的不值一提。

它用不同的颜色和轮廓，用涌动的流光和变化的色调，讲述着一个故事。那是……皮西亚的故事。

从创世之釜开始。

在繁星闪烁、浩瀚无垠的夜空下，一双焕发着光彩的纤纤细手将蕴藏着力量的黑釜高高捧起。只见那双手把釜轻轻一倒，金色闪亮的液体从口沿流出。不——不是闪亮，应该说是冒着气泡，有些小小的符号在沸腾而出，也许是什么古老的仙灵族文字。无论写的是什么内容，都从釜里流了出来，被倒进了下方的虚空之中，流淌在大地上，形成了我们的世界……

那张地图涵盖了我们的整个世界——不仅仅是我们脚下的这片土地，还有更远处的峻岭崇山，汪洋大海。每一片大陆都被标出了颜色，有些还带有详细而醒目的文字说明，介绍从前的统治者，而今那些土地已经归人类所有。看着这一切，我突然打了个寒战，想起原本他们才是这个世界的主人——至少他们对此深信不疑，认为使用创世之釜的那个人才是世界的缔造者。在这个故事里，完全没有提及人类，也看不到与我们有关的任何痕迹。大概人类在他们眼里一定和猪猡一样卑微。

接下来的那面画壁更是让我难以直视——构图如此简洁，但细节却铺陈有致，在那一刹那，我恍如置身于战场之上，与数以万计的人类士兵并肩站立，共同面对朝我们发起猛攻的仙灵领主。鲜血在我脚下汇流成河，那是大屠杀之前的短暂宁静。

人类的箭矢和兵刃根本无法刺穿高等魔仙那锃亮的盔甲，拿那些张牙舞爪的低等仙灵也无可奈何。我早就知道——甚至根本不用细看下一面画壁对那场面的描摹——人类没能在那场战斗中活下来。旁边的黑色污渍上还带着的血红痕迹，足以说明一切。

接下来的另一张地图上绘制着地域范围大为缩小的仙灵地界。北方疆域遭到了分割，供丧失了高墙南部领地的高等魔仙居住。高墙北边的一切都归他们所有，而南边则是一片模糊，那是一个陷入毁灭的被遗忘的世界——仿佛画师根本懒得多作描绘。

我看着如今被划分给高等魔仙的那些土地和疆域，仍然称得上幅员辽阔——他们凭借不可一世的力量统治着整个北部世界。我本来知道在他们的领地上掌权的是国王、王后、议会或女王，却从没见过眼前这种形式的呈现，没见过他们被迫放弃南部地区的场面，不曾想象过他们如今的领地和从前比起来，竟然显得这般狭小而拥挤。

我们这片宽广的岛屿，相比之下倒是很合皮西亚的心意，只有最下方的角落被分给了可悲的人类。做出最大牺牲的是七大王庭之中最南端的那一个：那片领地被画满了番红花、羊羔和玫瑰，绽放着大好的春光。

我上前一步，直到自己能看清那道灰暗而丑陋的高墙——画师在画这面墙时显然也是心怀怨恨。他没有给人类的领地画下记号，大小城镇统统没有被标记出来，然而我还是大致找到了我们村庄所在的位置，还有紧邻高墙的那片树林。跟凌驾于我们之上的力量比起来，那区区两天的脚程实在是渺小得不值一提。我伸出手指，沿着画上的一条线向上摸去，一直摸到那片土地——暖春王庭的疆域。那里虽然也没有标记，却是春光遍地——繁茂的绿树，温和的风雨，奔走的幼兽……至少，我将在这个从气候角度说比较适合居住的王庭里度过余生，也算是稍感安慰。

我把目光移向北方，退后几步。皮西亚的另外六大王庭分布有序。先是最容易一眼辨明的暮秋、炎夏和凛冬；接着在这三个王庭之上，另外两个王庭也有着鲜明的特色——稍南边的呈现出了柔和的红色调，那里是黎明王庭；在黎明王庭上方用色彩明亮的金、黄、蓝三色绘成的，是日光王庭；再上面，那片被笼罩在无际的黑暗和星辰之中的辽阔疆域则是寂夜王庭。

在那两座山之间的阴影地带里，我看见了什么东西——小小的眼睛、闪光的牙齿，带着致命的美感。我手臂上的汗毛竖了起来。

我原本应该仔细看看大洋彼岸的其他王国，比如说西边那个与世隔绝的仙灵王国，似乎寸土未失，自安律法，但此时此刻，这张精美而逼真地图的中心地带却吸引了我所有的注意力。

在大地的正中央——在山河万物的源头，又或者是创世之釜中的液体最初倾倒而下的位置,有一道冰雪覆盖的狭窄山脊,在那里矗立着一座巍峨的孤峰,峰顶上光秃秃的,既没有积雪,也没有生命——仿佛任何元素都不愿碰触它似的。没有其他线索表明那是一处什么样的所在,或是彰显出它的重要性。但我相信那对于观看者来说应该再清楚不过了。这些画壁本来就不是画给人类看的。

带着这个念头,我走回小书桌前。起码我现在对他们领地的格局有了一些了解——我知道了无论如何都绝对不能往北边去。

我坐到椅子上,翻开书,书里面的一幅幅插图让我脸颊发热。那是一本只有二十几页的儿童读物,但我却还是很难看懂。在塔姆林的藏书室里怎么会有儿童读物?是他小时候看的,还是给他的孩子准备的?答案无关紧要,反正我也看不明白。我讨厌这些书的气味——散发着腐臭的纸张和用来装订封面的粗糙皮革,仿佛连它们都在无声地嘲笑着我。我看着写在纸上的那些我根本不认识的文字。

我把那张纸揉成一团,丢进了垃圾桶里。

"如果你来这里是为了给他们写信的话,我可以帮你。"

我吓了一跳,差点儿从椅子跌到地上去,回头发现塔姆林就站在我身后,胳膊里夹着一摞书。我顿觉面红耳赤,生怕被他看出我想要给家人传达什么消息。"帮我?你是说,仙灵会放弃嘲笑无知凡人的机会吗?"

他把手里的书放在桌上,下巴绷得紧紧的,我看不懂那些写在亮闪闪皮革书脊上的书名。"我为什么要嘲笑你的短处?那又不是你的错。让我帮你吧,感谢你治好了我的手。"

短处。他说那是短处。

就算我能帮他包扎伤口,就算我能在跟他说话时不把他当成为杀戮和毁灭而生的铁血战士,可是要我坦然接受自己有多么的孤陋寡闻,让他看出我在内心深处其实还是个孩子,尚未开化,懵懂无知……虽然我从他的声音里没有听出同情的语气，但他脸上的表情还是晦涩难辨，于是我挺直脊梁对他说道："我自己能行。"

"你真觉得我无所事事，整天费尽心思地想要来羞辱你吗？"

我想起那画师根本懒得用笔来描绘人类的领地，不知道该怎么回答他——至少，我想不出礼貌的答话。我跟他们——跟他——已经说得够多了。

塔姆林摇了摇头。"那么你更愿意让卢西恩带你去打猎，或者是——"

"卢西恩，"我轻声却坚定地打断了他，"从来没有假装过什么。"

"这话是什么意思？"他怒声问道，攥紧双拳，但却克制着没有伸出利爪。

我真是在走钢丝，可我不在乎。就算他给了我一个容身的地方，我也用不着对他摇尾乞怜。"这话的意思是，"我用同样冰冷的态度对他说，"我不了解你。我不知道你是谁，不清楚你真正的身份，也不确定你的意图。"

"意思是，你不信任我。"

"我怎么可能信任仙灵？你们最爱干的事，不就是杀害或者戏弄我们吗？"

他咆哮得连蜡烛的火苗都晃动起来："你和其他人类留给我的印象不一样——相信我。"

我几乎能感觉到胸口那道深深的伤口再次撕裂，那些令人作呕的言辞又无声地流了出来。文盲、无知、平凡、骄傲、冷漠——所有这些都是出自妮斯塔之口，带着她那讥讽的声音，在我脑袋里不断地回响。

我把嘴唇抿得紧紧的。

他脸色难看地微微抬起一只手，像是想要拉住我。"菲娅……"

他的声音轻柔极了，而我只是摇了摇头，转身离开了书房。他没有阻拦。

但是那天下午，当我回去想要从废纸篓里找回那团被我揉皱的生词纸时，那张纸却不见了。我看过的那堆书，顺序也被打乱——完全不是我摆放的顺序。我告诉自己，那可能是被仆人动过，这才消除了紧张的情绪。应该只是艾莉丝或其他戴着飞鸟面具的仙灵整理过了书房。我没有写下任何含义明确的文字——他不可能知道我想要向家人传递什么消息。我怀疑他说不定会因此而惩罚我，不过反正我们之前那番谈话已经够糟了。

虽然这样自我宽慰，但当我在小书桌前坐下，把书翻到当天早晨看的那一页时，双手仍在不住地颤抖。我知道用墨水在书册里做标记是很可耻的举动，但既然塔姆林用得起金银器皿，再买一两本新书也不是难事。

我看着眼前的书，却根本看不进那堆字母。

也许是我太蠢了，我何不接受他的帮助，何不把自己的傲慢吞下去？他花不了多少工夫就能帮我把那封信写好。哪怕不能向我的家人发出预警，至少——至少能跟他们报个平安。如果他不是无所事事，整天费尽心思地羞辱我，那么除了替我写信之外，他也一定还有更重要的事情要做。但他还是提出要帮我的忙。

附近的鸣钟发出了整点报时声。

短处——我的又一个短处。我用大拇指和食指揉搓着太阳穴。我之前居然有些同情他——同情这个孤单而多虑的仙灵，同情这个我误以为会对我的际遇感同身受的家伙，以为他能站在无知而无足轻重的人类角度思考，能对其他人多些关心，这想法真是愚蠢至极。我那天真应该让他的手继续流血，不该天真地以为真会有人——无论是人类、仙灵或是别的什么种群——能够理解我的人生，理解我这些年来变成了什么样子。

一分钟过去了，又一分钟过去了。

仙灵族也许是不能说谎，但他们绝对可以做到三缄其口：塔姆林、卢西恩和艾莉丝都在尽力回避我提出的某些特定问题。弄清楚关于那场疫病的一切，获知它的源头，它的威力，尤其是它将会对人类产生的影响，这些都是值得我花费大把时间去做的事。

而且，万一他们当中有人知道那份该死的条约还存在其他已经被人遗忘的漏洞呢？万一有人能帮我想出弥补过错的办法，能让我回去跟家人团聚，那样我也许就能亲口对他们发出疫病的警告……我必须冒险一试。

二十分钟后，我在卢西恩的卧室里找到了他。我在那张小地图上事先标记出了他房间的位置——位于二楼侧面，离我的卧室很远——在到他平时常去的地方找寻无果后，我也只能去那里碰碰运气了。我敲了敲那扇被涂成白色的双门。

"进来吧，人类。"仅凭呼吸声，他就能判断出站在门外的人是我，又或许是他透过猫眼看见了。

我自然地打开门。房间的格局跟我的卧室很相似，但主色调是橙、红、金三色，间或有绿色和棕色穿插其中，让人感觉到如同身处秋日的树林。如果说我的房间带有柔和与优雅的气质，那么他的这间卧室则是散发着粗犷的气息：窗前少了那张精美的早餐台，取而代之的是一张陈旧的工作台，上面摆放着各类武器。他就坐在旁边，身上只穿着白衬衫和长裤，一头红发散在肩头，如同流淌的红色烈焰。他是塔姆林身边深谙宫廷礼仪的侍臣，却也是一名不折不扣的战士。

"我在外面没见到你。"我说着关上门，倚门而立。

"我不得已要到北方边境上收拾些烂摊子——那是侍臣必须完成

的差事。"他准备撂下刚刚清理干净的那把长而锋利的猎刀。"我回来得正是时候,刚好听见你跟塔姆林在闲聊,于是决定还是回房比较好。但听见你那颗人类的心倾向我这边,我还是很高兴的,至少我在你那份暗杀名单上没有被排在前列。"

我深深地剜了他一眼。

"好吧,"他耸了耸肩,接着说,"看来你真是把塔姆林招惹得够呛,他甚至差点儿咬掉我的脑袋。所以我想,我应该感谢你毁了那顿原本平静的午餐。幸亏在西边的森林里出了状况,我那可怜的朋友只好动身去解决麻烦了,你居然没在楼梯上撞见他。"

被遗忘的众神啊,感谢你们赐予了我那小小的眷顾。"什么状况?"

卢西恩又把肩膀一耸,但这个动作显得太过紧绷而刻意。"就是平常那些,又有烦人的不速之客从地狱里跑出来了。"

很好——塔姆林这时候刚好不在,不会识破我的计划,总算是又交了点好运气。"真没想到你会跟我说这么多。"我尽可能装作若无其事地斟酌着自己的言辞。"可惜我跟苏瑞尔不一样,要是我聪明到足以给你下套的话,你会滔滔不绝地把我想知道的信息都说出来。"

他先是朝我眨眨眼,然后把嘴一撇,那只金属眼睛转了两转,眯缝着看向我。"我想,你是不会告诉我自己想知道什么的。"

"你有你的秘密,我也有我的。"我小心地说。我看不出他究竟是不是在试图说服我道出实情。"可要是你真是苏瑞尔的话,"我故意放慢了语速,以确保他能抓住我话里的意味,"那么我该怎么给你下套呢?"

卢西恩放下猎刀,拨弄起指甲来。在那一刻,我也不知道他会不会再跟我多说些什么,不知道他会不会直接去找塔姆林告发我。

然而他却说:"我的弱点可能在于难以抗拒西边林地里那片新长出来的白桦树,还有刚被杀死的小鸡,甚至可能会因为太过贪婪而疏忽大意,连树林周围的双环陷阱都会漏过,导致自己的腿被夹住。"

"嗯。"我不敢多问他为什么如此有问必答。直到现在,他或许也没把我的死活放在心上,可我还是决定多说一句:"我其实还挺喜欢你这个高等魔仙的。"

他狡黠地一笑,但那饶有兴味的笑容很快消散。"如果我真疯了,蠢到要跑去找苏瑞尔的话,我会带上弓和箭袋,说不定再加一把这样的刀。"他将清理干净的猎刀装入刀鞘里,放在桌边——那是给我的。"我会随时做好逃跑的准备,在释放它之后撒腿就跑——跑到最近的溪流里去,苏瑞尔讨厌涉水。"

"但是你没疯,所以你会选择留在这,确保自己平安无事?"

"对我来说,到猎场上打猎更加方便,反正我听力超群,要是真有人在西边的树林里叫喊,或许我也能听得到。不过嘛,幸好我没有鼓动你今天出去,不管是谁教给了你给苏瑞尔设陷阱的本事,塔姆林都会把他开膛破肚;幸好我本来就计划出去找猎物,因为如果被人发现我在帮你,我们俩就都有大麻烦了。但愿你的秘密值得你去冒那样的风险。"他脸上带着一如往常的笑容,然而那笑容里却带着警告,被我清楚地看在眼里。

又是一个谜题——又多了那么一丁点信息。我说:"你有超群的听力自然是好事,而我管住嘴巴的本事也是数一数二的。"

他讥笑地看着我从桌上拿起猎刀,转身回房间里去取那把弓。"我想我开始喜欢你了——有股子狠劲儿的人类。"

第十四章

　　西边的林地。一片新长出来的白桦树。刚被杀死的小鸡。双环陷阱。靠近溪流。

　　我一边暗自重复着卢西恩透露的情报，一边走出庭园，穿过被精心灌溉的花园，走过覆满绿草的绵延山丘，跨过清澈的溪流，进入远处那片春意浓浓的树林。一路上没人阻拦过我——事实上，我没有遇见过任何人，所以谁都没有看见我离开。我把弓和箭袋背在身后，身侧插着卢西恩给的那把猎刀。除此之外，在随身携带的背包里还塞着一只刚被宰杀的小鸡，厨师当时满脸疑惑地把它递给了我，在我的靴筒里还多插了一把刀。

　　这里跟那处庭园一样空旷，只是我眼角的余光偶尔会瞥见些闪闪发亮的东西。每当我回头看时，那光芒都会变成在附近溪流的水面上舞动的阳光，或是某座山包上一棵孤零零的梧桐树被风吹乱了的树叶。当我从位于一座高耸山丘脚下的大池塘旁边经过时，我发誓我看见从那明亮的水面之下探出了四个亮晃晃的女人脑袋，就那么注视着我。于是我匆忙加快了脚步。

　　随着我走入西边那片静谧的绿树林，耳畔只剩下飞鸟的鸣唱，还有各种小动物发出的细碎声响。之前跟卢西恩打猎的时候，我从来没来过这里。这片树林里没有路，也没有任何被驯化过的痕迹。橡树、榆树和山毛榉交错生长，共同织成了茂密的林冠，连太阳光都几乎钻不进来。地上长满了苔藓，吞没了我制造出的所有声响。

古老——这片树林的古老是毫无疑问的，而且具有鲜活的生命力。对此我难以用言语形容，只能凭借感觉，那感觉深深地侵入了我的骨髓。五百年来，或许我是第一个走在这片繁茂林地中的人类——顶着那深暗的枝条，呼吸着春季绿叶那特有的新鲜气息，还夹带着一股潮湿而浓重的腐味。

白桦树——溪流。我在林间穿行，呼吸不禁变得急促。危险会随着夜幕降临，我暗自提醒自己，能利用的只有太阳落山之前的几个小时。

即使波吉会在白天对我们下手。

那个波吉已经死了，而且无论塔姆林眼下正在解决什么麻烦，那都发生在另一处地方。暖春王庭。我很纳闷塔姆林为什么要被迫去响应至高之主的召唤，不知挖掉卢西恩那只眼睛的人会不会正是他的至高之主？说不定是至高之主的配偶——卢西恩提起过的那个她——在他们心中埋下了如此恐惧。我决定不再去想这些。

我放轻脚步，眼观六路，耳听八方，稳住心跳。不管我有多少短处，我依然掌握着狩猎的本事。要追寻的答案值得我去冒险。

我找到了一处峡谷，里面长着些又瘦又小的白桦树，随后，我一圈又一圈地扩大搜寻范围，直到发现了最近的溪流。那条小溪不深，但宽度足够我在助跑之后一跃而过。卢西恩说过要找到流水，这条小溪的位置不远，如果我不得已需要逃跑的话，应该能够顺利脱身。但愿我不必么做。

我观察了周围的地形，确定了几条通往溪流的路线，以防某条路突然被敌人堵住。当我确信已经对附近区域了如指掌之后，这才回到被白桦树围住的小块空地上去，设下陷阱。

✣

我爬上了附近的一棵枝干粗壮、树叶繁茂的橡树，充满生机的叶片刚好能把我彻底遮住，不让下方的人发现——我在树上静静等待着。午后的烈日攀上我的头顶，即便有林冠遮挡，还是炽热难耐，我只好脱掉斗篷，卷起外套的衣袖。我的肚子饿得咕咕作响，幸好背包里有奶酪让我随手拽出一片充饥。其实我在出门前还从厨房里拿了一个苹果，不过咀嚼苹果会发出比奶酪更大的声响。吃完之后，我又把水袋里的水灌进嘴里，连那水都被太阳烤热了。

面对这恒久不变的春色，塔姆林或卢西恩可曾感到过厌倦？有没有进入过其他王庭的领地，哪怕只是为了体验不同的季节？出于照顾家人的目的，我不介意永远身处温和宜人的春季——冬天几乎每年都会把我们逼到死亡的边缘——可如果我是不朽者，我也许会希望多点变化来打发漫长的时光，而不愿终日只围着一处庭园打转。尽管看到那画壁时，我还没有鼓起勇气把脑海深处的念头说出来。

我尽自己最大的努力在树枝间移动着，以保证四肢的血液循环。正当我又一次停下来时，一阵寂静的波澜朝我涌来，仿佛林间的画眉鸟、松鼠和飞蛾全都屏气敛息地等着什么东西从身旁经过。

早已将弓握在手中的我，这时轻轻把一支箭搭在弦上。那寂静离我越来越近了。

树木似乎纷纷靠拢，枝叶相互纠缠，如同织就了一个会动的笼子，就连最小的飞鸟都无法冲出林冠。

也许这主意确实糟透了；也许卢西恩高估了我的实力；也许他是故意在等机会引我自寻死路。

我既要在树枝上保持平衡，又要仔细聆听周围的动静，浑身的肌肉不禁僵得发疼。然后，我果然听到了——那声音很轻，像是布料摩擦树根和岩石发出的声响，从附近的空地里传来了饥饿的闻嗅声。

我在设下陷阱时格外小心，让那只鸡看起来像是在野外迷了路，不幸被掉落的树枝砸中，挣扎间扭断了脖子。我尽量没有在它身上留下自己的气味。然而这些仙灵的嗅觉向来敏锐，即使我掩盖了踪迹——

只听见"啪嚓"一声，紧跟着传来撕心裂肺的尖叫，让我浑身连骨头带肌肉乃至呼吸都停顿住了。

我爬下树，准备去会会那个苏瑞尔。

✝

当我朝被困在白桦树间的仙灵走去时，我越发清楚地意识到，卢西恩的确是想害死我。

在我走进白树圈里之前——那些树如同立柱般高而挺拔——我完全不知道等待我的会是什么，可绝不是眼前这个又高又瘦，以纱遮面，身穿深色破烂长袍的身影。它弓腰驼背地对着我，我甚至都能数出在它的脊椎上有多少坚硬的虬结，仿佛要戳穿那轻薄的布料。两条细长而结满疤痕的灰色手臂上长着枯黄皱缩的指甲，正在对着陷阱又抓又挠。

快跑，我身体里充满原始人类本能的声音轻轻对我说，那声音像在恳求。快跑啊，赶紧跑，千万别回头。

但我却松开了弦上的箭矢，小声问道："你是苏瑞尔吗？"

那仙灵愣住了，嗅了嗅。一次。两次。

接着，它慢慢朝我转过身来，盖在它那光秃秃脑袋上的深色面纱被一阵幽灵般的轻风吹起。

那张脸看起来就是一颗干瘪风化的头骨，皮肤不知是被遗忘还是丢弃了，嘴上没有唇，只有用黑胶固定住的长得离谱的牙齿，头骨正面被切开了两个洞作为鼻孔，还有那双像牛奶般白花花地打着转的眼睛——那是死亡的惨白，疾病的惨白，被清捡过的尸体所独有的惨白。

从那深色长袍的领口里探出来的是一根歪歪扭扭的脖子，身上瘦骨嶙峋，血管毕现，跟那张脸同样的干枯冰冷，令人毛骨悚然。它放开陷阱，一边用超长的手指相互轻点，一边打量着我。

"人类。"它的声音仿佛由很多声音汇聚而成，既沧桑又年轻，既悦耳又诡异，我顿时觉得胃肠里翻江倒海的难受。"这个灵巧又邪恶的陷阱，可是为我准备的？"

"你是苏瑞尔吗？"我用颤抖的声音再次问道。

"是的，正是。"它继续对敲手指，咔嗒，咔嗒，咔嗒，每说出一个字就响一声。

"那这陷阱就是为你准备的。"我勉强答道。跑啊，快跑！

它坐在原地，赤裸而枯瘦的双脚被我的陷阱困住了，无法动弹。"我已经很久没见过女人类了。靠近点儿，让我仔细瞧瞧抓住我的人长什么样子。"

我才不会照做。

它发出愤怒而恶心的笑声："是哪位同胞把我的秘密出卖给了你？"

"不是他们，我是听母亲说的。"

"你在撒谎——我能闻到你的呼吸里充满了谎言的气味。"他再次嗅了嗅，把十指对敲得更响了。只见它把头歪向一侧，这个动作古怪又急促，脸上的深色面纱也啪地一晃。"一个女人类，找苏瑞尔有什么事？"

"你说呢？"我轻声反问。

它再次低声大笑起来。"试验？一定是愚蠢而毫无用处的试验，因为既然你有胆量来抓我，说明你肯定十分迫切地渴望着某些知识。"我一语不发，它咧开那张没有嘴唇的嘴，微笑间露出大得吓人的灰色牙齿。"有话就问吧，人类，然后放了我。"

我使劲咽了口唾沫。"难道——难道真没办法让我回家去吗？"

"除非你不想活了，而且还想拖着你的家人一起死。你必须留在这儿。"

我心里仅剩下的那一丁点儿希望，还有那愚蠢的乐观，都在听到这句话的瞬间覆灭了。这不会改变任何事。在我那天早晨和塔姆林发生冲突之前，我甚至没有把这主意当真过。也许我之所以会来这里，只是为了发泄吧。好吧——反正我已经冒着生命危险跑来了，说不定真能打听到什么有用的消息。"关于塔姆林，你知道些什么？"

"问得具体点，人类，具体点。因为关于暖春王庭的至高之主，我知道的事情可多呢。"

大地仿佛在我脚下一陷。"塔姆林是——你说塔姆林是至高之主？"

咔嗒，咔嗒，咔嗒。"你居然不知道，真是有趣。"

原来他不只是空有家宅的普通仙灵贵族，而是七大王庭的至高之主——皮西亚的至高之主。

"你不会连这里是暖春王庭也不知道吧，小人类？"

"知道——这我是知道的。"

那苏瑞尔放松地坐了下来。"七大王庭，分别是春、夏、秋、冬、黎明、日光和寂夜。"说完，它陷入了沉默，仿佛在等我回答。"皮西亚的七大王庭，每个王庭都由至高之主统治，七位至高之主各有手段。他们不仅仅拥有力量——他们本身就是力量。"那正是塔姆林能打败波吉的原因。因为他是至高之主。

我压下心头泛起的恐惧。"暖春王庭的所有人都戴着无法摘除的面具,可你却没戴。"我小心地问,"你不属于这里吗?"

"我不属于任何王庭。我比至高之主还要古老,比皮西亚还要古老,比这个世界的脊梁还要古老。"

卢西恩绝对高估了我的实力。"那么,该怎么治愈在皮西亚肆虐的这场盗取和削弱魔法的疫病呢?它是打哪儿来的?"

"留在至高之主身边吧,人类。"那苏瑞尔对我说,"那是你唯一能做的事,只有那样,你才是安全的。不要擅自插手,在今天过后,不要再去别处寻找答案,否则你会被笼罩皮西亚的阴影吞噬。他会保护你,所以一定要待在他身边,最终一切都会重回正途。"

这哪里算是什么答案?于是我又问了一遍:"这场疫病是打哪儿来的?"

它那双惨白的眼睛眯缝起来。"至高之主并不知道你今天到这来了,对吧?他不知道他的人类女人因为从他嘴里问不出答案,就跑来诱捕苏瑞尔。但已经来不及了,人类……无论是对于至高之主,还是对于你,对于你的界域来说可能也是一样……"

不管这苏瑞尔说了什么,不管他是怎样要我停止刨根问底,要我留在塔姆林身边,回响在我脑海里的只有他的人类女人这六个字,这六个字让我咬紧了牙关。

然而那苏瑞尔还在接着说:"在汹涌的西海域里,有另一个仙灵王国,名叫西博恩,由某位强大而邪恶的国王统治。没错,一位国王。"我挑了挑眉毛,继续听他往下说。"不是至高之主——在那里,他的版图没有被划分成王庭。在那里,他自己就是律法。人类不再存在于那个界域里——尽管他的王座是用人类的白骨制成的。"

就是我在画壁上看到的那片宽广的岛屿,在条约缔结后没有让给人类一寸土地。而且——那里还有用白骨制成的王座。我先前吃下的奶酪在我的肚子里骤然变成了铅块。

"西博恩的国王对世界各地的其他高等魔仙统治者与你们人类在很久之前缔结的那份条约很是不满，而且这种不满已经有些时日了。他痛恨自己被迫在那条约上签字，被迫放走原本归他控制的凡人奴隶，不得不留在位于世界边缘的那座潮湿的绿色岛屿上。于是，在一百年前，他派出了他最信任又最忠心耿耿的指挥官、战斗力最强的战士以及那支古老军队的所有残余力量，他曾经指挥那支大军到陆地上发动了那场血洗你们人类的战争，那些兵将个个都和他一样野心勃勃，心狠手辣。他们各显其能，以间谍、朝臣和情人的身份，在五十年间渗透进高等魔仙分散在世界各地的宫廷、王国乃至帝国之中收集情报，他会根据那些情报制订计划。然而就在大约五十年前，他手下的一名指挥官背叛了他。那就是欺诈者。而且——"苏瑞尔挺直身体，"这里不止我们两个。"

我拉起长弓，箭头指着地面，打量起四周的树林。但身边的一切在这苏瑞尔面前都变得寂静无声。

"人类，你必须放了我，然后赶紧跑。"它说，那双泛着死亡之色的眼睛睁得大大的。"跑回至高之主的宅子里去，别忘了我跟你说过的话——留在至高之主身边，好好活下去，看着一切重回正途。"

"是什么东西？"如果我清楚我的对手，就能有更大的机会把它——

"是纳加——凝聚了暗影、仇恨和腐朽的仙灵。它们听见了我的叫喊声，嗅到了你的气味。快点放了我，人类。要是我被它们抓住，会被关进笼子里。放了我，回到至高之主身边去。"

该死。真是该死。我冲到陷阱旁边，把弓扔下，抓起猎刀。

可那些幽暗的身影已经从白桦树间钻了出来，漆黑得如同不见一丝星光的黑夜。

第十五章

那些纳加仿佛从梦魇里冲出,浑身上下覆满了深黑色的鳞片,蛇脸人身,令人望而生畏。它们的手臂强而有力,末端的皮肉连着黑而光滑的利爪。

这些是血淋淋传说里的怪物,会冲破高墙,折磨并残杀人类。它们才是我那天在冰天雪地的树林里迫不及待地想要消灭的敌人。眼下,这些怪物正瞪着巨大的杏眼,贪婪地注视着我和那个苏瑞尔。

四个纳加在空地的另一边停下脚步,有苏瑞尔隔在我和它们中间,我端起弓,瞄准了正中央的对手。

那怪物咧嘴一笑,露出锐如刀锋的利齿跟我打了个招呼,银白色的叉状舌头从嘴里伸了出来。

"兄弟们,黑暗之母今天给我们送来了礼物。"它看着正在陷阱里挣扎的苏瑞尔说道,随后又用那双琥珀色的眼睛看向我。"还有一顿美餐。"

"还不够塞牙缝的。"另一个纳加说着弯起爪子。

我开始后退——朝溪流退去,朝庭园的方向退去,手里的弓箭仍然指着它们。我如果大叫一声,说不定卢西恩能听见——可我此刻根本喊不出多大声响,何况如果他真是故意骗我来送死,又怎么会来救我?我只好凝聚全部精神,小心地撤退回去。

"人类!"苏瑞尔恳求道。

我总共有十支箭——等我射出弦上的这支之后,就还剩下九支。虽说这十支箭没有一支是梣木箭矢,但也许能绊住那些纳加一阵子,帮我甩掉它们。

我又往后退了一步。有四个纳加离我更近了,像是在享受着慢慢狩猎的乐趣,又像是已经知道了把我吃进嘴里是什么味道。

我还有三秒钟来做出决定,执行计划。

我把弓拉得更满,手臂颤抖起来。

接着,我发出一声尖叫,声音既响亮又刺耳,把肺里那本就不多的稀薄空气全都叫了出去。

那些纳加的注意力全都集中在了我身上,我射出弦上那支箭,射断了困住苏瑞尔的绳索。

陷阱失效了。那苏瑞尔如同一团被狂风卷起的暗影,倏地腾空跃起,把那四个纳加吓得跟跄着直往后退。

离我最近的那个敌人朝苏瑞尔扑了过去,使劲伸着长满鳞片的粗脖子。我的动作绝不可能再被视作无端攻击了——尤其是它们已经看清了我瞄准的目标。这些怪物仍然想要杀死我。

于是我让箭矢飞了出去。

箭尖带着微光,像流星穿过幽暗的树林,眨眼间就打在了对方身上,鲜血四溅。

被击中的纳加向后倒去,其余的三个朝我猛扑过来。我不知道刚才那支箭有没有将敌人射死,因为我已经撒腿跑离了战场。

按照早先规划过的路线,我飞快地跑向那条小溪,完全不敢回头张望。卢西恩说过他会在附近——但我往林子里钻得太深,离庭园里的救兵距离太远了。

粗粗细细的树枝在我身后纷纷折断——它们离我只有寸步之遥——那咆哮声跟塔姆林、卢西恩、被我杀死的那头狼还有静谧树林里出现过的任何野兽都不一样。

我唯一的希望,就是在被它们追上之前跑到卢西恩身边,前提是他能信守承诺,待在他说过会待的地方。我无法去考虑在跑出树林之后要怎么爬上那些山丘,无法考虑万一卢西恩改变主意了,我又该怎么办。

那些怪物的身体撞在树上的声音越来越响,它们离我越来越近,我猛地往右一转,跳过溪流。流淌的活水或许能挡住苏瑞尔,但我身后的声响显然说明纳加们根本不吃这一套。

我钻过灌木丛,脸颊被荆棘划得生疼。我几乎感觉不到它们那尖利的亲吻,感觉不到温热的鲜血从我脸上汩汩流下。我没时间喊疼,身后那两个黑漆漆的家伙正在伺机包抄我,想要断了我的去路。

我继续向前狂奔,顾不得膝盖的呻吟,把所有精力都集中在树林尽头那愈发明显的亮光上。就在这时,我右边的纳加忽然冲了过来,速度快到我只能往旁边猛跳,侥幸避开了它挥舞的利爪。

这一跳让我险些跌倒,却还是在左边的纳加出击时站稳了脚跟。

我停下脚步,抡起手中的长弓,划出一道宽广的弧线。当弓打在敌人那张蛇脸上时,我差点儿抓握不住,只听见伴随着撕心裂肺的惨叫,有骨头嘎吱作响。我从它倒下的庞大身躯上跳过,没有朝其他怪物多看一眼。

在第三个纳加冲到我面前之前,我已经跃出三尺高。

我甩开弓,砸向它的头。这一击被它躲开了。另外两个纳加从后方朝我逼近,嘴里发出嘶嘶的声音,我把弓攥得更紧。

我被包围了。

我慢慢转身,随时准备持弓跟敌人决一死战。

其中一个纳加对着我嗅了嗅,狭长的鼻孔一张一合。"骨瘦如柴的小人类。"它朝同伴们啐了一口,那些怪物脸上的笑容变得更加诡异。"你知不知道你给我们造成了多大损失?"

这些杂碎休想手到擒来地制服我,就算是死,我也要拖它们陪葬。"下地狱去吧!"我说,可声音听起来却是上气不接下气。

它们哈哈大笑,靠得更近。我把弓朝离我最近的敌人挥去,它闪身一避,咯咯笑着说道:"我们愿意运动一下——不过那不一定会对你的胃口。"

我咬紧牙关,左挥右打。我绝不会像被困在狼群里的小鹿那样束手就擒,我会设法脱身,我会——

一只长着黑色利爪的手握住了我的弓柄,刺耳的"咔吧"声紧随其后,回响在死一般寂静的树林里。

我感到胸口紧吐不出一口气来,还没来得及转过半个身子,就被敌人掐住脖子,按倒在地。它死死地按着我的胳膊,我浑身的骨头都在喊疼,五指一松,仍然被我捏在手里的残弓掉在地上。

"等我们扒干净你的皮,你就会后悔自己万万不该闯进皮西亚。"它朝我脸上喷着热气,腐臭味灌进了我的嗓子眼,呛得我恶心欲呕。"我们会把你细细地切分,不会给那些乌鸦留下多少碎肉。"

一团白炽的烈焰在我体内燃起,我也说不清那究竟是愤怒、惊恐还是野性的原始本能。我没有思考,从靴筒里抓起短刀,插进了它那韧如皮革的脖子里。

鲜血溅得我满脸满嘴都是,我嘶吼着,宣泄着内心的怒火与恐惧。

纳加倒下了。没等其余的两个敌人靠近,我刚站起身,就被某个硬东西砸在了脸上。我跌倒在地,嘴里混着血腥味、泥土味和青草味，眼前金星乱冒，却出于直觉再次起身，伸手去摸卢西恩给我的那把猎刀。

不是这样，不该是这样的，这可不行。

有个纳加扑了上来，我避开了。它的利爪抓住了我的斗篷，用力一拽，斗篷瞬间被撕成碎片。它的另一个同伴把我扔到地上，那双爪子使劲按住了我的胳膊。

"你会流血的，"其中一个怪物气喘如牛地说着，对着我举起的猎刀放声大笑。"我们会让你慢慢把血流干净。"它晃动着利爪——像那样一爪下去，必然会精准无误地深嵌皮肉。它再次张开大嘴，林间空地上响起能把人骨头震碎的咆哮声。

只是咆哮声不是从那怪物的喉咙里发出来的。

伴着着不绝的声响，我眼见那纳加从我身边飞了出去，狠狠撞在一棵树上，力量大得连树都快被撞断了。我先是看见了那闪闪发光的金色面具，那一头长发，还有致命的利爪，然后才看见了厮打那怪物的塔姆林。

按住我的纳加尖叫着松开手，跳了起来，看着塔姆林用利爪割穿了它同伴的脖子。血肉溅得遍地都是。

我依然伏在地上，手握猎刀，等待着。

塔姆林随即又发出一声冻彻我骨髓的怒吼，露出了长长的锐齿。

最后一个纳加赶忙朝树林深处逃去。

还没等它逃出几步远，就被塔姆林截住，按在地上，在手起爪落的一瞬间，那纳加的内脏已经被破膛挖出。

我待在原地，半张脸被埋在树叶、嫩枝和苔藓里。我不敢起身，颤如筛糠，甚至怀疑自己的身体马上就要散架了。我花尽所有力气，也只能握住手中的猎刀。

塔姆林起身，将利爪从那怪物的腹腔里拽了出来。他的手指上沾满了血污和黏糊糊的脓汁，滴落在深绿色的苔藓上。

至高之主。至高之主。他是至高之主。

野性的狂怒在他的目光中仍未消散，他在我身旁蹲下时，我不禁吓得一缩。他朝我伸出手，我却躲开了，没有去握住那血淋淋的利爪。我坐起身，身体还在颤抖。我知道凭自己的力气是站不起来了。

"菲娅。"他喊了我的名字，怒意渐渐从他眼底消失，爪子也被收了回去，可刚才的咆哮声还是在我耳畔回响。在那声音里只有原始的愤怒，再无其他。

"怎么会？"我只能问出这三个字，但是他听懂了。

"我原本就在追踪它们。这四个逃走了，肯定是在树林里发现了你的气味。我听见了你的叫声。"

所以他不知道苏瑞尔的事，而且他是来救我的。

他再次朝我伸出手，当他用又凉又湿的手指抚过我那刺痛的脸颊时，我仍然抖个不停。血，他的手上都是血。我的脸上已经满是黏稠的血污，无所谓再多添一点。

我脸上和手臂上的疼痛感渐渐退去，继而消失不见。他看到我脸颊上的伤时，眼神变得有些暗淡，我知道那瘀青这时肯定显得分外刺眼，不过那暗淡只是一瞬间的事。在我身旁弥漫着魔法的金属气味，然后随着一阵轻风被卷上了天。

"我在半里路之外发现了一个死去的纳加。"他把手从我脸上挪开，一边解开肩带，一边对我说。他脱下外衣，递给了我。我衣服的前襟在刚才的战斗中被纳加们的利爪撕扯得破破烂烂。"我在它的脖子上发现了一支你的箭，于是跟着它们的足迹来到了这里。"

我把塔姆林的外套罩在自己的衣服外面，刻意不去看他白衬衣底下那清晰可见的肌肉，被血渍浸湿的布料下，那线条突显得愈发醒目。他是一个纯种的掠食者，是杀人不眨眼的铁血战士。想到这里，我又打了个寒战，感受着从外套传来的温热。至高之主。我早该知道才对，我早该猜到的。也许是因为我不愿意承认吧——也许是因为我害怕。

"来。"他站起身，朝我伸出一只满是血污的手。我不敢回头去看那个被他杀死的纳加，抓住他的手，被他拉起。我感到双膝酸痛，但还是站得笔直。

我看着我们握在一起的两只手，在那两只手上都沾着不属于我们的鲜血。

不，刚才让敌人血溅当场的人不止他一个，仍然留在我舌尖上的也不只是我的鲜血。也许那让我变成了和他一样的野兽。可是他救了我。他杀死它们也是为了我。我把嘴里的血啐在草地上，真希望水壶没有被我弄丢。

"我能够问问你怎么会在这儿吗？"他问。

*别。千万别。*尤其是在他已经提醒过我无数次之后。"我以为我的活动范围并非只限于庭园和花园，结果不知不觉就走出了这么远。"

他松开了我的手。"在我必须外出处理那些……麻烦的时候，请你待在家里，不要乱跑。"

我略带木然地点了点头。"谢谢你。"我喃喃地说道，对抗着身体和思绪的战栗。纳加留在我身上的血迹简直让我无法忍受，我又啐了一口。"不，不只是这个。我是说，多谢你救了我一命。"我真想让他明白这句话的分量——暖春王庭的至高之主竟然认为我值得搭救——可是我却不知该怎么说。

他口中的利齿消失了。"这不算什么。那些家伙不该擅自闯进我的领地。"他摇了摇头，更像是在自言自语，肩膀松弛下来。"我们回家吧。"幸好，他总算没有继续追问我在这里出现的原因。我无法开口对他说那座庭园不是我的家,我现在可能根本就没有家了。

我们沉默不语地往回走,两人身上都沾满血污,脸色苍白。我仍然能感觉到身后的那几具尸骸,纳加被挖出的心肝脏器,还有被鲜血染红的草地和林木。

无论如何,起码我从那苏瑞尔嘴里问出了些有用的东西。即使那并不是我最想听到——或是知道的。

*留在至高之主身边。*好吧——这很容易。然而纵观我在之前这些年里被灌输的历史,关于邪恶的国王,关于他们邪恶的指挥官,以及他们跟在我身边的这位至高之主和那场疫病之间千丝万缕的联系,我还是没有掌握足够多的细节来对我的家人发出警告。但那苏瑞尔提醒过我,不要再刨根究底。

直觉告诉我,如果我无视苏瑞尔的告诫,绝对是愚蠢至极。那就跟我的家人述说个大概好了。但愿那样足矣。

我没有再和塔姆林讨论那些纳加的事——没有问在那四个逃走之前,他已经消灭了多少它们的同党——我什么都没再多问,因为我在他脸上看不到任何胜利的喜悦,只有深沉的羞耻感和无尽的挫败感。

第十六章

在沐浴了将近一个小时之后,我在一张靠背低矮的座椅上坐下,感受着壁炉燃起温暖的火苗,艾莉丝则在身后梳理我湿漉漉的头发。尽管晚餐时间将至,艾莉丝还是给我端来了一杯热巧克力,非要看着我喝下几口才肯罢休。

那真是我喝过最美味的东西。我把厚杯壁的马克杯端在手中啜饮,任由艾莉丝给我梳头,她细长的手指一下一下地按摩着我的头皮,我舒服得差点儿像小猫似的咕噜起来。

然而当其他女仆纷纷下楼帮忙准备晚餐时,我将马克杯放在膝盖上。"如果有更多仙灵越过王庭边境,发动攻击,会不会爆发战争?"也许我们应该亮出立场来——也许是时候说一句"够了"。我那天晚上曾听见卢西恩跟塔姆林这样说过。

木梳停下了。"别问这种问题。你会招来厄运的。"

我转过身,看着她那张戴着面具的脸。"别的至高之主怎么就不能管好自己的臣民呢?那些恶心的怪物为什么能不守规矩地想去哪里就去哪里?有人——有人跟我说起了在西博恩有个国王——"

艾莉丝抓住我的肩膀,扳正了我的身体。"这些事情轮不到你操心。"

"我不这么认为。"我再次转过身,抓紧木椅的椅背。"要是这些不幸蔓延到人类世界——万一爆发战争,或者这场疫病在我们的土地上肆虐……"我压下席卷而来的恐惧感。我必须要警告我的家人——必须要给他们写信。而且要快。

"你知道得越少越好。交给塔姆林大人去处理吧——只有他才能处理好。"苏瑞尔也是这么说的。艾莉丝那双棕色的眼睛显得坚定而冷酷。"你以为没人告诉我你今天找厨房要了什么?你以为没人看出你今天去诱捕了什么?真是个傻姑娘。要是那个苏瑞尔没发善心,你早就葬送在自己亲手挖下的坟墓里了。真不知道哪个死法更糟,是死在苏瑞尔手里,还是傻头傻脑地被那普卡杀死?"

"换作是你,不会那么做吗?如果你有家人的话——"

"我有家人。"

我上下打量着她。她的手指上没戴戒指。

艾莉丝注意到了我的目光,对我说:"五十年前,我的姐姐和她的伴侣惨遭杀害,留下一双稚儿。我所做的一切,我的一切工作,都是为了那两个男孩。所以你无权给我那样的眼神,无权要我跟你换位思考,小姑娘。"

"那两个男孩现在在哪儿?他们也住在这里吗?"也许书房里有儿童读物也是这个原因,也许花园里那两个闪光的矮小身影……也许正是他们。

"不,他们不住在这儿。"艾莉丝冷冰冰地回答,"他们生活在别处——那地方远得很。"

我思量着她说的话,突然把头一伸。"仙灵族的孩子长得慢?"如果他们的父母真的在五十年前死于非命,那他们现在已经不是男孩了。

"啊,有些会跟你一样长大变老,像兔子那样频繁怀胎产子,但另一些——比如说我,还有高等魔仙——很少能孕育后代,我们的孩子就会老得慢一点。当我的姐姐在五年之后怀上第二胎时,我们全都觉得不可思议,而她的长子要在七十五岁时才会成年。但是这些孩子太稀有了,我们生下子女实属罕见,因此对于我们来说他们比珠宝和黄金还要珍贵。"她说完绷紧下颌,我明白她不会再就这个话题说下去了。

"我不是要质疑他们在你心中的地位。"我静静地说,见她没有回答,又接着说道,"我明白你的意思,明白你所做的一切都是为了他们。"

艾莉丝抿起嘴唇,但还是答道:"要是卢西恩那个蠢货下次再给你什么诱捕苏瑞尔的建议,记得先来问问我。死鸡?真是多此一举。你只要给它带去一件新长袍,它就会乖乖跪倒在你脚下了。"

✝

走进餐厅时,我已经不再颤抖,周身的血液又变得温热。无论他是不是皮西亚的至高之主,我都不会畏惧,尤其是在经历过今天这一切之后。

卢西恩和塔姆林已经在桌边等着我的到来。"晚上好。"我说着朝我平常坐的位置走去。卢西恩把头一歪,无声地向我询问,我对他轻轻点了点头。他的秘密仍然是安全的,可他让我在毫无防备的情况下跑去找那苏瑞尔,我真恨不得打他一顿。

卢西恩在座椅上稍稍放松。"我听说你们俩今天下午过得相当精彩。真希望我能在场帮上点忙。"

这是一句隐晦又或者说是似是而非的道歉,但我还是朝他微微把头一点。

他故作轻松地说:"虽然你下午到地狱里晃了一圈,看起来却还是那么可爱。"

我用鼻孔出了口气。我从小到大看起来就没有可爱过。"我原以为仙灵不能说谎。"

塔姆林呷了口酒,可卢西恩还是笑嘻嘻的,脸上的疤痕显得突兀又凶残。"谁跟你说的?"

"人人都知道。"我说着把食物堆到餐盘上,开始琢磨他们到目前为止跟我说过的一切,所有那些被我当真的话。

卢西恩靠在椅背上,狡猾地笑着说:"我们当然能说谎。我们认为说谎是门艺术。而我们在跟那些古老的凡人讲明自己无法说出不实之言时,恰恰是在说谎。否则怎么能赢得他们的信任,让他们乖乖听话呢?"

我把嘴唇越抿越紧,直到抿成一条线。他说的是真话——因为如果他在说谎……这里面的逻辑让我感到头晕。"那么铁呢?"我勉强问道。

"根本就奈何不了我们。只有梣木可以,关于这一点,你已经很清楚了。"

我感到脸颊火辣辣的。我把他们说的一切都当了真。也许连今天遇到的苏瑞尔也在骗我,他说的那一大通关于仙灵族界域的事也是假话,以及什么至高之主,什么一切都会重归正途。

我看向塔姆林。至高之主。这不是谎言——我打从骨子里能感觉到这是真的。尽管他跟传说里的至高之主不一样,没有为所欲为地献祭处女或是屠杀人类。不——塔姆林他恰恰符合那些瞪着牛眼的狂热福佑之子对皮西亚锦衣玉食生活的描述。

"尽管卢西恩泄露了某些我们严密守护的秘密,"塔姆林在说出最后两个字时近乎咆哮地看着他身旁的同伴,"我们从来都没有利用那些被误传的消息对付过你。"他看着我的眼睛。"我们从来都没有故意对你说过谎。"

我点了点头,喝了一大口水,静静地吃起面前的食物,心无旁骛地回想着我自从来到这里之后听见的每一个字,连卢西恩放弃甜品早早离席都没注意到。直到餐厅里只剩下我和这个我所遇到过的最危险的生物。

四面的墙壁仿佛都朝我压了过来。

"你感觉好点了吗?"虽然他用拳头支着下巴,目光里却带着关切——也许那关切令我有些讶异。

我使劲把食物咽了下去:"如果我再也不会遭遇别的纳加,那就真是幸运了。"

"你当时在西边的树林里做什么?"

真中有假,假中带真……"我听说,要是你能抓住某种生物,它就会回答你的所有问题。"

塔姆林皱起眉头,锋利的爪子从手指前端生了出来,抓伤了他的脸。但那伤口瞬间愈合,只在他那金色的皮肤上留下一抹血迹——马上被他用袖管擦得干干净净。"所以你是去抓苏瑞尔了?"

"我抓住了那个苏瑞尔。"我纠正了他的说法。

"你从他那里打听到自己想知道的事了吗?"我甚至不确定他是否在呼吸。

"还没等他说清楚什么,我们的谈话就被那些纳加打断了。"

他抿起嘴唇。"我本该大声教训你,但我认为今天你受到的惩罚已经够多了。"他说着摇了摇头。"作为一个人类女孩,你居然困住了那个苏瑞尔。"

无论我在今天下午遭遇了什么,我还是止不住嘴角上扬。"抓住苏瑞尔有那么难吗?"

塔姆林咯咯笑起来,然后从口袋里掏出一样东西。"好吧,如果我走运的话,应该用不着困住苏瑞尔来弄清楚这上面写的是什么?"他举起了那张皱巴巴的纸条,上面都是我写的字。

我的心一下子沉了下去。"这些是……"我一时想不出合适的说辞,任何话都无法让我自圆其说。

"不同寻常?列队成行?毁灭消亡?愈燃愈旺?"他把那些词逐个读了下去,我真恨不得缩起来就地死掉。那些都是我从书中挑出的不认识的字眼——经他念出却都显得如此简单,格外荒唐。"这是一首关于如何把我杀死接着再焚尸的诗吗?"

我感到喉咙一紧,强迫自己握紧双拳,以免下意识地用手遮脸。"晚安。"我的声音小得如同蚊子在叫,膝盖止不住地颤抖。

正当我快要走到门口时,他在身后继续说道:"你很爱他们,是吧?"

我半转过身子,跟他那双绿色的眼睛四目相对,看着他起身朝我走来,随后停下脚步,我保持着礼貌的距离。

那张写满歪歪扭扭字迹的纸条仍然被他攥在手中。"不知你的家人是否明白你的心意。"他小声说,"你所做的一切并不是为了实现对母亲的承诺,或是为了自己考虑,而纯粹是为了他们。"我什么都没有说,担心自己一开口就会把内心的羞耻感暴露无遗。"我知道——我知道早先我提议的时候,语气不太恰当,但是我愿意帮助你写——"

"让我一个人待会儿。"我几乎从门口冲了出去,却撞在了某人身上——是他。我跟跄着后退一步,本该记得他移动神速。

"我不是要冒犯你。"他那安静的语气令我感到更加窘迫。

"我不需要你的帮助。"

"显然不需要。"他像是在微笑,但那笑意很快就消失不见。"一个连狼形态下的仙灵都能杀死的人类,一个连苏瑞尔都能困住的人类,何况还独自消灭了两个纳加……"他笑着摇了摇头,面具的边缘有火光在跃动。"他们真是愚蠢,居然视而不见。"塔姆林挤了挤眼,眼神里却没有半分捉弄。"给。"他把那张纸递给了我。

我赶忙塞进口袋里,想要转身离开,但他却轻轻拽住了我的胳膊。"你为他们放弃了那么多。"他抬起另一只手,像是要抚摸我的脸颊。我浑身绷紧,谁知道那只手并没有接触到我的脸。"你还记得怎样笑吗?"

愤怒从胸中宣泄而出,我甩脱他的手,不再理会他至高之主的身份。"我不需要你的怜悯。"

他那双绿色的眸子格外明亮,令我无法转开视线。"如果我是你的朋友呢?"

"仙灵能和凡人做朋友?"

"五百年前,有很多仙灵跟凡人友情深厚,甚至能替对方上战场。"

"什么?"这我倒是第一次听说,在书房的画壁上也没有见过类似的场景。

"不然你以为人类的军队怎么能存活那么久?还能给对手造成重大打击,甚至签订和平条约?就用梣木武器吗?真相是,当时有仙灵为了争取自由,选择跟人类并肩作战,同生共死,而后又因为我们的族人不得已要分开而倍感悲痛。"

"你是他们当中的一员吗?"

"那时我还是个孩子,年纪太小,无法理解究竟发生了什么事,也没有大人跟我说明白。"他回答道。是个孩子。这意味着他肯定已经超过……"但要是我当年已经成年的话,肯定会那么做。我会挺身对抗奴役,对抗暴政,欣然赴死。无论我为谁争取自由。"

我不确定自己是否会做出同样的选择。对我来说,头等大事就是保护好我的家人——在选择阵营时,必然会把他们的安全放在首位。此时此刻,我才意识到这是我的软肋。

"为了能够让你安心,我决定告诉你。"塔姆林说,"你的家人知道你很安全,他们不记得有野兽闯进过自己的家,在他们的印象中,你是被你失散已久、家境富裕的阿姨喊去照顾她终老了。他们知道你还活着,而且衣食无忧,有人照料。但他们也听说了在皮西亚境内出现了威胁的传闻,一旦高墙附近出现异样,他们已经做好了随时逃跑的准备。"

"你——你改变了他们的记忆?"我后退一步,这些仙灵族实在是太傲慢了,竟然擅自篡改我们的意愿,植入子虚乌有的念头,全然不把那当作是冒犯——

"应该说是模糊了他们的记忆——就像蒙上了一层面纱。我担心你的父亲也许会来找你,或是拉上一群村民翻过高墙,做出更多违反条约的举动来。"

万一他们撞上普卡、波吉或是纳加那种怪物,这时早就已经死无全尸了。我脑中一片空白,直到那空白令我疲惫不堪时才不由自主地开口说道:"你不了解他,我的父亲才不会做那些事。"

塔姆林盯着我看了很久。"不,他会的。"

然而他还是做不到——尤其是拖着那条残腿。尽管这或许只是借口。我本该在那普卡制造幻象时就意识到这一点才对。

衣食无忧,舒适宽裕,平安无事——无论他们能否理解,我的家人甚至还得知了这场疫病的消息。塔姆林的眼睛睁得大大的,眼神里充满真诚。他已经打消了我所有的顾虑。"你真的警告过他们——可能出现的威胁吗?"

他郑重地点了点头。"不算是直截了当的警告……但我已经将那件事融入到了他们的记忆里——只要情况稍有不对,他们立刻就会逃跑。"

仙灵族的傲慢。可是他做的这些事比我能为他们做的还要多。如果是我写信的话,也许会被彻底忽略。要是我早知道他有这些力量,可能会主动请求至高之主帮忙,干扰他们的记忆吧。

眼下我确实没有别的烦恼了,除了担心他们可能会更快把我忘掉。这也不怪他们。我实现了自己的诺言,完成了使命——还有什么遗憾呢?

火光仍在他面具上跃动着,令那金色更显温暖,绿宝石也愈发光彩照人。这般色彩与变化——我甚至叫不上这些颜色的名字——真想把它们一一记录清楚,融汇使用。眼下我实在找不到对这些色彩不加探索的理由。

"颜料。"我小声说道。塔姆林把头一伸,我紧张地咽下口水,端平肩膀。"如果——如果这个要求不算过分的话,我想要些颜料,还有画笔。"

塔姆林眨眨眼问道:"你喜欢——艺术?你喜欢画画?"

他的语气里虽然带着难以置信,却没有恶意,于是我回答道:"是的。虽说我的画功不算出众,但要是不太麻烦的话,我会到外面去画,不会把家里弄脏,可是——"

"随便你是想在外面画,里面画还是房顶上画,我不在乎。"他说,"但要是你需要颜料和画笔,你应该还需要纸和画布。"

"我可以工作,靠到厨房和花园里帮忙干活来抵销这些钱。"

"你只会越帮越忙。要买齐这些东西可能需要几天时间,不过颜料、画笔、画布和空间都会随你支配。想去哪儿画就去吧,反正家里也太干净了。"

"谢谢你。我是真心的。谢谢。"

"当然。"我转身想要离开,他却接着说,"你到画廊里看过了吗?"

我吓了一跳。"这处庭园里还有画廊?"

他笑了起来——暖春王庭的至高之主真的在笑。"我继承这里之后就把它关闭了。"在他继承这个无法给他带来半点喜悦的头衔之后。"让仆人们成天打扫那个地方,似乎是在浪费时间。"

作为训练有素的战士,他当然会这么想。

他继续说:"我明天会很忙,画廊也需要重新打扫,那么就后天吧,后天我带你到画廊看看。"他摸摸脖子,脸颊上泛起微弱的红晕,我还从来没有在他脸上看到过如此鲜活温暖的颜色。"不要拒绝——那会是我的荣幸。"我相信他说的是实话。

我木然地点点头。既然连走廊上的那些画作都已经如此精致美观,画廊里典藏的作品肯定是远非我这凡人能想象的。"我很愿意——愿意极了。"

他仍然微笑地看着我,那笑容分外鲜明,既没有掩饰,也没有犹豫。伊萨克从来没有对我这样笑过,也没有令我呼吸变得急促,最多只是稍快一点。

这种感觉让我有些讶异,我快步走到门外,使劲攥着口袋里那张皱巴巴的字条,好像这么做就能把快要从唇边涌出的笑意止住似的。

第十七章

我在夜里惊醒,大口喘气。在我的梦里全是苏瑞尔那瘦骨嶙峋的手指,面带狞笑的纳加,还有一个苍白无颜的女人伸出血淋淋的手指掐断我的喉咙,把我一块一块地撕成碎片。她不断追问我的名字,然而每当我想要开口说话时,鲜血都会从颈部的伤口汩汩冒出,令我窒息难言。

我把手指插进我那被冷汗浸湿的头发里。随着呼吸渐渐平复,我听见周围有另外的声响,透过门的缝隙从前厅传了进来。有大喊声,还夹杂着某人的尖叫。

我一骨碌跳下床。在那大喊声里没有侵略性,却带着不容置疑,是在发号施令。可是那尖叫声……

在我打开门的一瞬间,我浑身的每一根汗毛都竖了起来。我也许应该留在房里藏好,但那声音却让我想起从前在家附近的树林里的情境,当时因为我没有把敌人消灭干净,让动物们受尽苦难。我无法再一次忍受这种感觉,而且我必须要弄个明白。

当我爬到宏伟的楼梯顶端时,刚好看见庭园的大门砰地打开,塔姆林冲了进来,肩上扛着个尖叫的仙灵。

那仙灵几乎和塔姆林的块头一样大,但它此时在至高之主的肩膀上就和一袋粮食没什么两样。看样子是另一种低等仙灵,他有着蓝色的皮肤、瘦长的身材、尖尖的耳朵和玛瑙色的长发。然而即便站在楼梯上面,我也能看见那仙灵的背上在不断流血——那血是顺着他那凸出在外的黑色肩胛骨流出来的。塔姆林的绿色上衣已经被鲜血浸湿,连他肩带上的一把短刀也不见了。

塔姆林话音刚落,卢西恩也从门外冲了进来。"快把桌子腾出来!"卢西恩一边喊着一边奔向大厅中央的那张长桌,把桌上的花瓶全都推到地上。塔姆林要么是疯了,要么是不敢耽误任何一丝宝贵的时间来把那仙灵送到医护所。破碎的玻璃声促使我挪动脚步,我刚走到楼梯半当中,就看见塔姆林轻轻把那惨叫的仙灵放在了桌上。那仙灵脸上没戴面具,只见他那纤长而不同凡人的五官因痛苦而扭作一团。

"侦察兵发现他倒在边境附近。"塔姆林对卢西恩解释道,但他还是迅速地瞪了我一眼,目光中带着警告,然而我还是继续朝楼下迈步。他对卢西恩说:"他来自夏日王庭。"

"创世之釜啊!"卢西恩说着查看了他的伤势。

"我的翅膀。"那仙灵费力地说道,大睁着一双乌黑的眼睛,目光里没有焦点。"她夺走了我的翅膀。"

又是那个让他们寝食难安的无名者。如果她不是暖春王庭的统治者,也许她统治着别的王庭。只见塔姆林把手一挥,桌上凭空出现了冒着热气的水盆和绷带。我顿时觉得口干舌燥,但还是走下楼梯,朝着那张桌子走去,整个前厅充斥着死亡的气息。

"她夺走了我的翅膀。"那仙灵不断地重复着,"她夺走了我的翅膀。"用细长纤弱的蓝色手指紧紧抓着桌子边缘。

塔姆林发出轻柔的声音——我从没听过他的声音如此柔和——

抓起一块布，浸在水盆里。我站在塔姆林对面，当我看清那仙灵的伤势时，差点儿背过气去。

无论他们口中的那位无名者究竟是谁，她都不仅仅是夺去了他的翅膀，确切地说是撕扯掉。

鲜血仍在顺着那仙灵的黑色肩胛骨往外流。他背上的伤口呈锯齿状，软骨和组织裸露在外，显得参差不齐。那个无名者似乎是一点一点地锯掉了他的翅膀。

"她夺走了我的翅膀。"那仙灵还在重复着这句话，声音断断续续。随着他不断颤抖，我被眼前的一幕惊呆了——纯金色的血脉在他的皮肤底下微微闪光，色彩变幻，犹如一只蓝色的蝴蝶。

"躺着别乱动。"塔姆林命令道，将布拧干。"越动血就会越快流得精光。"

"不——不——不要。"那仙灵一边挣扎着转过身去，背朝塔姆林，同时也在逃避湿布接触到他背上伤口带给他的难言剧痛。

我也不确定当时是出于直觉、同情、绝望又或者是别的什么缘故，我本能地冲上前去，动作尽量轻柔地按住那仙灵的胳膊，让他再次平躺在桌子上。他使劲抗争，力气大得惊人，我必须集中全副精神。他的皮肤如天鹅绒般光滑，带有一种我永远无法用画笔再现的光泽，即使我再练上一辈子。可我却必须要咬紧牙关，使他动弹不得。我看着卢西恩，只见他脸色白中带绿，也被吓得不轻。

"卢西恩。"塔姆林小声喊他，但卢西恩还在目瞪口呆地盯着那仙灵背上惨不忍睹的伤势，盯着那被撕扯的创口，那只金属眼睛时而眯起，时而睁大。他后退了一步，又退了一步，终于对着边上的花盆呕吐起来，随后冲了出去。

桌上的仙灵再次挣扎，我加大了手上的力量，双臂不住地颤抖。他肯定是伤得太重，渐渐没了力气。"拜托，"我轻声对他说，"躺着别动。"

"她夺走了我的翅膀。"那仙灵啜泣着,"她夺走了我的翅膀。"

"我知道。"我对他耳语,手指渐渐发疼。"我都知道。"

塔姆林用湿布轻轻擦拭他的后背,那仙灵发出刺耳的尖叫声,冲击着我的感官,吓得我猛地朝后退去。他想要起身,双臂却被扣得紧紧的,于是再次脸朝下倒在桌上。

鲜血狂流不止——那血流的速度是如此之快,颜色明晃晃的,我立刻意识到处理这样的伤口必须要有止血带——眼前的仙灵已经失血过多,就算有止血带恐怕也无济于事。血顺着他的后背流淌,流到桌上,进而又沿着桌子的边缘一滴一滴地滴落在我脚边的地板上。

我留意到塔姆林正在看着我。"伤口的血止不住。"他小声告诉我,那仙灵在大口喘着气。

"你不能使用魔法吗?"我真希望能把面具从他脸上撕下来,看看他此时是一副什么表情。

塔姆林喉咙一哽。"不能。那对重伤无效。从前可以,现在不行了。"

桌上的仙灵呜咽着,呼吸却渐渐变慢。"她夺走了我的翅膀。"他喃喃地说。有光从塔姆林的绿眼睛里闪过,我在那一刻明白了,等待这仙灵的只有死亡。厅堂里不仅弥漫着死神的气息,垂死仙灵那愈发缓慢的心跳代表的正是死神逐渐靠近的脚步声。

我握住了那仙灵的一只手。他手上的皮肤几乎与皮革无异,不知是出于条件反射还是什么,他用纤长的手指也将我的手握住,彻底包紧。"她夺走了我的翅膀。"他再次重复着这句话,颤抖得没那么剧烈了。

我撩起从他那半对着我的脸颊旁边垂下的一缕湿漉漉的长发,

看清了他那尖挺的鼻梁和长满锐齿的嘴巴。他用深色的眼睛注视着我，既像乞求，又像哀怜。

"你会没事的。"我安慰他，心里暗自希望他不会像苏瑞尔那样嗅出谎言的气味。我抚摸着他松散的头发，犹如触碰着流淌的夜色——那是另一种我费尽心思也描摹不出的质感，也许永远都画不出来。"你会没事的。"仙灵闭上眼睛，我攥紧了他的手。

有东西碰到了我的脚，我不用低头都能看见在我脚边流满了鲜血。"我的翅膀。"仙灵气若游丝地说。

"你会把翅膀找回来的。"

他费力地睁开眼睛："你保证？"

"我保证。"我轻声说。那仙灵勉强挤出一个淡淡的微笑，又闭上了眼睛。我的嘴唇在颤抖，真希望能想出些别的话来，能用比那虚无缥缈的承诺更加有力的言辞来带给他一些安慰。就在刚才，我许下了第一个虚假的诺言。这时塔姆林开口了，我抬起头，看见他握住了那仙灵的另一只手。

"创世之釜会拯救你。"他说出了这句或许比凡人的界域还要古老的祷言。"母亲会拥你入怀。穿过那扇大门，闻一闻永生之地上牛奶与蜜糖的芬芳吧。从此，你无须再惧怕邪恶，也不会再感受到痛苦。"塔姆林的声音有些动摇，却还是继续说了下去，"去吧，走进永恒的怀抱。"

那仙灵呼出了最后一口气，被我握住的那只手慢慢变得绵软无力。我却没有把他的手松开，还在抚摸着他的头发，尽管塔姆林已经松开了手，走开了几步。

我能感觉到塔姆林的目光凝聚在我身上，但我还是无法放开他。我不知道灵魂会在多久之后离开躯体。我站在血泊之中，想着不知他是否明白我刚刚是在骗他，不知他在去了该去的地方之后，有没有把属于他的翅膀拿回来,直到那只手越变越冷。

房中突然响起时钟的报时声,塔姆林握住了我的肩膀。在他手上的暖意隔着睡袍传到我身上的瞬间,我才意识到自己浑身冰冷。"他走了。松开他吧。"

我望着那仙灵的脸——那张脸是那样的超凡脱尘,那样的异于凡人。究竟是何等残忍的力量能把他伤成那样?

"菲娅。"塔姆林把我的肩膀攥紧,我将那仙灵的头发挽到他那长长尖尖的耳朵后面,后悔自己没有问问他叫什么名字,随后松开了手。

塔姆林带我走上楼梯,我们谁也没有介意我一路留下的血脚印,或是沾在我睡袍前襟上的血渍。我在楼梯顶上停下脚步,挣开了他的手,看着楼下的那张桌子。

"我们不能就这么把他扔下。"我说着又走了下去。塔姆林拽住我的胳膊。

"我知道。"他的语气显得疲惫无力。"我只是想先把你送上楼去。"然后他会去安葬他。"我要跟你一块去。"

"这么晚了,你出去太过冒险——"

"我可以屏住呼——"

"不行。"他绿色的眸子闪着光。我把腰一挺,可他又叹了口气,肩膀微微垂了下来。"我必须要一个人完成这件事。"

他低下了头。没有利爪,没有尖牙——什么东西都没办法帮助他战胜这样的敌人,这样的命运。谁也无法与他并肩作战。于是我点了点头,因为如果换作是我,我也不希望别人打扰。我转身走向卧室,塔姆林仍然站在原地。

"菲娅,"他的声音里充满温柔,我不由得朝他转过身,"为什么?"他把头偏向一侧。"你向来都对仙灵没有好感,而在安德拉斯死后，你还……"即使是在漆黑的廊道上，他那双平日明亮的眼睛也显得很是暗沉。"今天你为什么会……"

我朝他迈了一步，双脚几乎被鲜血黏在了地毯上。我低头看向楼下，那仙灵就趴在桌上，翅膀被扯断的伤口分外刺眼。

"因为我不愿意孤身赴死。"我再次将视线转向塔姆林，声音有些不稳，我强迫自己看着他的眼睛。"因为我希望能在生命将尽之时有人握着我的手，甚至在死后也不松开。人类也好，仙灵也罢，这个要求都不过分。"我使劲咽了口唾沫，嗓子眼紧得发疼。"我很后悔对安德拉斯下了杀手。"我接着说，说出这些话仿佛令我窒息，我的声音小得连自己都快要听不见了。"我很后悔在我的心里深埋着那样的仇恨。我真希望能有重新来过的机会——而且，我很抱歉，非常非常抱歉。"

我已经不记得上一次跟人这样说话是在什么时候了——也许从来都没有。然而塔姆林只是点了点头，转过身去。我不确定我该不该继续往下说，该不该跪在地上乞求他的宽恕。如果连一个陌生人都能让他感到那样悲痛，那样内疚，那么安德拉斯的死……等我想要再次开口时，他已经走下了楼梯。

我注视着他，注视着他的每一个动作，注视着他全身上下被染血的外衣勾勒得清晰可见的每一寸肌肉，注视着他背负在肩上的无形的重担。他没有回头看我，而是弯腰抱起了那具残破的尸体，走过花园大门，消失在我的视线之外。我走到楼梯上方的窗户旁边，看着塔姆林抱着尸体穿过沐浴在月色下的花园，进入了绵延起伏的田野，一路上都没再回头。

第十八章

第二天，等我起床梳洗更衣、享用早餐的时候，发现那仙灵留下的血迹已被清理干净。我故意在早上磨磨蹭蹭，直到接近正午时分才站在楼梯上方朝底下的门厅附近张望，确定那里不再有任何痕迹。

我下定决心要找到塔姆林跟他说个明白——真正地说个明白，让他知道我对安德拉斯的死有多么愧疚。如果我要继续留在这里，继续留在他身边，那么至少应该尝试修复和他的关系。我朝身后宽大的窗户看去，下方的景色一览无遗，连远处能映照出人影的池塘都尽收眼底。

池水平静得没有一丝涟漪，清晰地倒映着湛蓝的晴空和大团的云朵。经过昨晚的事，这时若是和人聊眼前的景色，似乎显得不近人情；也许等颜料和画笔被送来之后，我就有理由到池塘边去捕捉这番景色了。

要不是因为讨论着边境巡逻问题的塔姆林和卢西恩突然从庭园的另一个方向出现，我恐怕会一直怔怔地站在这里凝视着下方的色彩和光影。见我走下楼梯，他们两人止住了讨论，卢西恩大步走出前门,甚至没和我像样地打个招呼,只是随便地挥了挥手。这举动并非冒犯,但他显然无意加入塔姆林和我接下来的谈话。

我环顾四周,盼望能发现颜料的踪影,然而塔姆林却指了指卢西恩刚刚走过的前门。我看见门外早就有两匹备好马鞍的马等在那里,卢西恩已经爬上了第三匹马的鞍座。我转身看着塔姆林。

待在他身边,他会保护你,最终一切都会重归正途。好吧。我能做到。

"我们这是要去哪儿?"这话从我口中说出来有些像自言自语。

"你的绘画材料要明天才能送到,画廊也正在打扫,而且我的会议也被推迟了。"他这是在东拉西扯吗?"我觉得我们可以骑马出去逛逛,不用打打杀杀,也无须担心纳加。"尽管他唇边带笑,眼神里却还流露着悲伤。是啊,在过去两天里,我已经见够了死亡,也不愿意再杀仙灵,或是杀死任何生命。塔姆林腰间没有武器,肩带上也空荡荡的,只有一截刀鞘露在靴筒外面。

他把那仙灵埋在哪儿了?堂堂至高之主,居然会动手安葬一位陌生人。要是听别人说起,我可能不敢相信这是真的,也不敢相信他不仅没有取我性命,反而给了我容身之所。

"去哪儿?"我再次问道。他只是回以微笑。

✤

当我们抵达目的地之后,我的心情难以言喻——就算有画笔帮忙,我也无法再现眼前的景象。不仅因为这里是我所到过最美丽的地方,不仅因为身处此地会令我感到无限的满足和喜悦,还因为这里似乎显得是如此的……恰到好处。仿佛整个世界的颜色、光影与层次都在这里完美交织——塑造出了真正美轮美奂的画卷。经历了昨晚之事后,我尤其需要待在这样的地方。

我们在一处草丘上坐下,俯瞰着不远处的树林,那一排排高大粗壮的橡树巍峨耸立,像极了古老式城堡的尖顶梁柱。蒲公英从我们身旁飘过,林间空地上开满了番红花、雪花莲和蓝色风铃草。虽然已过正午,但这里还是满地阳光,灿烂眩目。

尽管附近只有我们三人,我却非常肯定自己听见了歌声。我环抱膝盖,沉浸在峡谷的静谧之中。

"我们带了毛毯。"塔姆林说道,我回过头去,看见他朝几步之外的那块紫色毛毯扬了扬下巴。卢西恩一屁股坐在上面,伸展双腿。塔姆林站在原地没动,等待着我的回应。

我摇了摇头,把头扭了回来,用手抚摸着那如羽毛般柔软的绿草,脑海里思量着它的颜色与质感。我从来没有触摸过这样的草地,当然不愿意坐在毛毯上,来破坏如此难得的体验。

有人在我背后小声交谈,还没等我转身看个究竟,塔姆林就坐在了我身边。他的下巴绷得紧紧的,我不禁注视着前方问道:"这是什么地方?"我的手指仍在绿草间摩挲。

在我眼角的余光里,塔姆林只是一团金色的影子。"一处峡谷罢了。"卢西恩在我们身后不屑地回答。"你喜欢吗?"塔姆林飞快地问,他那双绿色的眼睛与我手指触摸到的绿草相映生辉,就连那琥珀色的斑点也像从林木间穿过的缕缕阳光。即使脸上那张奇怪而诡异的面具也没有妨碍他融入这片峡谷,仿佛这地方根本就是为他量身打造的。我可以想象出他化身狂野的猛兽,蜷缩在草地上打着瞌睡的样子。

"什么?"我忘了他刚才的问题。

"你喜欢吗?"他重复道,嘴唇抿成一道微笑。

我激动地吸了口气,再次望着峡谷。"喜欢。"

他笑出了声。"就这么两个字,'喜欢'?"

"难道你想让我卑躬屈膝地感谢你把我带来这里吗,至高之主大人?"

"啊。所以那个苏瑞尔并没有对你泄露什么重要情报,是吧?"

他的笑容突然在我心里点燃了勇气的火花。"他还说你喜欢被人顺着捋毛,要是我够聪明的话,也许能从你那讨到些甜头。"

塔姆林仰头看天,哈哈大笑。我也不由自主地随他轻声笑了起来。

"这话真是让我太意外了。"卢西恩在我身后说,"你真幽默啊,菲娅。"

我转身看着他,脸上挂着酷酷的笑容。"你不会愿意知道苏瑞尔是怎么形容你的吧?"我说着把眉一挑,卢西恩赶忙举起双手,做投降状。

"我愿意出钱来听听那苏瑞尔对卢西恩的评价。"塔姆林说。

这时只听瓶塞"砰"地弹开,卢西恩咕咚咕咚地喝起瓶中的美酒,边念叨着"顺着捋毛"边咯咯笑着。

塔姆林的眼睛仍旧是笑盈盈的,用一只手拉住我的胳膊,把我拽起。"来。"他望着沿着草丘边缘蜿蜒流淌的小溪说道,"我带你去个地方。"

我站起身,但卢西恩还坐在毛毯上,手里举着酒瓶在对我致意,随后懒洋洋地躺了下去,凝视着碧绿的林冠。

塔姆林带着我向前奔跑,步伐又稳又快,肌肉发达的双腿不断扬起尘土。我随着他穿过高耸的大树,跨过狭窄的溪流,翻越陡峭的山丘,直到我们双双在一处高地上停下,我站在那儿,双手自然地垂在身体两侧。前方的空地被耸入云端的绿树环绕,中间有一片闪闪发亮的银色池塘。即便站在远处,我也能看出那不是水,而是更加罕见、更加珍贵的东西。

塔姆林攥紧我的手腕,带我跑下斜坡,我感受到他那结满老茧的手指轻轻摩擦着我的皮肤。随后，他松开手，一个箭步越过一棵大树的树根，跳到水边。我只能咬紧牙关，狼狈地跟在他背后，也从树根上跃了过去。

他蹲在池塘边上，掬起了一捧水，随后把手一斜，让水流了下去。"过来瞧瞧。"

闪光的银色液体顺着他的指尖滴落，在水面上激起涟漪，每一滴都显得光辉璀璨，而且——"看起来真像星光啊。"我惊叹道。

他笑着再次将水捧起，我难以置信地看着他手中的光华。"原本就是星光。"他说。

"这不可能。"我强压着想要朝水边迈步的冲动。

"这里是皮西亚。根据你们的传说，没有什么是不可能的。"

"怎么会呢？"我无法将目光从水面上移开。池水银灿灿的，却闪烁着蓝、红、粉、黄等各种色彩，看起来是那样的轻盈……

"我也不知道。我从来没问过这个问题，也没有人解释过。"

当我继续大惊小怪地盯着池水看时，他爽朗的笑声吸引了我的注意力，我回头却看见他正在解开上衣的纽扣。"跳进去吧。"他对我说，用邀请的目光看着我。

他让我跟他下去游泳——一丝不挂，孤男寡女，况且他还是至高之主。我摇了摇头，退后了一步。他在即将解开领口第二粒纽扣时停住了。

"你难道不想知道是什么感觉吗？"

我不确定他这话的意思：他指的是在星光中游泳，还是跟他一起游泳。"我——不想。"

"那好吧。"他的外衣仍然敞开着，衣服底下赤裸的金色胸肌一览无遗。

"为什么要把我带来这里？"我一边问，一边把目光从他的胸口移开。

"这是我童年时最喜欢来的地方。"

"那是什么时候?"我几乎脱口而出。

他看了我一眼。"很久很久以前。"他静静地说着,那语气不禁令我挪了挪步子。如果他在那场大战爆发时是个小男孩的话,那确实是在很久很久以前了。

好吧,既然如此,索性打破砂锅问到底好了。"卢西恩还好吗?我是说在昨晚那件事情发生之后。"他今天似乎还是一如既往地玩世不恭,但他昨晚确实是在看到那垂死的仙灵时吐了一地。"他……当时反应不太好。"

塔姆林耸了耸,仍用柔和的语气对我说:"卢西恩经历过像昨晚那样艰难的时刻……不仅仅是他脸上的伤痕和缺少的那只眼睛。但我想,昨天的那一幕还是勾起了他的回忆。"

塔姆林摸了摸脖子,回望着我。在他的那双眼睛里,还有紧绷的下颌上,都带着古老的沉重。"卢西恩是暮秋王庭至高之主的小儿子。"这话令我大感意外。"他是他家七兄弟中年纪最小的一个。暮秋王庭之中人人自危。那里风光秀美,但兄弟们却把彼此看作竞争对手,因为暮秋王庭实行的是强者继承制,继承权并非由长子享有。事实上,在皮西亚的每个王庭实行的都是这套制度。卢西恩从未把继承权放在心上,从来都不在乎自己能不能当上至高之主,于是他从小到大都在和至高之主儿子的身份对着干——往来各大王庭,与其他至高之主的儿子们成为朋友——"在塔姆林的眼里有微光闪过,"还和与暮秋王庭的尊贵地位毫不相衬的女人们交往。"塔姆林顿了顿,我几乎能感觉到他语气中的忧伤,"卢西恩跟一个仙灵相爱了,可他的父亲却认为那个女人会玷污他们家族的血统。卢西恩说他不介意对方是不是高等魔仙,他一心想要和她共结连理,恨不得立即娶她为妻,准备把父亲的王庭留给他那些处心积虑的兄长们。"塔姆林叹了口气。"结果,卢西恩的父亲当着他的面杀死了他的爱人,他的两个亲哥哥按住了他,逼他在一旁观看。"

我心头一紧,用手捂住了胸口。我不敢想象那有多么残忍。

"事后,卢西恩走了。他诅咒他的父亲,放弃了继承权,离开了暮秋王庭。少了家族的保护,他的几位兄长都想除掉一个争夺至高之王冠的对手,其中三个人跑去追杀他,只有一个活着回去了。"

"另外两个……都被卢西恩杀了?"

"他杀了一个。"塔姆林说,"另一个是我杀的,因为他们擅自闯入了我的地盘,既然我是这里的至高之主,我就有权力消灭威胁我领地安全的入侵者。"这话说得残忍又冷酷。"我把卢西恩留在身边,让他做我的侍臣,他早已在各大王庭交友甚多,很擅长和人打交道,而我在这方面却不太在行。从那时起,他就留在了这里。"

"成了你的侍臣。"我开口说道,"在那之后,他就没再和他的父亲以及兄长们有过什么接触吗?"

"嗯。他的父亲从来没有道过歉,他的几个哥哥因为太害怕我,都不敢来找他麻烦。"在这句话里没有傲慢,只有冰冷的事实。"可他从来也没有忘记他们对她下的毒手,也没有忘记他的兄长们想要除他而后快,即便他假装已经忘了。"

光是这些理由不足以解释卢西恩对我说过的那些话和做过的那些事,然而我现在明白了。我明白他显然为自己筑起了高墙和屏障。我的胸口紧得透不过气,再也关不住里面的疼痛感。我看着那闪闪发亮的星光之池,长出了一口气。我需要转换话题。"如果我喝下这里的水,会发生什么事?"

塔姆林微微挺起腰——接着放松了身体,像是终于释放了长久积压在心中的沉重。"根据传说,那会让你永远快乐,直到咽气的那一刻为止。也许我们俩都该喝上一杯。"

"我觉得就算我把整池水都喝光了也不够。"我说。塔姆林大笑起来。

"你一天之内说了两个笑话——这真是创世之釜缔造的奇迹啊。"他说。我也笑了。他朝我走近一步,像是在刻意把卢西恩那黑暗而悲惨的遭遇留在身后似的,星光在他眼中跃动着。"那要怎么做,才能够让你快乐起来?"

我顿时脸红到了脖子根儿。"我——我也不知道。"这是实话,我一向都只想着让两位姐姐平安出嫁,然后家里能有足够多的食物让我和父亲填饱肚子,再多点时间让我可以作画就更好了。除了这些之外,我从来不敢奢求更多。

"这样啊。"他并没有退开。"那么蓝色风铃草的旋律如何?阳光织成的发带如何?月光编成的花环又如何?"他坏笑着问。

果然是皮西亚的至高之主,如此的口无遮拦。而且他知道——他知道我会说"不如何",他知道光是和他单独相处就能令我感觉到浑身不自在。

不。我不会任由自己陷入尴尬,让他在旁边沾沾自喜。我最近的遭遇已经够多,不想再被他反复提醒自己是个被包裹在寒冰和苦痛里的小女孩。于是我对他展颜一笑,竭力装出平静的模样来。"游泳听起来是个不错的主意。"

我没有允许自己多做犹豫,二话不说脱掉靴子——当我意识到我的手指居然没有颤抖时,自我钦佩的心情不禁油然而生。随后,我又解开了外衣和长裤的纽扣,脱下来丢在草地上。我的内衣不算暴露,能体面地遮住我身体的重要部位,但我还是站在池塘边回望着他的眼神。周围的空气温暖柔和,微风和煦地亲吻着我裸露在外的肌肤。

塔姆林慢慢地打量着我，目光一点一点地向上移动，像是在端详着我身体的每一寸曲线。虽然我身上穿着象牙白色的内衣，那眼神还是仿佛把我扒了个精光。

当他与我视线相对时，给了我一个懒洋洋的微笑，然后才开始逐个解开纽扣，脱下衣服。我发誓在他眼里露出了饥饿而狂野的目光——逼得我不得不别转视线，不愿再看他的脸。

我的眼神若有似无地在他那宽广的胸襟、紧实的肌肉和强健的长腿之间扫过，然后径直走进池水里。他的身材和伊萨克不同，伊萨克仍然处在从男孩发育成男人的过程中，而塔姆林的体格因为数百年来的战斗和锤炼，已经被磨砺得分外夺人眼球。

池水暖融融的，我大步朝池心走去，直到深度够我自如地舒展四肢游动起来。那不是水，而是一种更加光滑和黏稠的液体；那也不是油，那液体比油要纯净稀薄得多，让我有种被温暖的丝绸包裹的感觉。我只顾着把手指在那银白色的不知名物质里伸来拨去，连塔姆林游到了我旁边都不知道。

"是谁教会你游泳的？"他问，然后猛地把头扎到水下。等他抬起头时，我看到他面带微笑，面具边缘沾满了闪耀的星光。

我没有把头埋到水面之下，不确定这液体是否真像他说的那样能让人在喝下去之后变得快乐起来。"我十二岁时，观察过村里的孩子们在池塘边游泳，自己琢磨出来的。"

那是我一生中最可怕的经历之一，为了练会游泳，我几乎把半池水都喝进了肚子里，但我总算摸索出了游泳的要旨，战胜了心中盲目的恐惧，变得信任自己。学会如何游泳似乎是一种至关重要的保命技能——某一天说不定会决定我的生死。但我从没想过会在这里做这样的事。

塔姆林又钻到了水面之下，等他再次冒出头时，把一只手插进了金色的头发。"你父亲是怎么家财散尽的?"

"你怎么知道这件事?"

塔姆林哼了一声。"我不认为农民家的孩子能有你这样的谈吐。"

我真想斥责他这样的看法太过势力,但是……好吧,他是对的,我也不能因为他善于观察而怪他什么。

"我的父亲被人们称为商业王子。"我平静地说,双脚踩踏着那光滑而触感奇特的池水。我几乎不用使什么力气,池水是那样的温暖,那样的轻盈,令我仿佛飘浮在半空中,身体的所有疼痛全都消失了。"父亲从我祖父那里——祖父又是从我曾祖父那里继承了那个称谓,然而那称谓却是谎言,那美名掩盖着三代人负债累累的真相。我的父亲多年来一直在设法还清债务,每当他发现机会,就会不惜代价,孤注一掷。"我咽了口唾沫,"八年前,他把我们所有的财产都押在了开往巴拉特的三艘船上,装满了各式值钱的香料和布匹。"

塔姆林皱起眉。"这样听起来,风险确实很高。那片水域是死亡陷阱,除非绕远路。"

"是啊,可他没有选择让船员们绕远路。那样会浪费太多时间,我们的债主逼得他喘不过气。所以,他选择了沿着笔直的航线取道巴拉特,那些船却没能顺利抵达巴拉特的海岸。"我把头发重新浸入水中,想要努力忘记噩耗传来当天父亲脸上的表情。"船只沉没后,债主们像狼群似的把我家团团包围,抢走了所有的东西,最后剩下的只有破败的名声和几块黄金,让他买下了那处茅屋。当时我十一岁。我的父亲在那场意外之后,决定不再冒险。"我不愿意提起最后那个丑陋的时刻,他的朋友们带着另一批债主冲到我家,打断了我父亲的一条腿。

"你就是从那时起开始狩猎的?"

"不是。虽然我们搬进了茅屋，但剩下的积蓄勉强够我们花上三年。"我说，"我是在十四岁时开始打猎的。"

他的眼角在抽动——此时我看到的不再是那个被迫接受至高之主重担的战士。"于是你才有今天。在那之后，你自己又有什么别的发现？"

也许是因为那被施了魔法的池塘，也许是因为他的语气里带着真正的好奇心，总之我微笑着对他娓娓讲述起了那三年在林中的时光。

✣

在游泳加上在峡谷里边吃边逛了几小时后，我虽有疲意，却出奇地满足。当天下午，我们骑马返回庭园，我一路上都在偷瞄卢西恩。当我们走过一片长满嫩绿青草的宽阔草地时，我看到卢西恩第十次发现我在看他，于是他让马匹放慢脚步，与塔姆林拉开距离，等我赶上。

那只金属眼睛眯缝着望着我，而另一只眼睛则保持着警惕，不为所动。"怎么了？"

只是这三个字，就足以压倒我想要开口的欲望，不敢跟他谈论他的过往。我同样也是一个厌恶被怜悯的人，而且他跟我不算相熟。我们之间的熟悉程度还不足以让他坦然接受我的同情，而不会心生怨恨，不论我此时多么想要听他说。

我等塔姆林渐渐走远，走到他凭借高等魔仙的听力也不太可能听到我说话时，才开口说道："我还从来没有感谢你给了我诱捕苏瑞尔的建议。"

卢西恩愣住了："噢？"

我望着在前方大步行进的塔姆林，只见那匹骏马迈着稳健的步伐，丝毫没有令主人失望。"如果你仍然想让我死的话，"我说，"也许需要再加把劲。"

卢西恩呼了口气道:"我没有那样的打算。"我意味深长地看了他一眼。"我不会掉眼泪,"他又说道,我知道这是实话,"可是你的遭遇——"

"我跟你开玩笑呢。"我对他面带浅笑。

"你不可能那么轻易原谅我引你去送死。"

"是不可能。而且我也恨不得狠狠揍你一顿,谁让你事先没有把苏瑞尔的厉害说给我听。但我同时也明白,我是一个杀死你朋友的人类,现在住在你家的房子里,你还要被迫跟我周旋。这些我都能理解。"

他沉默了很久,我甚至都以为他不会回答我了。正当我准备继续往前走时,他却开口说道:"我听塔姆林说,你的第一击是为了救那苏瑞尔的性命,而不是为了救自己。"

"那似乎是正确的反应。"

他眼神中沉思的意味变得比先前更加明显。"在我认识的高等魔仙和低等仙灵里,很多都不会像你这么想,甚至不屑于这么想。"他从腰间掏出一样东西,扔给了我。我努力平衡身体,将它接住,总算没有从马背上摔下去——那是一把镶着宝石的狩猎短刀。

"我当时听见了你在尖叫。"当我把那把刀拿在手中细看时,他对我说。我从来没有接触过制作得如此精良的武器,平衡性拿捏得堪称完美。"我犹豫了。那犹豫的时间虽然不长,可我还是想了想才开始奔跑。尽管塔姆林及时赶到,但我还是在考虑的那几秒钟时间里违背了承诺。"他扬起下巴,指了指我手中的刀。"这把刀归你了,但请不要把它插进我的后背。"

第十九章

　　第二天清晨,我的颜料和画笔如期而至,不知塔姆林和仆人们究竟是从哪里弄来的,但还没等我细看,塔姆林就拉着我沿着走廊一路来到了某个我从来没有到过的房间,就连我那天夜里摸黑乱走时都没有来过这里。无须他开口,我就知道这是什么地方。大理石地板光可鉴人,肯定是不久之前才被擦洗过,而且空气里还弥漫着从窗外飘进来的甜美的玫瑰香气。所有这一切都是他为我准备的。仿佛我会很介意蜘蛛网和灰尘。

　　当他在两扇木门前停下时,脸上微微带笑,我不禁脱口问道:"为什么……为什么要做这些事?"

　　他脸上的笑意变淡了。"已经很久没有懂得欣赏的人来过这里了,我很乐意看见有人再度光临。"特别是因为在他的生命中充满了鲜血与死亡的关头。

　　他推开了画廊的门,眼前的一幕险些令我窒息。

　　光洁的白色木质地板上洒满了从窗外照进的明媚阳光,入口处很是空旷,只有几张硕大的座椅和长凳,供人……

　　我木然地沿着狭长的画廊往前走着,一只手下意识地捂住了喉咙，抬头看着两旁的艺术品。

真是琳琅满目，画风各异，却又排布得格外有序，如同一幅自如流淌的无缝画卷，从各种不同的角度、以各种不同的表现形式展现着我们的世界。其中既有田园风光，也有人物肖像、静物写生……每一幅艺术品都代表着一个故事和一段经历，它们或高喊、或倾诉、或吟唱着画中的时刻与感觉，想要在时间虚空中留下自己曾经存在过的证据。有些画师的视角与我很是接近，他们描摹的色彩和形状我一看就懂；另一些画师则做出了我连想都不敢想的大胆尝试，用独树一帜的画风绘制出了世界的另一番模样。我仿佛与一个思想与自己大相径庭的人在做灵魂交流，然而在我细看之后，我还是能够理解、感受并且在意他们所要表达的一切。

"我从来都不知道，"塔姆林的声音在我身后响起，"人类居然能……"见我转身，他没再往下说，我原本按在喉咙上的那只手不知在什么时候滑到了胸口，此时我心中百感交集，既喜且悲，还有一种难以抵挡的谦卑——站在如此美丽绝伦的艺术品跟前，岂能不让人自觉渺小。

塔姆林站在门边，头像猛兽似的伸着，剩下的半截话还停在他的嘴里。

我擦了擦潮湿的脸颊。"这真是……"完美、神妙、颠覆了我最狂野的想象……所有这些都不足以形容我此时的感受。我的手仍然按在胸口。"谢谢你。"他带我欣赏了这么多旷世奇作，带我进入了这间画廊，我却只能用这三个字来表达谢意。

"任何时候想来这里都可以。"

我对他微笑，快要掩饰不住心中的喜悦。灿烂的笑意再次在他脸上漾开又转瞬消失。他离开了，留下我一个人随意欣赏。

我在画廊里停留了几个小时——直到被艺术的气息熏陶得有些

微醉，直到我饿得眼冒金星，不得不出去觅食。

午饭过后，艾莉丝带我走进一楼的一个空房间，桌子上摆满了大大小小的画布和木柄画笔，还有五颜六色的各式颜料——除了我事先要求的四种基本颜色之外，还多了许多种，我再次惊讶、震撼并受宠若惊。

艾莉丝转身离开之后，屋里变得鸦雀无声，整个房间都是我的。于是我开始了作画。

✠

时间不知不觉过去了几个星期，我画了一幅又一幅，大部分很不像样，变成了一张张废纸。

我从来没有让任何人看过我作画，无论塔姆林如何试探我，无论卢西恩如何嘲笑我被颜料染得五颜六色的衣服，我对我的作品始终难以满意，认为它们跟我脑海中熊熊燃烧的底稿相差甚远。我通常会从黎明画到日暮，有时在那个房间里，有时在花园中。我偶尔会在塔姆林的引领下，到暖春王庭各处走走看看，带着满脑子的新鲜灵感回来，第二天早早地跳下床，将我前日记忆在脑海里的景象和颜色勾勒到画纸上。

有些日子，塔姆林必须要去边境应对威胁，等他身上沾满别人的血回来时，就连画画都无法分散我的注意力。有时候他是野兽形态的样子，有时候则以至高之主的模样出现。他从来不会跟我讲述细节，我也知趣地不会追问，只要他平安回来就足够了。

现在庭园附近都看不见纳加或波吉那样的怪物，但我还是乖乖地远离西边树林，只凭印象画出林中的景色。虽然我时不时地还会被噩梦所累，无法忘却那骇人的一幕，还有我亲手下的杀手，在梦里，那个可怕的苍白的女人把我撕成碎片——隔着朦胧的阴影，从来都看不真切——可我还是慢慢不再那么害怕。留在至高之主身边，你会平安无事的。我选择照做。

暖春王庭里有着绵延起伏的碧绿山岭、郁郁葱葱的茂密树林和清澈如镜的幽深湖泊。魔法不仅仅弥漫在每一个角落，确切地说是生长在这里。我努力地想要用画笔将它描摹下来，却怎么都捕捉不到魔法的感觉。有时我会壮着胆子画下至高之主的样子，我们在暖洋洋的日子里总会并肩骑马在他的领地上欣赏春光——如今的我已经乐于跟至高之主一路闲谈，甚至能静默无声地跟他独处几个小时。

有可能是徘徊不散的魔法蒙蔽了我的思绪，直到某天早上，当我经过外围的篱笆，想要寻找一处新的适合作画的地点时，我才想起了我的家人。南风吹乱我的头发，清新而又温暖。春色此时也已经降临到了凡人的世界。

我的家人如今被篡改了记忆，有人照料，平安无忧，至今也不知道我身在何方。凡人的世界在没有我的情况下继续向前运转，仿佛我从未存在过似的。那里只不过少了一个可怜而卑贱的生命，我所认识过、在乎过的所有人，都不会再想起我来。

那天，我没有画画，也没有跟塔姆林骑马外出，而是坐在了一块空白的画布跟前，脑海中没有任何色彩。

家里没人记得我。对他们来说，我和死了没什么两样。而塔姆林也让我忘了他们。也许他找来这些颜料就是想要让我分心——希望我能停止抱怨，不再整天缠着他说要和家人见面。又或者，他想让我别再想着疫病和有关皮西亚的所有事情。我已经不再问东问西，照着那苏瑞尔的指示，活得像个愚蠢、没用而又顺从的人类。

整个晚餐时间这些念头都在我脑海里顽固地盘旋不去。塔姆林和卢西恩都注意到我心情不太好，两人自顾自地交谈着。恼怒在我心中消散不去，吃光盘子里的食物之后，我便起身走进了被月光照亮的花园，任由自己迷失在篱笆和花丛织就而成的迷宫里。

我无心思量自己要去往哪个方向。走了一会儿，便在玫瑰园里停下脚步。月光洒在赤红的花瓣上，映出了紫红的色调，白色的花蕊也泛着银光。

"这花园是我父亲专门给我母亲准备的……"身后突然响起塔姆林的声音。我没有回过头去，感觉到他在我身旁停了下来，我攥紧拳头，指甲嵌进了皮肉。"作为他们结合的礼物。"

我默不作声地看着眼前的鲜花，想起我在家里的桌子上画的那些，想必现在都已经皲缩褪色了吧。妮斯塔搞不好会把那些花全都刮下去。

我的手掌被指甲扎得有些疼。无论塔姆林有没有为他们提供衣食，有没有篡改他们的记忆，我都已经从他们的生命中被抹除、被遗忘了。或许我也该让他把我忘掉。他给我备齐了颜料，腾出了绘画的时间和场地；他带我去了星光池塘；还像传说中的狂野骑士那样救了我的命，而我却全然没把那当成一回事。我根本比不上那些狂热的福佑之子。

塔姆林的面具在黑暗中呈现出青铜色，上面镶嵌的翠绿色宝石闪闪发光。"你好像有心事。"

我走向离我最近的玫瑰丛，折下了一枝玫瑰花，荆棘扎破了我的手指。我不顾疼痛，也没有理会从伤口流出的温热鲜血。我永远都不能精确地把这一切描绘下来——永远不可能像画出画廊里那些作品的艺术家那样极尽渲染之能事，永远不能把停留在记忆里的茅屋外面埃兰的那座小花园落在纸上。虽然我已经被家人遗忘了。

塔姆林没有责怪我擅自折下属于他父母的玫瑰花——他的父母也已经离他而去，然而他们很可能彼此相爱，而且也深深地爱着他。要是有人胆敢把他劫走，就算是深入龙潭虎穴，他的家人也会奋不顾身地把他找回去。

尽管手指刺痛，可我还是把那枝玫瑰花拿在手里。"我也说不清自己在离开他们之后怎么会觉得如此愧疚，连画画时都觉得自己自私得可怕。我不该有这种感觉的，对吗？我知道我不应该，可是我控制不住。"玫瑰花软弱无力地垂在我的指尖。"这些年来，我为他们的付出……而在你把我劫走的时候，他们却谁都没有出手阻拦。"要是我继续沉浸在这个念头里，恐怕会被巨大的痛苦撕成两半。"真不知道我怎么会以为他们会来——那天晚上，我竟然相信了那普卡制造的幻象，也不知道我怎么直到现在还在想这件事，还在为此而烦恼。"塔姆林沉默了好久，我自顾自接着说了下去，"跟你相比，跟你的边境和被削弱的魔法相比，我这样自我感伤真是荒唐。"

"如果这些事情让你难过，"他的话语令我从骨子里感到安慰，"那我根本不觉得这有什么荒唐。"

"为什么？"我一边问，一边把玫瑰扔进了花丛里。

他拉起我的手，用那只长满老茧、强而有力的大手轻轻地将我流血的手牵起，凑到唇边，亲吻我的手掌。仿佛这答案就足够了。

他的嘴唇是如此柔软，呼吸是如此温暖，当他牵起我的另一只手继续亲吻时，我几乎站立不稳。他小心地亲吻着我的手，一股暖流袭遍了我的全身。

他将我的手放下，我看见他的嘴唇上沾着我的血。我的一双手仍然被他攥在掌心，手上的伤口却愈合了。我再次抬头看着他的脸，看着他脸上那张闪亮的面具，看着他棕色的皮肤，还有沾着鲜血的嘴唇。只听见他小声对我说："在享受快乐的时候，永远不要感到愧疚。"他朝我靠近，松开了我的一只手，将那枝刚刚被我摘下的玫瑰花别在了我的耳朵后面。真不知道那枝花是怎么跑到他手里去的，连荆棘都没了踪影。

我不由得将他推开。"你——你这是干什么？"

他靠得更近,近得我必须把头向后仰,才能让彼此的视线拉开距离。"因为你们人类的喜悦令我沉醉——你们体验那短暂生命的方式,狂热深沉,毫无保留……这有趣极了。我被吸引了,尽管我知道我不该如此,也尽量不要如此。"

因为我是人类,因为我会变老,因为我会——还没等我细想明白,他就靠得更加近了——慢慢地,仿佛是在给我时间退开,他的双唇吻上了我的脸颊。柔软,温暖,绅士得令人心碎。轻吻过后,他又马上挺直了脊背。从他的嘴唇和我的皮肤接触的那一瞬间,我就没再动过。

"总有一天——总有一天,一切的答案都会揭晓。"他松开了我的手,后退两步。"但必须要等到适当的时机,直到安全。"虽然四下一片漆黑,但我光从他的语气中就能感觉他的眼里此刻一定充满苦涩。

他转身离开了,我喘了一大口气,这时才意识到刚才一直在屏住呼吸。

直到他离开,我才意识到原来我多么渴望着他的温暖,渴望着他的靠近。

✠

波澜在我心中不断漾起,想到我和他之间微妙的变化……早饭过后,我溜出了庭园,想到树林里去呼吸新鲜空气,顺便观察林中的光影与色彩。我带上了弓箭,还有卢西恩送给我的那把镶嵌宝石的狩猎短刀。随身带好武器,总比手无寸铁来得安全。

我在树林和灌木丛间刚刚摸索了不到一个小时,就感觉有东西跟在我身后——目标离我越来越近,连周围的猛兽都躲了起来。我微笑着继续往前走,大约在二十分钟之后,我在一棵高大榆树的树干背后停下脚步,静静等待着。

灌木丛里窸窣作响，声音如同有轻风吹过，但我知道那是什么，我认得那信号。

林中噼啪一响，紧跟着是一声狂怒的咆哮，惊起无数飞鸟。

等到我从树后钻出来，走进那一小片空地时，我只是抱起双臂，抬头看着至高之主，他被倒吊在半空中，中了我的陷阱。

即便是双脚朝上，他还是懒洋洋地对着我笑。"真是残忍的人类。"

"谁让你偷偷跟踪别人。"

他咯咯笑了，我走近几步，一缕质感如丝的金色长发刚好垂在我的脸颊旁边，我大胆伸出一根手指，轻轻抚摸，欣赏着那层次丰富的色彩——淡黄、浅棕、深褐，层层递进。我心脏猛跳，恐怕连他都会听得到。然而他却把头朝我一偏，像是无声的邀请，于是我索性把手指插进了他的满头金发里，动作轻柔而小心。他喉咙里发出了咕噜声，那声音从我的手指一直蔓延到我的四肢百骸。要是他整个人都靠在我身上，肌肤与我紧贴在一起，真不知道那会是什么感觉。想到这里，我朝后退去。

他身体上挺，干脆利落地把利爪一挥，割断了被我用来当成吊索的藤蔓。还没等我张口呼喊，他已经在半空中翻了个跟头，稳稳地落在了地上。我永远都不可能忘记他的身份和力量。他朝我走来，笑容仍然挂在脸上。"今天感觉好些了吗？"

我给了他一个似是而非的表情。

"很好。"不知他是在无视还是隐藏玩味的情绪。"为了以防万一，我想把这个给你。"他说着从外衣口袋里掏出几张纸，递给了我。

我注视着手里的那三张纸，咬着脸颊内侧的肉。那是一组……五行诗，共有五段，其中有不少生字，看得我直冒冷汗。我恐怕要花上一整天的时间才能弄清楚那些字的意思。

"先别急着大惊小怪……"他在我身后说道,视线越过我的肩膀落在纸上。如果我胆子再大一点的话,我甚至能刚好靠在他的胸口上。他的气息温暖着我的脖颈,还有耳朵。

他清了清嗓子,念起了第一段诗。

美丽姑娘,芳华盛放,
意气风发,不同寻常,
朋友寥寥,独来独往,
追求者众,列队成行,
言辞相拒,不予为双。

我一边听一边把眉毛越挑越高,大概都快要挑出头顶了,我转过身,朝他眨眨眼。他微笑着念完了这段诗,我们的气息交融在了一起。

没有等我回答,塔姆林就抢过了那三张纸,退到一步之外,接着念起了第二段,第二段的措辞显然不如第一段那么恭敬。等到他念完第三段时,我觉得双颊滚烫。塔姆林没有继续念出第四段,而是把纸递回到了我手上。

"每段诗第二行和第四行的后半句。"他说着用下巴指了指我手里的纸。

不同寻常、列队成行。我的视线又跳到了第二段。毁灭消亡、愈燃愈旺。

"这些是——"我惊呼一声。

"你之前写下来的那些词太有趣,实在是无法令我忘怀,然而却根本不适合把它们放在情诗里。"当他注意到我在发出无声的询问时，又接着说,"我当年曾经和父亲的战队一起守卫边境,那时候,我们偶尔会把写五行打油诗当作消遣,比比谁的用词最肮脏。我这个人向来喜欢求胜,于是花了不少工夫。"

真不知道他是怎么把我写的那一长串词记下来的,我也不想知道。在确定我不会朝他射箭之后,塔姆林又把那三张纸拿了过去,念起了第五段,也是最肮脏最龌龊的一段。

等他念完,我仰头大笑,笑声如同阳光,击碎了经年不化的寒冰。

✠

当我们走出那片空地,沿着起伏的山岭返回庭园时,笑容依然逗留在我的脸上。"当时你说——我是说玫瑰园的那个晚上……"我略作沉吟,"当时你说,那花园是你的父亲为你的母亲准备的,作为结合的礼物——结合,而不是结婚?"

"高等魔仙大多数都会结婚。"他的金色皮肤泛起红晕。"但如果他们受到祝福的话,就会找到自己的伴侣——在各方面都极为契合的佳偶。高等魔仙的夫妻之间未必能达到契合的程度,但若是能找得到伴侣,两人就能建立深深的联结,相比之下,婚姻就显得无足轻重了。"

我实在不敢开口问他有没有仙灵跟人类建立过伴侣的联结,却还是鼓起勇气问道:"你的父母现在在哪儿?他们怎么了?"

他下颌的肌肉微微抽动,令我不禁后悔多此一问,痛苦在他的眼中若隐若现。"我的父亲……"利爪就快要伸出指尖,但他还是控制住了。我果然是说了不该说的话。"我的父亲跟卢西恩的父亲一样坏,甚至更坏。我的两位兄长也和他一样。他们所有人全都需要奴隶侍奉。而且我的哥哥们……条约签订时我年纪还小,可我还是清楚地记得我两位哥哥的所作所为……"他的声音越说越小。"那些事情在我脑海中留下了清楚的印记,因此当我看见你,还有你家的房子时,我实在不能——也不会让自己跟他们一样。我不会对你或你的家人造成任何伤害,也不会让你遭受仙灵的鞭打。"

奴隶,原来这个地方曾经有过奴隶。我不愿意多问,也从没有寻找过奴隶的痕迹,虽然时间已经过去了五百年。在他的大部分同族眼中,在他的世界里,我跟奴隶没什么两样。恰恰是因为如此,他才会主动让我知道那个漏洞的存在,给我自由,让我在皮西亚自在地生活。

"谢谢你。"我对塔姆林说道。他耸了耸肩,仿佛在把仁慈连同肩上的愧疚一起甩掉。"那你的母亲呢?"

塔姆林长出了一口气。"我的母亲,她深爱着我的父亲。她对父亲的爱太深太深,两人结合之后即使她也看出了他暴虐成性的一面,却不愿意说出任何对他不敬的话。我对父亲的王位从来都没有觊觎,也没有向往。要是我的哥哥们怀疑我存有争夺王位之心,恐怕都不会让我活到成年。所以在我成长到一定的年纪之后,就加入了父亲的战队接受训练,希望有朝一日能为父亲或是继承王位的某位兄长效命。"他弯曲手指,仿佛想象着底下的利爪。"我从很久之前就意识到,只有战斗和杀戮才是我擅长做的事。"

"对此我深表怀疑。"我说。

他坏坏地冲我一笑。"噢,我勉强会拉一点小提琴,可是至高之主的儿子是不能去当吟游诗人的。于是我一心为父亲效力,唯父命是从,为他冲锋陷阵,阴谋诡计那些事就留给我的哥哥们去操心好了。然而随着我力量的不断增长,想藏也藏不住,尤其是在仙灵中间。"他摇了摇头。"幸运也好,不幸也罢,他们全都死在了某个敌对王庭至高之主的手上。或许是创世之釜垂怜,总之只有我活了下来。母亲的离世令我忧伤不已,至于其他人……"他耸肩的姿势太过紧绷。"如果我有和你一样的遭遇，我的两位兄长是绝对不会跑来救我的。"

我抬头看着他。这是一个多么残忍而冷酷的世界啊，为了权柄，为了复仇，为了恩怨，为了掌势，家人之间竟会自相残杀。也许他的慷慨，他的仁慈，都是他往昔遭遇的折射；也许他在见到我的时候，有种对着镜子看见自己的感觉。"对于你母亲不幸离世，我很难过。"我只有用这句话来对他聊表安慰，来报答他给予我的所有。他对我微微一笑。"于是，你就是这样当上至高之主的。"

"大多数至高之主从小就会接受礼仪、律法与王庭战争等各方面的训练，当王位突然落到我头上时，过渡得有些突兀。我父亲的很多侍臣都转而投奔了别的王庭，不愿意被一只野兽战士大呼小喝。"

半开化的野兽，妮斯塔曾经这么称呼我。想到这里，我不由自主地想要握住他的手，告诉他我理解他的感受。但我只是对他说："那他们全都是蠢货。是你保护这片领地，控制了疫病的蔓延。他们全都是蠢货。"我又重复了一遍。

然而黑影却在塔姆林的眼中掠过，他的肩膀似乎微微朝内一弯。没等我多问，我们已经走出了小树林，高低起伏的山岭在我们眼前延展开来。远处的许多山头上都站着不少脸戴面具的仙灵，似乎在搭着未被点燃的柴火堆。"那边是怎么回事？"我停下脚步问道。

"他们在搭篝火——是为卡兰麦在做准备。还有两天时间。"

"为什么做准备？"

"有没有听过烈火之夜？"

我摇了摇头。"在人类的土地上，自从你们——我是说你的同族离开之后，我们就不再庆祝节日了。在某些地方甚至是被明令禁止的。我们连你们神灵的名字都不记得了。卡兰麦——烈火之夜是用来庆祝什么的？"

他摸了摸脖子。"就是一场春季庆典,我们会在庆典上点燃篝火,而且我们创造的魔法会帮助大地复苏,迎来新的一年。"

"你们是怎么创造魔法的?"

"届时会举行仪式,不过那仪式很有仙灵族特色。"他绷紧下颌,继续朝前走去,离那些未点燃的柴火堆越来越远。"近来你也许会发现身边的仙灵要比平日里多出很多——有些来自暖春王庭,有些是从别的地方赶来的。在烈火之夜,他们可以不受限制地穿过边界,自由旅行。"

"我还以为疫病已经把他们都吓跑了呢。"

"这话不假。但还是有不少人会来到这里。反正离他们远点,待在房子里就不会有危险。我们会在两天之后的日落时分点燃篝火,在那之前万一你遇到他们的话,别理就好。"

"我不会受邀参加你们的庆典吗?"

"你不会的。"他把拳头攥紧又松开,仿佛在努力让利爪不要伸出来。

虽然我努力让自己别在意这件事,还是觉得心里泛起一阵沮丧。

一路上我们都没再说话,这样的沉默已经有好几个星期没有出现过了。

在我们走进花园时,塔姆林愣了一下——不是因为我或是我们之间尴尬的气氛——而是四下里静得吓人,这通常意味着有某个更加讨厌的仙灵就在附近。塔姆林露出利齿,低声咆哮道:"躲起来,不管听见什么,都别出来。"

说完他就消失不见了。

我一个人留在原地,回头朝石子路两旁张望,不知如何是好。要是这里真有东西,我根本无处可躲。也许我应该去帮他才对,可是他是至高之主,我多手多脚只会碍他的事。

我刚刚躲到篱笆后面，就听见塔姆林和卢西恩走了过来。我小声骂了一句，呆呆地站在那里。或许我应该沿着田垄溜进马厩，若是有意外发生，马厩不光能让我藏身，我还能骑马逃命。正当我溜出花园，准备钻进几步外高高的草丛时，听见篱笆的另一边响起了塔姆林的怒吼声。

我转过身，恰好能透过茂密的叶片窥见他们俩。躲起来，他叮嘱过我。如果我现在乱动，肯定会被发现。

"我知道今天是什么日子。"是塔姆林在说话——对象却不是卢西恩。他们两人面朝着空气。那里似乎有人，又似乎没人，看来是个隐形的对手。要不是因为我紧跟着又听见了某个低沉空洞的声音，我肯定会以为这两个人是在捉弄我。

"你持续的行为在王庭里吸引了不少眼球。"那个深邃的声音嘶嘶地说。尽管春意融融，我还是打了个寒战。"她已经开始好奇——好奇你为什么还没放弃，还有不久之前怎么会有四个纳加无故死去。"

"塔姆林跟那些蠢货可不一样。"卢西恩挺起肩膀呛声说着，跟先前比起来，显得战力十足，难怪在他的房间里挂满了武器。"如果她想让我们卑躬屈膝，那可就大错特错了。"

嘶嘶的声音再次响起，我浑身的血液都冷却了。"你们对掌控自己命运的人出言就这么不敬吗？只需开口说上一个字，她就能毁掉你们可悲的田产。在得知你们擅自派兵之后，她可不太高兴。"那声音似乎转向了塔姆林。"但是，既然没搞出什么太大的动静，她也就没再追究。"

从至高之主的喉咙深处发出一声低吼，但他却平静地回答："请你告诉她，我已经厌倦了帮她清理她甩在我边境上的垃圾。"

那个声音笑了起来，如同沙粒在流淌。"她放出那些，是作为赠礼，也是作为提醒，一旦被她发现你擅自打破约定的话——"

"他没有。"卢西恩咆哮道,"现在,请你滚回去。边境上已经到处都是你的同类了,别再来玷污我们的房子。说起这个,离洞穴远一点,像你这种渣滓不该擅闯那样的地方。"

塔姆林也怒声认同。

那个看不见的身影又大笑起来,声音邪恶得令人不寒而栗。"尽管你有一颗石头心,塔姆林。"塔姆林愣住了。"在你的心里分明还住着恐惧。"那声音变成了沉吟。"别太担心了,至高之主大人。"这名号被它说得如同是个笑话。"很快,一切都会水落石出。"

"烧死在地狱里吧。"卢西恩替塔姆林答道,那个东西再次放声大笑,随后传来皮革翅膀扇动的声响,一股臭气打在我的脸上,四周重归死寂。

霎时间,只听见深深的呼吸声。我闭上了眼睛,也需要用深呼吸来稳定心绪,这时有一双大手抓紧了我的肩膀,吓得我惊呼了一声。

"它已经走了。"塔姆林说着松开手。我用尽力气才没有瘫倒在篱笆上。

"你听见了什么?"卢西恩绕到我身边,交叠双臂追问道。我注视着塔姆林的脸,才发现那张脸此时被气得煞白,显然刚才那个东西让他愤怒不已。我只好将视线又移回到卢西恩身上。

"没什么。我反正什么也没听懂。"这是实话。我对他们说的话完全不解其意,而且还在止不住地颤抖。"它是谁——是什么东西?"

塔姆林踱着步子,碎石子在他脚下嘎吱作响。"那些把你们人类吓破胆的传说,讲述的正是皮西亚的某些仙灵,比如说你刚才听到的那一个。"

在那嘶嘶的声音里,我确实听出了人类受难者的惨叫声,还有年轻女子在遭遇开膛破肚拖上祭坛时的哀号声。它提到的王庭似乎指的不是塔姆林的领地——难道那个她就是杀死塔姆林父母的凶手?说不定是一位至高主母,与至高之主地位相当。考虑到高等魔仙对自己的家人都能如此心狠手辣,对待敌人更会毫不留情。如果王庭之间将要爆发战争,如果疫病已经削弱了塔姆林的力量……

"要是阿特尔看见了她——"卢西恩往左右看了一眼。

"它没看见。"塔姆林说。

"你确定——"

"它没看见。"塔姆林回头对卢西恩吼道,然后转过头来看着我,脸色苍白,怒气未消,嘴唇紧抿。"晚餐时分再见。"

我听懂了他这是在命令我退下,再说我也恨不得马上回到卧室,于是立即转身走回庭园,一路上想着那个她究竟是什么人,竟会让塔姆林和卢西恩如此紧张,还能让刚才那个东西跑来为她传话。

我实在不想听懂风中的低语。

第二十章

晚饭的气氛甚是压抑,塔姆林和卢西恩很少交谈,也没对我多说什么。饭后,我点燃了屋里的蜡烛,想要驱散黑暗。

次日,我没有出门,当我坐下来作画时,出现在我画布上的是一个骷髅般高瘦的灰色怪物,长着蝙蝠耳朵和硕大的膜状翅膀。它口鼻外凸,像是在张口咆哮,口中利齿毕现,正欲振翅高飞。随着我一笔笔地描摹,我发誓我能嗅到腐肉的臭味,随着它翅膀扇动而弥散开来的是死亡的气息。

画作令我脊背发凉,我只好把它放在了房间后方的角落里,想要出门去劝说艾莉丝,让我到厨房里帮忙准备烈火之夜的食物。只要能远离花园,远离阿特尔,什么地方我都愿意去。

烈火之夜——也就是塔姆林口中的卡兰麦,终于到了,结果我从早到晚都没有见过塔姆林和卢西恩。随着暮色渐沉,我不知不觉又走到了庭园附近的十字路口。周围没有戴着飞鸟面具的仆从,厨房里空无一人,准备了两天的食物也不见了。这时,传来了鼓点的声响。

鼓点声在远处响起——越过花园,穿过林间空地,传进了远处的森林。鼓声深沉而锐利，每敲一下都伴随着两声呼喝，仿佛是在召唤。

我站在通往花园的大门前，望着被晕染成橘红色的天空，还有下方的宽敞宅院。远处，在延伸进树林的绵延山丘上，几处火堆正在燃烧，滚滚黑烟正在向红宝石色的天空升腾——那些就是我在两天前看见的篝火堆。我是个没被邀请的人，我提醒自己。不管仙灵们在厨房里怎样喜笑颜开，忙忙碌碌，他们的庆典都和我毫无关系。

鼓点越来越密，声音也越来越大。尽管我已经渐渐适应了魔法的气味，越来越浓的金属味还是刺激着我的鼻腔，较之先前要强烈得多。我往前走了一步，又犹豫着停下脚步。我应该回去才对。在我背后，夕阳的余晖照在厅堂里，给黑白相间的地板染上了金中带红的色彩，我投在地上的狭长身影似乎也在随着鼓声跃动着。

就连往日人来人往的花园此时都静了下来，一切都在静听鼓声。我如同牵线木偶，被拉扯着走向那片山丘，仙灵鼓声的召唤令我无法抵挡……

要不是塔姆林突然从屋内出现，我也许真会被拉扯过去……

他没穿衬衫，赤裸的胸膛上只绑着肩带，佩剑的剑柄在暮色下闪着金光，几支箭矢的尾羽从他宽广的肩头露出，也被染成了红色。我望着他，他也回望着我。站在我面前的是一位英挺的战士。

"你要去哪儿？"我问。

"今天是卡兰麦。"他平淡地说，"我得去参加。"他朝着火堆和鼓声的方向扬了扬下巴。

"去那里做什么？"我看着他手中的长弓继续追问，鼓点如同打在了我的心里，我感到心跳声也变得越来越响。

他那双藏在金色面具底下的绿色眼睛显得有些阴郁。"作为至高之主，我必须要参加伟大仪式。"

"伟大仪式又是什——"

"回房间去。"他粗声粗气地打断了我的话,看着远处的火堆。"把门锁好,设下陷阱,把防渗措施都用上。"

"为什么?"我问。这时,那个阿特尔的声音又从我的记忆里钻了出来。塔姆林提起过一场极具仙灵风格的仪式——那仪式到底是什么样的?从他随身佩戴的武器来看,场面想必很是残忍暴力——居然连塔姆林的野兽形态都不足以应付。

"照做就好。"他口中的尖牙开始变长,我的心跳骤然提速。"天亮之前都别出来。"

鼓点声越来越响,越来越快,我看见塔姆林脖子上的肌肉在微微抖动,仿佛站着不动对他来说是种折磨似的。

"你是要上战场吗?"我轻声问,他听罢哈哈大笑起来。

他抬起一只手,像是想来摸我的手臂,却在将要触碰到我衣服的一瞬间把手放下了。"好好待在房间里,菲娅。"

"可是我——"

"听话。"还没等我开口问他能不能考虑把我带上,他就已经跑远了。我看着他奔下阶梯,跑进花园,背上的肌肉上下起伏,如同一头迅捷的牝鹿。不消几秒钟,他便消失不见了。

✣

我遵照塔姆林的命令把自己反锁在了房间里,结果没过多久,我就意识到自己还没吃过晚餐。加上窗外的山丘上鼓声连连,篝火熊熊,我不由自主地在屋子里踱起步来,注视着远处的火苗。

好好待在房间里。

然而夹在鼓点间歇中的却是另一个狂野而邪恶的声音——去吧,那声音在引诱着我,出去看个究竟。

十点的钟声响过之后,我再也忍受不住了,于是循着鼓声走出门去。

马厩里空无一人，但塔姆林过去几个星期里教过我怎样骑乘不带鞍具的马匹。很快，我那匹白色小马就载着我小跑起来。我无须为她指出方向，因为她也受到了鼓声的诱惑，朝着第一座山丘飞奔而上。

空气里飘浮着浓重的烟雾和魔法气息。我用披风的兜帽遮住了脸，在登上山顶，靠近第一堆巨大的篝火时，被深深地震慑住了。篝火旁围着好几百位高等魔仙，戴着各式各样的面具，我无法看清他们的样貌。他们是打哪来的？如果他们也是暖春王庭的子民，平时却不住在那处庭园里，那么他们在哪里生活呢？当我尝试把视线汇聚在某位魔仙的脸上定睛细看时，那张脸会模糊成一团色彩。只有在我斜眼看时，才会看得较为真切，一旦转过脸去面朝他们，只会看见暗影和色彩在旋绕变幻。

是魔法在作祟，他们肯定是给我施加了某种障眼法，令我无法看清他们的真容，与对我家人使用的手段如出一辙。要不是因为鼓声摄人心魂，加上有个狂野的声音在呼唤着我，我肯定会怒不可遏地转身回到庭园里去。

我翻身下马，却仍然让它紧紧跟在我身边，一人一马穿过人群，靠兜帽遮挡着五官，以防暴露身份。我在心里暗自祈祷，希望卷着高等魔仙和低等仙灵气息的浓烟能把我身上人类的气味掩盖住。虽然如此，我还是摸了摸身侧的两把短刀，确认它们还在身上，继续往拥挤的人群里越钻越深。

虽然有一群鼓手围在篝火边擂鼓，大部分仙灵都在朝附近的一条山沟进发。有座小山上孤零零地矗立着一棵梧桐树，于是我把马拴在了树干上，跟在他们身后，任由鼓点声沿着大地钻进我的鞋底。好在周围没有人怀疑我的身份。

我几乎是沿着陡峭的山坡滑了下去，径直落在了那条山沟里。在另一端，有个山洞与和缓的坡道相连，洞口有无数鲜花和绿叶装点，我朝洞内张望，看见里面地上铺着兽皮。洞内通道曲折，看不清里面藏着什么，只能看见墙壁上有火光在摇曳。

我不知会从洞穴深处钻出什么来，也不知会发生什么事，洞外黑压压地挤满了仙灵，在长长的小路旁边排成两行。那条小路一直顺着山沟延伸到山岭深处，高等魔仙们也站在原地，随着鼓点的节奏轻轻晃动着身体，我的五脏六腑也被鼓声震得直颤。

看着看着，我也跟着晃了起来。这有什么大不了的，为什么不许我参加？我环视被火光照亮的区域，想要让视线穿透夜色与烟雾织成的纱幔，然而却并没有什么特别的发现，也没有哪个脸上戴着面具的仙灵注意到我。围聚在路旁的仙灵越来越多，他们的队伍每分钟都在壮大。看来一定会有事发生——想必就是塔姆林口中的伟大仪式了。

我沿着山坡走了回去，在树旁的篝火边上停下脚步，注视着下方的仙灵。正当我鼓起勇气，想找一位恰巧经过的低等仙灵——那仙灵和艾莉丝一样，都戴着飞鸟面具——问问接下来要举行的到底是什么仪式时，突然有人抓住了我的胳膊，拽着我转过身去。

我看着眼前的三个陌生人，他们五官分明，脸上居然没有面具，我愣住了。他们看似也是高等魔仙，又和我见过的高等魔仙略微有所不同，跟塔姆林和卢西恩相比更高更瘦——双目乌黑，深不见底，目光里透着凶残。看来应该是普通仙灵了。

抓住我胳膊的那个家伙面带微笑地低头看着我，口中的尖牙依稀可见。"女人类，"他小声说道，眼神在我身上游走，"我们有段时日没见过你了。"

我想把胳膊抽回来，没想到他却抓得更紧。"你想干什么？"我用沉稳冰冷的声音问他。

他身旁的另外两个仙灵也对我露出了微笑,其中一个抓住了我的另一条手臂,没让我拔出刀来。"烈火之夜嘛,当然是找点乐子啰。"有个仙灵说着伸出他那苍白而且长得吓人的手,把我的一撮头发别到耳后。我把头转开,不愿意让他碰我,但哪里挣脱得掉。篝火旁边的其他仙灵全都毫无反应,甚至连看都没看一眼。

要是我大声求救,会有人应答吗?塔姆林会来救我吗?我不可能每次都那么走运,在遭遇纳加的时候可能就已经把运气用完了。

我把胳膊使劲往回缩,他们加大了手上的力气,把我捏得很疼,而且坚决不允许我的任何一只手碰到短刀。三个魔仙越逼越近,把我跟别的仙灵隔了开来。我往四周张望,想看看有没有救兵,发现在这附近有不少没戴面具的仙灵。他们三个笑出了声,低沉的嘶嘶声钻进了我的身体里。这时我才意识到自己已经远离了人群,被逼到了树林的边缘。"离我远点儿。"我的声音要比预想中洪亮和愤怒得多,我的膝盖已经开始打战。

"小小人类居然敢在卡兰麦上说出这样的豪言壮语。"抓紧我左胳膊的仙灵说道。在他的眼中没有映照的火光,仿佛光芒都被他的眼珠吞噬了似的。我想起了纳加,他们恐怖的外表跟腐烂的内心倒甚是相衬。然而跟纳加比起来,眼前这些美丽超凡的仙灵反倒可怕得多。"等到仪式举行,我们就能好好乐一乐了,是不是?在这里遇到女人类,简直是白白送上门的——"

我对他咬紧牙齿:"把你的脏手拿开!"我的声音大到周围所有人都能听得见。

其中一个仙灵把一只手放在我腰间,用那白骨似的手指捏着我的肋骨,又在我臀部上下其手。我猛地往后一挣,撞在了第三个仙灵身上,那个仙灵正在把长长的手指伸进我的头发里,朝我越靠越近。没人回头，也没人注意。

"住手。"可这两个字从我嘴里说出来却显得有气无力，因为他们已经开始把我拽进漆黑的树林深处。我手脚并用地挣扎，他们几个却只是"嘶嘶"地回应。其中一个家伙把我往前一推，我打了个趔趄，反倒挣脱了他们的纠缠。我感觉大地在我脚下软绵绵的，伸手去拔刀，可还没等我摸到刀柄，就被一双强有力的大手紧紧抓住了。

那双手实在是强而有力——温暖且宽厚，跟刚才找我麻烦的那三个仙灵完全不一样，既非骨瘦如柴，也非戏耍轻佻。于是我任由那双手轻轻地扶我站了起来。

"原来你在这儿。我一直在找你呢。"耳边响起的是一个我从未听到过的低沉而性感的男性声音。但我的眼睛仍然死死地盯着那三个仙灵，准备跟他们拼个你死我活。这时，刚才说话的男性迈步站到我身边，自然地把我的肩膀环绕在他的臂弯里。

三个低等仙灵脸色苍白地瞪大了深色的眼睛。

"多谢你们帮我找到了她。"我的救赎者简练优雅地对他们说，"仪式愉快。"在他说出最后四个字时很是凶狠，听得那三个仙灵动也不敢动，默不作声地退回到了篝火旁边。

我钻出了救赎者的手臂，转过头去向他致谢。

站在我面前的，是我所见过的最英姿飒爽的男人。

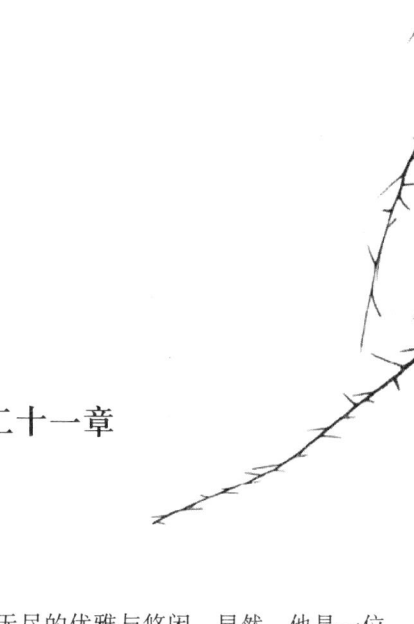

第二十一章

从这个陌生人身上散发着无尽的优雅与悠闲。显然,他是一位高等魔仙,一头黑色短发如同黑鸦的羽毛般极富光泽,与他那苍白色的皮肤形成了鲜明的反差,一双蓝眼睛深不见底,甚至隐隐泛着紫色,即使在火光的照耀下也不失光华。此时,他正用那双眼睛饶有兴趣地注视着我。

起初,我们谁都没有开口说话。谢谢你这三个字太过轻飘,不足以感谢他为我所做的一切,然而望着他全然静止的身姿,仿佛被夜色紧紧包围,我实在不知该说些什么,只想掉头就跑。

他的脸上也没戴面具。据此判断,他应该是从其他王庭来的。

他的表情似笑非笑。"一个女人类,在烈火之夜待在这儿干什么呢?"他的声音犹如爱人的喃喃低语,爱抚着我的每一寸骨骼、肌肉和神经,听得我不禁打了个寒战。

我后退一步道:"是我朋友带我来的。"

鼓点声变得更密,达到了某种我无法理解的高潮。我已经好久没见过这样一张依稀和人类有些相仿的脸庞了。他身上的衣服——那一袭制作精良的黑衣,剪裁精致,包裹着他那健硕的身材,仿佛他就是用夜色铸成的一般。

"你的朋友是什么人？"他仍在对着我笑——像掠食者般打量着猎物。

"是两位女士。"我再次撒谎。

"她们叫什么名字？"他凑得更近，双手插进衣服的口袋里。我继续后退，把嘴巴闭得严严实实。莫不是我刚出狼窝，又入了虎穴？

在确信我不会回答之后，他咯咯笑了起来。"不用言谢了。"他说，"我是指我的救命之恩。"

他傲慢的语气让我很不舒服，但我还是又往后退了一步。我此刻就站在篝火旁边，离仙灵们团团围住的那个小洞穴近在咫尺，万一情势有变，我可以撒腿狂奔。说不定有人会同情我的遭遇，说不定卢西恩或艾莉丝就在那里。

"凡人居然和两位仙灵成了朋友，真让人匪夷所思。"他沉思着，开始围着我绕起圈来。我发誓自己绝对看见了星辰夜空尾随在他身后。"人类通常不是都很害怕我们吗？再者说，你们不是应该老老实实地待在高墙的另一侧吗？"

我是很怕他，但却不准备让他知道。"我打从儿时起就认识她们两个，没什么好怕的。"

他停下脚步，站在我和那堆篝火中间，挡住了我的逃跑路线。"可她们却带你来参加伟大仪式，然后把你扔下了。"

"她们去拿点心了。"听我这么说，他脸上的笑意更加明显。我刚才说的话显然出卖了我。我刚才确实看到有仆人们在推车运送食物，但可能不是运到这里的。

笑容在他脸上多持续了一秒。我从来没在谁脸上看到过如此迷人的笑容，脑袋里也从来没有因此敲响过如此多的警钟。

"点心怕是在很远的地方呢。"他凑得更近，"应该要过好一阵子才会回来。不知在这段时间里,我能否护送你一程?"他从衣袋里抽出一只手,伸向了我。

他没动一根指头就吓退了那些仙灵。"不必了。"我的舌头又重又沉,有点不听使唤。

他朝山谷,也就是鼓声的方向挥了挥手。"那就享受这场仪式吧,尽量别让自己惹上麻烦。"他的眼睛里有光芒闪过,似乎在告诫我所谓"别惹麻烦"就是离他越远越好。

尽管这可能是我冒过最大的风险,我还是脱口问道:"所以你不是暖春王庭的成员?"

他朝我转过身来,每个优雅的动作里都带着致命的力量,但我没有丝毫退却,于是他懒洋洋地对我一笑。"我看起来像是暖春王庭的一分子吗?"言语里带着永生不死者特有的傲慢。他哈哈大笑着继续说道:"不,我并非隶属于高贵的暖春王庭。对此我深表喜悦。"他指了指自己的脸,意思是那里没有面具。

这时我应该走开,把嘴闭上,不再多言。"那你为什么会在这儿呢?"

那双超凡的眼睛似乎在发光,我不禁后退了一步。"因为今夜,所有牛鬼蛇神都会被放出囚笼,无论它们属于哪个王庭。所以在天亮之前,我想去哪里,就去哪里。"

还有太多谜题等待解开,但我已经问得够多了——尤其是他脸上的笑容变得冰冷而残忍。"享受这场仪式吧。"我尽量不动声色地重复着他说的话。

我跑回山谷,一路上惶恐不安,生怕遭到他的背后偷袭。当我混进蜿蜒在洞口的那条长龙时,顿时觉得分外庆幸。那些仙灵仍然在那里等待着某个时刻的到来。

等到我停止战栗,这才打量起聚集在我身旁的那些仙灵。大多数脸上都戴着面具,也有一些,比如刚才那个浑身散发着邪力的陌生人和那三个意图不轨的仙灵,脸上的五官直接暴露在外。这些没戴面具的仙灵要么是自成一派,要么是其他王庭的成员,我无法区分他们的归属。在我环视人群时,我的视线跟远处某个戴着面具的仙灵遇到了一起。他的眼睛褐中带黄,和满头红发一样明亮醒目。另一只眼睛是——金属质地。我们俩同时眨了眨眼,他的眼睛顿时瞪得老大,瞬间消失不见。一秒钟后,有人拽住了我的胳膊,把我拖出了人群。

"你疯了吗?"卢西恩的声音在我耳边压过了鼓声。他的脸色像鬼一样苍白。"你在这儿做什么?"

并没有仙灵注意到我们,他们都在全神贯注地凝视着洞外小路延伸的方向。"我是想——"还没等我说完,卢西恩就大声地打断了我。

"白痴!"他对我大声吼道,回头朝身后的那些仙灵看了一眼。"没用的人类蠢货。"他没再说,一把将我甩到肩膀上,像扛着一麻袋土豆似的向前走去。

无论我怎样挣扎叫喊,无论我怎样请求他把我的马牵过来,他都毫不松手,我抬头一看,才发现他在奔跑——而且是在全速狂奔,比任何会动的东西跑得都要快。我感到五脏一通翻滚,赶忙闭紧双目。等到空气变得凉爽平静后,他才停下脚步,鼓声这时离我们已经很远了。

卢西恩把我扔在庭园门厅的地板上,等我稳住心神,才看到他的脸色还是如先前一样苍白。"你这个愚蠢的凡人,"他怒斥道,"我难道没告诉过你,待在屋里别动吗?"卢西恩回头面朝山丘的方向,那里的鼓声响彻云天,密密匝匝,如同狂风暴雨。

"那边又没什么——"

"仪式甚至都还没开始呢!"我这时注意到大滴的汗珠从他脸颊流了下来,他的眼中充满惶恐。"创世之釜在上,万一被塔姆林发现你去了那里……"

"那又如何?"我也大声喊道。我讨厌这种感觉,他让我觉得自己像个不服管教的孩子。

"那可是伟大仪式!创世之釜啊,煮了我吧!难道没人告诉过你,伟大仪式意味着什么吗?"我的沉默已经给出了答案。我几乎能看到他皮肤底下的血管在随着鼓声而搏动,召唤他回去加入人潮。"烈火之夜标志着春季正式拉开序幕——在皮西亚和凡人的世界里都一样。"卢西恩说。他虽然语气平和,身体却在微微颤抖。我倚靠着殿堂的墙壁,强迫自己违心地进入一种若无其事的状态。"听着,庄稼的收成就靠我们今晚在卡兰麦上再生的魔法了。"

我把双手插进裤袋里。塔姆林在两天前也说过类似的话。卢西恩打了个哆嗦,仿佛是在甩掉什么看不见的碰触。"我们要通过举行伟大仪式来实现这个目标。每年,皮西亚的七位至高之主都会这么做,因为他们的魔法来自大地,最终也要重归大地——这是一个索取与报答的轮回。"

"仪式究竟要怎么举行呢?"听到我的追问,卢西恩咂了咂舌。

"今夜,塔姆林会让……伟大而可怕的魔法进入他的身体。"卢西恩看着远处的火堆说道。"那魔法会控制他的思想,他的身体,他的灵魂,把他变成猎手,帮助他完成唯一的使命——找到妙龄之女。通过与妙龄之女结合,魔法将得以释放,渗透到大地之中,滋养出新的生命力,确保来年粮谷满仓。"

我感到两颊火烫,强迫自己镇定下来。

"今夜,塔姆林将不再是你熟悉的那个仙灵。"卢西恩接着说,"他甚至连你的名字都不记得。魔法会吞噬他的所有,他只会听命于那个基本命令和需要。"

"妙龄之女是谁？"

卢西恩哼了一声。"时辰不到，谁也不知道她是谁。在塔姆林猎杀白鹿，为仪式准备好祭品后，他会前往那个神圣的山洞，在列队等候的女性仙灵中间找出他今夜的伴侣。"

"什么？"

卢西恩哈哈大笑。"是啊——你身边所有的女性仙灵都是任由塔姆林挑选的对象。被选中可是莫大的殊荣，但是究竟选谁，要由他的直觉说了算。"

"可你也在那儿——还有别的男性仙灵也在。"我的脸颊越来越烫，烫得我开始冒汗。所以这就是那三个可怕的仙灵意图不轨的缘由——在他们看来，既然我去了那里，想必是心甘愿地遵从他们的计划了。

"啊。"卢西恩笑道，"这个嘛，并非只会有塔姆林一个人参加今夜的仪式。等他做出选择后，我们就能随心所欲了。尽管我们今夜的寻欢作乐不是伟大仪式的一部分，却也能帮助这片大地。"他再次耸肩，像是要甩掉那只无形的手，目光落在远处的山岭上。"你真该庆幸被我找到。"他说，"因为他会嗅出你的气味，然后选择你，可是把你带进山洞的却不会是塔姆林。"他与我视线相对，一股寒意袭过我的脊梁。"而且我不认为你会喜欢，今夜与做爱无关。"

我把泛起的恶心咽了下去。

"我该走了。"卢西恩盯着山岭的方向说，"我必须要在他到达山洞之前赶回去——至少要在他嗅出你的气味却又无法在人群中找到你时，*尝试阻止他*。"

想到塔姆林会逼迫我，想到魔法会夺走他所有的是非廉耻让我反胃，然而听说心里狂野的他会想要我，我感到呼吸变得沉痛。

"今夜待在房间里别出来，菲娅。"卢西恩说着朝花园大门走去。"不管谁来敲门，都把门锁紧。天亮之前，千万别出门。"

✠

不知不觉地，我竟然坐在梳妆台前打起了瞌睡，在鼓声停下的那一刻才醒过来。庭园里静谧无声，我感到一阵魔法力量从我身旁飞掠而过，不由得连手臂上的汗毛都竖了起来。

尽管我竭力保持平静，但当我想到那魔法力量的源头时还是羞红了脸，甚至感到胸口一紧。我朝时钟望去，此刻已过凌晨两点。

好吧，他肯定是不慌不忙地享受着那场仪式，这意味着那个女孩可能美艳动人，极富魅力，正对他的胃口。

不知她是否庆幸自己能被选中。也许吧。反正她是自愿到山丘那里去的。再怎么说，塔姆林毕竟是至高之主，能够得到他的青眼可谓是极大的殊荣。塔姆林在我眼里算得上帅气，乃至帅得有些过分。虽然我看不清他的上半张脸，却能看清那双好看的眼睛，那弧度优美的饱满嘴唇，还有他的身体，他的身体实在是……我倒吸一口气，站起身来。

我聚精会神地看着房门，看着我设下的陷阱。那真是太荒唐了，仿佛就凭一小截绳索和木头就能挡住这片土地上的魔鬼似的。

我必须动手做些什么才行，于是我小心地拆除了陷阱，随后打开房门，进入廊道。多么滑稽的节日！可笑至极。幸好人类已经抛弃了这些传统。

我走进空荡荡的厨房，狼吞虎咽地吃下了半块面包、一个苹果和一块柠檬塔，接着又拿起一块巧克力饼干，一边咬着一边朝我那间狭小的画室走去。我必须要把某些狂野的画面从脑海中清除出去，哪怕要借着烛光作画，也好过什么都不做。

正当我在走廊上即将转弯时，一个身材修长的男子出现在我面前。从窗外洒进的月光把他脸上的面具映照成了银白色，还有那一头披散开来的金发头戴叶冠，在月光下亮闪闪的。

"要去哪儿？"塔姆林的声音有种超脱尘世的味道。

我压下战栗。"吃点夜宵。"当我在他身边时，我总是会分外小心自己的每个动作和呼吸。

他裸露的胸口上涂满了深蓝色的螺旋图案，而且从颜料被抹乱的痕迹来看，我能清楚地判断出他的哪块皮肤被人碰过。我努力不去留意那痕迹顺着他那紧实的腹股沟向下弯曲的走势。

我正要从他身旁经过时，他一把抓住了我，动作快得令我眼花缭乱，还没明白发生了什么就被他按在墙边。我的手腕被他死死捏住，饼干从我手中滑落。"我闻到了你的气味。"他的呼吸变得粗重，被涂成深蓝色的胸膛一起一伏，紧贴着我。"我到处找你，可你却不在那儿。"

他浑身散发着魔法的气息。我望着他的眼睛，那里还有残存的魔法力量在闪烁。在那双眼中我看不到仁慈，也看不到那蹩脚的幽默和温柔的责备。我认识的那个塔姆林不见了。

"放开我。"我尽力保持克制，但他却伸出了利爪，嵌进了我手腕上方的木头里。在魔法力量的驱使下，他此刻处于半疯狂的状态。

"是你把我弄疯的。"他咆哮着，那声音震得我脊背直打寒战，震得我胸口生疼。"我到处找你，可你却不在那儿。我找不到你，"他把脸凑得离我更近，我们彼此的气息交融在一起，"只好选了别人。"

我无法逃脱，也不确定自己究竟想怎么做。

"她要我别对她太温柔了。"他大吼着，利齿在月光下闪着寒光。他把嘴唇凑到我的耳边。"如果换作是你，我会很温柔的。"我颤抖着闭上双眼，每一寸身体都随着他的话语而绷得紧紧的。"我会让你从头到尾呻吟着喊出我的名字，我会慢慢地，慢慢地陪你度过良宵，菲娅。"他如同爱抚似的喊出"菲娅"两个字,炽热的呼吸撩拨着我的耳垂。我微微向后弯曲脊背。

他收回爪子,终于松开了我,我膝盖顿时一弯,使劲抓紧墙壁,让自己不至于跌倒在地,也不至于伸手去抓他——攻击还是爱抚,我也说不清楚。我睁开眼睛,看到塔姆林还在微笑——像头野兽似的微笑。

"我凭什么要别人用剩下的东西?"我说着推开他。他再次抓紧我的双手,咬住了我的脖子。

我大声尖叫,他的牙齿落在了我肩颈相连处最脆弱的部位。我动弹不得,也无法思考,我的世界此时逼仄得只剩下他的唇齿与我肌肤之间的摩挲。他没有让牙齿扎进我的皮肉,只是微微用力控制住我。他的身体紧紧靠在我身上,既坚实又柔软,使我看见了红色,看见了闪电,使我和他的嘴唇碰撞在了一起。我应该恨他,恨他那场愚蠢的仪式,恨他今夜选择了另一个女人……

他松开了牙齿,用舌头轻轻舔着他刚刚咬过的地方。他的身体没有动,仍然保持着刚才的姿势,亲吻着我的脖颈,专注地,霸道地,慵懒地。一股暖流袭遍我的全身,伴随着他一下一下的撞击,伴随着身体的每一分疼痛,我发出了呻吟声。

他猛地抽离。我的皮肤少了遮挡,顿时感到一阵寒意,我大口喘着气,迎着他的目光。"别再违背我的意思。"他的声音带着深沉的回响,唤醒了所有潜藏在我心底的思绪。

然后,我仔细想了想他说的话,挺直了脊背。他冲我狂野地一笑,幅度大得使我的手触碰到了他的脸。

"不要教我应该怎么做。"我还在喘着粗气,掌心传来刺痛。"也别再像头发狂的畜生那样咬我。"

他苦涩地笑出了声。在月光的映照下,他的眼睛染上了与暗影中的树叶相同的色彩。更令我意想不到的是，我居然想继续被他的身体撞击，我想要他的唇齿在我裸露的肌肤上、胸口上乃至双腿间游走。无所不在——我渴望他无所不在。那份渴望就快要把我淹死了。

他的鼻孔翕动着，他察觉到了我的气息，察觉到了那正在冲击我身体和感官的灼热而狂野的欲望。他的呼吸也变得越发粗重。

他再次发出一声咆哮，低沉、无奈而凶狠，随后缓步走开了。

第二十二章

直到日上三竿,我才睁开睡眼。我整晚都在床上辗转反侧,浑身疼痛,心里却是空落落的。

在彻夜欢庆过后,仆人们都还在睡觉,我只好自己洗了澡,好好地在水里泡了好久。我试着忘却塔姆林留在我脖子上的那个吻,在他咬过的地方,瘀青清晰可见。沐浴过后,我穿上衣衫,坐在梳妆台前梳理起头发来。

我拉开梳妆台的抽屉,在里面翻找,想找条围巾或是别的东西来遮挡我蓝色外衣领口附近的那道吻痕,就在这时,我望着镜中的自己愣住了。他昨夜的举动活像一头凶残的野兽,倘若他今天早晨能够恢复理智的话,看见他干的好事也算是一种轻微的惩罚吧。

我吸了吸鼻子,把外衣的领口拉得更开,将金棕色的发辫束在耳后,让那道瘀青无处藏身。事已至此,我无所畏惧。

我哼着歌,甩着手,大步走下楼梯,循着香味走向餐厅,根据平日的惯例,餐厅里通常已经备好了塔姆林和卢西恩的午餐。我拉开门,发现他们俩正懒洋洋地瘫坐在椅子上。我发誓卢西恩绝对是在坐着睡觉,一只手里还握着餐叉。

"下午好。"我愉快地打着招呼,特意朝至高之主投去一个甜美的微笑。他对我眨眨眼,两位仙灵小声地回应了我的问候,看着我没有像平常那样坐到塔姆林对面,而是在卢西恩对面坐下。

我端起水杯,喝了一大口水,然后开始往餐盘上夹食物。随后,我一边大快朵颐,一边享受着这令人紧张的安静气氛。

"你看起来……很精神。"卢西恩说着瞥了塔姆林一眼。我耸耸肩。"睡得好吗?"

"睡得比婴儿还香。"我微笑着回答,又吃了一口食物,感觉到卢西恩的目光毫不掩饰地在我颈间游走。

"那道瘀青是怎么回事?"卢西恩问道。

我用餐叉指着塔姆林。"问他,是他干的。"

卢西恩看了看塔姆林,又看了看我。"菲娅脖子上为什么会有你弄出来的瘀青?"他兴味盎然地追问。

"我咬了她。"塔姆林没有撂下餐刀,继续切着牛排。"在仪式过后,我们俩在走廊上遇见了。"

我把背一挺。

"她似乎很想寻死。"他一边切着肉一边说,利爪没有伸出,但眼看就要冲破指尖。我嗓子眼一紧。噢,他生气了,因为我擅自离开房间的愚蠢行为而勃然大怒,但还是在竭力克制着自己的怒火。"所以,如果菲娅不喜欢听从命令,那么我也无法对后果负责。"

"负责?"我呛声道,双手啪地把桌子一拍。"你把我堵在走廊上,就像恶狼阻击一只兔子!"

卢西恩单臂支着餐桌,用手掩着嘴,那只黄褐色的眼睛亮闪闪的。

"就算我狂性大发,我跟卢西恩全都叮嘱过你,让你好好待在房间里不要乱跑。"塔姆林的语气平静得让我气急败坏,甚至想拔光自己的头发。

我再也按捺不住,甚至没有稍加克制,任由怒火喷薄而出。"你这只仙灵猪!"我大声喊道,把卢西恩吓了一跳,险些从椅背上翻过去。在塔姆林渐浓的笑意中,我夺门而出。

过了好几个小时,我才停止勾勒塔姆林和卢西恩的猪式画像。就在我画完最后一幅时——我给那幅画起名叫两只沾满烂泥的仙灵猪一起打滚——我望着照进私人画室中那清澈明亮的阳光笑了起来。我认识的那个塔姆林又回来了。

这让我感到非常开心。

✣

我们在晚餐时分互道歉意。他甚至从他父母的花园里给我摘了一束白玫瑰。虽然我表面上没把那束花当回事,却还是把它拿回了房间,叮嘱艾莉丝务必小心照看。她似是而非地对我点了点头,答应把花摆到画室里去。我睡着了,脸上还挂着笑。

这么长时间以来,我还是第一次睡得如此香甜无虑。

✣

"真不知道我是该觉得高兴还是担心。"第二天晚上,艾莉丝把金色的衬裙罩在我高举的手臂上,然后往下一捋,帮我穿好。

我微微一笑,惊讶地看着那做工精致的金属蕾丝犹如第二层皮肤似的紧紧包裹着我的手臂和腰身,裙摆松松垮垮地垂在地毯上。"不就是一件衣服嘛。"我说着再次将双臂高举,让艾莉丝帮我把宝石绿色的丝纱长裙套在身上。长裙薄如蝉翼,底下金灿灿的衬裙一览无遗,同时又轻盈透气,令穿者行动自如,宛如行云流水。

艾莉丝咯咯笑着,领着我走到梳妆台前,帮我梳理发辫。听着她的调笑,我甚至没有勇气朝镜子里多看一眼。

"这是不是意味着你从今以后都愿意穿裙子了?"她一边问着一

边把我的头发分成几股,用十指塑造着某种奇迹。

"不,"我飞快地回答,"我的意思是——我白天还是会穿便装,但偶尔试试也不错……至少今晚可以穿穿看。"

"我懂了。那么恭喜你,总算没有彻底失去理智。"

我把嘴一撇:"是谁教你这样编辫子的?"

艾莉丝停下了手中的动作,随后又继续编了起来。"母亲教会了我们姐妹俩,在那以前,是外婆教会了我们的母亲。"

"你一直都在暖春王庭吗?"

"不是。"她把我的头发灵巧地固定在头顶的各个位置。"不是,我们原本居住在炎夏王庭。我家的亲戚们至今仍然生活在那里。"

"那你怎么来这儿了?"

艾莉丝注视着镜子里的我,与我四目相望,紧抿嘴唇。"是我自己的选择。我的家人都以为我疯了。可是我的姐妹和她的伴侣遭到了杀害,为了她的儿子们……"她咳嗽起来,仿佛这些话语令她如鲠在喉。"我来这里是为了尽自己的力量。"她说着拍了拍我的肩膀。"照照镜子吧。"

我大着胆子,朝镜子里看去。

趁着勇气还在,我飞也似的奔出了房间。

✣

我不得不攥紧双拳,把手放在身体两侧,才能确保不让汗涔涔的手掌碰到长裙。我步履匆匆地走到餐厅门口,然后又立即转头,欲快步跑上楼梯,换回外衣和长裤。但我知道他们已经听见了我的脚步声,或是闻见了我的气味,要么就是凭借着异于凡人的敏锐感官感应到了我的行踪。在这种情况下,逃跑只会让局面变得更加尴尬,于是我还是推开了那道双扇门。

塔姆林和卢西恩原本在商量着什么事,这时两人已经停止交谈,我佯装若无其事地走到常坐的位置上坐好，对他们睁大的双眼视而不见。

"对了，有件格外重要的事等着我去做，我要迟到了。"卢西恩说道。还没等我揭穿他的谎言或是恳求他留下，那个戴着狐狸面具的仙灵已经消失不见。

我能感觉到塔姆林正在全神贯注地看着我，注视着我的每个呼吸和每个动作。我打量着桌边壁炉架上的大烛台，明白此刻无论说什么都会显得很是滑稽。然而鬼使神差的，我的嘴巴还是决定动了起来。

"你离我太远了。"我指了指介于我们俩中间的那张宽大的餐桌。"好像你在另一个房间似的。"

桌面突然消失了好大一截，塔姆林和我只隔着两步远，我们之间的距离顿时变得很近。我失声惊呼，几乎摔倒。塔姆林哈哈大笑，任由我满脸震惊地看着那张极小的桌子。"现在好点了吗？"他问。

我尽力无视魔法的金属气味，问道："你……你是怎么办到的？少的那截去哪儿了？"

塔姆林把头一偏。"就在我们中间。你可以把它想象成……被塞在两个世界口袋里的一个杂物柜。"他掰了掰手指，转了转脖子，仿佛甩掉了某些痛苦。

"这对你来说很难办到吗？"他坚实的脖子上似乎出现了汗珠。

他停下动作，把双手放在桌上。"以前容易得很，现在嘛，需要专心。"

因为在皮西亚蔓延的那场疫病，对他也产生了影响。"其实你挪到我旁边来不就好了？"我说。

塔姆林懒懒地冲我一笑。"那岂不是白白浪费了在美女面前露一手的机会？我才不呢。"我也低头笑了起来。

"你很美。"他静静地说,"这是我的心里话。"眼见我撇了撇嘴,于是他又补充道:"你平时都不照镜子的吗?"

尽管我脖子上的那道吻痕还未消退,我的样子确实还不错,有几分女人味。虽说我不会大言不惭地自称美女,但我也不会抗拒这个称呼。在这里生活的几个月已经神奇地磨去了我脸上那笨拙而犀利的棱角,而且我敢说有某种光芒照进了我的眼睛里——是我的眼睛,而不是我母亲或妮斯塔的眼睛。

"谢谢你。"我内心充满感激,无须再多说什么,看着他给我盛了菜,然后才自己吃了起来。等到我吃得快要撑破肚皮时,才抬起头,再次注视着他,是不错眼珠的注视。

塔姆林靠在座椅上,然而却双肩紧绷,嘴唇抿成了一条线。他已经有好几天没有被召唤前往边境了——没有再像烈火之夜到来前那样,满脸倦色、浑身是血地回来。可是,他一直在为那个来自炎夏王庭的无名仙灵悲恸不已,那个翅膀被连根拔掉的牺牲者。有那么多仙灵被这场疫病还有边界的战祸夺去了生命,真不知道他心头压着多少痛苦与责任。至高之主——为了这个他本来无意谋取的王位,他如今不得不竭尽全力地挑起这个重担。

"来。"我说着站起身,拉住他的手。他手上的老茧摩擦着我的皮肤,手指却攥得紧紧的,抬头看着我。"我要给你个东西。"

"给我的?"他小心地问道,从座椅上站起。我牵着他的手走出餐厅,当我想把手松开时,他却没有松手。这反倒令我健步如飞,仿佛只有我把步子迈得飞快,才能抑制住我那跳得比惊雷还要响的心脏,不去注意他那超凡的身姿就在我的身边。我带他在廊道上穿行,最后来到我那间小画室门口。在我翻找钥匙时,他才总算松开了我的手。少了他手掌的温度,我的皮肤顿时感到一阵凉意。

"我知道你找艾莉丝要了钥匙,可我没想到你会把门锁上。"他在我身后说道。

我回头朝他瞥了一眼,把门推开。"这座宅子里到处都是好管闲事的人,我不想在还没有准备好的情况下,就被你或卢西恩撞见。"

我走进昏暗的房间,清了清嗓子,暗示他点亮蜡烛,没想到他却花了很长时间才让蜡烛燃起,不知是不是刚才缩短餐桌的法术消耗了他太多法力。苏瑞尔曾经说过,至高之主就是力量,然而如果他的力量只剩下这些的话,一定是出了不容小觑的大麻烦。房间渐渐变得亮堂起来,我把担忧暂时搁置一旁,朝里走去。我深吸一口气,指了指画架,还有我的画作,心里暗自希望他千万别注意到我堆放在墙边的那些画作才好。

他原地转身,打量着四周。

"我知道这些画很奇怪。"我手心又开始冒汗,赶忙把双手背到身后。"而且我也知道这些画不像,我是说不如你家里的那些好看,但是……"我朝画架走去,那是一幅印象派画作,不是写实性的作品。"我想让你瞧瞧这幅画。"我说着指了指在画纸上交汇的绿、金、银、蓝四色。"这是送给你的礼物。感谢你为我所做的一切。"

我感到两颊火烫,那热力一直蔓延到了我的脖子和耳朵根,我看着他静静地朝那幅画走了过去。

"我画的是那条峡谷,还有星光之池。"我飞快地说。

"我看懂了。"他喃喃地说。我后退一步,不愿意再看他认真端详那幅作品的表情。真后悔不该把他带到这里来。都怪我在饭桌上喝的那杯酒,要么就是这件愚蠢的裙子在作祟。他一动不动地盯着那幅画看了很久,然后转过头去,看向了墙边距离他最近的另一幅画。

我心头一紧。那张纸上只画着朦胧的雪景,光秃秃的几棵树,再无其他。除了我之外,在别人看来这幅画就像……就像什么都没有吧。我张开嘴,想要解释,要是我事先把别的画都藏起来就好了……这时他却先开了口。

"这是你那片树林,是你狩猎的地方。"他走近一步,凝视着那萧瑟而空旷的严寒,那满纸的白、灰、棕三色。"你画的是你从前的生活。"他确认地说道。

我简直石化了,不知所措地愣在原地。他又朝我放在墙边的下一幅画走去。在那幅画上充斥着黑暗和深棕,偶尔有宝石红和橙色在中间跃动。"这是你那间茅屋在夜晚的样子。"

我想要上前让他停下来,别再看我堆在那里的画作,可我却做不到,连呼吸都变得困难,只能眼睁睁地看着他接着往前走。在下一幅画上有一只手,手的主人是个皮肤黝黑、身体健壮的男性,手握成拳状,放在干草堆上,空白处散乱着一缕缕棕金相间的色彩——是我的头发。我心里一惊。"这是你在村里约会过的那个男人。"他再次把头一偏,仔细看着那幅画,不悦地低吼道,"你们这是在做爱呢。"他后退几步,望着那一排画。"只有这幅画上有点明快的颜色。"

他这是……嫉妒吗?"这是我唯一逃避现实的方法。"这是实话。我不会为伊萨克的事情道歉,何况塔姆林刚刚才在那场伟大仪式上尽了兴。我对此没有不悦,但如果他要对伊萨克心生妒意的话——

塔姆林肯定也意识到了这一点,只听他长出一口气,朝下一幅画作走去。画纸上有几个男性的狭长身影,指尖和木棍上有明亮的鲜红色滴落,空白处也散落着斑斑殷红,被他们围在中间的那个人蜷缩在地板上,身上的伤口正在流血,一条腿拧成了奇怪的角度。

塔姆林恨恨地说:"你父亲的腿被打断时,你也在场。"

"总要有人求他们住手。"

塔姆林心领神会地朝我深深地望了一眼，转身去看另外几幅画。在过去几个月里，我用画笔一点一点地勾勒下了所有的伤口。我眨了眨眼。时间已经过去了几个月。难道我的家人们真的相信我会永远跟那位所谓垂死的阿姨生活在一起吗？

终于，塔姆林把视线再次投向了峡谷与星光的那幅画。他赞许地点点头，却指着描摹白雪皑皑的树林的那幅画说："那幅。我要那幅画。"

"这幅画里只有冰冷和萧瑟。"我努力掩饰着抗拒，"和这个地方一点都不搭。"

他走向那幅画，脸上的笑容比任何被施了魔法的青草地和星光之池都要好看得多。"反正我就要这幅画。"他轻声坚持道。

我这时真想把他的面具掀开，看看被面具遮住的那张脸，看看那张脸是否和我想象中一个样。

"告诉我，我该怎么帮你？"我小声问，"帮你揭掉面具，帮你应对那夺走你力量的威胁。告诉我，让我知道我该怎么做。"

"小小人类妄想帮助仙灵？"

"别跟我打趣。"我说，"求你了，告诉我吧。"

"我没什么需要你帮的，你也帮不到我什么。任何人都帮不到。这个担子只能由我一个人扛。"

"你不必——"

"必须这样。我要面对的，要忍受的那些事……菲娅，你卷进来，会性命不保。"

"所以我既要永远生活在这里，又只能对周围发生的一切保持懵懂无知？要是你不愿意让我知道究竟发生了什么事，能不能……"我使劲咽了口唾沫。"能不能让我到别的地方去生活，起码不会让你分心？"

"卡兰麦没有教会你任何东西吗？"

"只让我看懂了魔法会把你变成野兽。"

他放声大笑，但笑得却并没有那么开怀。看到我默不作声，他叹了口气。"不，我不愿意让你去别的地方生活。我要你留在这儿，让我照顾你。每当我回家时，我都知道你就在家中，安全无忧地画着画。"

我无法将视线从他脸上移开。"刚开始的时候，我想过要把你送走。"他低声接着说，"我心里还是认为我应该另外找个地方让你生活。可是，也许是因为我很自私吧，即便你再三表明想要无视条约，或是寻找新的漏洞，我还是无法放你走，无法在皮西亚帮你找个新的住处，让你在那里舒舒服服地过日子。"

"为什么？"

他拿起画着严寒树林的那一小幅画，再次仔细地端详起来。"我有过许多爱人，"他坦言，"她们个个身世高贵，有战士，也有公主……"想到那些女人，我心中腾起怒火——我气她们的出身，她们的美貌，还有她们与他的亲密关系。"然而她们从来都不明白，不明白我对我的族人和我的领地的忧心，不明白这里至今伤痕累累，不明白活在黑暗中是什么感觉。"当他对着我的那幅画露出微笑时，激荡在我心中的嫉妒如晨露般消散在太阳光下。"这幅画却提醒了我。"

"提醒了你什么？"

他放下那幅画，径直望着我："我并不孤单。"

那天夜里，我没有反锁卧室的房门。

———— 每本书都是一座传送门

次元书馆

荆棘与玫瑰（下）

[美] 萨拉·J. 玛阿斯 著
刘媛 译

新 星 出 版 社　NEW STAR PRESS

第二十三章

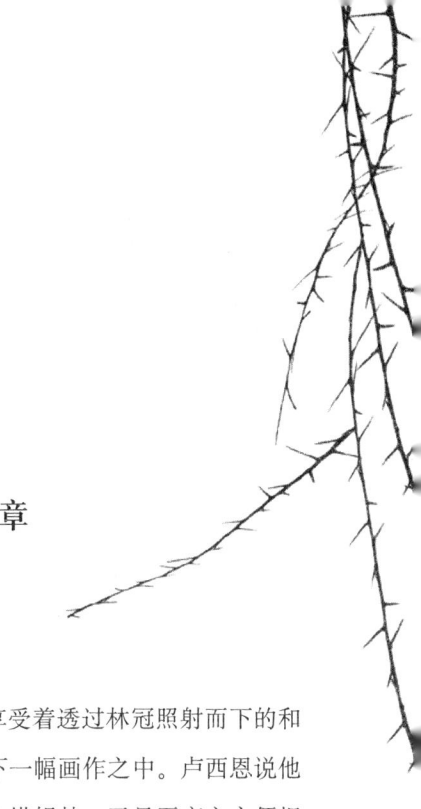

第二天下午,我仰卧在草地上,享受着透过林冠照射而下的和煦阳光,构思着如何将它融入到我的下一幅画作之中。卢西恩说他有恼人的差事要去处理,没有理会我和塔姆林,于是至高之主便把我带到了这片魔法树林中的又一处美丽的角落。

然而这里却没有魔法——没有星光之池,也没有彩虹瀑布,只是一片碧绿的幽谷,上方有一棵垂柳,中间流淌着一条清澈的小河。我们享受着这分静谧,悠闲地休憩在悦目的绿意中。我望向塔姆林,他在我身旁打着盹,一头金发和脸上金色的面具在翠绿的林地上闪烁着耀眼的光芒,尖耳朵弯着精致的弧度,让我的目光停了下来。

他睁开一只眼,懒懒地对我笑:"那棵柳树的歌声总是能让我睡着。"

"那棵什么的什么?"我用胳膊肘撑起身体,盯着我们上方的那棵大树。

塔姆林指了指那棵垂柳,随着一阵轻风吹过,树枝沙沙作响。"它在唱歌。"

"这么说,它还会念兵营打油诗咯?"

塔姆林微笑着半坐起身，扭头看着我。"你是人类。"他说，我转了转眼珠，"你的感官仍然是那么封闭。"

我做了个鬼脸。"看来我又多了个短处。"可短处这个词这时听起来却不再刺耳。

他从我的头发里拽出一根草，当他的手指碰到我的脸颊时，我的脸顿时变得火烫。"我可以让你看见。"他的手指在我的发尾徘徊，拨弄着我那卷曲的发丝。"让你看见我的世界，让你听见它的声音，闻到它的气味。"他说着坐起身，我快要无法呼吸了。"尝到它的味道。"他的视线扫过了我脖子上的那道逐渐变浅的吻痕。

"怎么做？"他冲我俯下身体，我的脸颊越发滚烫。

"每一份馈赠都有代价。"他见我皱眉，露出了笑容，"一个吻。"

"休想！"但我的血液却在飞速流动，我必须要用双手攥紧青草，才能克制住伸手去碰他的冲动。"我无法看见这一切，你难道不觉得这对我不公平吗？"

"我是高等魔仙，无论给予什么，我们都会索取回报。"

连我自己都对我的回答感到意外："好吧。"

他眨眨眼，也许是料想我会再花些力气抗争。我藏起笑意，面朝他坐起身，这个角度刚好让我们俩的膝盖碰在一起。我舔了舔嘴唇，感到心脏狂跳不止，仿佛有一只蜂鸟正急不可耐地要冲破我的胸膛。

"闭上眼睛。"他说。我依言照做，十指仍然抓着绿草。四周鸟鸣啾啾，柳叶窸窣。塔姆林跪了起来，草地在他身下轻轻作响。他的嘴唇轻触我的睫毛，从一只眼睛到另一只眼睛，我绷直身体，一动不敢动。随后，他后退了几分，我几近窒息地愣在原地，那个吻仍然停留在我的皮肤上。

鸟儿的鸣唱声奏出了一支交响乐，叽叽喳喳，充满了喜悦的音符。我还从来没听过层次如此丰富的音乐，时疾时徐，变幻多端。在鸟鸣声之上，响起了缥缈的旋律，那是一个女人在唱歌，歌声里带着幽怨与疲倦——是那棵垂柳，是它在哀叹。我睁开了眼睛。

世界变得更加丰富和清澈。那条溪流犹如一道水波彩虹，像丝绸般柔滑地在石块上流淌而过。河岸两旁的树木笼着一层微光，那光芒从树心向外散射，沿着绿叶边缘雀跃舞动。这里没有刺鼻的魔法臭气——不，魔法变得带有茉莉、丁香和魔鬼的味道。我永远都无法用画笔描绘出这般色彩，这般层次，这般感觉……即便能画，也难以画出全貌。

魔法。一切都是魔法，令我心碎的魔法。

我看向塔姆林，这一看，我的心防被彻底击垮了。

眼前的人是塔姆林，却又不是他。确切地说，是我梦想中的塔姆林。他的皮肤闪耀着金色的光泽，头上笼罩着一圈太阳光，还有他的眼睛——

不仅仅是金、绿二色，而是充盈着我能想象出的每一种色调和光华，即便在这片绿影的映衬下仍然显得色彩分明。他是皮西亚的至高之主，英俊潇洒、魅力十足、力量无穷……

我触摸着他面具的边缘，觉得快要无法呼吸了。冰凉的金属感啃噬着我的指尖，一颗颗绿宝石也在撩拨着我那长茧的皮肤。我抬起另一只手，温柔地握住面具两侧，轻轻一拽。

面具纹丝不动。

见我不肯放弃，又拽了一下，塔姆林微笑起来。我眨眨眼，松开了手。那个金光闪闪的塔姆林突然消失了，我认识的那个他再次出现在我面前。我仍然能听见垂柳和飞鸟的歌声，但是……

"我怎么看不见刚才那个你了？"

"因为我变回了之前的魔魅形态。"

"什么形态？"

"就是看起来显得很正常的形态。或者说，是我戴着这该死的玩意儿所能展现出的正常形态。"他说着指了指面具。"身为至高之主，即便力量有限，还是有很醒目的身体特征。因此，我才无法骗过我的兄弟们，也无法骗过任何人。但想要混入普通人之中，还是比较容易做到的。"

"可是那张面具真的无法揭掉吗？我的意思是，你确定没人能想出办法，消除那天晚上魔法的影响？就连其他王庭的成员也束手无策？"我也说不清这面具为什么会带给我如此大的困扰，我其实无须看清他的整张脸就已经足够了解他了。

"对不起，让你失望了。"

"我只是，只是想知道你长什么样子。"不知我是从什么时候起变得这么肤浅了。

"你认为我长什么样？"

我把头一偏。"鼻梁高挺。"我在脑海中搜索着曾经尝试用画笔描摹出的他的样貌。"高高的颧骨，眼睛大而有神。眉毛，眉毛微微有些弯曲。"我脸红了，他脸上的笑容格外夸张，夸张到我几乎能看清他的所有牙齿，却没有看到那几颗尖牙。我试图为自己的鲁莽寻找借口，但我忽然感到眼皮一沉，打起了哈欠。

"现在轮到你兑现交易了吧？"

"什么？"

他朝我靠近，带着一脸坏笑："那个吻，你怎么说？"

我攥住他的手指。"给。"我说着亲吻了他的手背。"你要的吻。"

塔姆林朗声大笑，世界却突然变成了一片模糊，我感到昏昏欲睡。那棵垂柳在召唤我躺下，我照做了。我听见塔姆林从很远的地方呼喊着我的名字。"菲娅？"

睡觉，我只想睡觉。有垂柳、飞鸟和溪流在协奏这曲美妙的旋律，还有什么地方比这里更适合酣畅淋漓地睡上一场呢？我蜷身侧卧，把自己的手臂当成了枕头。

"我应该带你回家。"塔姆林小声说道，却没有拉我起身。相反地，我感到大地传来一声闷响，他在我身旁躺下，春雨和嫩草的芳香顿时扑鼻而来。我任由他抚摸着我的头发，心中充满喜悦。

这真是个美梦啊！我从来没有睡得这么香甜过。睡在他身旁，令我感到无比温暖，无比安全。在我睡意沉沉之时，我听见他的话语轻轻拂过我的耳畔。"你也和我梦境中的那个人一模一样。"黑暗吞噬了一切。

第二十四章

把我从梦中唤醒的不是晨光,而是嗡嗡的声响。我哎哟着在床上坐起身来,打量着眼前这个皮肤粗糙的矮胖女人,她正在忙碌地为我准备早餐。

"艾莉丝去哪儿了?"我揉着蒙眬的睡眼问道。肯定是塔姆林把我带回家的,他肯定是抱了我一路。

"什么?"那女人朝我转过身。她脸上的飞鸟面具似曾相识,但如果我果真见过皮肤像她一样的仙灵,没道理会记不住。我早就把她画在纸上了。

"艾莉丝身体不舒服吗?"我一骨碌翻身下床。这确实是我的房间,不是吗?我朝四周匆匆一瞥,确定自己没有看错。

"你是睡昏头了吗?"那仙灵问道。我咬紧嘴唇。"我就是艾莉丝啊!"她咯咯笑起来,摇了摇头,走进浴室开始帮我沐浴。

这不可能。我认识的那个艾莉丝皮肤光滑,身材丰满,带着高等魔仙的风韵。

我用大拇指和食指揉了揉眼睛。魔魅,塔姆林之前说过这个词。他利用仙灵视野消除了我之前见到的魔魅形态,可是,他当初何必要刻意对所有事物都使用障眼法呢?

因为我是一个畏缩的人类,这就是原因。因为塔姆林知道,要是让我看清他们的本来面目,我肯定会把自己锁在这个房间里,绝不肯踏出房门半步。

当我走下楼梯,见到至高之主时,情形变得更加糟糕了。走廊上到处是我从未见过的仙灵,每位仙灵都戴着面具。有些身材高瘦,和凡人无异——他们和塔姆林一样,都是高等魔仙——另一些则不然。他们只是普通仙灵。我尽量不让视线停留在普通仙灵身上,因为他们对我的目光似乎尤其在意。

等到我走进餐厅时,我几乎浑身颤抖。谢天谢地,卢西恩总算还是卢西恩的样子。我没敢多问,不确定这是由于塔姆林事先告诉过他使用更强大的魔魅法术,还是由于他根本不屑于去扮演另一个自己。

塔姆林和平日一样,懒洋洋地坐在座椅上,见我从门外走来,这才坐直了身体。"怎么了?"

"这房子里出现了好多人……我是说好多仙灵。他们是什么时候来的?"

当我从卧室的窗户向外望去,看见花园里挤满了仙灵时,几乎吓得大叫起来。许多仙灵,他们脸上戴着昆虫面具,正在忙着修剪篱笆,照料花草。那些仙灵看起来最为奇怪,五颜六色的虹光翅膀在他们的背上扇个不停。当然,还有那些长着绿色和棕色皮肤的家伙,四肢长得吓人,还有——

塔姆林咬着嘴唇,像是在刻意屏住笑意。"他们一直都在这里啊。"

"可是,可是我什么动静都没听见过。"

"你当然不会听见了。"卢西恩慢吞吞地说,手里转动着一把匕首。"我们是故意不让你瞧见或是听见那些闲杂人等的。"

我整了整外衣的领口。"所以你的意思是,当我那天晚上去追那普卡的时候——"

"有很多观众在围观。"卢西恩替我说完了后面的话。我还以为那件事情神不知鬼不觉,原来当我蹑手蹑脚地从那些仙灵身旁走过时,他们可能正在笑掉大牙地看着这个盲目的人类被幻象耍得团团转呢。

我强忍着委屈,转头看向塔姆林。他把嘴唇抿得更紧,难以掩饰眼神中的笑意,点了点头。"那的确称得上是勇敢的壮举。"

"但是我能看见那个纳加,还有那个普卡和苏瑞尔啊。而且,而且我还看见那个翅膀被扯断的仙灵……"我有些怯懦地说,"魔魅法术怎么对他们无效呢?"

他的眼神暗淡了下去。"他们不是我王庭的成员。"塔姆林说,"所以我的魔魅法术对他们无效。那普卡的主人是疾风,是天气,是变化中的一切。至于纳加,他们另有主人。"

"我明白了。"我撒了谎,事实上我什么都没明白。卢西恩察觉到了,不禁笑出了声,我斜睨了他一眼。"你最近又经常不见踪影了。"

他用手中的匕首清理着指甲。"我很忙。你也一样啊。"

"这话怎么说?"我不解地追问道。

"要是我能帮你把月亮摘下来,你能不能也给我一个吻?"

"别犯浑。"塔姆林低声对他吼道,可卢西恩还在哈哈大笑,一直笑着走出门去。

屋内只剩下我和塔姆林两人了,我挪了挪脚。"所以,假如我再次遇见阿特尔的话,"我其实是在刻意打破这沉重的死寂,"我能看见它吗?"

"能,而且它可不怎么好看。"

"你说过，它上次没有见到我，它看起来也不像你王庭的成员。"我大胆问道，"这是什么缘故？"

"因为当我们走进花园时，我对你使用了魔魅法术。"塔姆林简明扼要地说，"那阿特尔看不见你，听不见你，也闻不见你的气味。"他的目光越过我，看向窗外，用一只手拨弄着自己的头发。"我已经想尽了办法，确保不让阿特尔，或是比它更坏的家伙见到你。疫病的影响再次显现，有更多邪恶的怪物正在禁锢。"

我感到肠胃翻江倒海。"如果你发现了它们的踪影，"塔姆林接着说，"即使对方看起来无害，但却使你感到不舒服的话，就假装没看见吧。千万别和它说话。如果它伤害了你，我会……结果无论是对它还是对我，都不会太好。你还记得纳加那件事吧。"

他不是在消遣什么，而是在为我的安危着想。他不希望我受到伤害，也不希望他们因为伤害了我而受到惩罚。即使纳加并非来自他的王庭，杀死它们想必也会令他感到难过吧？

我意识到他在等我的答案，于是点了点头。"疫病的影响又变强了吗？"

"到目前为止，影响范围还是只限于其他地区。你留在这里是安全的。"

"我担心的不是我自己的安危。"

塔姆林的眼神变得柔和，但嘴唇仍然抿成了一条线。"会好的。"

"这场灾难会是暂时的吗？"这真是痴人说梦。

塔姆林没有回答，他的沉默已经说明了一切。倘若这场疫病再次席卷而来，我一定帮不上忙。我早就清楚，他绝不会允许我卷入这场危机。

可这时候我想起了我送给他的那幅画，还有他说过的话。真希望他别让我置身事外。

✠

第二天清早,我在花园里发现了一颗头颅。

头颅鲜血淋漓,它的主人是一位男性高等魔仙——头颅被插在一座喷泉雕像的顶上,那座雕像是一只健硕的苍鹰,正在拍打着翅膀。石头被浸成了鲜红色,说明当那颗头颅被插上去时,刚刚被割下不久。

我本来带上了颜料和画板,打算到花园里去画一幅鸢尾花的写生,谁知却撞见了这血腥的一幕,吓得我把颜料桶和画笔撒落了一地。

我大脑一片空白,直愣愣地盯着那个还在张口尖叫的脑袋看,那双棕色的眼睛鼓鼓地向外瞪着,被打断的牙齿还在滴血。那张脸上没有面具——这说明他不是暖春王庭的成员。关于他身份的其他信息,我无从知晓。

那魔仙的鲜血在灰色的砖石上显得分外晃眼——他的嘴巴张得那么大,实在是吓人极了。我后退了一步,撞上了某个温暖而结实的物体。

我飞快转身,本能地举起双手,但耳畔响起的却是塔姆林的声音。"是我。"我不再打寒战。卢西恩站在他身旁,脸色苍白而阴郁。

"不是暮秋王庭的人。"卢西恩说,"我根本不认识他。"

塔姆林用手握住我的肩膀,我朝那颗头颅转过脸去。"我也不认识。"他的语气柔和却又带着凶残,但放在我肩头的双手却没有伸出利爪,只是紧紧地抓着我。卢西恩桪过血水,走到雕像脚下的那摊血泊里,抬头注视着那张扭曲的面容。

"他们在他耳朵后面烙了个印记。"卢西恩恨恨地说,"一座山,三颗星辰……"

"是寂夜王庭。"塔姆林显得格外平静。

寂夜王庭——如果我记得不错，根据画壁的描绘，他们的疆域位于皮西亚的最北方，那是一片被黑暗和星光笼罩的大地。"为什么？他们为什么要这么做？"我惊呼道。

塔姆林走到我身旁，卢西恩则爬上了那座雕像，把头颅取下。我转过头，看向一棵繁花似锦的山楂树。

"寂夜王庭一向为所欲为。"塔姆林说，"他们有自己的一套规矩，遵循着特有的腐化风气。"

"他们就是一群残酷成性的施虐狂魔。"卢西恩说。我大着胆子朝他看了一眼，他现在正坐在那只苍鹰的石头翅膀上。我赶忙又把头转开了。"他们通过各式各样的残杀寻找快乐，这样的把戏会令他们享受到快感。"

"是快感，不是在发出警告吗？"我环视花园。

"噢，是警告。"卢西恩说着把头颅拽了下来，在血肉与石料分离的一瞬间，那又湿又黏的声响吓得我身体一缩。我扒过许多野兽的皮，但眼前这个……塔姆林这时又把另一只手放在了我的肩上。"如入无人之境般地随意进出我们的防线，从这鲜血的新鲜程度判断，对方说不定就是在这附近下的杀手……"卢西恩啪地跳下，落在了那摊血泊里。"这正是寂夜王庭的至高之主大人爱干的事儿。那个浑蛋。"

我在心里估算着这血泊和庭园之间的距离——不过短短的六十英尺，最多不会超过七十英尺。敌人距离我们竟然如此之近。塔姆林用大拇指轻抚我的肩膀。"你在这里仍旧是安全的，这只不过是他们搞的恶作剧。"

"与疫病没有关系吗？"我问。

"他们知道疫病将再次卷土重来，他们只是想提醒我们，他们已经像秃鹫似的包围了暖春王庭，就等着我们的魔法结界被进一步削弱了。"我听见这话时,肯定是脸色煞白,因为塔姆林见状接着补充道,"我是不会让他们如愿的。"

我没有勇气说出这句话——他们的面具清楚地表明了没有任何力量能够与这场疫病抗衡。

卢西恩跳出了喷泉,可我却不敢看他,不敢看他拿在手里的那颗脑袋,还有他满手满身的鲜血。"他们很快就会受到报应的,但愿这场疫病也将摧毁他们。"塔姆林大声命令卢西恩去处理那颗头颅,卢西恩嘎吱嘎吱地踩着石子路离开了。

我弯腰去捡掉落在地上的绘画用具,在捡起一支巨大的画笔时双手止不住地颤抖。塔姆林在我身旁蹲下,抓紧了我的手。

"你仍然是安全的。"他重复道。那苏瑞尔的叮嘱回响在我的脑海里。*待在至高之主身边,人类。你会平安无事。*

我点了点头。

"这是王庭之间唬人的伎俩。"他说,"寂夜王庭行事狠辣,但这只是他们领主开的一个玩笑。在这里对任何人动手——或者说对你动手,对他来说都会得不偿失。如果这场疫病真的威胁到了这片土地,等到寂夜王庭闯进我们的边境时,我们一定会做好准备。"

我站起身,感到双膝还在抖个不停。仙灵族之间的政治,王庭之间的斗争……"当我们沦为你们的奴隶时,他们的玩笑想必开得更加过火。"他们肯定是肆无忌惮地折磨我们,对他们的人类宠物犯下了难以言说的卑鄙行径。

在他眼中有阴影闪过。"有时候,我格外庆幸当父亲让他的奴隶们前往高墙南边时,我还是个孩子。但我所目睹的一切已经够糟糕了。"

我不愿意去想象。即使是现在,我也不愿意去看那些在很久之前被落下的人类是否留下过任何痕迹。我不认为五百年的时间足以把我的族人承受的恐惧抹除干净。我应该放下这个念头，可我却做不到。"你还记不记得，他们离开时高兴吗？"

塔姆林耸了耸肩。"记得。可他们从来都不知道自由为何物，也没有像你这样体验过季节的更替。他们不知道自己在凡人世界里该做什么。不过，的确，他们大多数人离开时都非常非常高兴。"他一字一顿地接着说道，"我很高兴看见他们离开，尽管我的父亲并不这么想。"虽然塔姆林仍站在原地寸步没动，利爪却从指尖伸了出来。

难怪在我刚来到这里时，他在跟我相处时显得那样无所适从，不知该拿我怎么办。但我还是平静地对他说："你不是你父亲，塔姆林，你也不同于你的那些兄弟。"他把头转开，我接着说："你从来都没有让我觉得自己是个囚犯，从来都没有让我觉得自己像奴隶那样卑微。"

他对我的话点头致谢，但从他眼底掠过的阴影表明在他心里还藏着别的阴霾——关于他的家庭，关于他家人遇害前他的人生，关于他在被迫登上王位前的经历，他还有很多事情没有告诉我。我也不会问，尤其是在疫病当前的情况下——除非他做好准备，主动对我坦白一切。他给了我足够的空间与尊重，我理应给他对等的回报。

今天，我是无论如何都无法拿起画笔了。

第二十五章

在我发现那颗头颅的几小时过后,塔姆林就被召唤前往边境。因为什么原因要去哪里,他没有对我明说,可我还是能从他的沉默中有所察觉:疫病确实从其他王庭扩散到了这里,直指我们的领地。

他当天夜里没有回家——这还是他头一次在外过夜——但还是派了卢西恩回来给我报了平安。卢西恩特意强调他还"活着",吓得我整夜都没有睡好,而且我怎么也没有想到塔姆林竟然会专门来向我汇报他的情况。我知道再这样下去,我这颗凡人的心脏很可能会被伤得粉碎,可是我却控制不了我自己。打从遭遇纳加的那天起,我就再也无法自已了。然而那颗头颅,这些王庭之间的游戏,拿别人的性命来炫耀威风……每当我想起这件事,我都觉得面前的食物格外难以下咽。

尽管如此,第二天我还是在欢快的小提琴声中醒了过来,我朝窗外望去,看见花园里到处飘扬着绸带与彩旗。远处的山丘上,燃着火焰,立着花柱。我跟艾莉丝打听情况——我问她那些人是怎么回事,她只是简略地说出了"乌里斯克"这四个字。"夏至之日。从前是炎夏王庭的主要节庆日,不过嘛,如今情况不一样了,我们这里也过起了这个节。你也要去。"

夏天——在我留在塔姆林身边吃吃喝喝，提笔作画，随他在王庭各处闲逛的这几个星期里，夏天已经悄然而至。我的家人至今仍然相信我去投奔失散已久的阿姨了？他们现在的日子过得怎么样？每到夏至时分，在我们的村子中央会举行一场小规模的集会——那集会当然无关宗教，不过福佑之子也许会溜进来给年轻人灌输他们的思想。村中那间孤零零的小酒馆会给村民们分发食物和美酒，说不定还会有人跳舞。其实唯一值得庆祝的，就是在漫长的炎炎夏日中，人们可以偷得一日的空闲，不用下地耕作。从庭园四周的装饰来看，这里的夏至节庆会具有更大的规模，也更有灵魂性。

塔姆林一整天不见踪影。我拿着画笔，在画纸上笔若游龙地描绘着花园里的绸带与彩旗，心中越发焦急。跟卷土重来的疫病比起来，我此刻的念头也许显得狭隘而自私，然而我真的希望即将到来的夏至节庆不要包含像烈火之夜那样的仪式。如果我亲眼看见有一排美艳动人的仙灵排队站在塔姆林面前，真不敢想象我会做出什么事来。

直到接近傍晚时分，我才在画室里听见走廊上塔姆林低沉的嗓音和卢西恩那吵闹的笑声。我如释重负，但正当我要冲出去找他们时，艾莉丝却把我拽上了楼。她帮我脱掉了我那身被颜料染得色彩斑驳的衣服，坚持让我换上一件矢车菊蓝色的飘逸长裙。她没有帮我束起披散在肩头的长发，但还是在我头上戴了一个用粉、白、蓝三色野花编织的花环。

这个花环也许会让我看起来显得有些幼稚，可是在这里生活了几个月之后，我浑身上下锐利的棱角早已被磨平，变得更有女人味了。我用手抚摸着自己腰臀那柔和的曲线，真没想到除了满身肌肉和结实的骨骼之外，我还能有这样一面。

"创世之釜啊，煮了我吧。"我走下楼梯时，卢西恩对我吹起口哨。"她看上去简直像个魔仙。"

我正忙着打量塔姆林——把他从头到脚看了个遍，仔细打量他身上有没有伤口、鲜血或是疫病留下的其他痕迹——实在没时间感谢卢西恩的恭维。幸好塔姆林身上干干净净，毫发无伤，几乎可以说是容光焕发地在对我微笑。无论他是去解决怎样的麻烦，他总算平安无事地回来了。"你看起来很可爱。"塔姆林小声说着，他那温柔的语气让我备感心安。

我挺起肩膀，不愿让他看出他的话语、声音以及他总算平安归家的事实对我造成了怎样的影响。还不是时候。"没想到今晚连我也能受到邀请。"

"真是为你和你的脖子感到可惜啊！"卢西恩反诘道，"今夜只会举行一场派对罢了。"

"你是不是彻夜不眠，就为了琢磨第二天能用什么话茬来对付我？"

卢西恩朝我挤挤眼，塔姆林哈哈笑着朝我把臂一弯，示意我挽住他。"他说得没错啊。"至高之主说道。我触摸着这个我曾经接触过的身体，触摸着他那藏在绿色外衣底下紧实的肌肉。他拉着我走进花园，卢西恩也跟了过来。"夏至是庆祝日夜等长的日子——这完全中立的时分，每个仙灵都会披散头发，单纯地享受作为仙灵的快乐。无论是高等魔仙还是普通仙灵，地位不分高下，只有我们，彼此之间毫无分别。"

"也就是说，当天只有劲舞高歌，畅饮言欢。"卢西恩说着走到我旁边。"还有打情骂俏。"他邪笑着说。

的确，我与塔姆林身体每一寸皮肤的接触，都像是在引诱我彻底倚靠在他身上，引诱我用所有感官去感受他。不知他有没有注意到我已经面红耳赤，有没有听见我那频频漏拍的心跳声，总之他一脸淡然，毫无反应地勾紧了我的胳膊，领着我走出花园，进入了远方的田野。

等我们走到举行节庆活动的高地时，夕阳的余晖已经几近消散。我努力保持平静，没有对聚集在那里的仙灵流露出大惊小怪的神色，结果我却成了他们大惊小怪的对象。我从来都没有见过有这么多仙灵聚在一处，至少在魔魅障眼法的作用下，我没有目睹过这样的场面。此刻再没有什么遮挡我的视野，一个个穿着锦衣华裳、身材多姿的仙灵赫然出现在我眼前，看得我分外惊讶。他们见我挽着至高之主款款走来，全都愣了愣，但随着塔姆林发出一声警告性的低吼，那些仙灵赶忙转开了注意力，各自去忙自己的事去了。

高地上摆着一桌又一桌的美食，我在排队拿食物时和塔姆林走散了，只好尽最大努力不让别人把我看成供他消遣的人类玩物。在附近冒起滚滚浓烟的大火堆附近响起了音乐声，小提琴的旋律伴随着鼓点，令我情不自禁地在草地上用双脚打起了节拍。这里的气氛轻快、愉悦而开放，跟血腥的烈火之夜犹如一对性格迥异的孪生姐妹。

卢西恩当然还和往常一样，最擅长在我需要他的时候消失不见，于是我独自一人躲在一棵梧桐树下吃光了餐盘里的草莓松饼、苹果塔和蓝莓派，这些食物的味道和凡人世界的夏日美食没什么两样。那棵梧桐树上挂满了用丝绸制成的灯笼和闪闪发亮的绸带。

我不介意一个人待着，尤其是我此刻正忙着琢磨那些灯笼和绸带发光的原理，欣赏着它们投下的影子，也许可以把它们画到我的下一幅画里去，或者画一画那些正要纵情起舞的超凡仙灵也不错，瞧瞧他们那些婀娜的动作和丰富的色彩啊！不知是否有画师曾经把他们当成模特画下来，挂在画廊里展示。

我挪动脚步，打算去取点喝的。随着日渐西沉，高地上的人越聚越多。山岭各处都燃起了篝火，派对正式开始，欢快的音乐声此起彼伏。正当我往高脚杯里给自己倒满晶莹的美酒时，卢西恩终于在我身后出现，对我说道："如果我是你，我才不会喝酒。"

"噢？"我盯着杯中的液体，皱起眉头。

"这可是夏至时分的仙灵美酒啊。"卢西恩暗示说。

"嗯……"我举起酒杯闻了闻，没有闻见酒精的气味。事实上，这液体闻起来更容易让人联想到在炎炎盛夏躺在草地上或是沐浴在凉爽池水中的感觉。我从来没有闻过如此沁人心脾的东西。

"我是认真的。"看我把酒杯举到唇边，卢西恩又接着说道，我挑了挑眉。"记不记得你上一次无视我的警告是什么下场？"他戳了戳我的脖子，我打开了他的手。

"我还记得你告诉过我女巫浆果吃了不会有什么大碍，结果刚吃下去我就变得神志不清，晕倒在地。"我回想起几个星期前的那个下午。在吃下浆果之后，我迷糊了好几个小时，卢西恩笑得前仰后合，结果被塔姆林丢进了倒影池里。我摇了摇头，决定放下这段回忆。今天，就今天一天，我会放下戒备，卸下心防，忘记那在王庭边缘肆虐的疫病，忘记至高之主和他的领地正在遭受的威胁。说起来，塔姆林到底去了哪里？如果有威胁出现，卢西恩不会不知情，他们必定会取消这场庆典。

"这次我可没开玩笑。"卢西恩说，我把酒杯举起，让他碰不到。"要是塔姆林发现你在喝这杯酒，他非要扒了我的皮不可。"

"你总是爱做对自己最有利的事。"我说着把杯中液体一饮而尽。

在我的身体里仿佛有上百万支烟花被同时点燃，星光奔窜在我的血脉里。我放声大笑，卢西恩却是愁眉苦脸。

"人类蠢货。"他骂了一声，然而他身上的魔魅法术却消失不见了。他那原本褐色的头发如同炽热的金属在燃烧，褐色的眼睛也像深不见底的熔炉般在冒着黑烟——太适合作为我下一幅画的描摹对象了。

"我要把你画下来。"我边说边笑出了声,这一次真的是在咯咯地笑。

"创世之釜啊,煮了我炸了我吧。"他小声嘀咕着,我不禁笑得更欢。还没等他来得及阻止,我已经又喝下了一杯仙灵美酒,这真不愧是我这辈子喝过的绝品佳酿,原来我一直被桎梏绑住而不自知,此时才得到了自由。

音乐声变成了一曲迷魅之歌,那旋律仿佛是一块磁石,令我难以抵抗。每走一步,我都尽情享受着赤裸的双脚踩在潮湿草地上的畅快感,甚至不记得自己是什么时候脱掉鞋子的。

天空变成了旋涡,紫、蓝、红三色交织旋绕,最终汇聚成了深沉的黑。我真想朝那旋涡纵身一跃,在里面尽情游泳,沐浴在那色彩之中,感受星光在我指尖顽皮的跳动。

我脚下一绊,眨了眨眼,发现自己站在一圈正在跳舞的仙灵旁边。几位乐师正在演奏着手中的仙灵族乐器,我随着乐声摇摆身体,看着仙灵们围着篝火翩翩起舞。那不是普通的舞蹈,仿佛他们像我一样自由自在,无拘无束,看得我分外开怀。

"真该死啊,菲娅。"卢西恩拽住了我的胳膊,"你难道想害死我吗?是不是非要我出手阻止你把你那凡人的皮囊挂在另一块石头上?"

"你说什么?"我说着冲他转过身去。世界在我身边天旋地转,欢快昂扬,充满诱惑。

"白痴。"他看着我的脸责骂道,"白痴醉鬼。"

音乐的节奏越来越快。我真想跳进那音乐里,跟着旋律向前飞驰,在音符里肆意翻滚。我能感觉到那乐声包围着我,简直是融合了奇妙、欢乐与美丽的完美化身。

"菲娅，赶快停下。"卢西恩再次拉住我。我跳得离他渐远，我的身体仍然在被那美妙的旋律牵引而去。

"你才该停下。何必这么严肃。"我说着甩开了他的手。我渴望聆听那乐曲，渴望聆听那些音符从乐器上轻舞而下。眼见我跳得越发狂热，卢西恩狠狠地咒骂着。

我从两位舞者中间穿过，转动裙摆。当我跳到脸戴面具的乐师身前，原地起舞时，他们并未抬头多看我一眼。毫无束缚，毫无羁绊——只有我和这支乐曲旋舞在一起。我不是仙灵，却是这片土地的一部分，这片土地也早已与我融为一体，我心甘情愿地想要在这里跳到人生尽头。

有位乐师把目光从琴弦移到了我身上，我愣住了。

他的下巴抵着小提琴的琴板，强壮的脖子上有汗珠在闪烁。他卷起了衬衫的袖口，小臂上的肌肉清晰可见。他曾经说过，如果他没有成为战士或至高之主的话，他愿意去做一位游吟诗人——此时此刻，听着他的演奏，我知道他一定有本事以此谋生。

"对不起，塔姆。"卢西恩不知从哪儿冲了出来，"我就走开了一小会儿，让她在桌边吃东西，等我找到她时，她正在喝酒，然后——"

塔姆林没有停止演奏，他金色的头发早已被汗水浸湿，虽然我无法看见他的整张脸，他还是帅得出奇。我开始在他面前起舞，他狂野地对我一笑。"我会看好她的。"塔姆林小声说，我感到自己仿佛在发光，舞步变得更快。"那就好好尽兴吧。"卢西恩离我而去。

我大声喊道："我不需要别人照看我！"我只想旋转，旋转，不停地旋转。

"你当然不需要。"塔姆林没有拉错一个音符，真不知道他是怎么做到的,只见他的手指修长而强壮,没有任何利爪的痕迹,如今那些利爪已经不再会令我感到害怕……"尽情地跳吧,菲娅。"他小声对我说道。

于是我跳得更欢。

我犹如挣脱了缰绳,像狂风般飞旋,不知道我在跟谁跳舞,不知道我的舞伴们长什么样子,只知道自己已经化身成为音乐、火焰与黑夜,再也没有什么能让我放慢速度。

塔姆林和他的乐师们演奏着如此欢快的乐曲,简直要冲破这世界的界限。我朝他曳步而去,我的至高之主大人,我的守护者,我的战士,我的朋友……我在他面前畅快地舞动着。他对我一笑,站起身来,我见状没有停下舞步,任由他单膝跪在我面前的青草地上,对着我一个人演奏起了独奏曲。

这首独奏曲只是献给我一个人的,是他为我献上的礼物。他用强有力的手指飞快地拨动琴弦,我的身体如蛇般飞速扭动,我仰头朝天,恣意沉浸在塔姆林的乐曲声中。

我突然感觉到手腕被用力握住,有人把我拽回到了那一圈舞者中间。我笑得那样用力,几乎感觉快要爆炸,而当我睁开眼睛时,看见原来是塔姆林在带着我转啊转。

万物都变成了一团模糊的色彩,融合在音乐声中,而他就是我目光唯一的焦点,控制着我的理智,我的身体,被他触摸过的每个地方都在发光,在燃烧。

我的体内充满了阳光,仿佛我从没经历过夏日似的,仿佛我从来都不知道要从那片冰天雪地的树林中钻出来的会是什么。我不想让今夜结束,我永远都不想离开这处山顶。

音乐渐渐接近尾声,我呼吸急促地抬头看着月亮,那一弯银月就快要从天际消失,此时的我早已汗流浃背。

塔姆林也在大口喘着粗气，他抓住了我的手。"在仙灵美酒让你变得醉醺醺的情况下，时间会流逝得特别快。"

"我没喝醉。"我不屑地回答。他只是笑了笑，带我离开了跳舞的人群。当我们快要靠近篝火堆时，我不禁用脚后跟叩击起地面来。"他们又跳上了。"乐师们此时又变得精神饱满，许多仙灵正在围着他们起舞。

他靠上前来，气息萦绕在我耳边，小声说："我要给你看看更好的东西。"

我不再抗拒。

借着月光，他拉着我跑下山顶，一路上照顾着我赤裸的双脚，小心地选择着奔跑的路线，因为在我脚下始终只有柔软的青草。很快，连音乐声都渐渐消失不见，四周只有树木在夜风中摇曳的声响。

"看那儿。"塔姆林指着广阔的草地边缘说道。我任由他把另一只手放在我的肩头，顺着他手指的方向望去。

最后一抹月光正在如波涛般起伏的草海上翩翩起舞。

"那是什么？"我惊讶地问，但他却把一根手指放到唇边，示意我认真看。

起初的几分钟，什么动静都没有。随后，从草地的另一边突然飘出了几十个闪光的身影，在月光下犹如海市蜃楼。歌声在这时响起。

许多人在同声齐唱，有男有女，彼此呼应着。伴随着歌声和他们的舞蹈，我下意识地用手捂紧了喉咙。那些身影跳着曼妙的华尔兹，姿态缥缈，是那样的超凡脱俗，宛如月色下的一众幽灵。

"他们是什么人？"

"他们是空气与光明之魂。"他轻声回答，"是来庆祝夏至日的。"

"真美。"

他的嘴唇紧贴着我的脖子，低声对我说："随我舞蹈吧，菲娅。"

"真的可以吗？"我转过头，发现我们两人的脸凑得那样近。

他懒洋洋地笑着说："真的。"说罢便拉起我转起圈来，仿佛我如空气般轻若无物。我在小时候学过的舞步早已被我忘得干干净净，但在他那既狂野又优雅的舞步引领下，我跳得分外轻松，他总能预先感应到我会踩错步点，和我在这片充满魂灵的田野上共舞，配合得天衣无缝。

我如同一片随风飘荡的蒲公英，无牵无挂，而他就是那卷着我飞向世界各地的狂风。

他冲我微笑，我意识到自己也在微笑地回望着他。我无须假装，无须刻意去扮演任何角色，只要全心全意地随他在这片青草地上纵情起舞就好，那些空气与光明之魂像几十个月亮似的环绕在我们身旁。

我们的舞步渐渐慢了下来，最后，我们站在原地，相互拥抱着，随着魂灵们的歌声摆动身体。他用下巴抵着我的头，拨弄着我的发丝，抚摸着我颈间的肌肤。

"菲娅。"他轻声唤道，我的名字在他口中显得如此动听。"菲娅。"他重复着——不是在等我回应，只是享受像这样喊出我的名字。

那些魂灵瞬间消失不见，和他们出现时一样突然，把音乐也一起带走了。我眨眨眼。满天星辰正在消失，天空染上了泛灰的紫色。

塔姆林的脸和我贴得那样近。"天快亮了。"

我点点头，被他的样子、他的气息和他的怀抱搞得心慌意乱。我伸手去摸他脸上的面具，尽管他面颊滚烫，那张面具却还是如此冰冷。我抚摸着他下颌的皮肤，感觉到自己的手在颤抖，呼吸也变得急促。他的皮肤光滑而炽热。

他舔了舔嘴唇，气息变得和我一样不稳。他放在我腰间的手指加大了力量，把我抱得更紧，紧到我们的身体贴在了一起，我感受着他的温暖渗透进我的身体。

我必须微微向后仰头,才能看清他的脸。他此刻冷峻中带着微笑,半喜半忧地看着我。

"怎么了?"我用一只手按在他的胸口上,准备将他推开。可他却把另一只手插进了我的头发里,托住了我的脖颈。

"我在想,我也许会吻你一下。"他平静而专注地对我说。

"那就吻吧。"说完这句冒失的话,我不由得脸红了。

然而塔姆林却哈哈一笑,朝我贴了过来。

他轻轻吻上我的嘴唇——那是一个试探性的吻,柔和而温暖,转瞬即逝。他后退几分,仍然在盯着我看,见我也在望着他,于是再次吻了我,这次更加用力,但却和他之前亲吻我脖子那次大不一样。第二个吻过后,他拉开了我们的距离,定定地看着我。

"就这样?"我追问道。塔姆林哈哈大笑,更狂野地吻了上来。

我用双手勾住他的脖子,让他和我紧紧地靠在一起。他抚摸我的后背,把玩我的头发,握紧我的腰身,仿佛怎么都摸不够似的。

他低沉地叹了口气。"跟我来。"他说着轻吻我的眉毛,"要是再耽搁下去,我们就要错过了。"

"还有比刚才那些魂灵更好看的东西?"我问。他没有回答,亲吻了我的脸颊和脖颈,最后又吻上了我的嘴唇。我跟着他跑进树林,穿过那片火光通明的世界。他的手坚定而有力,带我穿过缭绕的迷雾,爬上一座光秃秃的满是湿滑露水的小山丘。

我们坐在山头,我忍着笑,放任塔姆林揽我入怀。我把头放在他的胸口上,他拨弄着我头上的花环。

我们俩就这么静静地不发一语,望着前方连绵起伏的绿野。

天空中仿佛开满了长春花,云团里露出了粉红色的光芒。接着,太阳像一个闪着金光的圆盘,炫目得令人难以描绘,跃出了地平线,把天地万物全都染得黄澄澄的。这种感觉犹如混沌初开,而我们就是这世界诞生的唯一见证者。

塔姆林紧紧地搂着我,亲吻了我的头顶。我抬起头来看着他。

朝阳的光芒把他的双眼照得分外明亮。

"怎么?"

"父亲曾经对我说过,我应该让我的两位姐姐想象更好的生活,更好的世界。而我回答他,根本没有那样的东西。"我惊讶地伸出大拇指,轻抚他的嘴唇,摇了摇头。"我从来都没能理解,因为我无法……我无法相信真有这样的所在。"我喉间一哽,放下了手。"现在我理解了。"

他靠了过来,深深地亲吻了我,专心致志,从容不迫。

我任由晨光钻进我的身体,让它随着他唇舌的每一分移动而放射出更为耀眼的光芒。我紧闭的双眼里盈满了泪水。

这是我一生中最幸福的时刻。

第二十六章

　　第二天,卢西恩和我们一道吃了午饭——对我们三个人来说,那只是早餐而已。自从我抱怨过之前那张桌子大得多余,我们就改用更小的餐桌吃饭了。卢西恩一边吃一边不断揉搓着太阳穴,显得出奇地安静,于是我强忍着笑意问道:"你昨天晚上去哪儿了?"

　　卢西恩眯缝起那只金属眼睛看着我。"那就让我来告诉你吧,在你们俩跟魂灵翩翩起舞的时候,我正忙着在边境巡逻。"塔姆林尖锐地咳了一声,卢西恩又接着说,"有人相陪。"他说罢狡猾地冲我一笑。"有传言说,你们俩天亮之后才回来。"

　　我看了塔姆林一眼,咬紧嘴唇。我早上简直是飘进卧室里去的,然而塔姆林的目光却仿佛在我的脸上搜索,寻找着任何后悔或是恐惧的痕迹。真是可笑。

　　"你在烈火之夜咬了我的脖子。"我小声说,"如果我连在那件事情发生之后都有勇气面对你的话,区区几个吻又算得了什么。"

　　他用胳膊撑住桌面,朝我靠了过来。"算不了什么吗?"他瞥了一眼我的嘴唇。卢西恩挪了挪屁股,嘀嘀咕咕地祈祷着创世之釜饶过他吧,但我却没有理会他的反应。

"不算什么。"我略显疏离地重复着我的答案,看见塔姆林的嘴唇在动,如今我对他的一举一动都格外在意,真希望没有这张餐桌隔在我们中间。我几乎能感觉到他那温暖的气息。

"你确定吗?"他的语气专注而贪婪,令我不禁庆幸自己仍然坐在原地。他大可以把我弄到桌子中间去。我渴望他那宽大的手掌抚摸我的肌肤,渴望他的牙齿轻咬我的脖颈,渴望他的嘴唇亲吻我的身体。

"我还想吃饭呢。"卢西恩抗议道。我眨眨眼睛,出了口气。"不过既然我已经把你的注意力吸引过来了,塔姆林。"他接着说道,尽管至高之主这时再次看向我,简直要用眼睛将我吞噬。我在座椅上如坐针毡,穿在身上的衣服像钉耙似的抓挠着我那火烫的皮肤。塔姆林显然费了些力气才把目光移回到他的侍臣身上。

卢西恩略显局促地说:"我也不愿意给你们传递噩耗,不过我在凛冬王庭的线人给我捎来了一封信。"卢西恩稳了稳呼吸,我不禁感到纳闷——难道身为侍臣,也意味着要管理间谍吗?不知他会不会希望我回避一下。笑容立即从塔姆林脸上消失了。"疫病,"卢西恩轻声说,"夺走了二十四位年轻子嗣的生命。二十四人,全都死了。"他顿了顿,接着说道:"那疫病击垮了他们的魔法,摧毁了他们的心智。凛冬王庭里的所有人都无计可施,谁都无力阻挡这场来势汹汹的灭顶之灾。王庭上下悲痛万分。据我的线人回报,其他王庭也损失惨重——只有寂夜王庭没有受到影响。但是疫病似乎朝着我们的方向来了,并且不断向南蔓延。"

所有的温暖,所有激动人心的喜悦,全都从我体内被抽得干干净净。"这疫病真能夺人性命吗?"我问道。如此说来,它就像一场黑暗与死亡的风暴,连孩童都不放过。而如果王庭后裔真像艾莉丝说的那样稀少的话,这场灾难造成的损失是我无法想象的。

塔姆林的眼底泛起阴霾,他缓缓摇了摇头,像是要甩掉那噩耗带给他的悲痛和震惊。"疫病能对我们造成的伤害是你远远无法——"他猛地站起身,动作幅度大得差点儿掀翻椅子。利爪从他指尖伸出,他冲着门外怒声咆哮,长长的锐齿在他嘴里闪着寒光。

这座通常充满了仆人们走路声和交谈声的庭园霎时间变得鸦雀无声。

这寂静不同于烈火之夜,而是令人胆战心惊,吓得我几乎想钻到桌子底下去,或是撒腿就跑。卢西恩也狠狠地拔出了剑。

"带菲娅到窗户边上去,待在窗帘那儿。"塔姆林对卢西恩下了命令,双眼仍然盯紧敞开的大门。卢西恩抓紧我的胳膊,把我从椅子上拽了起来。

"你们这是——"我惊呼,但塔姆林的怒吼声再次回响在房间里。我从桌上抓起一把餐刀,任由卢西恩把我拉到窗边的天鹅绒帘幔边上。我想问他何不干脆让我藏到窗帘后面去,但这个戴着狐狸面具的仙灵却用后背紧靠住我,把我隔在他和墙壁中间。

魔法的气味冲击着我的鼻孔。虽然卢西恩的剑指着地面,但他握紧剑柄的手却已经骨节泛白。魔魅法术。为了把我藏起来,把我变成卢西恩的一部分,塔姆林在用仙灵的魔法和气味让我在敌人面前隐形。我越过卢西恩的肩膀,朝塔姆林看去,只见他深深地吸了一口气,缩起了利爪和尖牙,胸口的肩带上插着几把短刀。但他却没有拔刀,反而稳稳地坐在椅子上,拨弄起指甲来,仿佛什么事情都没有发生。

过了一会儿果然有人来了,对方显然来势汹汹,连他们都感到害怕——万一被来者发现我在这里,我下场必然堪忧。

阿特尔的嘶嘶声回响在我的记忆中。塔姆林告诉过我,这世界上还有比阿特尔更加凶恶的魔鬼。就连纳加、苏瑞尔和波吉都望尘莫及。

走廊上响起脚步声，平稳，懒散，如同闲庭漫步。

塔姆林还在清理着指甲，挡在我身前的卢西恩则佯装在看窗外的风景。脚步声越来越清晰了，那是靴底和大理石地砖摩擦的声音。

然后，他出现了。

没有面具。来者和阿特尔一样，另有所属，另有主人。

更糟的是，我曾经见过他。在烈火之夜，正是他把我从那三个邪恶的仙灵手里救了下来。

他迈着格外优雅和轻慢的步伐，走到餐桌前，在距离至高之主几步远的地方停下脚步。他完全是我记忆中的模样，精致华贵的衣装上仿佛有夜色在流淌——上身穿着绣着金银丝线的黑色外衣，下身一条黑色长裤，脚踩黑色皮靴，靴筒长及膝盖。我之前从来没想过要把他画下来——此时再次见到他，我意识到自己永远都没有勇气这么做。

"至高之主。"陌生人微微点头，声音低沉地对塔姆林打了个招呼。只是点头，没有鞠躬。

塔姆林仍然端坐在原先的位置上背对着我，我看不见他的脸，却能听见他那疾言厉色的口气："你想怎么样，睿山？"

睿山笑了起来——那笑容真是美极了——把一只手放在胸口上。"睿山？得了吧，塔姆林。咱们两个四十九年没见，你开口就喊我睿山？只有我的囚犯和敌人才会这么称呼我。"他笑意更浓，显得有些狂野凶残，我还从来没在塔姆林脸上见过这样的表情。睿山转过身，打量起卢西恩来，我赶忙屏住呼吸。"狐狸面具倒是很适合你嘛，卢西恩。"

"去死吧，睿。"卢西恩怒斥。

"我就喜欢跟乌合之众打交道。"睿山说着再次看向塔姆林，我仍然不敢呼吸。"但愿我没有打扰到你们。"

"我们正在吃午饭。"塔姆林说道。他的声音冷冰冰的,少了那分我熟识的温暖。此刻是至高之主在说话。我顿时觉得如堕冰窟。

"那我来得还真是时候。"睿山沉声说。

"你来这到底有何贵干,睿?"塔姆林坐在椅子上追问。

"就是来瞧瞧你。倘若你收到了我送来的那份小礼物,不知道你有什么打算?"

"你那份礼物根本是多此一举。"

"可那终究是曾经快乐时光的纪念啊,不是吗?"睿山咂着舌头,环视房间。"你在这乡下豪宅里躲了快半个世纪了,真想不通你是怎么做到的。不过嘛……"他朝塔姆林转过身,"对于你这种顽固透顶的家伙来说,这里跟山之底比起来简直是天堂。但是有一点我很惊讶,四十九年了,你也没有想过要拯救自己和你的领地。眼下的局面越来越有趣,你还是无动于衷。"

"没什么可做的。"塔姆林声音低沉地回答。

睿山走近塔姆林,每一步都迈得丝般顺滑。他的声音显得无比轻柔,充满色欲,不禁使我脸颊滚烫。"我真是心疼你啊,塔姆林,你居然要承受这一切——我更心疼你的是,你居然甘心向命运低头。你也许是顽固透顶,可你的遭遇还是太可怜了。如今的至高之主,跟几百年前那个驰骋战场的风云领袖简直判若两人。"

卢西恩打断了他的话:"你知道什么?你这个阿玛兰萨养的男娼。"

"就算我是她养的男娼,也自有我的原因。"他的声音极具穿透性,听得我直打寒战。"至少我没有袖手旁观地看着这个世界堕入地狱,躲在篱笆和鲜花堆里无所事事。"

卢西恩稍稍拔剑出鞘。"要是你这么想的话,你很快就会意识到自己的错误。"

"小卢西恩啊,当你投奔暖春王庭时,可没少给别人留下谈资。眼见你那可爱的母亲一天到晚地因为失去你而掉眼泪,真是令人心碎。"

卢西恩拿剑指着睿山道:"嘴巴给我放干净点儿。"

睿山哈哈大笑——那笑声低沉,温柔而亲密。"跟皮西亚的至高之主说话,应该用这样的口气吗?"

我的心脏仿佛停止了跳动。烈火之夜,那些仙灵之所以会落荒而逃,是因为他们不想自取灭亡。而且,从他那一袭黑衣上流淌的涟漪,从那双如星辰般燃烧的紫罗兰眼睛里……

"喂,塔姆林,"睿山说,"你难道不该管管你的狗腿子,教教他该怎么跟我说话?"

"在我的王庭里不分三六九等。"塔姆林说。

"还在用这一套?"睿山抱起双臂。"不过看他们卑躬屈膝的模样真是有趣极了,我想你的父亲应该从来没有对你展示过吧。"

"这里不是寂夜王庭。"卢西恩咬牙切齿地说,"轮不到你来指手画脚。给我滚出去。阿玛兰萨还等你去暖床呢。"

我尽量屏着呼吸。睿山——那颗头颅原来是他挂上去的。还把那说成是礼物。我有些胆寒。他们口中的这个名叫阿玛兰萨的女人也居住在寂夜王庭吗?

睿山嗤笑着,突然冲到卢西恩跟前,动作快得我用人类的肉眼连跟都跟不上,对着卢西恩的脸大声咆哮。卢西恩用后背把我抵在墙上,我被夹得喘不过气,不由自主地闷哼了一声。

"我在战场上征战杀伐时你还没出生呢。"睿山怒吼着,随即若无其事地飞速退开。不,就算再给我一百年的时间,我也没胆量把这黑暗不朽的优雅落在画纸上。"另外,"他把手伸进口袋里,接着说道,"你以为你挚爱的塔姆林是跟谁练就了用剑和玩女人的本事?

你不会真以为他是在他爸爸那小小的战斗营地里学会的一切吧?"

塔姆林揉搓着太阳穴。"改天再说这些吧,睿。你很快就能再见到我了。"

睿山朝门口走去。"她已经在为你做准备了。鉴于你目前的状态,我想我大可以回报说你已经颓废不振,会重新考虑她的提议。"眼见睿山从餐桌旁走过,卢西恩的呼吸变得急促。寂夜王庭的至高之主伸出一根手指,不动声色地从我座椅的椅背上划过。"我很期待跟你的下次见面,到时候你——"

睿山盯着餐桌看了起来。

卢西恩的身体一僵,用力把我抵得更紧。餐桌上摆着三个人的餐具,我的盘子里还有吃剩下的食物。

"你们的客人呢?"睿山举起我用过的酒杯闻了闻,又把它放回了桌子上。

"当我察觉到你到了这里,就先让他们离开了。"塔姆林冷冷地撒了个谎。

睿山此刻面朝至高之主,一张脸面无表情,过了半响才挑了挑眉毛。兴奋的神色从他脸上掠过——也许还带着些难以置信——但他还是猛地把头转向卢西恩。魔法灼烧着我的鼻孔,我恐惧万分地看着睿山的面孔因愤怒而扭曲。

"你竟敢对我使用魔魅法术?"他咆哮着,在他那双紫色的眸子里蹿起火苗,一直烧进我的眼中。卢西恩只是加大了背上的力量,把我压得更紧。

塔姆林推开椅子,站了起来,利爪比他身上的任何短刀都要锋利得多。

睿山盯着我的方向看了又看,神色渐渐平静下来。"我记得你。"他说道,"你似乎没有理会我的告诫,非要惹麻烦不可。"他说着看向塔姆林。"你的这位客人，到底是什么身份？"

"她是我的未婚妻。"卢西恩回答。

"噢？我还以为这几百年来你始终都对你那个平民相好念念不忘呢。"睿山说着慢慢向我走来。太阳光罩在他外衣的金属丝线上却毫无光彩，仿佛对他周身散发的黑暗气息望而却步。

卢西恩朝睿山的脚下啐了一口，把剑挡在我们中间。

睿山不怀好意地笑着。"你敢让我流一滴血，卢西恩，你很快就会知道阿玛兰萨的男娼能让整个暮秋王庭血流成河，尤其是那位亲爱的女士。"

卢西恩瞬间变得面无血色，但却没有把剑收回去。这时塔姆林对他说道："把剑放下，卢西恩。"

睿山打量着我。"我知道你喜欢跟你的小情人们厮混，卢西恩，可我万万没想到你竟然连道德廉耻都不顾了。"我感到两颊热辣辣的，卢西恩不知是出于愤怒、恐惧还是悲伤，整个身体都在颤抖。"暮秋王庭的至高主母如果听说她的小儿子做出这般丑事，肯定会伤透心的。如果我是你，我肯定会让这个新宠物离你父亲远一点儿。"

"快走吧，睿。"塔姆林站在离寂夜王庭的至高之主只有几步之遥的地方命令道。虽然利爪外伸，但他却并未出手，看着睿山继续朝我走近。要是两位至高之主大打出手的话，说不定会荡平这处庭园，留下一地废墟。又或者，倘若睿山真是他们口中那个女人的情人，她势必会为他报仇，让伤害他的人付出惨痛的代价。眼下还有疫病作祟，岂不是雪上加霜。

睿山像拨动窗帘似的把卢西恩往旁边一推。

再没有什么挡在我身前了，空气变得犀利而冰冷。然而塔姆林却依然站在原处，卢西恩连眼睛都没眨，看着睿山用绅士到可怕的姿势，把餐刀从我手中夺走，扔到远处。

"反正你手里拿着这把刀也没什么用处。"睿山对我说,"如果你够聪明,你应该会大喊大叫地从这房间里跑出去,躲得远远的。想不到你居然还站在这里。"我看起来肯定是满脸疑惑,因为睿山哈哈大笑地接着说道:"噢,她还不知道是吧?"

我颤抖了,半个字也说不出,勇气消失得全无踪影。

"你还有几秒钟的时间,睿。"塔姆林发出了警告。"快点儿滚出去。"

"如果我是你,我才不会这样讲话。"

我的身体变得紧绷绷的,每块肌肉和骨骼都不听使唤了。是魔法,又不仅仅是普通的魔法,而是一股能够从内到外将我牢牢攥住的力量,就连我的血液都在按照他的意愿流动。

我动不了了。有一只看不见的利爪攥住了我的思想。而且我明白,只要那控制住我的利爪轻轻用力,我整个人都将不复存在。

"放开她。"塔姆林愤怒地说,却没有迈步上前。恐惧浮现在他的眼底,他看了看我,又看了看睿山。"够了。"

"我忘记了,人类的思想像鸡蛋壳那样一碰就碎。"睿山说着伸出一根手指,轻抚我的喉咙。我抖个不停,感觉两只眼睛在燃烧。"瞧瞧她多么高兴啊,瞧瞧她在多么努力地克制自己,不想吓得喊出声来。我保证,一定会让你速死。"

如果我哪怕能恢复对身体的一丝控制,我这时候肯定吐个满地。

"她对你真是想念得很啊,塔姆林。"他说,"她想念你把手放在她的大腿上,还有两腿中间。"他咯咯笑出了声。即使他说出了我内心最隐秘的念头,即使我此时快要因愤怒和羞耻而烧成榇木,他对我思想的控制还是令我不由自主地颤抖着。睿山转身面朝至高之主。"我很好奇,为什么她会在琢磨你咬她的胸部会不会跟你咬她的脖子一样舒服?"

"放——开——她！"怒火使塔姆林的脸扭曲得变了形，也使我内心的恐惧更胜往常。

"要是我这么说能让你觉得安慰些的话，"睿山对他说道，"她原本可以成为属于你的那个人——你也许能全身而退。可惜太晚了点。她啊，比你还要顽固呢。"

看不见的爪子再次懒洋洋地摸弄我的思想，继而消失不见。我瘫倒在地，抱紧双膝，陷入了彻底的迷失，强迫自己不要哭泣，不要喊叫，不要把胃吐个底朝天。

"阿玛兰萨肯定会慢慢折磨她。"睿山观察着塔姆林的表情，"在一点一点把她粉碎的同时，享受地看着你脸上的表情。"

塔姆林愣在原地，手臂——利爪——全都绵软无力地垂在身体两侧。我还从来没见过他这副模样。"求你了。"他只说了这三个字。

"求我什么？"睿山的声音带着情人般的温柔与甜美。

"别跟阿玛兰萨提起她。"塔姆林的声音紧绷绷的。

"凭什么？作为她的男娼，"他说着朝卢西恩的方向瞥了一眼，"我理应对她知无不言。"

"求你了。"塔姆林还在哀声恳求，仿佛连呼吸都很困难。

睿山指着地面，邪笑着说："那就求啊，我搞不好会考虑下对阿玛兰萨保密。"

塔姆林跪在地上，低下了头。

"再低点儿。"

塔姆林把额头贴在了地板上，双臂慢慢伸向睿山的皮靴。眼见塔姆林被逼到如此境地，眼见我的至高之主大人变得如此卑微，我几乎愤怒得流下眼泪。睿山指着卢西恩道："你也跪下，狐狸小子。"

卢西恩满脸阴沉，却还是跪了下去，把头叩在地上。我好想冲过去捡起睿山刚才扔出去的那把刀，好想随便抓把武器跟他拼了。

过了好久，我不再颤抖，只听睿说道："你这么做是为了自己，还是为了她？"他沉默了片刻，耸了耸肩，仿佛他并没有强迫皮西亚的至高之主匍匐在地似的。"你太绝望了，塔姆林。真没意思。当上至高之主怎么把你变得如此无聊了。"

"你到底会不会告诉阿玛兰萨？"塔姆林仍然把脸贴在地板上追问。

睿山狡黠地回答："也许我会，也许我不会。"

塔姆林飞快地一蹿而起，动作快得令我目不暇接，瞬间龇着利齿凑到了睿山的面前。

"别这么凶嘛。"睿山咂着舌头，抬起一只手轻轻把塔姆林推开。"何况还有女士在场。"他看了看我。"你叫什么名字，小宝贝儿？"

如果我告诉他我的姓名——告诉他我家人的姓名——只会招来更大的痛苦与灾难。他说不定会找到我的家人，把他们抓到皮西亚折磨，以此取乐。然而若是我犹豫得太久，他还是能从我的意念里窃取我的名字。我努力让大脑保持平静和空白，把最先在脑海中闪现的那个名字说了出去，那是我两位姐姐在村子里的好朋友，我对谁都没有提起过，甚至连她的脸都想不起来了。"克莱尔·贝多。"我几乎用气声说道。

睿山朝塔姆林转过身，丝毫没有因为至高之主的逼近而感到任何不适。"好吧，这真有趣，可以算是我几十年来找到的最大的乐子了。期待与你们三位在山之底再次相会，我会替你们向阿玛兰萨问好。"

说完，睿山忽然消失不见，仿佛他钻进了时空裂隙里，留下我们愣在原地无声地颤抖。

第二十七章

我躺在床上,望着皎月在地板上洒下银光。当塔姆林命令我和卢西恩离开餐厅时,我努力不去看他脸上的表情,转身关上了门。如果不是因为我想要好好冷静冷静的话,我也许会选择留下,甚至可能会找卢西恩问清楚这一切到底是怎么回事。然而,我还是像个胆小鬼似的跑回了房间,艾莉丝给我准备了一杯热乎乎的巧克力。虽然我脱离了刚才的场面,但叮当的吊灯和嘎吱的家具声还是在我脑海中徘徊不去。

我没有去吃晚饭,也不想知道还有没有餐厅能让我们用餐。我也没有心思拿笔作画。

庭园已经安静了好一阵子了,可是塔姆林怒火的余烬仍未熄灭,在木头、砖石和玻璃里四处燃烧着。

我不愿意去想睿山和他说过的那些话,不愿意去想这场即将席卷而来的疫病风暴或是山之底——无论它的名字有多古怪——也不愿意去想我要被迫到那里去的原因。还有那个被称作阿玛兰萨,威胁着他们生命安危的女人。每当我想到连皮西亚的至高之主们都要对她唯命是从时,都会感到心惊胆战。睿山被她牵着鼻子走,塔姆林为了保护我不惜低声下气地苦苦哀求。

门嘎吱一声,我吓得跳了起来。月光照在了金闪闪的东西上,眼见塔姆林关上房门朝我走来,我的心还是提在嗓子眼无法放下。他的步伐缓慢而沉重,直到坐在我床边,才开口说话。

"对不起。"他的声音粗哑而空洞。

"我没事。"我心口不一地说道,双手捏紧床单。如果我在某个念头上停留太久,还是能感觉到睿山那双强有力的爪子在抚弄我的灵魂。

"怎么会没事?"他低声咆哮着拉起我的一只手,将我紧攥他的手指拨开。"我……"他垂下头,深深地叹了口气,将我的手握在掌心。"菲娅……我希望……"他摇了摇头,清了清嗓子。"我要把你送回家去,菲娅。"

我心里有什么东西碎了。"你说什么?"

"我要把你送回家去。"他重复道,尽管他这次声音显得更加响亮有力,却略带颤抖。

"那条约的规定——"

"我来承担。万一有人来追究,我会为安德拉斯的死负责。"

"可你说过没有其他漏洞了,而且苏瑞尔也说——"

他怒吼一声。"如果他们有异议,找我便是。"连绸带都被风吹了起来。

我的心一沉。他让我离开——我自由了。"我是不是做错了什么——"

他抬起我的手,放在他的脸颊上,我感到他的皮肤是如此的温暖。"你什么都没做错。"他转过脸来,亲吻我的手掌。"你很完美。"他说着把我的手放下了。

"那你为什么要我走?"我把手一抽。

"因为会有人伤害你的，菲娅。因为你在我心里的位置，他们会对你下手。我本以为我能应付得了，能保护好你，但是在今天的事情过后，我发现我做不到。所以你必须要回家，走得远远的。回家去，你才安全。"

"我能保护自己，再说——"

"你不能。"他的声音在摇晃。"因为我也不能。"他握紧我的双手。"面对他们，面对在皮西亚发生的一切，我甚至自身难保。"我感觉到每个字仿佛都是从他的嘴唇传递到我的嘴唇上的，带着炽热的气息。"即使我们能逃过疫病这一劫，他们仍旧不会放过你——她会设法要了你的命。"

"是阿玛兰萨。"听我说出这四个字，他身体微微一颤，还是点了点头。"她是谁？"

"等你到家之后，"他打断了我，"别跟任何人说出真相，就让他们相信魔魅造成的幻象好了。不要泄露我的身份，也别告诉他们你这段时间生活在哪里。她手下的间谍一定会四处找你的。"

"我不明白。"我拽起他的胳膊，捏得紧紧的。"告诉我，这——"

"你必须要回家去，菲娅。"

家。那里根本不是我的家，那是地狱。"我要留在你身边。"我小声说道，"管它什么条约不条约，疫病不疫病的。"

他抬起手摸了摸自己的脸，手指在接触到面具时往后一缩。"我知道。"

"那就让我——"

"这件事情不容反驳。"他的口气斩钉截铁，我死死地盯着他看。"你难道听不懂吗？"他猛地站起身。"睿山的出现只是个开始。你难道想在这再遇见一次阿特尔？你难道想知道阿特尔在为谁做事？

除了波吉之外,还有更糟的东西。"

"让我帮你——"

"不行。"他在床前踱起步来。"你今天没有听出弦外之音吗?"

我没有,可我还是昂起头,将双臂交叉在胸前。"所以你急着把我送走,是因为觉得我在战场上是个废物?"

"我急着把你送走,是因为我只要一想到你会落在他们手里,就会浑身难受!"

房内一片寂静,只有他粗重的呼吸声。他重重地在床边坐下,把脸埋在了手心里。

他的话在我心中回响,融化了我的愤怒,卸下了我强硬的伪装。"那我……我要离开多久?"

他没有说话。

"一个星期?"沉默。"一个月?"他慢慢摇了摇头。我撇着嘴,却还是克制着问:"一年?"想到要和他分别这么久……

"我不知道。"

"总不会是永远吧?"即便疫病再次在暖春王庭掀起灾难,即便疫病会将我摧毁,我也会回来。他把我的发丝拨到耳后,我甩开了他的手。"我还是离开的好,"我不再看他,"谁会想把一个长着满身荆棘的人留在身边?"

"荆棘?"

"嗯,荆棘,浑身是刺,尖酸刻薄。"

他凑上前来,轻轻地吻了我。"不会是永远。"他在我的唇边说道。

我明白这只是一句宽慰,却还是用手勾住了他的脖子,回吻了他。

他拉着我坐在他的腿上,抱我入怀,吻得更紧。随着他的舌头在我唇间游走，我全身上下的每一个细胞仿佛都在跃动。

虽然睿山的魔法仍然在撕扯着我，但我将塔姆林朝床上一推，骑跨在他身上，让他难以动弹分毫，仿佛这样就能不让他赶我走，仿佛这样就能让时间彻底停住。

他把双手放在我的腰间，他手心的热度透过我睡衣轻薄的丝绸炙烤着我。我的长发披散在肩头，只觉得自己吻得还不够快，不够用力，无法表达出我内心的渴望。他温柔地咆哮一声，灵活地抱着我翻了个身，把我压在身下，开始亲吻我的脖颈。

我的整个世界此时缩小到了他的唇舌之间，除了他之外，天地间只有漫无边际的黑暗和月光。当他吻到先前咬过的位置时，我微微将背弓起，将双手插进他的头发里，享受着那如丝般的柔滑。

他的手指滑过我的臀骨，在我内衣边缘停了下来。我睡衣的腰带被钩住了，但我毫不在乎，用赤裸的双腿将他绕住，双脚摩挲着他小腿上紧实的肌肉。

他轻轻呼喊我的名字，用一只手试探性地抚摸我的上身，渐渐摸到了我的胸口。我一阵战栗，正当我渴望着他的手能继续上移，渴望着与他双唇交缠时，他的手指在我那里停了下来。

这一次，他吻得更慢——也更温柔。他另一只手的指尖滑向了我腰际下方，我不禁吸了口气。

这声音令他有些犹豫，微微缩回了手。然而我却轻咬他的嘴唇，下达着无声的命令，要他继续刚才的动作。他挥动利爪，一把撕破了我身上的丝绸，我的内衣也随之化成了碎片。利爪瞬间被缩回，他吻得更深，十指游移在我双腿之间，带着诱惑，带着撩拨。我迎合着他的手掌，任由我体内的狂野恣意奔出，大声咆哮，呼喊着他的名字。

他再次停了下来，缩回了手指，但我却抓住了他，把他拽得更近。我现在就想要他，我想要隔在我们中间的布料消失，我想要去尝他汗水的味道，想要跟他完全地融为一体。"不要停下。"我娇喘着对他说。

"我——"他也有些难以自持，目光的焦点落在我的胸口，颤抖着说，"要是我们继续下去，我就停不住了。"

我坐了起来，他望着我，几乎无法呼吸。但我仍然在注视着他，呼吸渐渐平稳，把睡衣从头上褪下，扔到地板上。我在他面前赤身裸体，任他凝望着我的双峰傲然挺立在夜风中，凝望着我的肚子，继而凝望着我的大腿，我看到贪婪而执着的欲望浮现在他的脸上。我把一条腿朝旁边一弯，发出了无声的邀请。他低声咆哮，缓慢而带着掠食者的专注，再次与我四目相对。

至高之主那狂野而不屈的力量就这么全部地汇聚在了我的身上——我感觉在他的皮肤下面正在酝酿着一场狂风骤雨，即使此刻还未发威，也风大雨急得要把我整个人席卷而去。但我可以信任他，也可以信任我自己，一定能共同抵挡这股强大的力量。就算我把一切都托付给他，他也不会有半分退却。"给我所有。"我呼吸急促地说道。

他猛冲而来，变作一头挣脱桎梏的猛兽。

我们纵情缠绵，唇齿相融，我撕掉了他身上的衣服，全部丢在了地上，接着抓挠他的皮肤，沿着他的后背和胳膊留下一路痕迹。他伸出利爪，但在接触到我的腰身时却格外温柔，在我的两腿之间轻抚，享受着我，只有在感受到我的战栗和瘫软时才会停下动作。当他用力而缓慢地进入我的身体时，我呻吟着喊出他的名字，在他的席卷下化成碎片。

我们一起移动身体，不知疲倦，狂热如火，当第二次的快感即将降临时，他咆哮着随我共赴巅峰。

✟

我在他的臂弯里沉沉睡去,当我在几小时后醒来时,我们再次做爱,慵懒而热切,如果说之前是熊熊燃烧的野火,那么此刻则变成了闷燃的火堆,火星噼啪作响。等到我们双双气喘吁吁,大汗淋漓时,才静静地躺在一起,我闻着他身上的味道,带着清新的尘世感。我永远都无法捕捉住这一切,无法把这种感觉和他的味道画在纸上,无论我努力尝试多少次,无论我使用多少种颜料都无济于事。

塔姆林意兴阑珊地用手指在我的肚子上画着圈,喃喃地说:"我们应该睡觉了,你明天还要走远路呢。"

"明天?"我砰地坐起,顾不得自己全身赤裸,反正他也全都见过,早已和我亲密无间了。

他无奈地紧抿双唇。"天亮就动身。"

"可这也太——"

他帅气地坐起身。"求你了,菲娅。"

求你了。塔姆林曾经对睿山折腰,也是为了我。他说着挪下床。

"你要去哪儿?"

他回头看着我说:"如果我留下,你就要睁眼到天亮了。"

"别走。"我说,"我保证不会碰你。"撒谎——这谎言太拙劣了。

他脸上那半笑不笑的表情已经说明他洞悉了一切,却还是坐了下来,拥我入怀。我环住他的腰,把头搁在他那宽厚的肩膀上。

他懒懒地抚摸我的头发。我不想睡觉,不想浪费和他在一起的每一分钟,然而一股强大的倦意突然令我意识模糊,最后的感觉就是他手指的触摸和他的呼吸。

我要走了。当这地方刚刚成为我的容身之所时,当苏瑞尔的命令刚刚变成祝福,而塔姆林也不再仅仅是我的救赎者或朋友时,我却要离开了。也许要再过许多年,我才会再次回到这座房子里来,再过许多许多年,我才能闻见满园的玫瑰花香,看见这双闪烁着金色的眼睛。家——这里就是我的家。

在我沉沉睡去之前,我听见他贴在我耳边轻轻说着:"我爱你。"说罢他亲了亲我的额头。"荆棘也好,别的也好,我都爱。"

我醒来时发现他并不在我身边,我确定那一切只是我的一个梦。

第二十八章

我行李寥寥,也没多少人需要道别。当艾莉丝给我换上和我平日里穿的迥然不同的衣装时,我甚至有些惊讶——这衣服浑身是褶,勒得我透不过气来,绑带的位置也不知所谓,一看就是在凡人的世界里流行的某种时尚。整条裙子从上到下用淡粉色丝绸层层叠叠地缝制而成,边缘处还点缀着蓝白两色蕾丝。艾莉丝又帮我在外面套了件雪白亚麻质地的轻薄外套,在我头上斜戴了一顶象牙白礼帽。那礼帽小得滑稽,显然是装饰用的。我甚至觉得她很可能会在我手里再塞上一把太阳伞。

我把这念头说给了艾莉丝听,她咂了咂舌头说:"你这时候难道不该流着眼泪跟我说再见吗?"

我扯了扯手上的蕾丝手套——华而不实,徒有其表。"我不喜欢说再见。如果可以的话,我会一语不发地从这走出去。"

艾莉丝深深地看了我一眼:"我也不喜欢。"

我朝门外走去,但还是停下来说道:"但愿你很快就能再次跟你的外甥们见面。"

"好好享受这份自由吧。"她只对我说了这句话。

卢西恩站在楼下，一看见我就用鼻孔出了口气。"光是看见这身衣服，我永远都不会想踏进人类的领地半步。"

"人类的领地也未必会欢迎你的到来。"我反击道。

卢西恩回头朝我身后看了一眼，发现塔姆林就站在一辆金闪闪的马车前面，顿时肩膀一紧，笑容僵在脸上。随后转过身来，对我眯缝着那只金属眼睛："看来是我把你想得太聪明了。"

"再见啦！"我对他说。他也是我的朋友。他们把大多数冲突都瞒着我，这原本非我所愿，也不是我的过错。即使在这场瘟疫、那些怪物和名叫阿玛兰萨的那个女人面前，我什么忙都帮不上。

卢西恩摇了摇头，脸上的疤痕在明晃晃的阳光下显得很是刺眼，不顾至高之主警告式的低吼，朝他走了过去。"你就不能多让她留几天吗？哪怕就几天？就这么急着把她送回人类的粪池里去？"卢西恩追问。

"这件事情不容异议。"塔姆林指着庭园的方向说。"午饭时家里见。"

卢西恩瞪了他几眼，朝地上啐了一口，冲上了楼。塔姆林也没有斥责他。

我或许应该仔细想想卢西恩说的话，或许应该跟塔姆林争个明白，然而当我看着站在马车前面的塔姆林时，我的心空了，戴着手套的手心里都是汗。

"记住我对你说的。"他说。我点了点头，顾不上回答，只想把他的五官轮廓刻在心里。他指的是昨夜说的——他爱我的话吗？我挪了挪步子，艾莉丝刚才非要让我穿上这双小白鞋，此刻我的双脚已经不堪折磨。"凡人的界域对你和你的家人来说，目前都是安全的。"我点点头，思忖着他会不会想劝说我离开我们的领地，往南航行，但他一定知道我肯定不愿意远离高墙，不舍得离他太远。回到家人身边，已经是我能做出最大的让步了。

"我画的那些画……都归你了。"我不知如何才能更好地表达此时的心情，该如何让他明白离开对我来说意味着什么，如何让他意识到身后那辆马车对我来说有多可怕。

他用一根手指抬起我的下巴说："我们会再见的。"

说完，他吻了我，随即迅速后退。我感到喉咙一紧，竭力对抗着眼里的灼烧感。我爱你，菲娅。

在视线模糊前，我赶忙转过身去，但他立即扶我上了那辆豪华的马车。他在车门外看着我稳稳落座，脸色故作平静地说："准备好了吗？"

没有，我没有准备好，尤其是在经过昨夜，尤其是在和他共处了这几个月之后。可我还是点了点头。如果睿山还会回来，如果他们口中的阿玛兰萨确实是个威胁的话，我留在这里只会成为塔姆林的另一块绊脚石。我必须走。

他关上车门，咔嗒一声把我关在马车的车厢里。他凑到敞开的车窗外面，轻抚我的脸颊，我真切地感觉到我心碎的声音。车夫啪地扬起了马鞭。

塔姆林用手指划过我的嘴唇。随着六匹白马迈步前行，马车动了起来。我慌忙把颤抖的嘴唇咬紧。

塔姆林最后一次朝我微笑："我爱你。"他说完便走开了。

我应该说——我应该对他说出同样的话才对，可是那些话却堵在我的嗓子眼里，因为……因为他必须面对的一切，因为他也许无法像他许诺的那样再次把我找到，因为……因为无论如何，他毕竟会永生不朽，而我则会衰老死亡。也许他现在说的全是真心话，也许昨夜对他的意义和对我一样大，可是……我不能成为他的负担。我不能成为他必须要扛起的又一重担。

于是我什么都没说,任由马车向前驶去,穿过庭园大门,进入远处的树林,一路都没再回头。

✠

几乎恰好在马车进入树林时,魔法的气味窜进了我的鼻孔,使我陷入了沉睡。当我猛然惊醒时愤怒不已,想不明白他们何必要这么做,但即刻注意到了那如雷贯耳的声响,是无数蹄脚踩在石板路上的声音。我揉揉眼睛,向窗外望去,只见坡道两旁分布着锥形树篱和鸢尾花。我从来没有到过这个地方。

我努力牢记着一路上见到的各种细节,直到马车在一座主体雪白、房顶翠绿的大理石庭园门前停下。这座差不多和塔姆林的庭园一样大。

上前迎接的仆人们全都是生面孔,我抓住某个仆人的手下了车,表情格外平静。

人类。无论是从他那双丰满的耳朵、圆润的脸庞还是身上的衣服判断,他都是人类没错。

其余的仆人也都是人类。每个人都神色匆忙,全然不像高等魔仙那般沉静优雅,果然是肉体凡躯,终究还是欠了点火候。

仆人们偷偷打量着我,却都没有多话,知趣得很。我是不是打扮得太过雍容华贵了?这时前门突然一阵骚动,各种色彩蜂拥而出,我赶忙定睛望去。

还没等我的两位姐姐看见我,我就认出了她们。二人款款朝我走来,精致的衣装如水波流淌,一看见那辆分外惹眼的金色马车便不约而同地挑起了眉毛。

我内心的忧伤变得更甚。塔姆林是说过他会照顾好我的家人,可这也太……

妮斯塔微微屈膝,埃兰也依样效仿。妮斯塔先开口说道:"欢迎驾临我们的家。"她的声音略显冰冷,低头看着地面。"女士……"

我哈哈大笑。"妮斯塔。"她愣住了。我又笑起来。"妮斯塔,你不认识自己的亲妹妹了吗?"

埃兰惊呼一声。"菲娅?"她朝我把手伸出一半又停下了。"瑞普雷阿姨怎么样了?她……她死了?"

噢,我记起来了,剧本原来是这么安排的——我之所以离开家,是去异地照料一位失散已久的阔绰阿姨。于是我慢慢点了点头。妮斯塔打量着我的衣服和那辆马车,戴在她金棕色长发间的珠宝在阳光下熠熠发光。"她把财产留给了你。"妮斯塔冷冷地说道,口气不是在向我询问。

"菲娅,你真不该瞒着我们!"埃兰仍然显得很是震惊。"噢,你——你一个人陪着她与世长辞,该有多痛苦啊!父亲没能亲自去表示哀悼,肯定会非常难过。"

在他们看来,事情竟然如此简单:亲戚离世,在身后留下大笔遗产,生者理应前去吊唁。然而我却突然有了如释重负之感。眼下困扰他们的就只剩下这些事了。

"你怎么这么安静?"妮斯塔仍和我保持着距离。

我……已经忘记了她那双眼睛是多么的狡猾,多么的冷酷。铸成她的仿佛不是血肉,而是更刚硬更有力的东西。她和我一样,在人群里都显得格格不入。

"我……真为你们如今的境况感到高兴。"我勉强说道,"发生了什么事?"车夫——魔魅法术让他看起来也是人类的模样,脸上没戴面具——开始帮仆人们从马车上往下卸东西,我这时才发现原来塔姆林居然没让我空手而来。

埃兰满脸带笑地说:"你没收到我们的信吗?"她不记得了——又或者她从来都没有真的留意过我其实看不懂几个字。见我摇了摇头,她又抱怨起邮差疏忽失职。"噢,你肯定无法相信!就在你赶去照顾瑞普雷阿姨之后还不到一个星期,就有陌生人来到我们家,要父亲帮他管理投资!父亲起初不敢相信竟有这等好事,最后还是禁不住对方的再三坚持。在父亲点头之后,那人立马给了我们一大笔钱!在一个月之内,父亲把那人的投资增值了一倍,于是钱财开始滚滚而来。还有更让你意想不到的,我们丢失的那些船全都在巴拉特找到了,父亲的利润分文没少!"

塔姆林——这一切都是塔姆林的功劳。内心的失落感越发强烈,我竭力克制着。

"菲娅,你看起来跟我们一样目瞪口呆。"埃兰说着用胳膊碰了碰我。"快进来,我们带你在宅子里转转!你的房间还没准备好,因为我们以为你要陪可怜的瑞普雷阿姨多待几个月呢,不过这地方可大了,卧室多得数不过来,只要你愿意,你可以随意天天换房间睡!"

我回头看向妮斯塔,她小心地看着我,脸上没什么表情。如此看来,她终归没有嫁给托马斯·曼德雷。

"父亲见到你肯定会晕过去的。"埃兰还在说个不停,拍了拍我的手,带我走进大门。"噢,说不定他会搞场舞会来欢迎你回家呢!"

妮斯塔默默跟在我们身后。我并不想知道她在想什么。眼见他们在离开我之后过得这么滋润,我也不确定自己是应该生气还是放松——不知妮斯塔是否也在猜测我的反应。

马蹄声在身后响起,送我来的马车开始沿原路返回,它离我渐行渐远,朝着我真正的家——朝着塔姆林飞奔而去。我拼尽了全力才让自己打消了拔腿去追的冲动。

他说过他爱我,我在和他做爱时也能感受到他的情真意切,他送我离开,也是为我的安全考虑。他免除了条约对我的惩罚,为的就是确保我平安无事。因为在皮西亚即将爆发一场难以言说的腥风血雨，就连至高之主恐怕都难全身而退。

我必须留在这里，只有留在这里才是明智的决定。但内心的情感却阴魂不散地折磨着我，那情感时刻在提醒我，无论塔姆林如何坚持，离开他都是一个极其错误的决定。待在至高之主身边，苏瑞尔曾经这样叮嘱过。这是它对我唯一的要求。

这时我看见了老泪纵横的父亲，赶忙把这念头甩掉。父亲果真为了迎接我回家准备了一场舞会。虽然我明白当初对母亲许下的承诺已经兑现，虽然我明白我如今已经卸下负累，我的家人今生今世都会有人照料，却还是有一道渐渐拉长的阴影裹住了我的心。

第二十九章

　　自圆其说地讲述陪在瑞普雷阿姨身边的日子,倒是没花我多少力气:我每天都会给她读书,她则在病榻上指导我的举止仪态,我一直对她悉心照料,直到她在两个星期前辞世,把遗产全都留给了我。

　　这真是莫大的一笔财富啊!从马车上卸下来的那堆东西里不只有衣服,还有好几箱黄金和宝石。那些未经切割的宝石块头很大,足够买下千所宅院。

　　父亲这时正在盘点宝石,一头扎在那间俯瞰花园的办公室里足不出户,而我则跟埃兰并排坐在了楼下的青草地上。隔着窗户,我看见父亲弓着腰坐在书桌前,桌上摆着一架小天平,正在给一颗鸭蛋大小的红宝石称重量。他的目光恢复了昔日的澄澈,举手投足间显得神采奕奕。自从家境败落之后,我就再也没见过他这样。就连他那条伤腿都灵活了许多——听说有位旅行医者免费给他开了些药油药膏,他腿上的伤居然奇迹般的大有好转。光是这件事,我已经对塔姆林无以为报。

　　他如今不再是弓腰驼背,先前雾蒙蒙的眼睛里有了光彩,微笑时自然，大笑时爽朗。他冲埃兰点了点头，埃兰也冲他点了点头。但妮斯塔却显得安静而警惕，回答埃兰时也总是惜字如金。

"这些花，"埃兰说着抬起一只戴着手套的手，指着一簇紫白二色的鲜花说道，"可是大老远地从这片大陆另一端的郁金香园里移来的。父亲答应过我，等到明年春天会带我去看看。他说那里放眼望去，方圆几里内满地都是这样的花。"她说着用脚轻轻踩了踩那肥沃的深色土壤。她是窗下这座小花园的主人，这里的花花草草全都是她亲手打理，绝不肯假手于人，就连除草和浇水这样的事都会自己动手。

不过她也承认，仆人们确实会帮她搬运沉重的水桶。如果她能到暖春王庭里看一看，见到盛放不败的那些鲜花，见到我已经习以为常的那些花园，想必会喜极而泣吧。

"你应该跟我一块去。"埃兰接着说，"妮斯塔不肯去，因为她说她不愿意冒险远涉重洋，可是咱们俩肯定会玩个痛快的，是不是？"

我瞥了她一眼。我的这位姐姐此时神采飞扬，志得意满。虽然她只穿着便于在园中作业的粗布衣衫，却比以前任何时候都要光彩照人。在那顶大大的软帽底下，她两颊绯红。"我想，我想我会愿意去这片大陆更远的地方走一走。"我说。

我意识到我说的是真心话。这个世界还有很多地方我不曾见过，不曾动过造访的念头，甚至连那样的梦都没有能力去做。

"可是我没想到你会这么着急地赶在明年春天就去。"我说，"那不正好是那个时节的黄金时间吗？"今年的名流时节在几个星期前才刚刚结束，其间舞会盛行，流言满地。在前一晚吃饭时，埃兰跟我如数家珍似的仔细讲过，当时她根本没注意到我对着面前的食物几乎难以下咽。桌上还是那些美食，有肉有菜，有面包，然而跟我在皮西亚吃过的比起来，只令我觉得味同嚼蜡。"而且我很纳闷，跟你求婚的人居然没有把门槛踢烂。"

埃兰脸色一红,用手中的小铲子又割掉了一丛杂草。"这个嘛,反正总会有其他时节的。妮斯塔不会对你说,不过今年情况有些奇怪。"

"怎么说?"

埃兰把她那窄小的肩膀一耸。"人们对我们的态度,好像我们只是生了一场八年的大病,或是背井离乡地消失了八年似的——没人把我们当成在那间茅屋里生活过很长时间的粗鄙农民。甚至连我们自己都怀疑所有那些事是否都是幻觉,因为所有人对此都只字未提。"

"你本认为他们会提起?"如果我们真像这座豪宅表现出的这么富裕,很多人当然不会旧事重提,再来揭我们从前的伤疤。

"不是。可这确实让我有些怀念那些年的日子,虽然当时穷苦困顿,饥寒交迫。这处宅院有时显得太过空旷了,父亲总是很忙,妮斯塔也……"她回头看了我们的大姐一眼,妮斯塔正站在一棵遒劲的桑树旁,眺望着远处广阔的田野。昨晚她几乎没有跟我多说什么,早饭时也默默不语。看她走出房门,我还真是有些意外,尽管她从始至终都一个人站在树下。"妮斯塔没有把那时节过完,也没有跟我说明原因。她开始拒绝所有邀请,不再和任何人说话,当我有朋友来家里拜访时,她总会用奇怪的眼神盯着人家看,搞得我也很尴尬……"埃兰叹了口气。"或许你能跟她聊聊。"

我在想要不要提醒埃兰,妮斯塔和我已经许多年没有心平气和地说过话了,但埃兰接着又说道:"她跑去见你了,你知道的。"

我眨眨眼,血液凉了几分。"你说什么?"

"呃,她只离开了一个星期,回来时说她的马车在半路上坏了,费了千辛万苦才平安回来。既然你从来都没收到过我们的信,想必你也不会知道这件事。"

我望着仍然站在树下的妮斯塔，裙摆被夏日的微风吹得微微扬起。如果她真的跑去见我了，那么肯定是被塔姆林的魔魅法术给赶回来的。

我把头转了回来，发现埃兰正在盯着我看。"怎么了？"

埃兰摇摇头，继续割起草来。"就是觉得你看起来不太一样。说话也和以前不一样了。"

的确，当我昨夜从走廊上的镜子前经过时，简直不敢相信自己的眼睛。我的五官没变，但却洋溢着某种光彩，虽然那光彩乍看之下不易被人察觉。我很清楚，正是由于我在皮西亚度过的那段时间使我发生了这般变化，如今那魔法力量正在变弱，恐怕有一天会彻底消失。

"在瑞普雷阿姨的家里发生了什么事吗？"埃兰问，"你是不是……遇见了什么人？"

我耸耸肩，拔掉了脚下的一根杂草。"不过是吃吃睡睡罢了。"

✠

一连过去了好几天。我心里的阴霾仍未消散，甚至对画画都感到厌恶。我整天跟埃兰待在她的小花园里，听她谈论着那些花朵和嫩芽，听她说着打算在温室旁边再造一个小花园的想法，也许会造个植物园，前提是她能在接下来的几个月里学有所成。

她在这里焕发了活力，也在用快乐感染着身边的人。每一位仆人或园丁都会对她微笑，就连那个对人鲁莽无礼的厨师都会在一天当中找各种借口给她端来饼干和甜品。对此我很是讶异——讶异那些年的贫苦生活居然没有让埃兰失去光彩。或许那光彩之前稍显暗淡，可她依然是一位慷慨、温暖而善良的女人。作为她的妹妹，我很荣幸。

父亲已经盘点清楚了我带回来的宝石和黄金，我如今成了富可敌国的女人。我把一小部分资金投资在了他的生意上，把剩下的不亚于天文数字的真金白银装进了好几个袋子里，带着它们上了路。

我们现在的豪宅距离过去居住的那间破茅屋只有三里路远，这条路在我眼中格外熟悉。路面湿滑，我的裙摆上沾了泥水，但我却不以为意地享受着风拂绿树、高草轻叹的曼妙声响。倘若我在记忆中沉沦得更深，我甚至能想象自己此时正和塔姆林肩并肩走在他那片树林里。

我没有理由相信自己能在短时间内再次跟他见面，可我每晚入睡前都会祈祷，祈祷醒来时能回到他的庭园里，或是有人跑来送信，召唤我回到他身边。跟一次次的失望比起来，更糟糕的是恐惧——我越来越担心他的安危，担心那个名叫阿玛兰萨的女人是否会对他不利。

"我爱你。"我几乎能听见他再次对我说出这三个字，看见闪烁在他满头金发中的阳光，还有他眼中那令人目眩神迷的一抹绿色。我几乎能感觉到紧紧贴着他的身体，感觉到他的手指轻抚我的肌肤。

我抵达了小路的转弯处，这是一个我摸黑都能找得到的地方。

这座茅屋真是太狭小了。埃兰的那座旧花园里已是杂草丛生，石头门槛上仍然刻着用来抵御魔鬼的印记。前门——我上次见到时那扇门已经破败不堪——被人换成了新的，只是有一块圆形窗玻璃碎了。屋内漆黑一片，屋外寂静无声。

我拨开茅草，沿着从前每天清晨都要走一遍的那条看不见的小径往前走，一直走过大路，走过连绵起伏的田野，走向那一排排绿树，走进树林——我的树林。

这里过去看起来格外恐怖，危机四伏，遍布杀机，此时却显得普普通通，没有什么大不了。

我回头又朝那间漆黑简陋的茅屋看了一眼，那里曾经是我的囚牢。埃兰说她想念这里，我很好奇这间茅屋对她来说意味着什么。难道她没有把这里当成监牢，而是当成了保护她不受外面险恶世界侵扰的庇护所？虽然在那险恶的世界里美好的事情少之又少，可她还是在努力找寻着，即使她的做法在我看来徒劳而愚蠢。

那间茅屋对她来说意味着希望，可在我心里留下的却只有恨。而且我知道，我们谁更强大。

第三十章

在回到父亲的庭园之前,我还有一件事要做。原先嘲笑我、小看我的那些村民,现如今都对我刮目相看,有几个人甚至走上前来问东问西,打听我的那位阿姨和她留给我的大笔遗产。我坚定但礼貌地一一拒绝,不愿多做交谈,以免成为他们茶余饭后的谈资。虽然如此,我还是花了很长时间才走到村里的贫民区,等到我敲响第一扇破旧不堪的木门时已经精疲力竭。

见我递上一袋袋金银,我们村里的穷人们并没有多问什么。他们想拒绝,有些人甚至没有认出我来,可还是把钱财留下了。这是我唯一能为他们做的。

在返回父亲庭园的路上,我在村中的喷泉旁边见到了托马斯·曼德雷和他的几个朋友,他们在聊着一个星期前,某家的房子失了火,那家人被困在了里面,以及有没有什么之前的东西之类的。他见我走过,深深地看了我一眼,目光肆无忌惮地在我身上游走,露出了似笑非笑的表情。这表情他至少对村里的姑娘们露出过上百次了。不知妮斯塔是因为什么改变了主意,我只是瞪了他一眼,并没有停下脚步。

正当我要快要走到镇外时,我突然听见了一个女人的笑声,转身看见伊萨克·海尔就站在我面前——还有一位漂亮丰满的年轻女子,看来是他的新婚妻子了。他们相互挽着手臂,满脸含笑,由衷的快乐洋溢全身。

他脸上的笑容在看见我的瞬间消失了。

人类——他看上去是如此的充满了人类的特质,瘦长的四肢,长着一副英俊的皮囊,可是他在片刻之前的笑容却让他显得有些不同了。

他的妻子打量着我们,似乎略显紧张。仿佛他们之间的感情——我所能感受到的那股爱意——犹如襁褓之婴,仿佛稍有不慎就会随风消散似的。伊萨克小心地跟我点了点头,算是打了招呼。在我离开时,他还是个男孩,而此刻朝我走来的这个人,无论在他和他的妻子之间燃烧着怎样的爱火,那火焰都已经把他淬炼成了一个成熟的男人。

除了淡淡的感激之外,在我的心里,对他再也没有半分别的情绪。

我们就这么擦着对方的肩膀走了过去。我对他和他身旁的妻子粲然一笑,微微颔首,真心实意地祝他们幸福。

✠

距离父亲为迎接我归来而准备的那场舞会还有两天时间,家中已经是一派热闹的气氛。父亲挥金如土,一掷千金,买了不少我们从前做梦也没想过会再次拥有的好东西。我本想劝他不用搞舞会那么铺张,但埃兰主动担当起了规划人,而且还给我物色到了一件登场亮相时穿的裙子。反正就只有一个晚上,面对那些曾经对我们不理不睬、任由我们饿死的势利小人,我只要应付一个晚上罢了。

当我完成一天的工作,帮埃兰在新花园里挖出了一块新的花田,看到家里又有一个人参与到了拔草种花的工作中来，园丁们似乎面露惧色，担心过不了多久他们的工作就全被我们包了。我让他们放心，因为我没有跟植物打交道的天赋，只不过想打发时间而已。

可我还是没想出来在接下来的一个星期、一个月乃至更长的时间里应该做些什么才好。如果高墙的另一边真的再次暴发了疫病，如果阿玛兰萨那个女人真要趁势放出爪牙作乱……这些阴影始终盘旋在我心头，阴魂不散地跟在我身后。自从我回到这里，就没有提笔画画的兴趣。我心中原本对色彩、形状和光影的那分热忱骤然降温冷却。没关系的，我对自己说，很快我就会买来新的颜料，再次拿起画笔。

我把铁铲插进泥土里，把一只脚踩了上去，稍作歇息。或许园丁们是因为我这身随便凑数的外衣和长裤才被吓了一跳吧。有个人甚至跑去给我取来了一顶埃兰戴的那种松松垮垮的大帽子。为了让他们放心，我把帽子戴上了。其实我在暖春王庭的户外逛了好几个月，皮肤早就变得黝黑而粗糙。

我看了看自己那双握住铲柄的手，手上老茧遍布，伤痕累累，指甲里都是泥土。要是园丁们看见我用这双手挥洒色彩，肯定会大吃一惊吧。

"就算你把手洗得再干净，也藏不住这些痕迹。"妮斯塔突然从她经常坐的那棵树下走了过来，在我身后说道。"要想融入交际圈，除非戴上手套，永远都不摘下来。"

她穿着一件式样简朴的淡紫色布裙，金棕色的长发半扎半披散地垂在肩头，美丽而傲慢，有着高等魔仙的气韵。

"也许我并不想融入你们的交际圈呢。"我说完朝铁铲转过身去。

"那你又何必要留在这儿？"这问题犀利而冷酷。

我啪地把铁铲踩得更深，使劲铲起一大块裹着青草的泥土。"这里也是我的家,不是吗?"

"不是。"她愣愣地回答。我又把铁铲插回土里。"我认为你的家在很远很远的地方。"

我愣住了。

我把铁铲扔在地上,慢慢冲她转过身去。"瑞普雷阿姨的房子已经——"

"没有什么瑞普雷阿姨。"妮斯塔从衣袋里掏出一样东西,扔在地上。

那是一块木面,像是被从什么东西上撕下来的,光滑的表面上画着缠绕的藤蔓和狐狸手套。狐狸手套的蓝色阴影表现稍显欠缺。

我的呼吸停顿了。所有这些时日……

"你那套野兽的小把戏骗不了我。"她沉静地说,"很明显,只要有钢铁般的意志,就足以抵挡魔魅法术的影响。所以我只能看着父亲和埃兰像两个哭哭啼啼的疯子似的被你耍得团团转,只能听着他们没完没了地说着你是如何得到了幸运之神的眷顾,被带到某个凭空编造出来的阿姨家里去,我们茅屋的房门是如何被一阵寒冬的狂风给刮烂的。我以为是自己精神失常了,但每当我那样觉得时,我都会看一眼桌子上的图案,还有利爪在下方留下的痕迹,证明所有的一切不是我的想象。"

我从来没听说过魔魅法术无法生效的情形。然而妮斯塔的意志是如此顽强,用钢铁和梣木筑起了一道坚不可摧的壁垒,就连至高之主的魔法都拿她无可奈何。

"可是埃兰说——说你去找过我。你真的去了?"

妮斯塔哼了一声,神情凝重,那从来不受她控制的怒火仿佛快要喷薄而出。"那天夜里他把你从家里掳走,编了套条约什么的说辞。然后生活一切如常,仿佛那件事情从未发生过似的。这不对,所有的事情全都不对。"

我的手松松垮垮地垂在身体两侧。"你去找过我,"我说,"你跟着我去了皮西亚。"

"我跟到了高墙附近,没能找到通过的办法。"

我抬起一只颤抖的手,捂住喉咙。"你在天寒地冻的树林里来回跑了四天?"

她耸耸肩,看着她在桌边发现的蛛丝马迹。"在你离开一个星期之后,我从镇子上找了那个雇佣兵带我上路,用的是你扒狼皮换来的钱。似乎只有她相信我说的话。"

"你那么做——是为了我?"

妮斯塔抬起眼睛,那也是我的眼睛,是我们母亲的眼睛——和我四目相对。"那件事情大有古怪。"她再次说道。当我和塔姆林聊到我的父亲会不会跑来找我时,塔姆林想错了——父亲没有那样的勇气,也没有那样的愤怒。就算真的来找,也一定会雇人,绝不会自己来冒险。可是妮斯塔却跟那雇佣兵一起上路了。我那愤世嫉俗、冰冷无情的姐姐,为了救我,竟然愿意勇闯皮西亚。

"托马斯·曼德雷怎么了?"我一字一句地问道。

"我意识到他是不会跟我去把你从皮西亚救出来的。"

而妮斯塔有着一颗愤怒而不屈的心,一旦下定决心,必会一往无前。

我看着我的姐姐,认真地注视着她,注视着这个对围绕在身边的献媚者难以忍受的女人,注视着这个从来没有在树林里待过一天,却闯进了虎狼之地的女人……她用怨恨与刻薄掩饰着母亲去世的伤痛,对抗着家境败落的困境,因为她要在愤怒中求生,在残酷中发泄。原来她是在意的——在表象之下,她其实很在意,也许在用一种我无法理解的更加狂热、更加深沉、更加忠诚的方式爱着我们。

"反正托马斯原本就配不上你。"我轻声说。

我的姐姐没有露出笑容,但在她那双蓝灰色的眼睛里却有微光闪过。"把发生的一切全都说给我听。"这是命令,不是请求。

于是我一五一十地告诉了她。

听我讲完整个故事,妮斯塔只是盯着我看了很久,然后要我教她画画。

✠

教妮斯塔画画的过程和我料想中一样,算不上太愉快,可那至少能让我们俩有借口逃开各种忙碌的差事。随着舞会的时间渐渐临近,家中从上到下越发忙得热火朝天。购买绘画的材料不算太难,真正难的是要跟妮斯塔解释我是如何作画的,劝说她勇于表达她脑中和心中所想;或者至少,能稳稳地握着画笔,精确地跟着我一笔一笔地临摹。

当我们从那个安静的画室走出来时,两人浑身都沾满了颜料,从头到脚都脏兮兮的,这座豪宅里的舞会准备工作也已差不多就绪。走廊上挂满了五颜六色的玻璃彩灯,用各种鲜花编织的花环也随处可见,真可谓美不胜收。埃兰亲手采摘了每一朵鲜花,还不厌其烦地指导仆人们该把花摆在哪里。

我和妮斯塔偷偷溜上楼梯,正当我们快要走到楼上时,父亲和埃兰突然在楼下挽着胳膊出现了。

妮斯塔神情一紧。父亲在小声夸奖着埃兰什么,埃兰开心地看着他,还把头搁在了父亲的肩膀上。我为他们感到高兴——他们如今过上了舒适安逸的生活,父亲和二姐的脸上都洋溢着满足。是啊,他们也还有些小小的烦恼,但看上去是如此轻松。

妮斯塔沿着走廊向前走去,我跟在她身后。"有时候,"妮斯塔推开了她位于我卧室对面的房门,说道,"我真想问问他,还记不记得以前差点儿让我们全家跟着饿死。"

"你不也是总把我好不容易弄来的钱花得一文不剩?"我提醒她说。

"那是因为我知道你总能弄来更多。而且就算你弄不来,我也想看看他除了一天到晚刻那几块破木头之外,会不会想办法另谋出路,我想看看他会不会为我们挺身而出。跟你比起来,我自叹不如,不能像你那样照顾好全家人。在这一点上我是恨你的,可我更恨他,到现在也恨。"

"他知道吗?"

"他从来都知道我恨他,早在我们还没穷得叮当响时就知道了。他任由母亲死去——当时有一整支船队任他差遣,他完全可以派他们出海去寻找治病良方,或者雇人到皮西亚请求帮助。但是他什么都没做,就那么看着她咽了气。"

"他很爱她啊,母亲死后他也很难过。"我不知道哪个才是真相,又或者两个都是。

"他任由她去死。要是你的至高之主大人病危在床,你就算是上刀山下火海也会在所不惜。"

我的心突然又是一抽,但我却只是淡淡地说道:"是的,我会。"说罢就钻进了自己的卧室去做准备了。

第三十一章

舞会上裙摆翩翩，舞步飞旋，觥筹交错，珠光耀眼，人们纷纷举杯欢迎我归来。我选择待在妮斯塔身边，因为她似乎很擅长吓退那些好奇心过重的献媚者，他们只想打听我如今到底身家几何。但我还是尽量保持着微笑，哪怕只是为了满场飞的埃兰——她亲自招呼着每一位到场的宾客，跟所有地位尊贵的子嗣们跳舞。

可我却始终在想着妮斯塔说过的话——关于不顾一切去救塔姆林的事。

我早就感觉到情况有些不对劲，早就知道他遇到了难处——不仅仅是皮西亚遭遇的那场疫病，还有正在聚集的那股想要置他于死地的军事力量，可是，可是我却不再继续寻找答案，不再为之抗争，庆幸——如此自私地庆幸——能把那个野性十足的自己给压下去，反正我在战场上的存活时间只能按小时计算。我听他的话，让他送我回了家。我没有更加努力地把信息拼凑起来，关于那场疫病，关于阿玛兰萨……也没有尝试去救他。我甚至没有告诉他我爱他。还有卢西恩……卢西恩也看出来了，所以才在我离开的那天对我说了那番刻薄的话，他对我也很失望。

此时已是凌晨两点，舞会却没有任何要结束的迹象。父亲正在和另外几位富商贵族会面，他当时引荐了我，可那些人的名字很快就被我抛到脑后去了。埃兰正在跟一群漂亮的朋友们嬉笑着，脸颊绯红，喜气洋洋。妮斯塔刚过午夜时分就静静地离开了，当我终于决定悄悄上楼时，没有跟任何人道别。

次日下午，我们一家人睁着惺忪的睡眼，安静地围坐在餐桌边。我感谢父亲和二姐为我操办了这场舞会，当父亲问起我有没有哪家的公子入了我的眼时，我故意避而不答。

夏天的热浪已然到来，我用一只手支着下巴，用另一只手扇着风。昨夜我就因为酷热难忍，一宿都没睡好。塔姆林的庭园里从来都不会太热，也不会太冷。

"我在考虑把贝多家的田产买下来。"父亲对埃兰说道，在我们三姐妹当中只有她在听他说话。"我听说了传闻，那处田产很快就会被挂牌出售，因为他们家的人全都死了，这应该是一笔非常稳妥的投资。等时机成熟，说不定你们几个姑娘还能在那造所房子呢。"

埃兰很感兴趣地点了点头，我却眨了眨眼问道："贝多家出什么事了？"

"噢，说起来真是惨。"埃兰说，"他们家的房子被烧毁了，人全都死光了。克莱尔的尸体没有找到，不过……"她低头看着面前的餐盘接着说，"那场悲剧是在夜深人静时发生的——房子里的所有人，从主人到仆从，谁都没能活命。就在你回家的前一天。"

"克莱尔·贝多。"我缓缓念出了这个名字。

"以前是我们的朋友，你还记得吗？"埃兰问。

我点点头，感觉到妮斯塔正在看着我。

不，这不可能，肯定是巧合，必须是巧合，如若不然……

我把那个名字说给睿山听了。

他把那个名字记在了心里。

我的五脏六腑翻滚起来，险些哇哇大吐。

"菲娅，你怎么了？"父亲问。

我用一只颤抖的手捂住眼睛，吸了口气。到底发生了什么事？我指的不只是贝多家，还有我在皮西亚的那个家。

"菲娅。"父亲再次喊我。"别吵。"妮斯塔呵斥他道。

我压下内心的内疚、厌恶与恐惧。我必须找到答案——必须知道那件事情是不是巧合，或者我有没有可能去救克莱尔。如果在凡人的领地上果真有事发生，那么暖春王庭……那么塔姆林格外惧怕的那些怪物……还有那场感染着魔法和他们土地的疫病……

仙灵。他们越过了高墙，在身后没有留下痕迹。

我放下手，看着妮斯塔。"你们必须仔细听我说，"我重重咽了口唾沫，对她说道，"我现在所说的一切，都要严格保密。谁也不许再去找我，也不许再跟任何人提起我的名字。"

"你说什么呢，菲娅？"父亲坐在餐桌另一端惊讶地问。埃兰轮番看着我们俩，不安地在座椅上挪了挪。

但妮斯塔却凝视着我，毫不畏缩。

"我想，在皮西亚一定发生了非常可怕的事。"我轻声说道。我从来都不知道塔姆林用魔魅法术给我家人发出了怎样的警告，驱使他们逃跑，但我不能再把希望都寄托在那些警告上面。眼见克莱尔下落不明，她的家人又全都遇害……这些不幸都是我造成的。想到这里，我内心顿觉苦涩。

"皮西亚！"父亲和埃兰不约而同地喊道。但妮斯塔却举起一只手，示意他们安静。

我接着说："如果你们不愿离开，那么就雇用卫兵——或是侦察兵去监视那道高墙和那片树林吧。村子里的情况也要多加注意。"我说着站起身。"但凡有任何风吹草动,哪怕听说一点点高墙被攻破或是有怪事发生的传闻,赶紧找艘船出海,一路向南,逃得越远越好,逃到仙灵永远都不会觊觎的地方去。"

父亲和埃兰开始眨巴起眼睛来,仿佛要驱散在他们脑海里缭绕不散的迷雾,如同要从沉睡中醒来一样。但妮斯塔一路跟在我身后,顺着走廊上了楼梯。

"贝多家,"她说,"其实是替我们家送了命。你没有对敌人——那些威胁着你那位至高之主的邪恶仙灵说出真名。"我点点头,感觉计划正在她眼中孕育成型。"敌人会发动入侵吗?"

"我也不知道。我不知道究竟发生了什么事,只听说有某种疾病正在削弱他们的力量,或是把那力量变得不受控制,暴发在仙灵领地上的那场疫病正在威胁他们的边境安全,如果情况继续恶化下去,甚至会导致生灵涂炭。他们说疫病正在卷土重来。根据我最后得到的消息,我们的土地暂时还没有受到威胁。可是万一暖春王庭被毁,疫病肯定会逼近这里,而塔姆林更是制约其他王庭——那些邪恶王庭的最后一道防线。我认为他此刻正处于危险之中。"

我走回房间,开始脱下身上的衣裙。大姐走来帮我的忙,然后打开衣橱,取出一套厚重的外衣加长裤,还有一双靴子。正当我快速换好衣服,扎起发辫时,妮斯塔说:"菲娅,我们这里不需要你。不用担心我们。"

我穿好靴子,抄起我事先早就准备好的狩猎短刀。

"父亲告诉过你,走了就别再回来。"妮斯塔说,"我现在还是要对你说一样的话。我们能照顾好自己。"

换作从前,我也许会把这句话当成冒犯,但现在我明白了——我明白她是在为我好。我把短刀插进靴筒里,背上箭袋——里面没有一支梣木箭矢——然后背上猎弓。"他们可以撒谎。"我和妮斯塔分享了这条情报，但愿她永远都用不上。"仙灵族可以撒谎，而且钢铁对他们根本没用。但是梣木似乎是有用的。拿上我的钱，去买下一整片梣树林来让埃兰照看吧。"

妮斯塔摇了摇头，摸了摸手腕，那个钢铁手镯还在她腕间摇晃。"你认为你能帮得上什么忙？他可是至高之主，你只是一介凡人。"这句话同样不是冒犯，是冷静分析的头脑在发问。

"我不在乎。"我坦言。此时我已走到门口，拉开大门。"可我必须要去试一试。"

妮斯塔仍然站在我的房间里，她是不会和我道别的。她和我一样，讨厌说再见。

然而我却转过身去，对她说道："有一个更好的世界，妮斯塔。外面有个更好的世界，在等着你去寻找。如果我有机会，如果情况会有所好转，我会再次和你们团聚的。"

这是我所能对她说的全部了。

妮斯塔却把肩膀一挺。"不用麻烦了。我不认为我会对仙灵特别有好感。"我挑了挑眉毛，她故作轻松地说："等安全了，捎个信回来就行。如果真有那么一天，父亲和埃兰就在这里生活下去好了。至于我，我会去外面看看，有名有财的女人能做些什么。"

我想，能做的事情无边无界吧。等到妮斯塔找到真正属于她的地方，她想做什么都可以。我祈祷自己足够走运，能亲眼见证她的幸福。

✟

令我意想不到的是，当我步履匆匆地走下楼梯，埃兰已经给我备好了一匹马，还有干粮和补给品。父亲却不见踪影。埃兰一把紧紧抱住我，说道："我想起来了，我现在全都想起来了。"

我也抱紧了她。"你们所有人都要多加小心。"

她点了点头,眼里噙满泪水。"我还想跟你去探索这片大陆呢,菲娅。"

我对她微微一笑,想在脑海里记住她那张可爱的脸庞,擦去了她的泪水。"也许会有那么一天的。"这又是一个只能寄希望于幸运之神的承诺。

我扬鞭策马,胯下良驹朝前飞奔而去,埃兰还在我身后掉着眼泪。我实在不想再和父亲道一次别了。

我整整一天马不停蹄,眼见天色太暗才停下。我的路线是一路向北,直到抵达那道高墙,那才是我真正的起点。我必须回去,必须亲眼看看那里发生了什么事,必须在一切还不算太迟的时候,去把我所有的心里话都说给塔姆林听。

第二天,我又是整日没有停脚,只在夜里断断续续地稍作休憩,在第一抹天光放亮前再次上路。

我径直穿过绿意浓盛、虫鸣蝉吟的炎夏树林。

直到感觉到一股绝对的寂静。我慢下脚步,谨慎地朝前走着,提防着前方灌木密林中可能泛起的任何涟漪。什么都没有。四周沉静无声,就在这时——

我的马猛地一停,晃了晃头,坚决地拒绝往前再迈半步,害得我险些从马鞍上跌落。然而周围并没有什么异样。我翻身下马,伸出手去,震惊地发现路被挡住了。

有一道看不见的墙壁,贯穿了整座树林。

但据传闻说,仙灵会穿过墙上的洞,往来通行。于是我牵着马匹紧贴着高墙行走,时不时地伸手敲上一敲,确保自己没有偏离方向。

我花了整整两天时间。两天中间的那个夜晚比我在暖春王庭经历过的所有夜晚还要可怕得多。我在两天之后,才发现了两块长满苔藓、互相堆叠的石块有些不对劲,上面还依稀刻着螺纹形状的曲线。那是一道门。

当我再次爬上马背,命它从那道门穿过时,它照做了。

魔法钻进我的鼻孔,我的马又有些却步,但我们还是双双钻了过去。

我认得这些树。

我安静地向前骑行,悄悄搭箭上弦,做好迎敌的准备。潜伏在这片树林里的威胁要比我刚刚离开的树林可怕得多。

塔姆林也许会大发雷霆吧,他说不定会命令我立即转身回家。可我会告诉他,我是来帮忙的;我会告诉他我很爱他,我会竭尽所能地为他战斗,哪怕要把他捆倒在地,我也会让他认真听我说。

我专心致志地琢磨着应该怎么劝他别对我大吼大叫,以至于没有马上注意到四周的寂静——鸟儿不再鸣唱,连庭园四周的篱笆看上去都像是许久没有被修剪过了。

等到我走到大门口,我已经口干舌燥。大门敞开着,可是铁栏杆都变了形,仿佛被一双强有力的大手给掰弯了。

马蹄声在石子路上显得格外大声,当我看见赫然洞开的庭园前门时,更是觉得心中一凉。其中一扇门已经摇摇欲坠,顶上的合页都被扯断了。

我纵身跳下马来,猎弓在手,却发现自己多虑了。庭园里一个人都没有,如同一座坟冢。

"塔姆林?"我呼唤道,穿过前门跑了进去,慌忙之下差点儿被一块碎瓷器滑倒——那原本是个花瓶。我站在前厅,慢慢地环顾四周。

这里看上去像是被一整支军队破门而入过似的。挂毯全都被割成了碎片,大理石扶栏也变得破破烂烂,枝形吊灯碎了一地,变成了一堆堆水晶残渣。

"塔姆林?"我大声喊道,"卢西恩?"

无人应答。

"塔姆林?"我的声音回响在整座庭园里,在嘲笑着我。

我站在庭园废墟中,跪倒在地。

他走了。

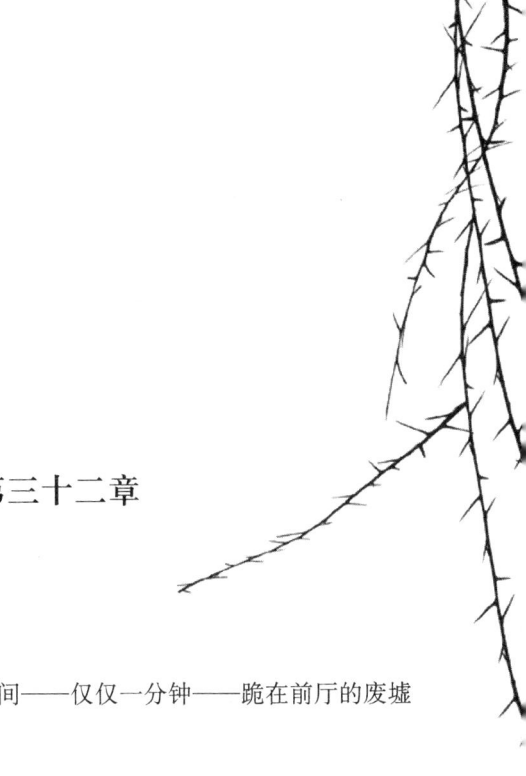

第三十二章

我给了自己一分钟的时间——仅仅一分钟——跪在前厅的废墟之中。

随后我便小心翼翼地站起身来,不想惊扰到脚下的碎玻璃、木片或是血迹。墙上,地上,到处都溅满了血点。

这里是另一片树林,我对自己说。我需要探寻新的足迹。

我慢慢地四处查看着,追踪着蛛丝马迹。这里肯定爆发过激烈的打斗;而且从血迹的分布判断,屋里大部分破损都是在那场打斗中而非事后留下的。碎玻璃和脚印从前门一直延伸到最里面,仿佛整座庭园都被敌人包围了。入侵者肯定是从前门强行闯入,连通往花园的门都被撞得粉碎。

没有尸体,我反复对自己说道。没有尸体,也没有血流成河。他们一定还活着。塔姆林一定还活着。

因为要是他死了……

我揉了揉脸,颤抖地喘了口气。我不会允许我自己那样想下去。我在餐厅门前停下脚步,双手抖个不停——这两扇门也快要从门框上掉下来了。

我也说不清这是在我离开的前一天,他在睿山到来之后怒火攻心留下的,还是别人动的手。那张巨大的餐桌变得破烂不堪,窗户被砸得稀烂,窗帘也碎得不成样子。但是却没有血迹。这里连一滴血都没有,而且从踩过玻璃碎片的脚印来看……

我盯着地上的足迹看了许久。这里被人破坏过,可我还是看出了两个人的脚印——那两双脚很大,而且并排分布——从餐桌原先的位置往外走去,看起来就像攻击发生时塔姆林和卢西恩正坐在这里,在未与对方交手的情况下走了出去。

倘若我猜得没错,那他们都还活着。我跟着脚印走到门厅,蹲下来细看满地碎片、泥土和血渍。有好几双脚印在这里混在了一起,那些人走向了花园——

走廊上突然传来脚踩碎石的嘎吱声。我拔出猎刀,闪身躲回餐厅,寻找着藏身的角落,但哪里找得到。无奈之下,我跳到门后,用手紧紧捂住嘴,免得被来者听见喘气声,透过门和墙壁之间的缝隙向外看去。

有人一瘸一拐地走了进来,在嗅着气味。我只能看见他的背影,只见他披着一件普普通通的斗篷,中等身材。他只要把门一关,我必定会暴露无遗。也许如果他往餐厅里多走几步,我就能溜出去——可那样一来我就必须放弃这个藏身的好地方。也许他只会随便打量一下,很快就离开了。

那身影又嗅了嗅,我的肚肠都揪成了一团。他能闻见我的气味。我壮着胆往外看,希望能找到他的弱点,找到能把刀插进去的位置,以防止他扑向我。

那身影微微朝我转过身。

我失声尖叫。那身影见我推开门,也尖叫一声。"艾莉丝!"

她惊讶地看着我,一只手捂住胸口,经常穿的那件棕色裙子又脏又破，围裙更是不知道跑哪去了。幸好她身上没有血，只是右脚略有些跛。她快步向我走来，树皮似的皮肤呈现出桦树般的白色。"你不能待在这儿。"她看见了我的短刀、猎弓和箭袋。"大人命令你离开的！"

"他还活着吗？"

"活着，但是——"

听说他没有死，我膝盖一软。"卢西恩呢？"

"也还活着，但是——"

"告诉我发生了什么事。原原本本地全都告诉我。"我瞄着窗外，留意着庭园四周的动静。附近寂静无声。

艾莉丝抓住我的胳膊，把我拽到屋外，我们穿过空空荡荡的走廊往前走，一路上谁都没有说话。走廊上到处是血，乱七八糟，却没有尸体。要么是有人清理过这里，要么——我还来不及细想，就被拽进了厨房。

这里着过一场大火，墙壁被烧得黑漆漆的。艾莉丝又嗅又听地确认没有危险迹象之后，才松开手。"你来这儿干什么？"

"我必须回来。我认为情况很不对劲。我不能置身事外，必须回来帮忙。"

"他说过让你不要回来的。"艾莉丝呵斥道。

"他现在在哪儿？"

艾莉丝用又瘦又长的手指把脸捂住，指尖扎进了面具里，像是要把那玩意儿从她脸上抠下来。可那面具丝毫没动，艾莉丝叹着气，放下了那树皮一样的手。"她把他带走了。"听她这样说，我浑身的血液变得冰冷。"带去了山之底。"

"她是谁？"其实我早已知晓答案。

"阿玛兰萨。"艾莉丝小声说着，又朝四周张望了一眼，仿佛担心说出她的名字都会把她招来似的。

"为什么？而且她是谁？她是什么？求求你了，求你告诉我吧。跟我说出实情。"

艾莉丝耸了耸肩。"你想知道实情是吗，小姑娘？那就听仔细了，因为诅咒，她把他带走了——因为七七四十九年已经过去，而他却还是没能破除她的诅咒。她这次把所有至高之主全都召唤到了她的王庭，让他们亲眼看她粉碎我们大人。"

"她是——你说的诅咒又是什么？"诅咒——阿玛兰萨对这个地方施加了诅咒。我甚至连见都没见过。

"阿玛兰萨是这片土地上的至高女王，是皮西亚的至高女王。"艾莉丝轻声说道，双眼因为恐怖的回忆而睁得大大的。

"可是七位至高之主不是平等地统治着皮西亚吗？没有什么至高女王……"

"从前确实是这样，也一直都是这样。直到一百年前，她以西博恩使臣的身份来到这片土地上。"艾莉丝抓起一个大背包，看来是她之前丢在门边的，包已经被塞满了一半，全是衣服和补给品。

她开始在凌乱的厨房里翻找起来，搜集短刀和剩下的食物，我则在思索着苏瑞尔分享给我的情报——有一位邪恶的仙灵国王，在被迫签订条约后怀恨数百年，派出了战斗力最强的指挥官渗透进别的仙灵国度和王庭，确认他们是否也和他有同样的感觉，确认他们是否会考虑把人类领地夺回来。我倚靠在被烧得焦黑的墙边想道。

"她一个王庭接着一个王庭地拜访。"艾莉丝说着抓起一个苹果，在细看了一番之后塞进了背包里。"巧舌如簧地哄骗各个王庭的至高之主，声称能大力推动西博恩和皮西亚之间的贸易往来，促进交流，互通有无。仙灵们把她称作不败之花。五十年来，她始终都以使者的身份住在这里，不被任何王庭束缚。她说自己所做的一切都是为了弥补西博恩在那场战争中的过错。"

"她也参与了和凡人的战争？"

艾莉丝停下了手上的动作。"她的故事在我们之间是个传说，也是梦魇。她是西博恩国王手下最凶悍的大将。她在前线上战斗，不仅大肆斩杀人类，而且对任何胆敢保护人类的高等魔仙和普通仙灵也统统格杀勿论。可是她有个妹妹，名叫克莱尔，与她并肩战斗，邪恶狡诈程度不在她之下……直到克莱尔爱上了一位凡人战士——尤里安。"艾莉丝颤抖着叹了口气。"尤里安统帅着强大的人类大军，但克莱尔却还是秘密地找到了他，疯狂地迷恋着他。爱情使她盲目，她竟没有意识到尤里安在从她口中套取阿玛兰萨军队的情报。阿玛兰萨起了疑心，既无法劝说克莱尔离开那个男人，也不忍心痛下杀手，让妹妹太过伤心。"艾莉丝咂着舌，逐个拉开柜橱，查看里面还剩下什么。"阿玛兰萨享受折磨与杀戮的快意，却爱极了她的妹妹，狠不下心。"

"后来呢？"我问。

"噢，后来尤里安背叛了克莱尔。在当了她几个月的情人之后，尤里安拿到了自己需要的情报，然后对她先虐后杀，用桦木将她牢牢钉住，让她在被施暴时动弹不得。他还故意留下克莱尔的尸块，让阿玛兰萨找到。他们说当阿玛兰萨得知这件事时，怒火足以烧毁整片天空，幸好她的国王制止了她。虽然如此，她和尤里安后来还是爆发了一场终极对决。从那时起，阿玛兰萨就对人类怀有了你无法想象的痛恨。"艾莉丝发现了一罐果酱，也塞进了背包里。

"在双方缔结条约之后，"艾莉丝现在开始翻找抽屉，"她并没有给她的奴隶们自由，而是杀死了他们。"这话听得我脸色苍白。"然而在几个世纪之后，当她对诸位至高之主讲述她妹妹的死改变了她时，至高之主大人们还是相信了她——尤其是当她打通了两大疆域之间的贸易路线。至高之主们始终都不知道，那些满载着西博恩货物的船也带来了她的私人军队。西博恩的国王对此事也不知情。可我们很快就发现，在她待在这里的五十年里，她已经决定要把皮西亚据为己有。她开始积聚力量，把我们的领地当成大本营，打算有朝一日以这里为起点，彻底毁灭你们人类的世界。至于她的国王是否支持她，她根本不在乎。终于，在四十九年之前，她出手了。"

"她知道即使有那支私人军队，她也永远无法凭借一己之力在数量或力量上征服七大至高之主。可是她狡猾而残忍，耐心地等待着，直到完全赢得了他们的信任，直到至高之主大人们为她举行了一场舞会。那天夜里，她在他们喝的酒里偷偷倒进了她根据西博恩国王的邪恶法术配方制造的药剂。喝下酒之后，至高之主们纷纷倒地不起，魔法力量被她全数偷光——她像从树上摘苹果一般，只给他们留下了最浅薄的魔法功力。你的塔姆林大人——你见过的那个他，和从前的他比起来不过是个影子罢了。在七位至高之主的力量被极大地削减后，阿玛兰萨没过多久就成了皮西亚的实际掌权者。四十九年来，我们全都是她的奴隶；四十九年来，她始终在静待时机，伺机打破条约，夺取你们的地盘，还有所有人类的领地。"

我真希望这里能有一张凳子或是一把椅子让我瘫坐在上面。艾莉丝啪地关上了最后一个抽屉，跛着脚走向了食品储藏室。

"现如今他们称呼她为欺诈者。她诱骗了七位至高之主，在我们领地正中央那座圣山之下修建了王宫。"艾莉丝在食品储藏室的门前停下，再次捂住脸，稳了稳呼吸。

那座圣山就是我在几个月前在藏书室的画壁上看到过的那座光秃秃的高山。"但是这片土地上的疫病……塔姆林说他们的力量是被疫病夺去的——"

"她才是这片土地上的疫病。"艾莉丝打断了我，放下手，走进了储藏室。"没有什么疫病,只有她这个祸端。边境之所以乱作一团,都是因为她在作祟。她喜欢派爪牙来侵犯我们的领地,想借此检验塔姆林还剩下多少力量。"

如果阿玛兰萨就是那场疫病的话,那么威胁人类领土的隐患也是她了。

艾莉丝从储藏室里走了出来,手里抱着各式各样的根茎类蔬菜。"你原本可以成为阻止她的那个人。"她目光炯炯地看着我,露出了锋利的牙齿。她一边把萝卜和甜菜往背包里塞,一边接着说:"你原本可以让他找回自由和力量,可惜你只看见了自己的心,对其他一切浑然无觉啊,人类。"她愤愤地说道。

"我——我……"我抬起手,对她摊开手掌。"我不知情。"

"你不会知情。"艾莉丝苦涩地说着,再次走回食品储藏室,发出刺耳的笑声。"那是塔姆林诅咒的一部分。"

我感到晕头转向,紧紧地靠在墙边。"什么诅咒?"我努力压低音调。"他中了什么诅咒?她对他做了什么?"

艾莉丝从储藏室的架子上把剩下的几罐调料也取了下来。"塔姆林和阿玛兰萨是旧相识了,他的家族从很早之前就和西博恩息息相关。在那场战争期间,暖春王庭与西博恩联合起来奴役着人类。于是他的父亲——他那性情暴躁、手段狠毒的父亲和西博恩的国王还有阿玛兰萨过从甚密。塔姆林小时候经常和他父亲一块前往西博恩,一来二去就认识了阿玛兰萨。"

塔姆林以前对我说过,他会为了保护某个人的自由而战斗,他绝不能忍受奴役制度的存在。那仅仅是因为他想要洗刷家族过往的污点,还是因为……因为他明白被奴役意味着什么?

"阿玛兰萨越来越倾慕于塔姆林——她那颗邪恶的心渴望与他共享欢愉。但是塔姆林却从别人口中得知了那场战争的事,知道阿玛兰萨和他的父亲以及西博恩国王对仙灵和人类犯下过何等恶行,知道她为了给妹妹报仇,对尤里安下过怎样的毒手。当她来到这里时,他非常警惕,无论她想出什么办法把他骗到床上去,他都和阿玛兰萨保持着距离,直到自己的力量被她偷走。卢西恩……卢西恩以塔姆林侍臣的身份被派去跟她会面,试图让双方达成和解。"

我感到喉咙一苦。

"她拒绝了,然后卢西恩让她从哪个粪坑爬出来的就滚回哪个粪坑里去。她拿掉了他的一只眼睛,以示惩戒。阿玛兰萨用手指甲把卢西恩的整只眼睛挖了出来,又在他脸上留下了那道伤疤。卢西恩血淋淋地逃了回来;当塔姆林至高之主看见朋友的那副惨状,居然吐了出来。"

要是连塔姆林都觉得难以忍受,我实在无法想象卢西恩当时的情形有多触目惊心。

艾莉丝敲了敲她脸上的面具,金属在她指尖下发出了清脆的声响。"后来,她在山之底召开了一场化装舞会,所有王庭都受邀出席。她说那是一场弥补她对卢西恩造成伤害的派对。既然是化装舞会,他就不必对人露出脸上那道恐怖的疤痕了。她要求暖春王庭上上下下全数到场,连仆人都不能例外,每位成员都要戴上面具,以此向塔姆林变形的力量致敬。塔姆林希望能够兵不血刃地化解冲突,于是欣然应允,把我们所有人全都带了过去。"

我用双手撑住身后的石头墙壁,靠那冰凉和稳固让自己不至于倒下。

艾莉丝把装满食物和补给品的背包丢在了厨房中央的地板上。"等所有人到齐之后,她宣布愿意化解干戈,前提是塔姆林必须要成为她的情人和配偶。可是当她试图碰他时,塔姆林却拒不让她靠近,尤其是无法原谅她对卢西恩犯下的恶行。塔姆林当天夜里当着所有在场人的面说，他宁可尽快找个人类上床，宁可尽快娶个人类女子为妻，也不愿意碰她。假如塔姆林没有接着说下去，假如塔姆林没有提醒阿玛兰萨，说她的妹妹宁可对人类投怀送抱也不愿听她的话，宁可选择尤里安也不愿选择她……事情恐怕不会变得无法收拾，阿玛兰萨说不定会放他一马。"

我已经猜出了下文，继续听艾莉丝双手叉腰地说道："你可以想象阿玛兰萨在听了那些话之后是什么反应，可她还是告诉塔姆林，她愿意给他一个机会破除她为了偷取他力量而施放的法术。

"塔姆林一口啐在了她的脸上，阿玛兰萨哈哈大笑，说可以给塔姆林七七四十九年时间，到时候他就必须乖乖回到山之底。要想破除她的诅咒，他必须找到一个真心愿意嫁给他的人类女孩，而且不能是随便乱找——那人类女孩必须心冷如冰，对我们的族类怀有憎恨，想要杀死仙灵而后快。"大地仿佛在我脚下颤动起来，幸亏有这面墙壁能支撑住我。"这还不算完，那女孩杀死的仙灵还必须是他的人，像待宰的羔羊那样被他送到墙的另一边受死。如果那女孩在并非自卫而纯粹是出于仇恨杀死了他的人，就像尤里安对待克莱尔那样，那么她必须要被带到这里来，对她百般示好，以此来让他理解她妹妹当年的痛苦。"

"那纸条约——"

"都是骗你的。条约里压根儿没有那样的条款，你想杀死多少无辜的仙灵都没问题，无须承担后果。你只是杀死了被塔姆林派去做牺牲品的安德拉斯。"塔姆林说，安德拉斯是去寻找治病的办法的。原来那不是为了治好什么魔法疫病——而是为了帮助皮西亚脱离阿玛兰萨的魔爪，为了破除这个诅咒。

那只狼——安德拉斯在被我杀死之前，只是直愣愣地凝视着我，自愿被我杀死。只有牺牲他自己，才能推进整件事情向前发展，才能给塔姆林争取到破除那法术的机会。如果安德拉斯真是塔姆林派去的，那么他早就知道安德拉斯将有去无回了……噢，塔姆林啊塔姆林。

艾莉丝弯腰捡起了一把弯曲变形的黄油刀，小心将它掰直。"对阿玛兰萨来说，这一切都是个残酷的笑话，是机智的惩罚。你们人类是如此厌恶和惧怕着仙灵，既然某个女孩能冷血无情到对仙灵痛下杀手，她又怎么会爱上我们的同类呢？可是塔姆林必须要在七七四十九年过完之前将她找到，才能将他中的诅咒破除——那个女孩必须要亲口对他说出自己爱他，而且必须是真心实意的。阿玛兰萨知道人类向来喜欢以貌取人，所以才让我们所有人都戴上了面具，塔姆林更不例外。爱上他的女孩必须在连他的脸都看不见的情况下，与他的灵魂坠入爱河。然后，她又禁锢了我们，让我们不能乱说话，连一个字都不能泄露出去。我们无法跟你讲述我们的世界，或是讲述我们的命运。塔姆林不能告诉你，我们谁都不能告诉你。关于那场疫病的谎言，已经是他和我们所有人能做到的极限了。我现在之所以能把这一切如实地说给你听，意味着……意味着这场游戏对阿玛兰萨而言已经宣告结束了。"她把黄油刀塞进了衣袋里。

"在她刚开始诅咒他时，塔姆林每天都会派人越过那道高墙，伪装成狼的样子深入树林和农场各处，诱使你们人类下杀手。凡是活着回来的，无一例外地遇见的都是哭哭啼啼、哀声乞求的人类女孩，甚至连一只手都没敢抬起来；凡是没能回来的——塔姆林身为他们的主人，早已能通过联结察觉到他们已不幸死在别的什么人手中，或许是男性猎手，或许是年长的妇女。在两年时间里，他每天都在挑选着该把谁派到高墙的另一边去。到最后，他身边只剩下了十几个仙灵，悲痛之下，他停手了。从那时开始，塔姆林就留在了这里守卫边境，不让自己的领地像其他王庭那样被阿玛兰萨搞得乌烟瘴气。统治其余王庭的至高之主们也有过反抗,四十年前,有三位至高之主和他们的大部分家人因为跟她作对而被残忍地处以了极刑。"

"他们发动了公然叛乱?是哪几个王庭?"这话令我惊讶得站直了身子。说不定我可以去那些王庭里寻找盟友,帮我去救塔姆林。

"日光王庭、炎夏王庭和凛冬王庭。而且他们的行动根本没有上升到公然叛乱的地步。她利用至高之主的力量把我们束缚在了这片土地上。于是,反叛的至高之主们只能把擅闯仙灵领地的人类蠢货当作信使来给其他王庭传递消息,请求援助——大多数都是年轻的把我们当作神灵膜拜的女性。"她说的是福佑之子。那些女人的确越过了高墙——但却不是来当新娘的。艾莉丝说的这些话使我大为震惊,我既为她们感到难过,同时也感到难言的愤怒。

"可是还没等他们离开海岸线,就全被阿玛兰萨抓住了,而且……你可以想象那些姑娘的下场如何。后来,连反抗的至高之主们也被阿玛兰萨杀死了,他们的继任者吓破了胆,再也不敢惹她发火。"

"那些继任者现在在哪儿?也和塔姆林一样被允许生活在自己的领地上吗?"

"不。他们各自王庭上上下下的所有成员都被阿玛兰萨扣留在了山之底,随她任意折磨取乐。其他人等——倘若他们愿意对她效忠,愿意对她卑躬屈膝唯命是从的话,她就能赏给他们一丁点自由,让他们在山之底享有进出的权力。至于暖春王庭,在塔姆林的诅咒消除之前,所有人都不得离开,可是……"说到这里,艾莉丝颤抖了。

"所以你才把外甥们藏了起来——以免他们卷入其中。"我看着她脚下鼓鼓囊囊的背包说道。

艾莉丝点点头,走向那张被撞翻的工作台。我走过去帮她,两人费了好大力气才把那张台子翻了过来。"我和我妹妹原先都在炎夏王庭里效力,当阿玛兰萨入侵时,她和她的配偶也在遇难者之列。

我收留了她的孩子们,在阿玛兰萨把所有人带回山之底之前逃之夭夭。我之所以会来到这里,是因为别无选择,我求塔姆林帮我把我的外甥们藏起来。他帮了我,作为回报我留在了这里。几天之后,我就在那场化装舞会上戴上了这张面具。我已经在这里生活了将近五十年,看着阿玛兰萨的套索在他脖子上越勒越紧。"

我们又把刚才那张台子竖起,两人都累得直喘粗气。

"他试过,"艾莉丝接着说,"即使周围到处都是她的眼线,大人还是在想方设法地想要破除诅咒,内心其实分外抗拒再派仙灵出去白白送死。他认为倘若真遇到一个爱他的人类女孩,那么把她带到这里来换取他的自由,无疑等同于另一种形式的奴役。而且大人觉得,要是他真的爱上了那个女孩,阿玛兰萨一定会不择手段地毁掉她,为妹妹报仇。于是大人与之抗争了几十年,但去年冬天,眼看距离最后的期限就剩下几个月的时间了,实在没有办法的他,把身边仅剩的亲随们一个接一个地派了出去,那些亲随全都是自愿的——在那几十年间,他们时常会主动请缨,求他把他们派到墙的另一边去。塔姆林不顾一切地想要拯救自己的族人,甚至到了让亲随们去送死的地步,要用某个人类女孩的性命来拯救我们。三天之后,安德拉斯终于在林间空地上遇到了一个人类女孩——你在内心仇恨的驱使下杀死了他。"

可我还是让他们失望了,害得他们所有人在劫难逃。

这处宅院里的每个仙灵,乃至皮西亚的整个地区,全都被我害惨了。

我真庆幸自己此刻靠在桌边——否则我或许会瘫倒在地板上。

"你原本可以破除诅咒的。"艾莉丝怒吼道,她口中的锐齿距离我的脸只有些许距离。"你只要对大人说出你爱他就行了——告诉他你爱他,用你那颗毫无用处的人类心脏真心地表达出你的爱意,他就能找回自己的力量。你这个愚蠢至极的小女孩。"

难怪卢西恩明明那么恨我，还是会忍受我留在这里；难怪在我离开时，他会那么失望，甚至和塔姆林争辩应该让我在这里再多留一段时间。"对不起。"我感到双眼火辣辣的。

艾莉丝哼了一声。"把这话留着去跟塔姆林说吧。在你离开之后，他距离七七四十九年的期限就还剩下三天时间。三天，而他居然就那么放你走了。时间刚到，那女人就带着她的爪牙闯了进来，把他和暖春王庭的大多数成员都带到了山之底。像我这样的人在她眼里太过低贱——虽然她大可以拿我们当成练习杀戮的靶子。"

我尽量不去想象那个画面。"可西博恩的国王呢？如果她夺取了皮西亚的统治权，偷盗了他的法术，那么他究竟把她看成是叛徒还是盟友？"

"就算他们俩关系不睦，他也没有采取行动惩罚她。四十九年来，这片土地始终在她的股掌之中。更糟的是，在其他王庭的至高之主被夺权之后，我们领地上所有的邪魔妖孽——哪怕是寂夜王庭都不够那些邪魔妖孽施展拳脚——全都投奔到了她的势力之下，至今未改。阿玛兰萨给他们提供了容身之所。但我们知道，她其实是在打造自己的军队，等待着入侵人类世界的时机，到时候皮西亚和西博恩所有凶残狠毒的仙灵都会一拥而上。"

"就像那个阿特尔。"恐惧把我的肚肠揪成了一团，艾莉丝点了点头。"在人类的领地上，"我说，"有消息称，近来有越来越多的仙灵溜过了那道高墙，攻击人类。而如果所有仙灵都必须得到她的准许才能越过高墙的话，那说明她早就默许了他们的行动。"

而且要是我对发生在克莱尔·贝多家的惨案判断没错的话，那么阿玛兰萨也是那件事情的幕后黑手。

艾莉丝从我们倚靠的那张桌子上擦掉了我没能发现的尘土。"如果她真的派了爪牙到人类的地盘上去调查你的优劣短长,期待有一天能彻底将你毁灭,我一点都不觉得意外。"

当我提醒妮斯塔和家人们时刻保持警惕,稍有异动立即逃跑时,还没有想到这一层。想到塔姆林的处境,我感到分外心痛——愧疚与悲伤使他深陷绝望,他被迫牺牲自己的亲随,从始至终都绝对不能跟我透露半点消息,就那么放我走了。这样一来,他们所有人的牺牲,包括安德拉斯的牺牲,全都白费了。

他知道如果我留下,即便我能令他重获自由,也难逃阿玛兰萨的怒火。

"面对他们,面对在皮西亚发生的一切,我甚至自身难保……即使我们能逃过疫病这一劫……他们仍旧不会放过你——她会设法要了你的命。"

我想起当初刚到这里时,塔姆林煞费苦心地想要讨我欢心,后来见我似乎疯了似的想要离开这里,也不想和他说话,于是便放弃了种种尝试。虽然如此,他还是爱上了我——他知道我也爱他,所以才在离最后期限只剩下几天的情况下让我离开。他把我看得比他的整个王庭还重,比整个皮西亚还重。

"要是塔姆林获得了自由,要是他能找回全部力量,"我看着墙上焦黑的一片说道,"他能消灭阿玛兰萨吗?"

"我不知道。她把至高之主们玩弄于股掌之中,靠的是诡计,而非武力。魔法是一种很特别的东西——它喜欢统治,而她把他们操纵得太过完美。她把至高之主们的力量都锁在自己的身体里,仿佛她无法使用似的,即使能用也是少之又少。她自身也有着致命的杀伤力,所以万一塔姆林真和她交手的话——"

"塔姆林会占上风?"我拧着手指问道。

"他是至高之主。"艾莉丝说,似乎这个答案足以回答一切。"可那些全都不重要了。他要沦为她的奴隶,我们全都要戴着这张面具,直到他同意当她的情人——就算那样,他也永远都无法找回全部的力量。她也不会放其他被关押在山之底的仙灵离开。"

我推开桌子,站直问道:"怎么去山之底?"

艾莉丝咂咂舌。"你不能去。但凡人类进去的,没有一个活着回来。"

我把拳头攥得紧紧的,指甲都嵌进了皮肉里。"怎——么——去——山——之——底?"

"别找死。她会杀了你,而且你能不能活着接近她都是个问题。"

阿玛兰萨捉弄了他——狠狠地伤害了他,狠狠地伤害了他们所有人。

"你是人类。"艾莉丝站在我面前说道,"你这身皮肉像纸一样薄。"

阿玛兰萨一定也抓走了卢西恩——她从前就挖出过卢西恩的一只眼睛,在他的脸上留下了那样的疤痕。卢西恩的母亲有没有为他掉眼泪?

"你盲目得连塔姆林的诅咒都看不出来。"艾莉丝接着说,"怎么能面对阿玛兰萨?你去,只会让情况变得更糟。"

阿玛兰萨夺走了我想要的一切,夺走了我终于鼓起勇气想要争取的一切。"告诉我怎么去。"我的声音在颤抖,眼眶里也没有泪水。

"不行。"艾莉丝把背包甩在肩上。"快点儿回家!我会把你送到高墙那里。现在做什么都是徒劳的了,塔姆林永远都要做她的奴隶,皮西亚永远都会被她牢牢控制。这就是命,是创世之釜早就安排好的。"

"我不信命,也不信创世之釜那套鬼话。"

艾莉丝又摇了摇头,披散的棕色长发在微弱的光线下像一团发光的泥浆。

"带我去找她。"我坚持道。

如果阿玛兰萨要挖穿我的喉咙,那么我至少也算在临死之前为他做了些事——至少我也算是死得其所,拼尽全力去平复了那场我没能阻止的灾难,去尝试拯救了那些间接因我而死的人。至少,塔姆林会知道我那么做是为了他,他会知道我是爱他的。

艾莉丝盯着我看了半晌,眼神柔和下来。"既然如此,那就如你所愿吧。"

第三十三章

我也许是在走向死亡,可我也是有备而来。

我勒紧了绑在胸口的箭袋,用手指抚摸着从肩头上伸出的箭羽。当然,我身上没有梣木箭矢,但我从庭园四处搜集到的这些也能勉强派上用处。我本想多带一些,又担心过多的武器让我徒增负担,再说大部分武器我也不知道该怎么用。于是我只背了一满袋箭矢,腰间插着两把短刀,肩膀上扛了一把长弓。就算我即将遭遇的对手是生来就擅长杀戮的仙灵,我这身装备也比两手空空要好得多。

我跟着艾莉丝穿过寂静的树林和丘陵,时不时地停下脚步仔细听周围的动静,不断改变着路线。我不想知道她具体听见或是闻出了什么,尤其是这片大地上此时笼罩着一片死寂。待在至高之主身边,那个苏瑞尔曾经对我这样说过。待在他身边,爱上他,一切都能重归正途。如果我听了它的话,如果我能诚实面对内心的感受……局面就不会变成如今这样。

世界被夜色填得密不透风,我的双腿也因为攀爬陡峭的山坡而传来阵阵疼痛,可艾莉丝还在继续向前,从没有回头看看我是否跟在后面。

当她在两座山丘中间的空地上停下脚步时,我才腾出空来分神猜想自己只带了一天食物的做法是否明智。夜风格外冰冷,这里的风比山顶上的风还要冰冷得多,冻得我直打哆嗦。这时,我看见了一个狭小的山洞。这里绝不会是山之底的入口——根据壁画的描绘,山之底是皮西亚的中心所在,预计还要有几个星期的脚程才能到达。

"条条黑暗难行的道路全都通往山之底。"艾莉丝的声音小得快要被树叶的沙沙声盖住了。她指着洞穴说道:"这里是一条古老的捷径,从前被看得非常神圣。哎,都是过去的事了。"

这就是卢西恩当天命令那个阿特尔不要进入的洞穴。我努力克制着身体的颤抖。我爱塔姆林,只要能把他救出来,就算是上天入地我也在所不惜,可如果阿玛兰萨真比阿特尔还要难对付的话,如果阿特尔还不算是她最邪恶的爪牙,如果连塔姆林都那么怕她……

"看来你已经在责怪自己不该头脑发热了。"

我把背一挺道:"我一定会救他出来。"

"她能让你干干净净地受死就不错了,你能被带到她面前再受死,就更是奇迹了。"听完这句话,我肯定变得脸色苍白,因为艾莉丝紧跟着抿了抿嘴,拍了拍我的肩膀。"记住几条规矩,小女孩。"她对我说,我们两人都在注视着不远处的山洞。黑暗从洞内弥散而出,玷污着清新的夜风。"不要喝酒,那酒和我们夏至庆典上喝的可不一样,坏处要远远大得多;除非性命攸关,别和任何人做交易,即便是在性命攸关的情况下,也要考虑是否值得。最重要的是,不要相信那里的任何人,包括你的塔姆林大人。你的感官会是你最大的敌人,它会想尽办法背叛你。"

我分外想拔出腰间的短刀,却只是感激地点了点头。

"你想出计划了吗?"

"还没有。"我坦白说道。

"别期盼那两块钢铁能帮你什么忙。"艾莉丝看着我那两把短刀说道。

"不会。"我咬着腮帮回答。

"关于诅咒,有件事情我们没有告诉你。即便是现在,只要提起这件事我还是会觉得浑身的骨头都在号叫。那件事只能靠你自己去发现。她……她……"艾莉丝大声咽了口唾沫。"她至今也不想让你知道,我也不能说。"她喘着粗气。"一定要时刻竖起耳朵,小女孩。仔细听你听见的声音。"

我把手放在她的胳膊上。"我会的,谢谢你给我带路。"还有为我牺牲了宝贵的时间。她背的那袋补给品——给她和外甥们准备的食物——足以表明她原本打算的去向了。

"把别人带到死神面前,对方还向你表示感谢,真是千载难逢的奇事啊。"如果我把危险琢磨得太久,或许会丧失勇气,再也救不出塔姆林。不能再和艾莉丝说下去了。"无论如何,祝你好运。"艾莉丝说道。

"等你接到那两个男孩,如果你和你的外甥们想找个地方藏身,"我说,"就越过高墙,到我家去吧。"我把具体位置告诉了她。"找我的大姐妮斯塔,她知道你是谁,她什么都知道,她会尽力把你们安置好的。"

就算艾莉丝和她的两个外甥令妮斯塔感到害怕,她也不会把他们赶走,我如今对此深信不疑,相信她肯定能确保他们的安全。艾莉丝拍了拍我的手说:"活下去。"

我最后望了她一眼,然后望向我们头顶上那无垠的夜空和远处绿意绵延的丘陵。那是塔姆林眼睛的颜色。

我朝山洞走去。

✢

耳边只有我短促的喘息和靴子踩在石头上的嘎吱声。我在伸手不见五指的山洞里亦步亦趋地向前走着，由于紧贴着墙壁，双手很快就因为接触冰冷潮湿的岩石而变得麻木。我小心地迈着步子，生怕掉进什么不易察觉的深坑里直接摔得粉身碎骨。

不知走了多久，黑暗中终于出现了一道橙色的光亮。随后，我听到了声音。

嘶嘶，咔咔，各种各样的喉音嘈杂而刺耳，如同一挂爆竹在这片宁静中燃响。我紧紧贴着洞穴的墙壁，但那声音却从洞穴中穿过，渐渐消失了。

我朝着光亮的方向走去，源头处的光线晃得我睁不开眼睛——原来是岩石上有条裂缝。与那缝隙相连的是一条雕琢粗糙、有火光照亮的地下通道。我在阴影里犹豫不决，心跳得越发狂野。洞穴墙壁上缝隙的宽度恰好能让一个人钻过去，其边缘参差而尖锐，显然很少有人从这里通行。地上没有脚印，这个入口也没有任何被人使用过的迹象。前路乍看没有障碍，但在不远处突然转弯，阻挡了我的视线。

通道里静得吓人，但我牢记着艾莉丝的告诫，不能对声音放松警惕，尤其是仙灵族的脚步声比猫还要轻。

可我还是必须要离开这个洞穴。塔姆林已经被抓来几个星期了，我要尽快弄清楚阿玛兰萨把他关在了什么地方，但愿中途不要撞见任何人。我是杀死过野兽和纳加没错，可如果再遇到别的对手……

我深吸了几口气，稳住心神。只要把眼下的处境想象成狩猎就好，只是这次，猎物从野兽变成了仙灵，会没完没了折磨我的仙灵，我求生不得，求死不能，就像拔掉炎夏王庭那仙灵的翅膀那样。

我小心翼翼地蜷缩着身体，使劲挤过那条狭窄的缝隙，不让自己去回想当天那血淋淋的一幕。我的武器刮到了墙壁，碎石纷纷坠落，吓得我皱起眉头。向前，向前，继续向前。我加快脚步，躲进了对面墙壁上的凹陷处，但这里也遮不住我的身体。

我贴着墙边悄悄前行，在转弯处停下脚步。这是一个错误。只有蠢货才会到这里来，谁知道我现在身处阿玛兰萨王庭的什么地方。当初真该从艾莉丝那里多打听一些情报，多问问才对，或者想别的办法——任何办法都要好过陷入这样的处境。

我躲在角落里向外探头张望，几乎沮丧得哭了出来。在苍白的岩石山壁上又出现了另一条通道，两旁都是火把，没有光线昏暗的位置能让我藏身。这条新通道在尽头处也骤然转弯，我的视线再次受阻。若是我进入通道，就会像一只在空地上蹭树皮的饥饿小鹿那样，成为猎人们的理想目标。

然而这两条通道全都寂静无声，我之前听见的声音都消失了。而如果我这时听见任何声音，肯定会飞奔回洞口。不如我索性把这次当成侦察，收集情报，找到塔姆林被关在哪儿——

不行。短时间内恐怕不会再有下一次机会了，我必须马上行动。要是我停留太久，也许就再也无法鼓起勇气。想到这里，我绕过了墙角。

长而纤细的手指抓紧了我的胳膊，我的身体变得僵硬。

一张瘦长而像皮革样的灰色脸孔出现在我的眼前，微笑着露出了口中的银色尖牙。"你好啊。"它嘶嘶地说，"你这样的小东西跑到这里来所为何事？"

我认识这个声音。它至今仍是我梦魇中的常客。

因此，此时此地，我唯一能做的就是在他那双蝙蝠似的耳朵凑过来时不让自己失声尖叫。

我正站在阿特尔面前。

第三十四章

　　阿特尔用冰冷的手抓着我的上臂,把我半拖半拽地拉进了王座大厅,甚至懒得缴下我的武器,我们都明白反正那武器也发挥不了任何用处。

　　塔姆林。艾莉丝和她的两个外甥。我的姐姐们。卢西恩。眼见阿特尔这邪魔从上方压下来,我默默在心里一遍又一遍地重复着这些人的名字。阿特尔间或会扇动它那皮革样的翅膀——要不是因为怕自己一开口就会尖叫,我也许会问问他怎么不直接杀了我。阿特尔向前滑着步子,长着利爪的双脚悠然自得地在洞穴地面上摩擦而过,拽着我往前走。它跟我画下来的模样毫无二致。

　　一双双斜睨着我的眼睛一路跟在我的身后,残忍而凶残,谁都不在意被控制在阿特尔利爪下的我是死还是活。他们当中大多数都是仙灵,也有少数高等魔仙。

　　我们经过了两道古老而巨大的石门——比塔姆林的庭园还要高——走进了用乳白色的石料雕砌而成、有着无数梁柱支撑的宽敞内室。热爱绘画的那个我这时又不合时宜地冒了出来,四周的雕饰纹样似不仅是纯粹为了美观,而是画着不同场景和运动状态下的仙灵、高等魔仙和各种猛兽,上演着数之不尽的皮西亚的故事。梁柱两两之间悬挂着珠光宝气的枝形大吊灯,给下方的大理石地面点缀了不同的色彩。聚集在这里的全是高等魔仙。

这里人头攒动,有些在跟随着那节奏混乱而诡异的音乐跳舞,有些在东游西逛地四处闲谈——看来是在举行某种派对。我以为我在人群里看见了几张闪闪发光的面具,可定睛一看,周围只有尖牙利齿、锦衣华裳。阿特尔继续拉着我往前走,世界在我眼前天旋地转。

冰冷的大理石地面在我脚下显得无比坚硬,寒意侵入我的骨髓,我全身的骨头都在呻吟哀叫。我强令自己打起精神,火花在眼中跳跃,身体却仍然低伏在地,注视着前方的高台。我昂起头,看着只有几步之遥的王座。

端坐在那漆黑王座上的,正是阿玛兰萨。

尽管她面貌算得上悦人,但远没有我想象中那般不可方物,并没有黑暗与仇恨女神般的风姿,看上去反而更加令人不敢妄动。她那金红色的头发绕着金色的王冠编成了整齐的发辫,和雪白的皮肤互为映衬,红宝石般饱满的嘴唇显得尤其引人注目。那双漆黑的眼眸闪着光,然而又有一种说不清道不明的东西在汲取着她的美貌,如同永恒地嘲讽着她的五官轮廓,使她身上的韵味看起来做作又冰冷。要是想给她画幅肖像画,肯定会把我逼疯。

她就是西博恩的最高统治者,在几百年前大肆屠杀过人类的军队,不仅没有解放自己的奴隶,连一个活口都没留下。她只用了很短的时日就夺取了整个皮西亚。

接着,我朝她身旁另一个黑色岩石王座看去,把双臂压在身下。

他脸上还带着那张金色面具,身上还穿着战士的衣装,肩带还绑在胸前——只是上面的短刀都不见了,全身上下连一把武器也没有。他既没有睁大眼睛,也没有紧抿嘴唇,既没有露出利爪,也没有现出尖牙。他就是那么愣愣地看着,无知无觉,无动于衷,毫无表情。

"这是怎么回事?"阿玛兰萨问道,虽然她冲我露出了毒蛇般的微笑,但声音却清脆而悦耳。在她那纤长而光滑的脖子上挂着一根又长又细的链子,链子底下坠着一枚饱经风霜,如指节般大小的骨头。我不愿意去想这骨头的主人是谁,呆在地上一动不动。如果我动一动胳膊,恐怕就会把短刀拔出来——

"不过是我在楼下发现的一个人类小不点儿。"阿特尔发出嘶嘶的声音说道,从他那如剃刀般锋利的两排牙齿中间伸出了一根叉状的舌头。阿特尔扇动着翅膀,顿时有一阵臭气扑面而来,它随后又飞快地把翅膀收回到他那枯瘦的身体背后。

"显然是这样。"阿玛兰萨说。我不愿意去看她的眼睛,视线的焦点始终停留在塔姆林那双棕色的靴子上。他距离我只有十步远——仅仅十步,却自始至终没有说一个字,脸上甚至没有露出惊恐或愤怒的神色。"可是你把她带到这来干什么?"

阿特尔咯咯笑了起来,那声音如同在煎锅上烧开的热水,伸出一只长爪子的脚碰了碰我的身体。"快,跟女王陛下说说,你为什么要在地下墓穴里溜达?你为什么会从通向暖春王庭的那个古老的洞穴里钻出来?"

这时候我是应该索性杀死这个阿特尔,还是继续设法跟阿玛兰萨周旋?阿特尔又踢了我一脚,锋利的爪子扎进了我的肋骨,我疼得皱起眉。"快向女王陛下说明情况,你这个人类渣滓。"

我需要时间来弄清楚周围的环境。如果塔姆林确实受到了某种魔法的控制,那么要想把他接走很难。我慢慢站起身来,把手放在随时可以拔刀的距离之内。我看着阿玛兰萨那件金光闪闪的长袍,没有看向她的眼睛。

"我来这里是要带走我的爱人。"我静静地说。或许那诅咒还有被破除的可能性。我再次望向塔姆林,那双翠绿的眼眸静得好像一潭死水。

"噢?"阿玛兰萨身体微微前倾。

"我来这里是为了带走塔姆林,暖春王庭的至高之主。"

大厅里一片哗然,那阿玛兰萨却把头往后一仰,发出了乌鸦般的笑声。

至高女王转身看着塔姆林,脸上露出邪恶的笑容。"你这些年来真没闲着,开始对人类畜生们感兴趣了?"

他还是什么都没有说,也没有任何表情。她到底做了什么?塔姆林没有动——阿玛兰萨的诅咒看来是生效了。我来得太晚了。我让他失望了,是我害了他。

"可是——"阿玛兰萨慢慢地说,我能感觉到阿特尔和整个大厅都从我背后压了过来。"这让我感到很好奇——是不是只有一个人类女孩能在杀死你的侍卫之后被带回来……"她的眼睛闪着光。"哦,你可真是贴心啊!你让我折磨那个无辜的女孩,来确保这个女孩的安全?你实在是太可爱了,居然真能让一只人类虫子爱上你。奇迹呀!"阿玛兰萨边说边鼓起掌来,塔姆林只是把视线调转开去,这是我看到他做出的唯一反应。

折磨。阿玛兰萨,说她折磨过——

"放他离开。"我尽量保持着声音平稳。

阿玛兰萨再次大笑起来。"给我一个不必把你原地杀死的理由,人类。"她口中的利齿又直又白,简直亮得发光。

我感到血液偾张,高昂着头回答:"你戏弄了他。你把他抓来是不公平的。"塔姆林的神情实在太过镇定了。

阿玛兰萨咂着舌,注视着她雪白纤瘦的手——看着戴在她食指上的那枚圆环。当她再次把手放下时,我才看清那是一枚戒指,形状像是水晶上镶嵌了一颗人类的眼睛。我发誓,我看见它在向内旋转。"你们这些人类畜生真是太没有创意了。我们花了多少年的时间教你们言谈吟诗,结果你就只想出这番说辞来?我真该割掉你那没用的舌头。"

我咬紧牙关。

"但是我还是很好奇:要是你亲眼看到别人是怎样替你受过,从你两张上下翻飞的嘴皮里还能说出什么样的雄辩之词来?"这话让我的眉毛拧成了一团,阿玛兰萨指了指我的身后,那枚邪恶的眼睛指环确实在随着她的视线移动,于是我也转身看了过去。

在这宽敞洞穴大厅另一边的高墙上,挂着一个年轻女人的尸体,全身的皮肤被烧得不成样子,手指也弯曲成了奇怪的角度,赤裸的身体各处都分布着刺眼的十字架形的红线。我的耳朵嗡嗡作响,连阿玛兰萨的咆哮声都快要听不见了。

"当她坚称自己从来没有见过塔姆林时,我也许应该相信她说的是实话。"阿玛兰萨饶有兴趣地说道,"当时她还号称从来没有杀死过仙灵,甚至没有外出打过猎。但她的惨叫声还是很悦耳的,我已经有很多年没有听过如此曼妙的声音了。"阿玛兰萨接着专门对我说道,"我真应该感谢你对睿山说出了那个假名字。"

克莱尔·贝多。

原来她是被他们抓到这里来了,原来这些恶魔在把她全家活活烧死之后,还对她做出了这样的事。这全都是我给她酿下的祸,为了保护我的家人,我把她的名字告诉给了睿山。

我感到五内纠缠,必须要集中精神,才不至于吐光胃里的东西。阿特尔用爪子抓住我的肩膀,把我推到阿玛兰萨面前,她仍然在用那毒蛇般的笑容看着我。是我害死了克莱尔,我为了保住自己的性命,害她无辜受死。墙上挂着的那具腐烂的尸体本应该是我,是我才对。

是我。

"来吧,小宝贝儿。"阿玛兰萨说,"对此你有什么话想说?"

我想咒骂她永生永世接受地狱之火的烧灼,我眼中此时只有克莱尔那具被钉在墙上的尸体,双目却无神地注视着塔姆林。他任由他们那般残忍地杀死了克莱尔。对他们隐瞒了我还活着的事实。我感到胆汁快要从喉咙涌出,眼中阵阵刺痛。

"你到现在还希望把能对一个无辜女孩做出那等恶毒之事的人带走吗?"阿玛兰萨温柔而略带安慰地说道。

我啪地转过头去看着她,我绝不会让克莱尔白死,绝不会束手就擒。"是的。"我说,"一点没错。"

阿玛兰萨听闻此言,露出了嘴里那锋利无比的尖牙,我看着她那双黑色的眼睛,意识到今天将是我的死期。

然而阿玛兰萨却靠在王座上,跷起了二郎腿。"瞧啊,塔姆林。"她一边说着,一边像是宣布占有权似的把手搭在他的胳膊上。"恐怕连你也没有料到这个场面吧。"她朝我的方向把手一挥,大厅里响起一片窃笑声,像石块砸在我的身上。"对此你想不想说些什么,至高之主大人?"

我望着这张我如此深爱的脸庞,他接下来说的话差点儿让我跪在地上。"我从来都没见过她,肯定是有人用魔魅法术开了个玩笑,说不定就是睿山干的。"即使是在此时此地,他还在设法保护我。

"这个谎话撒得也实在太过拙劣了。"阿玛兰萨偏着头说,"难道你——即使你在十多年前说过那些话,难道你如今真和人类牵扯不清了?一个内心视我们如仇敌的女孩,竟然真的爱上了仙灵;身为一个父亲曾经和我并肩血洗过人类的仙灵,竟然也爱上了她?"阿玛兰萨又发出了那乌鸦般的笑声。"噢,这实在是太感人,太有趣了。"她拨弄着颈间的那节骨头,注视着手指上的那颗眼睛。"要说有谁会被这一瞬间感动的话,"她对那枚戒指说道,"那个人肯定非你莫属啦,尤里安。"她甜笑着说,"可惜呀,你的那个贱女人却从来都没想过要救你。"

尤里安……原来那是他的眼睛和他的手指骨。恐惧缠绕住我的五脏六腑。不知她是通过何等邪恶的法术和力量,把他的灵魂和意识束缚在了那枚戒指和骨头上。

塔姆林还是像看陌生人似的看着我,脸上一点表情都没有。也许阿玛兰萨也把同样的魔魅法术用在了他身上,也许她抹除了塔姆林所有的记忆。

女王边玩着手指甲边说道:"自从克莱尔在我面前选择死亡之后,事情就变得无聊透顶了。现在杀死你,只会让我感到更没意思,人类。"阿玛兰萨看了我一眼,又接着玩起了指甲,还有手指上的那枚戒指。"可是命运总会以奇怪的方式搅浑创世之釜,或许我那可爱的克莱尔必须得死,才能让我好好从你身上找点乐子。"

我的肚肠拧起来了——我完全控制不了。

"你说你是来带塔姆林走的?"阿玛兰萨说道——这不是提问,而是挑战。"好吧,他那副沉默寡言、闷闷不乐的模样已经让我烦透了。当我陪亲爱的克莱尔玩时,他甚至连眉头都没皱一下,可爱的爪子也没露出来,当时我真是担心得很呢……"

"不过我会和你做个交易的,人类。"听她这样说,我的脑袋里响起警铃。除非性命攸关,艾莉丝曾经这样说过。"你完成我选择的三项任务——三项能够证明人类的忠心和爱意能有多深刻的任务,然后塔姆林就归你了。只要完成三项小小的挑战来证明你坚定的意志，证明给我看，证明给亲爱的尤里安看，让我们知道在人类中间真有真爱这回事，然后你就能带你的至高之主大人离开了。"她转身看着塔姆林，接着说，"把这当成恩惠吧，至高之主大人——这群人类杂碎总能让我们被欲望冲昏头脑，失去理智。你不妨就趁此机会看清她的本性。"

"我还要破除他的诅咒。"我不假思索地说。阿玛兰萨挑了挑眉，笑意越发明显，从口中露出了太多雪白的牙齿。"只要我能完成你的三项挑战，就算破除了他的诅咒，我们，包括他王庭上下的所有人等都能离开这里，永远享有自由之身。"我补充道。艾莉丝说过，魔法是一种很特别的东西，所以阿玛兰萨才借此戏弄了他们。我绝对不会因为这些漏洞而一败涂地。

"当然可以。"阿玛兰萨说，"如果你不介意的话，我还会加些新元素——看看你是不是真配得上我们仙灵，看看你是否真的聪明到了足够拥有他的地步。"尤里安的眼睛在疯狂地向内旋转着，阿玛兰萨对那只眼睛咂了咂舌头，眼睛便不再转动。"我再给你想条出路吧，小女孩。"阿玛兰萨接着说，"你可以完成所有的挑战——或者，要是你半途实在坚持不住，你只要回答一个问题即可。"我感到血液在我的耳朵里突突作响，几乎听不见她在说什么。"解开一个谜题，他的诅咒就能被破除，立即生效。甚至都不用我动手指，他就能获得自由。只要你说出正确的答案，他就归你了。你想什么时候回答这个问题都行——但要是你回答错了……"她伸手一指，我无须转身都能看见她指的是克莱尔的尸体。

我思考着她的话，在字里行间寻找着陷阱和漏洞，可听起来却很是合理。"要是我挑战失败了会怎么样？"

她脸上的笑容变得越发诡异，用大拇指摩挲着指环回答："要是你失败一次，就不会再存在于这个世界上陪我玩了。"

寒意袭过我的脊背。艾莉丝警告过我——警告我小心提防任何交易。可如果我拒绝的话，阿玛兰萨即刻就能要我的命。"那三项都是什么样的任务？"

"噢，自己去发现才有趣嘛！不过我可以告诉你，你每个月可以在月圆之夜那天完成一项任务。"

"其他时候呢？"我朝塔姆林看了一眼，他眼中的金色，要比我记忆中明亮得多。

"其他时候，"阿玛兰萨略带尖锐地说，"你要么待在牢房里，要么去完成我交代的额外工作。"

"要是你故意把我累垮了，岂不是不公平吗？"我看得出她正在失去兴趣。她并没有料想到我会问这么多问题，可我只能抓住这个机会多问一些。

"无非就是基本的打扫工作，哪有让你白白留在这里的道理。"这话说得我恨不得掐死她，但我还是点了点头。

"那就成交。"

我知道她也想听我说出这四个字，可有件事情我还要问个明白。"要是我完成了你的三项任务，或者解答了你的谜题，你真的会满足我的要求吗？"

"当然。"阿玛兰萨说，"这下我们算是成交了？"

塔姆林看着我，脸色变得惨白，眼睛不易察觉地微微瞪着，显示出不要！

要么答应，要么像克莱尔那样缓慢而残忍地受死。阿特尔在我身后发出嘶嘶的声音，催促我快点应答。我不相信命运或创世之釜那一套，而且我别无选择。

因为当我看向塔姆林的眼睛时，即使他此时此刻就坐在阿玛兰萨身旁，作为她的奴隶或是有着更加卑贱的身份，我对他的爱意还是无比强烈，那爱意席卷着我的整颗心。因为当我看到他瞪大眼睛时，我知道他还是爱我的。

我只剩下那一丝愚蠢的希望，希望自己能赢，能够战胜这位经历的岁月比我脚下的石头还要长久的仙灵女王。

"怎么样？"阿玛兰萨追问。我感觉到阿特尔准备从我背后飞扑上来，逼我说出答案。她戏弄了他们所有人，可那段在树林中苦熬的贫困岁月也并非使我一无所获，我必须要把真正的自己和我所学到的一切展露出来。她的王庭不过是一片新的树林，一处新的狩猎场罢了。

我最后朝塔姆林看了一眼，说出了"成交"二字。

阿玛兰萨微微对我露出一个可怕的笑容，打了个响指，在我们双方之间的空气中迸发出了魔法的火花。她端坐在王座上说："依照惯例，向她表示一下欢迎。"她对站在我身后的某个人说道。

我只听见了阿特尔的嘶嘶声作为警告，紧跟着就被坚硬的东西撞在了下巴上。

我被撞到墙边，疼得眼冒金星，脸上又重重地挨了一击。我听见了骨头碎裂的声响——那是我的骨头。我的两条腿在身下打起了弯，那阿特尔伸出皮革似的拳头，又朝我脸上打来。这拳虽然被我躲开了，有个我连脸都没看清的低等仙灵也趁势攻来，我的脸就像是被砖块击中般发出了脆裂的响声。咔嚓，咔吧。我想出手的总共有三个仙灵，我成了他们的沙包，一拳接一拳地挨着打，全身的骨头都在痛苦地惨叫。或许我本人也在失声惨叫吧。

鲜血从我口中喷出，我的舌头上沾满了金属的臭味，随后便失去了知觉。

第三十五章

  我渐渐找回了所有感官,每恢复一种知觉都比上一种更加痛苦。
  我先是听见了滴水的声音,然后是沉重的脚步声渐行渐远。血在我的嘴巴里又腥又涩。透过堵塞的鼻孔,我闻见潮湿冰冷的空气中弥漫着浓浓的霉味。扎人的干草戳在我的脸上,我的舌头碰到了嘴唇开裂的位置,稍稍一动,整张脸都火辣辣的疼。我痛苦地想要睁开眼睛,但只能微微睁大一点,眼皮因肿大而变得沉甸甸的。而我透过这双此时已经被打得几乎无缝的眼睛所看见的一切并没有让我好过多少。
  我被关进了一间牢房,身上的武器不见了,唯一的光源就是门口的火把。阿玛兰萨说过我将会在牢房里度日,可我哪怕只是想坐直身体,心脏都会跳得像发疯一样,眼前一黑差点儿又昏过去。这里是地牢。我仔细查看着透过墙壁和门之间的缝隙照进来的微光,小心地碰了碰自己的脸。
  好疼。我还从没有经历过这样的疼痛。我强忍着没有叫出声,从鼻孔里抠出了好几块血痂。我的鼻梁被打断了,真的断了。要不是因为我的下巴现在疼得连动都动不了,我也想咬紧牙齿,感觉下嘴巴里面的伤势。

我不能惊慌,更不能掉眼泪,必须冷静应对。我要尽自己最大的努力弄清楚自己伤得多严重,然后再做下一步打算。也许我的衬衫可以用来当作绷带,也许他们会好心给我一些水来清洗伤口。我轻轻吸了口气,搜索着自己脸上其他的部位。我的下颌骨没断,只是眼睛肿得不成样子,嘴唇裂了,受伤最重的就是我的鼻子。

我蜷缩双膝,凑到胸前,忍痛将腿抱紧。我已经违反了艾莉丝给我定下的一条规则,但我没有别的选择。让我亲眼看见塔姆林就坐在阿玛兰萨身边……

我不顾下巴的抗议,还是咬紧了牙齿。月圆之夜——我从父亲的家里出发时正值月半,我在这地牢里昏迷了多久?我不会愚蠢地认为在这里度过的所有时间都是在给完成阿玛兰萨的第一项任务做准备。

不允许自己去想象她想要怎么对付我,只要知道她想我死就足够了——反正我现在这副模样也没什么值得她再去费心折磨的。

我把腿抱得更紧,不让双手颤抖。这时在不远处突然响起了叫声,那声音悲惨、凄厉,渐渐高亢,听得我胆汁都快要从喉咙口冒出来了。在我面对阿玛兰萨的第一项挑战时,我也许也发出过同样的声音。

接着是一声鞭子的脆响,那声音越来越让人不忍听闻,毫无间歇。克莱尔恐怕也这样哭喊过,我则是害她受难的另一个凶手。面对这些贪婪地渴望着她的鲜血与痛苦的仙灵,她怎么能熬受得住?如今的一切都是我罪有应得,我活该承受所有的苦难与折磨,即便如此,也不足以抵消我让她遭受的一切。我一定会想出办法来为她报仇。

想着想着,我睡着了,直到地牢门打开的声音把我惊醒。我忘记了脸上的疼痛，慌忙钻进了距离最近的黑暗角落里。有人溜进了我的牢房，又飞快地将门掩上，只留下了一条细缝。

"菲娅？"

我想站起身，腿却颤抖得根本无法移动。"卢西恩，是你吗？"我轻声问道，卢西恩走到我面前，干草在他脚下发出细碎的声响。

"创世之釜在上，你还好吗？"

"我的脸——"

在他脑袋旁边有一小团亮光闪过，我在黑暗中看见了他的眼睛，金属的那只眯缝着。他倒吸了一口冷气，说道："你是得了失心疯吗？跑来这里干什么？"

我强忍着不让泪水落下，这时候哭鼻子反正也毫无意义。"我回到了塔姆林的庭园，艾莉丝给我讲了那个诅咒，我不能让阿玛兰萨——"

"你不该来的，菲娅。"卢西恩尖锐地说，"你不应该出现在这里。你难道看不明白，他为了帮你脱身，做出了多大的牺牲？你怎么能这么愚蠢！"

"我已经来了！"我不顾后果地大声喊道，"我来了，这已经是无可逆转的事实，所以别再白费力气地跟我强调我这弱小的人类皮囊和装满糨糊的脑袋了！你说的那些我都知道，而且我……"我想把脸埋在手心里，可实在太疼了。"我只想告诉他……告诉他我爱他，看看是否还来得及。"

卢西恩在我面前坐了下来。"看来所有的事情你都知道了。"我努力点了点头，差点儿又疼晕过去。疼痛肯定写在了我的脸上，因为连卢西恩也皱起了眉。"好吧，起码我们现在不必再瞒着你了。来，我来帮你清理伤口。"

"我想我的鼻梁断了，其他还好。"我一边说着一边打量着他，发现他既没带水也没带绷带,看来要靠魔法了。

卢西恩转身看了看门口。"卫兵都喝醉了,可是换岗的时间马上就到。"他检查着我的鼻梁,我忍着疼,即使是他的指尖轻轻碰到一点边缘,那疼痛感都会蔓延到我的四肢百骸。"我得先把骨头接好,才能给你治伤。"

我狠狠掐灭了心中盲目的恐惧。"那就动手吧。"我内心挣扎万分,真想告诉他算了吧,卢西恩也犹豫了。"动手。"我气喘吁吁却坚定地说。

他用手指飞快地掐紧了我的鼻子,动作快得跟都跟不上。在疼痛感炸裂了我的耳朵,冲破了我的脑袋的一瞬间,我失去了意识。

等我醒来时,发现可以睁大两只眼睛了,我的鼻子也不再有感觉,无论是鼻孔还是脸上都不再疼。卢西恩蹲在我面前,眉头紧锁。"我不能彻底把你的伤治好,不然他们肯定能看出来有人帮过你。瘀青我就不管了,还有你那只难看的熊猫眼……但是肿痛全都消除了。"

"我的鼻梁呢?"还没等他回答,我就先伸手摸了摸。

"修好啦,跟以前一样笔挺又漂亮。"他狡黠地冲我一笑,这个熟悉的表情引得我胸口一紧,抽痛起来。

"我还以为他把你的大部分法力都夺走了。"我强打精神说道。在塔姆林的庭园中,我从来没有见过他使用魔法。

他用下巴指了指肩头那团微小的光亮。"为了引诱塔姆林接受她的条件,她归还了我一小部分,可是塔姆林还是拒绝了。"卢西恩说着又把下巴朝我这张已经痊愈了七八分的脸一扬。"我就知道被关在这山之底下还是有好处的。"

"这么说,你也是被关在山之底的?"

他表情严肃地点了点头。"现在所有至高之主都被阿玛兰萨控制了。连那些发誓效忠于她的人也被限制了行动自由,直到……直到你的挑战结束。"

他真正的意思原来恐怕是指直到我死。"那枚指环,"我问,"真是——真是尤里安的眼睛吗?"

卢西恩打了个冷战。"没错。所以你果然是无所不知了?"

"至于尤里安和阿玛兰萨后来的事,艾莉丝没有告诉过我。"

"他们俩打得天翻地覆,拿各自的士兵当成盾牌,双方的军队几乎全军覆没。尤里安一方原本抵挡住了她的攻势,可当他们俩开始单打独斗时……阿玛兰萨没用多少时间就打倒了他。然后,她将尤里安拖回到自己的营地里,花了几个星期——几个星期的时间折磨取乐,最后要了他的命。阿玛兰萨拒绝出兵援助西博恩国王,致使他损兵折将,输掉了那场大战;在尤里安断气之前,阿玛兰萨拒绝做任何事。最后,她留下了尤里安的眼睛和手指骨。克莱西亚承诺过,尤里安永远都不会死——只要阿玛兰萨继续留着他那只眼睛,她那魔法就能确保他的灵魂和意识长存不灭。尤里安会永远地被困在里面,注视着这个世界。他这下场算得上自作自受,可是——"卢西恩敲了敲自己失去的那只眼睛,"我很庆幸她没有对我施以同样的惩罚,她似乎很喜欢玩那一套。"

我打了个寒战。女猎手——阿玛兰萨就像是永生不死、手段残忍的女猎手,从被杀死的猎物身上收集各式各样的战利品来炫耀自己技高一筹。尤里安想必每一天都在遭受着愤怒、绝望和恐惧的煎熬,无止无休……这也许称得上自作自受,但是那痛苦的程度还是远远超出了我的想象。我努力压下这个念头。"塔姆林他——"

"他——"卢西恩突然弹簧似的一跃而起,他肯定是听见了我人类的耳朵无法听见的声响。"卫兵要换班了,马上就会有人走过来。努力活下去,好吗?我已经有一大串仙灵要去追杀了。我可不想让那名单继续变长,就算是为了塔姆林,也要把命保住。"

这显然才是他来到这里的真正目的。

卢西恩说完便消失在了那团微弱的光亮里。片刻之后，门上的窥视孔里露出了一只黄中带红的眼睛，那只眼睛看了看我，便离开了。

✣

我睡睡醒醒地不知过了多久。在那段时间里，他们一共给我送来过三顿变了味的面包和水，中间的间隔我无从判断。当牢门再次开启时，我已经饿得感受不到饥饿，悉听尊便地任由两个身材矮胖的红皮肤仙灵把我拖向王座大厅。我努力记着沿途的细节，比如说墙上的裂缝、挂毯的图案和奇怪的转角。任何能够帮助我分辨方向的特征我全都没有错过。

这一次，我更加用心地观察起了阿玛兰萨的王座大厅，找到了出口。由于位于地下深处，这里没有窗户，而我之前在庭园地图上看见的那座山则位于这片土地的中心——离暖春王庭很远，离那座高墙就更远了。要是我打算带塔姆林逃走，最好的办法就是取道位于这座山腹部位置的那个洞穴。

在远处的墙边站着一大群仙灵，门廊的拱顶位于他们的头顶上方。经过时我努力让自己不要抬头去看克莱尔那具腐烂的尸体，把视线汇聚在聚集的那群仙灵身上。每个仙灵都穿着色彩饱满的衣服，看起来整洁又富足，中间有一些脸上戴着面具，一定是暖春王庭的成员了。要是我想找人帮忙，这些是唯一的人选。

我在人群中寻觅着卢西恩的身影，还没等我找到他，就被扔到了王座底下。阿玛兰萨的长袍上镶满了红宝石，把金红色的长发和饱满的红唇衬托得更加惹眼。我抬起头，在她脸上又看见了那毒蛇般的笑容。

仙灵女王咂着舌头说："你看起来真是惨极了。"她转身看着仍然坐在她身旁的塔姆林，塔姆林还是那副漠然的表情。"你难道不觉得她已经受了太多罪吗？"

塔姆林没有回答，也没有看我。

"知道吗？"阿玛兰萨靠在王座的扶手上，懒洋洋地说，"我昨天彻夜难眠，今天早晨才弄清楚原因。"她上下打量着我。"我还不知道你的名字。如果你跟我在接下来的三个月里注定关系亲如密友的话，你总该告诉我，你叫什么吧？"

我阻止自己点头。她有一种蛊惑人心的力量，我开始渐渐明白为什么至高之主们会一个接一个地臣服于她，相信她的谎话，这实在是太恼人了。

见我没有反应，阿玛兰萨皱起眉。"说话呀，小宠物。你知道我的名字，却不告诉我你叫什么，这公平吗？"我感到右边有动静，警惕地发现阿特尔从人堆里钻了出来，露出尖利的牙齿对着我笑。"再怎么说——"阿玛兰萨冲我身后高贵地把手一挥，用尤里安眼睛做成的那枚水晶指环熠熠闪光，"你已经看清了，骗我会有什么下场。"我仿佛感觉到了那钉穿克莱尔身体的尖钉，整个人仿佛被一团黑云笼罩，却还是闭口不言。

"睿山。"阿玛兰萨说——根本用不着提高音量命令他走上前来。听着那悠闲懒散的脚步声在我身后响起，我的心变得重如千斤。睿山在我身后停下脚步，距离近得令我浑身不适。

我用眼角余光打量着寂夜王庭的至高之主，见他对阿玛兰萨深深鞠了一躬。夜色似乎仍然在他身上流淌，像一件近乎隐形的斗篷。

阿玛兰萨挑起眉毛问他："这是不是你在塔姆林的庭园里见到的那个女孩？"

睿山从黑色的外袍上掸掉了一些肉眼看不见的尘土，随后才打量起我来，紫色的眼睛里满是厌倦和轻蔑。"我想是的。"

"可你之前有没有告诉过我那个女孩，"阿玛兰萨指着墙上的克莱尔，语调变得犀利，"跟你见过的是同一个人？"

睿山把双手插进口袋。"人类在我看来全都长得一个模样。"

阿玛兰萨和颜悦色地对他一笑。"那么仙灵呢？"

睿山又鞠了一躬——动作曼妙得如同跳舞。"看遍所有相貌平庸之辈，只有您的脸精致绝伦。"

要不是因为我现在生死悬于一线，这时我恐怕会用鼻子出口气。

人类全都长得一个模样……我没有相信他说的话。睿山清楚地知道我长什么样子——他当天在庭园里就把我认出来了。眼见阿玛兰萨又把视线转回到我身上，我赶紧恢复了淡漠的神色。

"她叫什么名字？"阿玛兰萨向睿山追问。

"我怎么知道？她没对我说实话。"睿山要么是非常享受这样与阿玛兰萨周旋的过程——就像他享受在塔姆林的花园里挂颗脑袋那样；要么就是那王庭之间的某种智斗。

利爪又开始伸进了我脑袋，我努力对抗着，准备迎接她接下来的命令。

我仍然把嘴巴闭得紧紧的。我祈祷妮斯塔已经雇到了那些侦察兵和守卫，祈祷她已经劝说父亲防患于未然。

"要是你喜欢玩游戏，小女孩，那我们不妨来点新鲜的。"阿玛兰萨说。她对阿特尔打了个响指，阿特尔立即从人群里拽了个人出来。红发在我眼前闪耀，我惊恐地后退一步，看着阿特尔拉着卢西恩绿色外套的衣领将他拽上前来。不要。不要！

卢西恩奋力挣扎着，却拿那些如针一般的利爪毫无办法，被迫跪倒在地。阿特尔微笑着松开了他的衣领，却没有走远。

阿玛兰萨朝睿山的方向晃动了一根手指，寂夜王庭的至高之主把剑眉一挑。"控制住他的思想。"阿玛兰萨下令。

我的心沉到了地底。见睿山对女王轻轻颔首，朝他转过身，卢西恩的整个身体都僵住了，脖子上也渗出了亮晶晶的汗珠。

在他们身后，站在人群最前排的是四个红头发的高个仙灵，身材健美，肌肉发达，有的像是即将踏上战场的战士，有的像俊俏的侍臣，此时脸上带笑的他们将目光都投在了卢西恩身上。他们是暮秋王庭至高之主的另外四个儿子。

"奸细，你说说看，她叫什么？"阿玛兰萨问卢西恩，可卢西恩只是盯着塔姆林看，随后紧闭双眼，挺起肩膀。睿山脸上开始现出笑意，我想起了那双看不见的爪子伸进我脑袋里是什么感觉，不禁打起冷战。意志力在他面前是多么不堪一击啊。

卢西恩的兄弟们就那么静静地站在那一大群仙灵前面。在那一张张英俊的脸上看不见懊悔，也看不见恐惧。

阿玛兰萨叹了口气。"卢西恩啊卢西恩，我还以为你已经吸取教训了呢！但是这次，你的沉默会和你的舌头一样，让你吃不了兜着走。"卢西恩死死地闭着眼睛。他准备好了，准备好在睿山的利爪之下灰飞烟灭，把脑海中的意识连同他的身体一起变成尘埃。

"她叫什么名字？"阿玛兰萨问塔姆林，也没有得到回应。她注视着卢西恩的四位兄弟，像是在比较着谁脸上的笑意最盛。

阿玛兰萨用指甲抚弄着王座的扶手。"我不认为你这群帅气的兄弟们知道答案，卢西恩。"

"如果我们知道，肯定会第一个向您禀告的。"四兄弟中间个头最高的说道。他身材消瘦，衣着体面，从头到脚无不在彰显着他是一个深谙王庭礼节的浑蛋。其他几兄弟虽说也是天生的战士，但在看他的眼神里充满了顺从、算计和恐惧，如此看来他可能是他们中间最年长的一位。

阿玛兰萨若有所思地冲他一笑，抬起一只手。睿山偏过头，对卢西恩微微眯起眼睛。

卢西恩突然身体僵直,发出一声呻吟,随后——

"菲娅!"我大喊道,"我叫菲娅!"

我拼尽全力不让自己跪倒在地,看到阿玛兰萨点了点头,睿山退了回去。从头到尾,他的两只手甚至都没有离开过衣袋。

她肯定是给睿山留下了比其他人更多的法力,让他在臣服于她时还能造成如此大的伤害。要么就是,睿山当初的力量实在太过惊天动地,就算被窃取了不少,还是能做到如此。

卢西恩瘫倒在地上,不住地颤抖。他的兄弟们皱起眉——最年长的那一位对我龇着牙,发出了无声的咆哮。我没有理睬。

"菲娅。"阿玛兰萨试探性地念出我的名字,在舌尖玩味着那两个音节。"真是个古老的名字,古老到与我们早期的方言相同。好吧,菲娅。"她又念了一遍,没有追问我的家人都叫什么,我差点儿感激得掉下眼泪。"我跟你承诺过,可以让你猜个谜。"

一切都变得晦暗而模糊。塔姆林为什么什么都不做,什么都不说?卢西恩在逃离我的牢房之前,原本想说什么?

"解开这个谜题,菲娅,那么你和你的至高之主,还有他的整个王庭,马上就能带着我的祝福离开这里。让我们来瞧瞧你是不是真有那么聪明,配得上和仙灵在一起。"她那双深色的眼睛在闪烁,我尽力清空杂念,认真听她说:

> 苦苦寻我者,穷其一生而不得见,
> 得我眷顾者,恣意践踏我的尊严。
>
> 我有时倾心于睿智的佳偶,
> 却也祝福所有果敢的勇士。

> 平常时日，我有着似水的柔情，
> 若遭轻鄙，也会如猛兽般难缠。
>
> 我出击时从不留情，
> 只待猎物慢慢消亡……

我眨眨眼，听她又重复了一遍。她说完脸上露出微笑，活像一只自鸣得意的灵猫。我脑袋里一片空白，毫无头绪。这说的会是某种疾病吗？我母亲当年就是因为患上伤寒而死，她的表亲在去往巴拉特后感染了疟疾，也不幸丧生。可是那些症状似乎全都和谜题里说的对不上。也许她说的是一个人？

从我们身后爆发出一阵哄笑，笑得最大声的就是卢西恩的那几个亲兄弟。睿山在盯着我看，全身被夜色缭绕，嘴角微微上扬。

生机就在我们眼前——只要回答出这个小小的问题，我们就全能重获自由。"马上"，她说了"马上"这两个字……等等，我那几项挑战的条件和解开这谜题的条件不一样吗？她只有在说起谜题时才特意强调了"马上"二字。不，我现在不能胡思乱想，必须要把答案想出来，那样我们所有人都能获得自由。自由。

可是我想不出来，连胡乱猜一个都无从下手。我恨不得就地割断自己的喉咙，结束这些痛苦，总好过被她切成碎片。我是蠢货，平凡无奇的人类白痴。我朝塔姆林看去。他眼里的金色一闪，脸上却没有给我任何暗示。

"好好想想吧。"阿玛兰萨安慰我道，笑着看了她手上的戒指一眼，那只向内旋转的眼睛。"我等着你的好消息。"

我又被拽向地牢，一路都在看着塔姆林，空白的脑袋里一片混乱。

当他们再次将我锁进牢房时,我明白我输定了。

✝

我在那间牢房里待了两天,或者说是我根据送饭的时间规律推算出的两天。我强迫自己吃下不少发霉的食物,然而卢西恩却再也没有来看望过我。我对塔姆林更加没有期盼了。

我无事可做,只能思索阿玛兰萨的谜题。越是琢磨,就越是觉得难懂。我把各种毒药和有毒性的动物都想了个遍——结果还是一无所获,只是觉得自己越来越蠢。还有她在提出这项交易时特意强调了"马上"二字,那么有诱惑力的条件更是让我百思不得其解。也许她之前的意思是,就算我完成了那三项挑战她也不会马上放了我们,随便想把我们扣留到什么时候都可以。不,不,一定又是我在瞎想,我实在是想得太多了。可她确实说了,只要解开那个谜题,我们所有人都能立即恢复自由身。我必须要想出答案。

尽管我发誓不会再漫无边际地去思考接下来的挑战会是什么,我对阿玛兰萨的想象力却毫不怀疑,我频频满身大汗、呼吸急促地从噩梦中惊醒。在梦中,我被困在了一枚水晶戒指里,只能永远沉默地注视着他们塑造的这个血腥而残忍的世界,我所深爱的一切全被悉数夺去。阿玛兰萨说过,只要我输掉一场挑战,我整个人就会不剩下什么了。我祈祷她没有说谎,千万别让我像尤里安那样下场凄惨。

我被一股从未感受过的惧意吞噬着,这时牢门打开了,红皮肤的卫兵们对我说,一轮圆月已经升起。

第三十六章

走廊被仙灵挤得水泄不通,负责押送我的卫兵全然没把这些挡路的人看在眼里,即便看见有人拔出武器也视若无睹,只顾拖着我往前走,我的手上脚上也没有镣铐。一路上,我随时都有可能被这些好事者杀死,被就地开膛破肚。

我被拖进了一处巨大的竞技场,耳边响起了刺耳的笑声、喊声和嚎叫声。在这个地下洞穴里只有火把照明,墙壁上毫无装饰,而且我也看不出这洞穴究竟是经过斧刃雕琢还是天然形成。地面泥泞光滑,我每一步都走得分外小心。

然而眼前这一大群躁动的仙灵都在用灼灼的目光注视着我,看得我的心直打寒战。我听不懂他们在喊着什么,可我也能猜出个八九不离十。那一张张诡异而凶残、格外狰狞的笑脸,足以说明一切。在他们中间不仅有低等仙灵,还有高等魔仙,表情激动得简直让人分辨不出他们那高贵的身份。

我被拽向了位于人群前方的一个木质高台,阿玛兰萨和塔姆林就端坐在那高台前方……

我尽力高昂着头,此时映入眼帘的是沿着地面蜿蜒盘旋的隧道和深沟。围观的仙灵们都分散着站在两旁，我的视线被挡住了，看不清里面有什么，被推搡着跪倒在阿玛兰萨脚下。冰寒刺骨的泥浆渗进了我的裤管。

我撑起打战的双腿，站了起来。有六个男性仙灵围绕在高台四周，远离人群。看着他们那一张张冰冷而俊俏的脸孔，感受着他们身上残存的力量，我知道这些正是皮西亚的另外六位至高之主。睿山的脸上仍然挂着如猫般狡猾的笑容，黑暗的气息弥散不尽，我立即将视线移开，不再看他。

阿玛兰萨只是抬起一只手，咆哮的人群立即变得肃然无声。

洞穴里实在太安静了，静得我几乎能听见自己的心跳声。"好吧，菲娅。"仙灵女王喊出了我的名字。我迫使自己不去看她搭在塔姆林膝盖上的那只手，还有那枚令我不忍细看的戒指。"你已经完成了第一项挑战，现在让我们瞧瞧你那人类的爱意到底有多深刻吧。"

我咬紧牙齿，恨不得冲上去咬断她的脖子。塔姆林的脸色还是冷若冰霜。

"我自作主张地弄清楚了和你有关的几件事。"阿玛兰萨说，"这也是为了公平嘛。"

我身体里的每一丝人类与生俱来的直觉都在尖叫着要我逃跑，可我还是一动不动地站在原地，不让双腿移动半分。

"我想你会喜欢这项挑战的。"阿玛兰萨说着挥了挥手，阿特尔从人群中走了出来，赶走了挡在其中一条深沟前方的那些仙灵。"来，看看吧。"

我照做了。在那一条条足有二十尺深的沟壑里积满了黏糊糊的泥浆——事实上，这些深沟似乎就是沿着泥坑挖出来的。我朝深处探头张望，发现深沟像迷宫似的铺满了整个洞穴，不仅走势令人毫无头绪，而且到处都是大大小小的洞口，显然它们连通着地下隧道，而且——

一双大手掐住了我的后背,我突然被人高高拎起,随之飞到了半空中,不由得失声尖叫。见我悬吊在阿特尔的利爪之下,洞内笑声雷动,整个竞技场里只有它扇动翅膀发出的声响。阿特尔盘旋而下,落进了深沟里,把我摔在地上。

泥浆四溅,我跟跄着想要站起身,却在手舞足蹈地打着滑。虽然我并没有摔个狗啃泥,可那些仙灵笑得更大声了。

泥浆刺鼻得很,我强忍住恶心转过头去,看到阿玛兰萨的高台现在飘浮在了深沟的边缘上方。女王高高在上地俯视着我,毒蛇般的笑容一如往常。

"睿山说你是一位女猎手。"她的话让我的心跳暂停了下来。

他肯定是又读出了我的思想,或者……或者是找到了我的家人,然后——

阿玛兰萨朝我的方向咂着舌头。"那就猎杀这个吧。"

仙灵们振臂高呼,我看到那一双双纤长且色调各异的手在两两之间传递着金币。他们是在对我的生命下注,赌一赌我在这场狩猎开始后能活多久。

我抬眼看向塔姆林。他那双翡翠色的眼睛像是冻结了一般,我最后一次在心里铭记着他脸庞的轮廓,面具的形状和头发的光泽。

"放出来。"随着阿玛兰萨一声令下,铁栅栏应声打开,连我的骨髓都在随之颤抖,竞技场的地面上响起了快速向前爬行的声响。

这声响吓得我肩膀快要耸到耳边,人群也变得哑然无声,洞穴里只能听见喉音那般咕噜咕噜的声响,地面随之震颤,我感觉到有东西朝我冲了过来。

阿玛兰萨还在咂舌,我扭过头去看她,她见状把眉毛一挑。"快跑吧。"她小声对我说。

话音刚落，那东西就现了身。

我拔腿就跑。

那是一只巨大的虫子，或者说曾经是一只虫子，只是现在那张血盆大口里布满了一圈又一圈锋利的牙齿。那虫子冲我蹿了过来，粉棕色的身体灵活得可怕，飞快地扭动着。这纵横交错的深沟正是它的巢穴。

而我就是它的晚餐。

我强忍着扑鼻的恶臭，沿着沟底向前滑行，希望能在这极短的时间里记住自己奔逃的方向，以免逃进死路之后被它——

人群的咆哮声淹没了那大虫飞蹿磨牙的声响，可我连头都不敢回。那臭味愈发浓重，我知道它离我越来越近了。我跑得连气都喘不过来，在一处三岔路口处猛然左转。

我必须尽可能地拉开我和那只虫子的距离，必须找个地方思考对策，寻找优势。

前方又出现了一处三岔路口，我继续左转。要是我能逢路口就左转的话，说不定我的逃跑路线能形成首尾相接的圆环，从后方包抄那个怪物——

不行，这太荒唐了……要想实现这个计划，我的速度必须是那虫子的三倍，而且此时此刻，我眼看就要被它追上了。我又左转了一次，撞在了墙壁上，整个人陷进了湿滑的淤泥里。冰冷，恶臭，窒闷。我擦去糊在眼睛上的泥巴，飘浮在我头顶上方的那些仙灵都笑得前仰后合。我只好继续撒腿逃命。

我使出全力向前，终于跑到了一段笔直平坦的路段。我终于壮着胆子回过头去，只见那虫子就在我身后穷追不舍，我简直要被吓得魂飞魄散。

这一回头，我险些错过了一条狭窄的缝隙。我三步并作两步地往前滑行，使劲挤进那条缝隙。这点空间容不下那只虫子，可它也许会把这条缝隙彻底打烂，也能把尖牙伸进来。无论如何，这险值得一冒。

正当我要挤进去时，一股力量阻挡了我的前进。不，不是一股力量，而是两侧的墙壁。那条缝隙实在太过狭窄，我又钻得火急火燎，卡在中间进退无路。我背对着那只虫子，又转不了身，看不见那只虫子距我还有多远。可是那股臭味越来越刺鼻了。

我又推又拉，可泥浆太黏稠了，把我卡得紧紧的。

深沟被那虫子的动静震得轰隆直响，我几乎能感觉到它口中的臭气喷吐在我半裸的身体上，几乎能听见它那利齿划破空气的声响。它离我越来越近了。不行，我不能就这么死在这里。

我抓着墙上的污泥，胡乱地摸索着任何能让我抓住的东西，想借力从缝隙里挤过去。我的心脏每跳一下，大虫都离我越近一分，臭味几乎吞没了我的所有感官。

我拳打脚踢，把牙关咬得眼泪都快要流出来了。我不能就这么死在这里。

大地不断震动。又是一股恶臭猛扑过来，炽热的空气冲击着我的身体，它的牙齿上下开合。

我抓紧墙壁，使劲往里挤。突然响起嘎吱一声，我猛地随着惯性向前摔倒，穿过了缝隙，栽进了泥泞之中。

人群一阵唏嘘。我没时间享受大难不死的泪水，因为此时我又置身于另一条深沟之中，只好继续在迷宫里亡命奔逃。咆哮声渐渐减弱，说明虫子在隔壁追过头了。

这没道理啊——我在沟壑里无处藏身，它肯定能看见我刚才被卡住了，除非它知道自己挤不过去，于是刻意绕路，想从反方向拦截我。

我没有计算速度,但我知道每次猛然转弯之后撞在墙上,会令冲势大为锐减。那只虫子在跟着我转弯之后同样也会损失速度——无论它的动作有多灵敏,如此庞大的怪物不可能在转弯时毫不减速。

我鼓起勇气朝人群望了一眼。那一张张脸上满是失望的表情,全都没在看我,而是在看着竞技场的另一边。那只虫子现在想必就在那里了——那里也是沟壑的终点。它没有发现我逃跑的方向,它没有看见我。

——它是瞎的!

这个发现让我太惊讶了,我甚至没注意到在我面前赫然出现了一个巨坑,原本被一处微微的隆起挡住了。我失足跌了进去,竭尽全力才没有喊出声。空气,四周只有空气,随后——

我摔进了深及脚踝的淤泥里,人群齐声惊呼。泥浆削弱了着地时的冲击力,可我的上下牙齿还是狠狠地撞在了一起。幸好我全身上下哪根骨头都没摔断,也没有受伤。

几个仙灵把头伸到巨坑边缘,从高处向下张望。我飞快地转身,检查着周围的环境,想要找到最快的逃生路线。巨坑本身与一条漆黑狭窄的隧道相连,但想要顺着墙壁爬上去是不可能的——墙壁太过陡峭了。

我被困住了。我大口喘着粗气,向后跌了几步,朝黑暗的隧道里退去。我感觉重重地踩到了什么东西,跌坐在地上,尾椎骨在痛苦地哀号。我继续在一片漆黑中摸索,手碰到了某个光滑坚硬的东西,举起看见了一团白光。

透过沾满污泥的手指,我认得那熟悉的触感。是骨头。

慌乱之下我顾不得起身,奋力往黑暗深处爬。骨头,到处都是形状大小各异的骨头,我突然意识到这是什么地方,几乎吓得尖叫起来。直到我的手摸到了一个光滑的颅骨,我才蹦了起来。

我必须离开这里。立刻，马上。

"菲娅，"我听见了阿玛兰萨遥远的声音，"你毁掉了我们大家的兴致！"她把我说得像是个在派对上搔首弄姿的艳舞女郎。"给我出来！"

我当然不会老老实实地照她说的做，可我从她口中听见了好消息。那只虫子不知道我在哪里，它嗅不到我的气味，我有几秒钟的宝贵时间从这里逃走。

随着我的眼睛渐渐适应了那巨虫巢穴里的光线，我看到有一堆堆的白骨在闪着磷光，滚向黑暗深处。分布在泥浆中的白色物质一定是这些骨头不断降解形成的。我必须立刻离开这里，必须找个不是死亡陷阱的地方躲起来。我踢开挡路的白骨，不顾一切地往外跑。

等我终于再次跑回开阔地带时，我伸手抓紧了一侧陡峭的墙壁。几个绿脸仙灵对着我破口大骂，我毫不理会，使劲往上爬，好不容易爬上去寸许，又滑了下来。要想沿着墙壁爬上去，除非我能找到绳索或梯子，掉头跑回虫巢深处另找出口也不可行。当然，虫巢里一定有后门，但凡是野兽的巢穴都会有两个出入口，可是我实在不愿意再回到黑暗中去冒险——主动让自己视线受阻，失去这一点好不容易得来的小小优势。

我必须往上逃。决心已定，我又伸手抓向墙壁。围观的仙灵们还在宣泄着不满，只要他们不采取过激的措施，我就是安全的。我把身体紧贴在墙壁上，抓紧柔软的泥土，我的手指瞬间感受到了钻心的寒意，结果又滑到了地面上。

这地方的臭味冲击着我身体的每一处。我强忍着恶心，拒不放弃。仙灵们开始哈哈大笑。"瞧瞧这只被困在陷阱里的老鼠，"其中一个说道。"需不需要给你搬个脚凳来啊？"另一个嘲讽说。

脚凳。

我飞快地朝那一堆堆骨头冲了过去，随后用力把一只手按在墙上，墙壁似乎很是稳固。这里的墙壁全是用泥浆紧致堆砌而成，如果这怪物和普通的虫子有着相同生理构造的话，那么这股臭味——还有泥浆本身——肯定都是来源于它在把骨头吃下肚后产生的排泄物。

虽然这个发现让我很是反胃，我还是从中看到了希望的火花，迅速找到了两块最大最硬的骨头，抓在手上。两块骨头都比我的腿还要长，分量重得很——我必须使出好大力气才把它们砸进了墙里。我不知道那只大虫子通常会吃多大块的骨头，但起码得和家畜差不多大小。

"那老鼠在干什么？她打算怎么做？"有个仙灵好奇地问。

我又抓起第三块骨头，也把它深深地砸进了我手臂能够到的最高位置。接着，我又抓起第四块略小的骨头，塞进腰带背后，将它固定在了背上。我使劲拽了拽插在墙壁上的那三块骨头，确认不会松动，随后深吸了一口气，无视那些叽叽喳喳的仙灵，开始顺着这个梯子——我的脚凳往上爬。

第一块骨头踩上去稳稳的，我又提了口气，攀住了第二块骨头，把自己向上拽。正当我要把脚抬起来时，有个新的主意从我脑海中闪过，我停下了。

距离我不算太远的那群仙灵开始大声叫嚷。

只要我操作得当，这个主意一定能行。反正开弓没有回头箭，只许成功不许失败。我把手松开，落回地上，看热闹的仙灵们迷惑地窃窃私语。我拔出固定在腰带上的骨头，吸足了一大口气，猛地举起骨头朝我膝盖上敲去。

我的膝盖骨疼得像是被火烧着了似的，幸好骨头被敲成了两段，各有一个锋利的截面。这下容易多了。

如果阿玛兰萨想看我狩猎，那我就狩猎给她瞧瞧。

我走到深坑中央，计算着距离，把两块骨头插在地上。我回到了那一大堆白骨中间，快速翻找着结实而锐利的骨头将它们逐一敲断，一直敲到我的膝盖再也敲不动时，便接着改为用脚踩。我把骨头一截截地插在地上，直到整片区域——除了一小块地方——全都被插满了这种白色的尖矛。

我没有做二次检查——这个计划一定会成功，否则死在这片白骨地上的就会是我。我只有这一次机会，必须全力投入，这样总好过连一次机会都没有。

我冲到用白骨制成的梯子旁边，忍痛抓紧边缘，踩住了第三根骨头，稳住身体后，又把第四根骨头插进了墙里。

就这样，我一步一步爬到了深坑边缘，当我再次呼吸到新鲜空气时，差点儿激动得流下泪水。

我把三块骨头收进腰带里，它们的重量反而让我安心，随即朝最近的墙壁冲去。我抓了一把恶臭的泥浆，涂到脸上。围观的仙灵们见我紧接着又抓起泥浆往头发和脖子上涂，口中发出了不解的喷喷声。我已经习惯了这股浓重的臭味，在给自己全身上下涂满泥浆时眼睛被呛得微微有些湿润。我甚至在地上打起滚来，确认身上所有地方都已被泥浆覆盖，绝对没有一处遗漏。

如果那虫子是瞎的，那么它只能依赖气味——我的气味会是我最大的弱点。

直到我彻底变成了一个泥人，只有两只蓝灰色的眼睛露在外面时，我最后又在地上滚了一遍，两只手滑腻得很，在从腰带里往外拔骨头时，连锋利的边缘都快要抓不住了。

"她这是在干什么？"绿脸仙灵再次问道。

这一次，有个深沉而优雅的声音回答了他："她在设陷阱。"说话的是睿山。

"可是那只堆粪蛆——"

"它看东西凭的是嗅觉。"睿山说,我朝深沟边缘看了一眼,发现他在对我微笑,于是特地给了他一个毫不友善的眼神。"而菲娅现在对它隐形了。"

他眨了眨那双紫色的眼睛,我对他比了个下流的手势,随后全速朝那只虫子跑去。

✠

我知道我根本达不到自己预想的速度,于是把剩下的骨头存了起来应对紧急情况。我没花多少工夫就找到了我的目标,一群仙灵正把它围在中间招惹它,可是我必须要先选好合适的位置——必须要先选定战场。

当我听见那虫子的滑行和喘息声时,我慢下脚步,靠在墙边。我又听见了嘎吱的声响。

仙灵们正在看着那只虫子。观看的总共有十个仙灵,皮肤浅蓝,杏眼乌黑,他们在咯咯地笑。我只能推想他们肯定是对我感到厌烦了,决定欣赏别的东西送死。

这当然好,但前提是那虫子必须还有食欲,它必须要对我给它准备的诱饵做出反应。仙灵们嘀嘀咕咕地小声交谈着。

我在一处转角停下,伸长脖子张望。我身上的气味骗过了我的猎物,它还在继续进食,向上伸长它那粗壮的身体,有个仙灵这时往下放了一条满是汗毛的手臂。那虫子露出锐齿,蓝皮肤的仙灵们嬉笑着松开手,把那手臂扔进了它的嘴里。

我从角落里冲了出来,高举起我自制的那把骨头剑。我提醒自己不要忘记跑向陷阱的路线,不要忘记中间转过几次弯。

当我用那根边缘参差不齐的骨头划破手掌的皮肉时,我的心还是提到了嗓子眼。鲜血从切口流出,如红宝石般艳丽。我让血流了一会儿,才攥起拳头。那只虫子很快就会被血味吸引过来。

这时我才留意到,人群变得静悄悄的。

我再次躲回到墙角里向外张望,慌忙中差点儿把那骨头掉到地上。

那只虫子不见了。

这时,突然有个声音像流星似的打破了寂静——是卢西恩在对我高喊:"注意左边!"

我猛地跳出几步,身后的墙壁随之炸裂开来,巨虫破墙而出,霎时间泥浆四溅,我离它口中锋利的牙齿只有寸步之遥。

我撒腿便跑,速度快得连深沟在我眼前都变成了红棕色的模糊一片。我既要和那虫子保持距离,不能被它从身后扑倒,又不能跑得离它太远,不断刺激它猎食的欲望。

我在第一个转角处急转弯,抓住我嵌在墙壁上的一块骨头,借势甩身,在惯性的作用下速度有增无减,领先了那只虫子宝贵的几秒钟。

接着又是一个左转弯,我仿佛感觉能从嗓子眼喷出火来。第二个急转弯近在眼前,我再次利用事先插好的骨头把身体甩了过去。

我不顾膝盖和脚踝的呻吟,在泥地上滑行向前。只需要再转过一个弯,然后笔直向前跑……

我成功通过了最后一个转弯处,仙灵们的咆哮声变得和之前截然不同。那只虫子发了狂,在我身后乘千钧之力猛追而来,可我仍然步伐稳健地奔跑在仅剩下的一段路上。

深坑的入口渐渐可见,我祈祷着腾空跃起。

前方只有一片漆黑在等着将我吞噬。

我在空中摆动着手臂,希望能够落在预先设想好的位置上。我重重地落在了泥地上,打了个滚,顿时感觉头痛欲裂,全身的骨头也快要散架。这时有东西扎进了我的手臂,刺穿了皮肉,疼得我尖叫一声,翻过身来。

然而我根本无暇多想,连看一眼的时间都没有,忙不迭地朝虫巢的黑暗深处踉跄而逃。那只巨虫猛扑而至,于是我又抓起另一根骨头,急速转身。

巨虫那庞大的身躯狠狠地砸在地上,本想一击将我杀死,不料这时空气中突然响起了嘎吱一声。

那只虫子不动了。

我蹲在原处,大口呼出嗓子眼里那灼热的气息,死死地盯着它那长满利齿的深渊巨口,那巨口似乎仍然会随时将我吞进肚里。我喘了好几口气才回过神来,明白那只虫子是无法再把我囫囵吞下了,又喘了好几口气才意识到它是真的被骨头尖矛给钉死了。

我的耳朵几乎屏蔽了周围的惊呼和紧随其后的欢呼声——只是木然地绕过那只虫子的尸体,慢慢爬到坑外,手里还抓着那把骨头剑不放。

我静默无声地继续在迷宫里穿行,左臂突突地跳,然而那和全身的疼痛比起来根本算不了什么。

等到我终于看见了端坐在深沟边缘高台上的阿玛兰萨时,我攥紧了另一只没有握剑的手。证明我的爱。我的手臂这时越来越疼了,我却拥抱着那痛感。我赢了。

我看似低眉顺目,实际上却在抬眼看着她,甚至不怕对她露出牙齿。她在抿着嘴唇,手也没有再放在塔姆林的膝盖上。

塔姆林。我的塔姆林。

我握紧了手中那根长长的骨头。我在发抖,浑身都在发抖,却不是因为恐惧。不,那根本不是恐惧。我证明了我的爱——还有别的东西。

"好吧。"阿玛兰萨略带邪笑地说道,"我想是个人都能做到像你这样。"

我向前狂奔几步,使出全力把骨头掷了出去。

骨头插进了她脚下的泥地里,在原地晃动着,污泥溅上了她那雪白的长裙。

仙灵们又是一阵惊呼,阿玛兰萨看着那根还在微微晃动的骨头,随后才伸手摸了摸她身上的泥巴。她缓缓地笑着说:"真是淘气。"

若不是因为在我们之间隔着一道无法逾越的深沟,我一定会冲上去割断她的脖子。总有一天——如果我能活那么久的话——我要生生扒掉她的皮。

"我王庭里的好多成员今晚都损失了大笔金钱,听到这个消息你肯定很高兴吧。"阿玛兰萨举起一张羊皮纸说道。她在看着那张纸,而我则在看着塔姆林。虽然塔姆林仍脸色煞白,那双绿色的眼睛却分外明亮,我发誓在他脸上看见了胜利的喜悦。"咱们来看看吧。"阿玛兰萨一边把玩着那枚坠在她颈间的尤里安的手指骨,一边念起了羊皮纸上的内容。"没错,我王庭中的所有成员几乎全都赌你会在一分钟内丧命,极少数人说你能活过五分钟,只有——"她把那张纸翻了个面,"只有一个人赌你能赢。"

这让我感到羞辱,却并不意外。我任由阿特尔把我从沟壑里拽了出去,丢在了高台脚下,看着它飞上了半空。这下撞击又让我的手臂疼得火辣辣的。

阿玛兰萨看着那张纸皱起眉头,随即挥了挥手。"把她带下去,我真是懒得再看见她那张肮脏的脸。"她使劲捏着王座的扶手,连手指关节都微微泛白。"睿山,你过来。"

没等那位至高之主走上前去,我就被一双红色的手紧紧掐住带了出去。我已经忘了自己身上沾满了污泥,在被拖出去的路上,我才觉得手臂疼痛难忍,那疼痛压过了我所有其他的知觉。

这时我朝左前臂看了一眼,顿时被那团鲜血和撕裂的肌腱惊呆了,使皮肉没有彻底脱落的,竟然是贯穿手臂的那根白骨。

我甚至无法回头朝塔姆林再看一眼,也无法找寻到卢西恩的身影跟他说声谢谢,铆足了仅剩的力气挣扎着走回了牢房。

第三十七章

在我得胜归来之后的日子里,没有一个人来牢房里帮我疗伤,就连卢西恩也没有露面。只要碰到嵌在手臂里的那根骨头,我就会疼得几乎要叫出声来。然而我别无选择,只能坐在那里,听凭那伤势一点一点地耗光我的力气,尽量让自己不去注意那像闪电般随时要击穿我身体的阵阵痛感。

更加令人难以忍受的是与日俱增的恐慌,担心伤口会血流不止,因为我清楚鲜血不断往外流意味着什么。我观察着伤口的变化,既盼望着血液能够凝固,又在提防着早期的感染迹象。

我吃不下他们送来的腐烂食物,每当那些带着恶臭的食物被放在牢房一角时,光是看上一眼都能让我难受得吐出来。何况我浑身还沾满了污泥,地牢里总是冰寒刺骨。

我倚坐在牢房远端的墙壁旁边,对抗着从后背上传来的凉意。我刚刚从断断续续的睡梦中醒来,发现自己在发烧,灼热的感觉让一切都显得有些模糊。我无助地凝视着牢门的方向,那条受伤的胳膊软绵绵地垂在身侧。牢门似乎在摇晃,门框的位置在微微变化。

体温升高是源于小感冒,而非感染造成的高烧。我把一只手放在胸口，不断有风干的泥巴掉落在我的膝盖上。每一口呼吸对我来说都像咽下碎玻璃那么艰难。这不是感染引发的高烧，不是，绝对不是。

我的眼皮越来越沉，时而刺痛，可我却不能让自己沉沉睡去。我必须要确认清楚伤口没有感染，我必须要……必须要……

牢门没有移动——不，动的不是牢门，而是门口的黑暗，是黑暗在泛起涟漪。当我看见一个男性的身影在黑暗中出现时，我感觉到了真正的恐惧。那人像是从门和墙壁中间的缝隙里钻出来的，活像个幽灵。

睿山此时有血有肉地站在我跟前，紫色的眼睛在微弱的光线下闪着光。他站在门边，笑意慢慢浮现在他的脸上。"塔姆林勇士的现状是多么悲惨啊！"

"下地狱去吧。"我嘴上在怒斥，声音却显得有气无力。我的脑袋突然变得又轻又重，如果我这时站起身来，肯定会立即栽倒在地。

他凑得更近，带着灵猫般的优雅，轻盈利落地蹲在了我的面前。他嗅了嗅，对着我吐在角落的那摊秽物皱了皱眉。我想挪挪脚，随时准备走远或是朝他的脸踢上一脚，可我的双脚这时却比铅块还要重。

睿山歪着脑袋，他那苍白的皮肤像白玉般光滑洁白。我回避着他的目光，却无法将脸转开，只能任由他那冰冷的手指抚摸着我的眉毛。"要是塔姆林知道他的小宝贝儿正在这里溃烂高烧而死，"他小声说，"不知道会作何感想？尤其是他连来看看你都不能，一举一动都在监视之下。"

我把那条手臂藏在阴影里，我最不愿意的就是让他们看出我眼下有多么软弱。"滚开。"我忍着眼底的刺痛，从喉咙里硬挤出这两个字，此刻我连吞咽口水都很困难。

他挑了挑眉。"我是来帮你的，你却舍得让我滚？"

"滚开。"我重复道,我的眼睛异常酸痛,简直要睁不开了。

"知道吗,你帮我赚了好多钱呢。我想现在轮到我报答你了。"

我把头靠在墙上,眼前的一切都在旋转,如同飞旋的陀螺,如同……我把恶心压了下去。

"让我瞧瞧你的胳膊。"他的语气太过安静。

我并没有把胳膊亮出来——况且它太沉了。

"让我瞧瞧。"他有些愤怒地说,还没等我回应,就一把拽过我的胳膊肘,强行把我的手臂拽到牢房昏暗的光线下。

我咬紧嘴唇,没有叫出声——因为太用力而咬出了血,烈火仿佛从我身体向外迸发而出,顿觉一阵头晕,所有的感觉全都汇聚到了那根贯穿我手臂的骨头上。我不能让他们看出我有多痛苦,否则他们一定会对我重复使用这个伎俩。

睿山查看了伤口,性感的唇边漾出了一丝笑意。"噢,这伤得真是精彩绝伦。"我用脏话怒骂他,他反倒笑出了声。"身为淑女,居然会这么言行无礼。"

"出去。"我上气不接下气地说,我那虚弱的声音和手臂上的伤势一样可怕。

"你难道不想让我帮你治好这条胳膊吗?"他用手指掐紧了我的肘部。

"代价是什么?"我反问,头仍然抵在墙壁上,唯有这样才能将身体撑住。

"啊,代价啊……看来跟仙灵相处,倒是教会了你不少我们的行事原则。"

我把注意力集中在按住膝盖的另一只手上,集中在指甲缝里的干泥巴上。

"我会跟你做笔交易。"他淡淡地说,轻轻把我的伤臂放下,在那条手臂碰到地面的一瞬间,被闪电击中的巨痛感再次袭来,疼得我只好闭紧双目。"我帮你把胳膊治好,代价就是你本人。你每个月都要陪我在寂夜王庭里生活两个星期,时间由我来定,从这乱七八糟的三场挑战结束开始。"

我啪地睁开眼睛。"休想。"我已经应允了一场愚蠢的交易了。

"休想?"他把双手置于膝上,靠得更近。"你确定吗?"

眼前的一切都开始跳起舞来。"出去。"我更加气短。

"你拒绝我的提议,为了什么?"我没有回答,于是他接着说,"你想必是在等你那位朋友卢西恩来救你,对吧?他帮你治过一次伤,对吧?噢,别装出一副无辜的表情,阿特尔和他的帮手们打断了你的鼻梁,除非你对我们隐瞒了会使用魔法的事实,否则我不认为人类的骨头有如此快速的自愈能力。"他的眼睛在闪光,站起身来,缓缓踱步。"菲娅,按照我看事情的方式,你有两个选择。第一个,也是最明智的一个,就是接受我的提议。"

我朝他脚下啐了一口,可他没有停下脚步,只是不满地看了我一眼。

"第二个选择嘛,也是只有白痴才会选的——就是拒绝我的提议,把你的生命也就是塔姆林的生命寄托在那渺茫的机会上。"

他停了下来,盯着我看。尽管世界还在旋转,还在我的视野里舞动着,我内心某种原始的东西却在他的目光下安静冷却下来。

"假如我从这里走出去了,也许卢西恩真会在我离开五分钟之后就跑来帮你,也许他会在五天之后才想到要来,也许他根本就不会来。跟你明说了吧,在你接受挑战时他那相当令人尴尬的爆发,对他造成了很不利的影响。阿玛兰萨对他颇为不满,就连塔姆林也一改常态,屈尊为他求饶——你那位至高之主是多么高贵的战士啊。她当然答应塔姆林饶过卢西恩,可还是逼着塔姆林亲手对卢西恩行了刑,抽了他二十鞭子。"

想到我的至高之主大人在万般无奈之下竟然要亲手惩罚他的朋友,我不由得心疼得颤抖起来。

睿山耸了耸肩膀,姿势真是潇洒又从容。"所以,你真愿意相信卢西恩会赶来帮你吗?你愿意为此去冒多大的风险?你现在已经在担心发烧的症状是不是由感染引起的,这二者之间也许无关,也许有关。说不定你能不治而愈,说不定那虫子的泥浆里没有什么会让伤口恶化的脏东西,说不定阿玛兰萨会派人来帮你治伤,可是等到那时,你要么已经死了,要么就是因为感染太重,能保住上半条手臂已是万幸。"

我的胃痛苦地揪成了一团。

"我用不着入侵你的思想就能知道你在想什么,我早就知道你已经慢慢意识到了一个事实。"他在我面前蹲下。"你要死了。"

我双目刺痛,把嘴唇抿得快要看不见了。

"你愿意去冒多大的风险,来等待另一个救命恩人的到来?"

我看着他,满眼仇恨。他才是这一切祸端的始作俑者,是他把克莱尔这个名字告诉了阿玛兰萨,是他逼得塔姆林屈尊恳求。

"你怎么说?"

我把牙一咬。"下地狱去吧!"

睿山以快如闪电之势抓住插在我前臂中的那节骨头碎片,用力一拧。我顾不得那原本就疼得冒火的喉咙,撕心裂肺地叫了起来。世界在我眼前交织成了黑白红三色,我使劲挣扎,他却没有松手,在最后又拧了一下我的臂骨后才松开。

我喘着粗气,几乎要疼得哭出来,抬眼却发现他又对着我露出了那狡猾的笑容。我冲他脸上啐去。

他只是站在那里哈哈大笑,用乌黑的外衣袖管擦了擦脸。

"这是我最后一次帮你了。"他站在牢房门口对我说,"只要我走出这扇门,我刚才的提议就不再作数。"我又啐了一口,他见状摇了摇头。"等到死神来索你的命时,但愿你也敢啐他一脸。"

他的黑衣开始泛起涟漪,身影渐渐融进无尽的夜色中。

他可能是在吓唬人,想引诱我接受他开出的条件。又或者正如他说的,我也许真的要死了。我的生命此刻悬于一线,我的选择还不仅仅只会影响我的死活而已。而且如果卢西恩真的来不了,或者来得太晚……

我确实是要死了。我早就认清了这个事实。卢西恩过去就曾对我判断失误过,他从来都没能真的看清楚我身为人类的极限。他给了我几把短刀和一把弓就让我去猎杀那苏瑞尔,承认那天他在听见我求救时,曾经犹豫过要不要去救我。而他或许根本不知道我眼下的境况有多糟,也许不知道像这样的感染会有多严重,哪怕他晚来一天、一小时、一分钟,我都会命丧此地。

睿山那月牙白的皮肤在黑暗中渐渐隐没。

"等等。"

门口黑漆漆的,我看不见他是否停下了。为了塔姆林……为了塔姆林,我愿意出卖我的灵魂;只要能帮他重获自由,我愿意放弃所有。

"等等。"我再次说道。

睿山的身影从黑暗中钻了出来,笑着问我:"怎么?"

我把下巴昂得高高的,对他说:"就两个星期?"

"就两个星期。"他单膝跪在我面前说,"我所要求的,不过就是让你每个月陪我短短的两个星期而已。"

"为什么?这样对你有什么……有什么好处?"我强令自己不许晕过去。

"啊哈,"他整理着那件黑曜石色外套的衣领。"要是我告诉了你,岂不是没意思了吗?"

我看着我那条伤臂。卢西恩可能永远都不会来了,他可能认为不值得再为我去冒生命危险,不值得为我再去受皮肉之苦。要是阿玛兰萨手下的医师真的切断了我这条胳膊……

妮斯塔为了我,为了埃兰,也会这么做。而塔姆林为我和我的家人做了这么多,即便他在条约那件事上对我撒了谎,他那天还是从纳加手下把我救了下来,后来又命令我离开他的庭园,也是为了保我不死。

我不许自己再去多想会因为这个决定付出何等代价,不许自己再多作迟疑。我看着睿山说:"五天。"

"你还打算跟我讨价还价?"睿山笑了起来。"十天。"

我使出全力迎着他的目光。"一个星期。"

睿山沉默了好久,上下打量着我,随后才小声回答:"一个星期就一个星期。"

"那就这么定了。"我说。魔法在我们之间涌动,金属的气味灌得我满嘴都是。

他脸上的笑意略显狂野,还没等我准备好,胳膊又被他抓住了。一阵疼痛使我眼前金星乱冒,我的耳膜几乎要被自己的惨叫声穿透。眨眼间,皮肉分离,鲜血迸溅,接着——

等到我睁开眼睛时,睿山还在笑。我不知自己昏迷了多久,但在我坐起身时,我知道烧已经退去,脑袋也变清醒了。事实上,泥浆也不见了,我感觉像是有人给我洗了个澡似的。

我试着抬起左胳膊。

"你对我做了什么?"

睿山站起身,用一只手整理着他那乌黑的短发。"根据我们王庭的惯例,交易谈妥后必须要在皮肉上留下永久的痕迹。"

我看着自己的左臂和左手,上面像是用黑墨水画满了螺旋花纹,就连手指都没能幸免于难,手掌正中间还有一只巨大的眼睛。那是猫科动物的眼睛,细长的瞳孔正在回望着我。

"给我弄掉!"我说道,他听见这话大笑起来。

"你们人类还真是知恩图报啊!"

当我把手臂伸远一些时,那文身如同一只长度及肘的手套,可当我把手臂凑到眼前细细观察时,就能看清那描摹精致的花朵和曲线,共同勾勒成了一幅绚丽的图案。他说这是永久的痕迹,将永远留在我身上了。

"你事先没有告诉过我会这样。"

"你也没问啊。怎么能怪我?"他走到门口停下脚步,如墨的夜色从他肩头向外流淌着。"除非你这以怨报德的态度是因为你担心另一位至高之主会生气。"

塔姆林。我已经能想象出他的脸色变得越发苍白,嘴唇抿得紧紧的,利爪从指尖伸出。我几乎能听见他在咆哮着问我究竟在想什么。

"我想我会等到适当的时机再告诉他这个消息。"睿山说。他眼神中的光芒已经说明了一切。睿山做这些不是为了救我,而是为了让塔姆林更加难受。我顺从地落入了他的陷阱,比那只虫子的下场还要悲惨。

"好好休息吧,菲娅。"睿山说完就从门缝消失了,身后只留下波动的黑暗。

第三十八章

我擦洗着走廊上的地板,刻意不去看左边的手臂。那黑墨水——在光线明亮的地方,我看出那其实是深蓝色——像团乌云似的笼罩着我的思绪,虽然我是自愿把自己出卖给了睿山,可我内心还是阴郁无比。我不能去看掌心的那只眼睛,每当我看它时,都会有种荒唐而毛骨悚然的感觉,似乎那只眼睛也在看着我。

我把笨重的拖把浸泡在了红皮肤的卫兵塞给我的水桶里。那些卫兵的嘴里长满了细长的黄牙,我几乎听不懂他们在说什么,可当他们给了我拖把和水桶,把我推到了铺着雪白大理石的长长走廊上时,我理解了他们的意思。

"如果晚饭之前还没把地板擦亮的话,"其中一个卫兵嗫着牙,邪笑着对我说,"我们就把你绑到烤肉杆上,把你烤个几圈。"

说完他们就转身离开了。我不知道现在距离吃晚餐还有多久,只好拼命擦起地板来。刚刚擦洗三十分钟不到,我的后背就像着火一样疼。而且他们给我的那桶水是脏的,我越擦地板就越脏。我走到门口,想要一桶干净的水,结果发现门被人从外面锁住了,没人会来帮我。

这是一项不可能完成的任务。他们是想存心折磨我。他们说的烤肉杆也许就是我在地牢里听见的惨叫声的源头。在烤肉杆上被烤个几圈，会不会把我全身的皮肉都融化掉？还是说会把我逼到再跟睿山谈一笔交易的地步？我一边骂着，一边使劲擦洗，拖把与地砖摩擦得嚓嚓直响。在拖把经过的地面上留下了一条深棕的色带，于是我愤愤地把拖把又丢进了水桶里，脏水贱得地上到处都是。

我每擦一下，都会留下一条棕色的尾巴。气急之下，我使劲把拖把扔在地上，用湿漉漉的双手捂住了脸。这时我意识到手掌上的那只眼睛刚好按在了我的脸颊上，又赶忙放下了左手。

我试图让呼吸平稳下来，一定能想出更加理性的办法来做完这件差事，一定存在我还没想到的窍门。烤肉杆——被绑在烤肉杆上变成烤乳猪。

想到这里，我又抓起了拖把，使劲擦洗起地板来，直到两只手疼得抽筋。被我擦洗过后的走廊看上去像是被人泼满了泥浆，尘土经我这么一擦，结结实实地变成了黑泥。等我被他们绑在烤肉杆上时，我恐怕要涕泪横流地祈求他们能发发慈悲了。我曾在克莱尔那赤裸的尸体上看见了一道道红线，不知那些是什么刑具留下的？我的手不住地颤抖，只好把拖把放下。我能凭本事干掉一只巨虫，但是绝对没可能像这样把地板擦洗干净。

走廊上响起了开门声，吓得我蹦了起来，从门后伸出一个赤褐色的脑袋。我松了口气，卢西恩他——

不是卢西恩。冲我转过来的是一张女人的脸，一张没戴面具的女人的脸。

她比阿玛兰萨稍显年长，但皮肤却如瓷器般光滑可人，两颊上还点缀着极不显眼的玫瑰色腮红。如果光是那头发还不足以为证的话，当我看见她那双棕色的眸子时，我知道她是谁了。

我向暮秋王庭的至高主母颔首致意,她则微微把头一偏,看来这动作已经算是以礼相待了。"你为了保住我儿子的命,把名字告诉了她。"她的声音像被阳光温暖照耀过的苹果一样甜美,看来那天她一定也在人群中间。她用纤纤手指朝那水桶指了指。"现在该我报答你了。"说完便消失在那扇敞开的房门背后,我发誓我在她身后闻到了烤栗子的香味和烧火的味道。

等到房门关上之后,我才想起来我应该说声谢谢才对,等到我朝水桶里看过之后,我才意识到我刚才始终把左臂藏在背后。

我蹲在水桶旁边,用手指蘸了点水出来,发现水变干净了。

我吓得不敢乱动,在地上蹲了一会儿,才往外倒了些水,清理起地上的污泥来。

✠

卫兵们见我完成了这项不可能完成的任务,全都气得吹胡子瞪眼睛。然而第二天,他们又笑眯眯地把我推进了一间黑咕隆咚的大卧房,里面只亮着几支蜡烛。他们朝墙边隐约可见的壁炉一指,其中一个卫兵对我说:"仆人不小心往炉灰里撒进了豆子。"他说着丢给我一个木桶。"在房主回来之前把壁炉打扫干净,要不然他会一条一条地扒光你的皮。"

房门被"砰"地关上了,门锁"咔嗒"一响,屋里只剩下我一个人。

从炉灰和余烬里把豆子挑出来——这简直是荒诞至极,浪费生命——

我走近漆黑的壁炉,无奈极了。

我无法做到。

我打量着这间卧房,发现除了刚才进来的那扇门之外,屋内既没有窗户也没有别的出口。床铺大得离谱,被整理得干净整齐,还铺着黑色的丝质床单。除了基本家具之外,再也没有别的摆设,也没有胡乱堆放的衣服、书或武器,仿佛房主从来都不会睡在这里似的。我蹲在壁炉跟前,平复着呼吸。

我提醒自己说,我有一双锐利的眼睛。连藏在灌木丛里的野兔都不会错过,大多数猎物在我眼前都会无处遁形。不就是把豆子挑出来吗,能有多难?我叹了口气,钻进壁炉,开始工作。

✜

我想错了。

两小时后,我开始双目灼痛,全身酸疼,即便我细细滤过了那壁炉的每一寸位置,还是不断有没被我找到的豆子往外冒。卫兵们没有告诉过我房主什么时候会回来,因此秒针的每一次响动都像是在给我敲响死亡的钟声,每当门外响起脚步声,我都会战战兢兢地想要把炉边那根拨火棍拿在手中。阿玛兰萨没有提起过任何反击的规矩,也没有说过我能不能出手自卫,但再怎么说我也不会乖乖等死。

我一遍遍地检查着炉灰,两只手早就变得黑乎乎的,衣服上也是黑迹斑斑。这回不会再有漏掉的豆子了吧,肯定没有了——

门锁又是"咔嗒"一响,我本能地蹿起来去抓被我藏在身后的拨火棍。

黑暗涌入房内,蜡烛的火苗随之微微摇晃。我将拨火棍紧紧握在手中,紧靠着石质炉壁,眼见那黑暗在床上变成了一个我熟悉的身影。

"能在这里见到你真是太好了,我的菲娅小宝儿。"睿山懒洋洋地躺在床上,用一只手撑着头对我说道,"能不能跟我说说,你为什么在我的壁炉里翻来翻去?"

我微微弯曲膝盖,准备逃跑或躲闪,无论做什么,只要能冲出那扇看似离我无比遥远的房门就好。"他们说我必须要从炉灰里把豆子都挑出来,否则你就会扒掉我的皮。"

"他们还真行。"那灵猫般的笑容又出现了。

"我是不是该感谢你想出了这个好点子?"我恨恨地说。在我和阿玛兰萨之间的事情没有解决之前,他不能擅自杀死我,可是……他自会有办法让我生不如死。

"噢,别这么想。"他慢条斯理地说,"到目前为止,还没人知道咱们二人之间的小交易,你也做到了守口如瓶。是不是感到羞愧难当了?"

我绷紧下颌,用一只手指着壁炉,另一只手仍然把拨火棍藏在身后。"你觉得清理得够干净了吗?"

"我的壁炉里怎么会混进了豆子呢?"

我冷冷地看了他一眼。"我想这是你女主人家里的差事之一吧。"

"好吧,"他检查着自己的手指,"显然她或她的狗腿子们很是看好咱们俩共处一室。"

我感到嘴里干巴巴的。"说不定这是在考验你。"我设法给自己解围,"你说过,在第一项挑战中你赌我会赢,那似乎让她不太高兴。"

"那阿玛兰萨会想要考验我什么呢?"

我没有回避那双紫罗兰眼睛的凝视。卢西恩曾经把他叫作阿玛兰萨养的男娼。"在克莱尔的事情上,你对她撒了谎。你非常熟悉我的相貌。"

睿山风度翩翩地坐起身,把双臂搭在腿上。如此强健的形体,举止竟能如此优雅。我在战场上征战杀伐时你还没出生呢,他曾对卢西恩说过这样的话。对此我毫不怀疑。"阿玛兰萨会玩她的游戏,"他简练地说,"我也会玩我的。日复一日地生活在地底下,真是无聊极了。"

"她在烈火之夜那天把你派出去了，结果你就在花园里插了颗脑袋。"

"是她让我把那脑袋插在花园里的。至于烈火之夜嘛……"他上下看着我。"我自有我出去的理由。而且，别以为你手里拿的那根东西没花我多少钱，菲娅。"他虽然没有看着我手中的拨火棍，却面带微笑地接着说道，"你是打算把它放下呢，还是马上就要冲我挥过来？"

我把脏话咽了下去，把背后的拨火棍拿了出来——却没放下。

"真是壮士之举，可惜一点用都没有。"他说的是事实——不容置疑的事实，因为就算他把手插在口袋里不动，也能控制卢西恩的思想。

"在其他仙灵法力大打折扣的情况下，你怎么还能有这么大的力量？我以为她把你所有的法力都夺走了。"

睿山把剑眉一挑。"噢，她是夺走了我的法力。这个嘛……"我顿时觉得有爪子伸进了我的脑海，猛地后退一步，跌进了壁炉里。攥紧我思绪的力量消失了。"现在只剩下一点点供我玩耍而已。你的塔姆林大人力气过人，喜欢变形，而我擅长的不过比他的更致命一些。"

我知道他没在说大话——我亲身感受过被他的利爪伸进脑袋是什么感觉。"这么说，你不会变形？难道不是所有至高之主都会吗？"

"噢，所有至高之主都会。在我们的身体里都藏着一只猛兽，随时咆哮着要冲破这层躯壳。你的塔姆林大人对毛皮情有独钟，我则觉得翅膀和利爪更加有趣。"

一阵寒意从我的脊椎蔓延而过。"那你现在还能变形吗？还是说那法力被她夺走了？"

"小小人类，你问得太多了。"

他说着站起身，缭绕在他四周的黑暗也开始随之翻滚涌动起来。眨眼的工夫，他已经变成了另一副模样。

我将拨火棍微微举起。

"瞧，这不能算是完全的变形。"睿山轻叩着那从他原先手指的位置长出来的黑色利爪说道。他膝盖以下的身体还是黑色的——但脚趾已经被寒光闪闪的利爪取代。"我其实不是特别喜欢屈服于我这兽性的一面。"

没错，我看到的仍然是睿山的脸，还有他那强健的男性体格，但的确从他背后生出了宽大的膜状黑翼，就像蝙蝠，就像阿特尔。他麻利地把翅膀收了起来，只有尖端从他那宽广的肩头伸了出来，显得很是突兀。这样的他杀意凛凛而又令人目眩——出于梦境，生于梦魇，集千面于一身。看着烛光照在他的翅膀上，将他的血管照得通透明亮，在他那锋利的爪子上轻盈跳跃，我内心懦弱的一面又开始作祟。

睿山转过头，刚才我所看到的一切瞬间消失了，包括翅膀和手脚爪。他就像个普通的男人，衣着整洁而得体。"不打算恭维我几句吗？"

我把性命托付在他手上真是犯了一个极大的错误。

可我还是说道："你已经自视甚高了，哪里还需要小小的人类来恭维你？"

他低声笑起来，那笑声温暖了我全身的骨骼和血液。"你竟然对一位至高之主如此大胆，真不知道我是应该夸你勇气可嘉，还是笑你没脑子。"

似乎只有在他身边时，我才会管不住自己的嘴。于是我继续大着胆子对他说："你知道那谜题的答案吗？"

他抱起双臂。"你竟然想作弊？"

"她从来也没有规定过我不能找人帮忙。"

"啊，可在她把你打得连人样都没有了之后，她命令我们谁都不许帮你。"见我没有说话，他摇了摇头。"就算我想帮你，也帮不了。她的命令，谁都不敢违抗。"他说着掸掉了黑色外衣上的一丝尘土。"幸好她还喜欢我，对吧？"

我张开嘴，想要继续追问，想要求他发发善心，只要那样做能够让自由立即降临——

"别白费口舌了。"他说，"我不能告诉你，这里任何人都不能告诉你。即便她命令我们所有人都立即停止呼吸，我们也只有照做的份。"他对我皱起眉头，打了个响指，沾在我身上的所有煤灰、尘土和脏东西全都不见了，我全身上下像刚洗过澡那样干净。"这礼物是我送你的。因为我欣赏你发问的胆量。"

我冷冰冰地看了他一眼，只见他朝壁炉把手一挥。

我的差事完成得无可挑剔，桶里装满了豆子。这时房门开了，原先拽我进来的卫兵出现在门口。睿山懒洋洋地对他们招了招手。"她已经把活干完了，把她带回去。"

卫兵们将我抓住，睿山对他们笑着露出了牙齿，那笑容毫无友善之意，于是他们迟疑了。"再也不许安排她做这些闲杂差事，别的任务也不行。"他的声音充满了诡异的关切。卫兵们那两双黄眼睛变得呆滞无神，嘴角也耷拉下来，口中的利齿隐隐可见。"去把我的话也传达给其他人。谁都不许擅闯她的牢房，也不许碰她，要是谁敢把我的话当成耳旁风，就准备自己拔刀自裁吧。听懂了吗？"

卫兵们先是木然地点了点头，随后眨了眨眼，把背挺得笔直。我忍着颤抖，无论他刚才做了什么，是魔魅法术也好，精神控制也罢，总之奏效了。卫兵们喊我出去，却没敢再碰我。

睿山冲我一笑，在我身后说道："不客气。"

第三十九章

从那天之后,每日晨昏都会有人给我送来热腾腾的新鲜饭菜。我一边狼吞虎咽地把它们吃下肚去,一边还在心里暗暗骂着睿山。被困在这间暗无天日的牢房里,我只能翻来覆去地琢磨阿玛兰萨的谜题,每每想到头痛欲裂。我一遍又一遍地在脑海里重复着谜面,却还是连半点头绪都没有。

几天过去了,我既没有见过卢西恩,也没有见过塔姆林,就连睿山也没再回来招惹过我。这里只有我一个人,真真正正的一个人,困在这寂静中——虽然其他牢房里还是会日夜不停地有惨叫声响起。那声音实在太过难以忍受,我再也无法屏蔽时,就会看看掌心的那枚眼睛。睿山这样做是不是想要悄悄地提醒我别忘了尤里安——就像是看似不痛不痒实则火辣辣的一记耳光,让我记住我也正在一点一点地属于他,就像那位古老的战士现在已经属于阿玛兰萨一样。

每过一段时间,我都会对那只眼睛说上几句话,然后骂自己是个蠢货,或者骂睿山。可是有一天晚上,在我打瞌睡时,我发誓我看到那只眼睛眨了眨。

如果我对送饭的节奏判断无误的话,在距离我跟睿山在他房间里见面的四天之后,两位女性高等魔仙出现在了我的牢房里。

和睿山一样,她们也是从黑暗的墙缝里凭空钻了出来。不同的是,睿山现身时有血有肉,这两位仙灵却如同幽影,连五官都模糊难辨,只能看清她们身上那飘逸的丝纱长裙。她们俩默默不语地走向我,我也没有抗争——反正无路可逃,也毫无抗争的必要。抓住我手臂的那两双手虽然冰凉,却很有力,仿佛那幽影只是衣料,或者说是第二层皮肤。

她们一定是睿山派来的,大概是他寂夜王庭的仆人。两位仙灵走到我面前,一句话也没有说,带着我穿过了那扇紧闭的牢门,仿佛那扇门根本就不存在似的,仿佛连我也变成了幽影。我们穿行在黑暗中,经过一间又一间惨叫连连的牢房,我感觉到仿佛有无数只蜘蛛从我的脊椎和手臂上爬过。没有一个卫兵阻止我们,甚至都没有朝我们的方向看上一眼。看来是魔魅法术在起作用,我们的移动在肉眼看来无异于黑暗中泛起的涟漪。

两位仙灵带我走上了灰尘遍布的楼梯,穿过许久不曾有人踏足的长廊,走进了一个平凡无奇的房间。随后,她们脱光了我的衣服,给我彻底洗了个澡,然后,令我惊恐的是,她们开始在我身上涂抹颜色。

冰凉的笔刷一下一下地刷在我的身上,我觉得奇痒难耐,身体又被她们那两双幽影般的双手紧紧攥住,无法动弹。当她们涂抹到我的私处时,我尴尬得不可名状,真想对着她们的脸踢上一脚。她们没有解释原因,我看不出来这是不是阿玛兰萨设计的另一重刑罚。就算我设法逃跑,也没有落脚的地方,塔姆林也会受到我更多的牵连。所以我也不再多嘴,不再挣扎,随她们去吧。

画到脖子以上的部分时,她们的笔触变得庄严,给我的脸上涂了各式各样的彩妆——嘴唇上的口红,眼皮上的金粉,甚至还帮我描上了眼线——随后又把我的头发束成圆髻，给我戴上了一顶镶嵌着青金石的小金冠。可是脖子以下的部分，我简直是在被异端之神信手涂鸦，她们俩还在不断地往我手臂上画花纹，等到那蓝黑色的颜料风干之后，我身上多了一件轻薄透明的白色长裙。

我也不知该不该把它叫作长裙，不过就是两片宽度只够遮住我双乳的薄纱，被两枚金色胸针固定在肩膀处，使之不会滑落。一根镶嵌着宝石的腰带将余下的部分固定在我的腰际，末端合二为一地从我双腿中间穿过，轻盈地垂在地板上。这根本连一块遮羞布都算不上，而且我身上那一层鸡皮疙瘩告诉我，我的后背完全是赤裸的。

冷风撩拨着我裸露的皮肤，正在点燃我心中的怒火。两位高等魔仙无视我想再多穿点衣服的请求，仍然是一副晦暗不明的表情，但在我愤怒地想要把身上这层鬼东西扯掉时，死死地攥紧了我的胳膊。

"换作是我，才不会这么做。"门外响起那低沉却又轻快的声音。睿山靠在墙边，将双臂抱在胸口。

我早该知道这都是他安排的好事，光是看她们涂在我身上的花纹，我就该知道是他干的。"我们的交易还没开始呢。"我不满地说。当我和塔姆林、卢西恩在一起时，直觉曾经提醒我沉默是金，可我在睿山身边却总会和那直觉对着干。

"啊，可是我要找个人陪我参加派对。"他那双紫罗兰色的眼睛里星光闪闪。"况且我想到你整夜都一个人孤零零地缩在牢房里……"他挥了挥手，两位仙灵仆人穿过他身后的房门消失了。木板全然阻挡不了她们的行动，这显然是寂夜王庭里人人都会的本事。见我一脸讶异，睿山笑了起来。"你看上去恰到好处，正是我设想的样子。"

我从一团乱麻的记忆中回想起塔姆林曾经也在我耳边说过类

似的话。"有必要让我打扮成这样吗?"我指了指身上的颜料和这件纱裙。

"当然有必要。"他冷冷地说,"否则我怎么能看出是否有人碰过你?"

他走到我身边,伸出一只手指涂乱了我肩膀上的颜色。在他手指离开我皮肤的瞬间,那颜料迅速复原,变回了原来的图案。"这条裙子本身不会破坏你身上的花纹,你随意移动也没关系。"他把脸凑到我面前说道。他的牙齿距离我的喉咙是那样的近。"而且我会清楚地记住我这双手碰过哪里。要是有别人碰了你——比如说某位对春光情有独钟的至高之主——那绝对逃不过我的眼睛。"他轻轻弹了我鼻子一下。"别说我没提醒你,菲娅,"他的声音如同呢喃,"我不喜欢别人乱动我的东西。"

我感觉到我的胃被寒冰紧紧裹住了。在今后的每个月里,他都能占有我一个星期。很明显,他想把我的整个余生都作为这笔交易的期限。

"走吧。"睿山示意我跟上,"我们迟到了。"

✚

我跟着他穿过走廊,尽管前方欢声悦耳,我却因为身上这件太过暴露的纱裙羞得满脸通红。在薄纱之下,我的胸部能被所有人看个分明,身上的花纹愈发让人想入非非,地下洞穴中冷飕飕的空气更是让我浑身的寒毛都竖了起来。我的腿、侧腹和肚子上都毫无遮盖,我得强咬牙关才能不让牙齿打架。我的脚早已被冻得麻木,真希望在等会儿进去的房间里能有个温暖的大火堆。

伴随着节奏飘忽而诡异的乐声,我立即认出了面前的那两扇石门。这里是王座大厅。不,不,为什么偏偏要来这里?

见我们从门外走进,仙灵和高等魔仙们全都呆呆地行起了注目礼,有些朝睿山鞠躬致意,其他的则光顾着张大了嘴。我在人群中看见卢西恩的那几个哥哥就挤在门口,朝我投来狐狸般狡诈的笑容。

睿山没有碰我,可他和我挨得是那样近,足以表明我是他的女伴,表明我属于他。在这种情形下,就算是他在我脖子上套个项圈或是绑条链子,我也不会意外。既然我和他的那笔交易已经在我的身上留下了烙印,既然我已经逃不出他的手掌心了,说不定他哪天真会这么做。

在人声鼎沸的欢庆声中不断夹杂着窃窃私语声,仙灵们自动退到两旁,给我们让出了一条路来,就连音乐声都变轻了。我扬起下巴,头上的金冠重得快要陷进我的脑袋里了。

我已经赢得了她的第一项挑战,还完成了她安排的那些故意刁难我的差事,当然应该把头仰得高高的。

高台之上,塔姆林就坐在她身边,还穿着平日里的衣装,身上看不见任何武器。睿山说过,他会找个合适的时机告诉塔姆林,把我跟他之间的交易说给塔姆林听,好让他难受。真是卑鄙的小人行径。

"仲夏日愉快。"睿山冲阿玛兰萨鞠了一躬。阿玛兰萨穿着深浅两重紫色的华贵长袍,显得甚是端庄。在她那光华内蕴的美貌面前,我显得像个野人。

"你怎么把我的囚徒带来了?"阿玛兰萨矫揉造作地笑着问道。

塔姆林的脸像块石头。除了他那攥紧王座扶手的指关节在微微泛白之外,他整个人都像一块大石头。他没有露出爪子,看来总算还能把火气控制住。

我竟然让自己和睿山纠缠在了一块,这个决定实在是太蠢了。他可是睿山啊,在那层精致无瑕的皮囊之下,暗藏着翅膀和利爪,甚至能粉碎人的思想。我真想大声告诉塔姆林,我做这一切都是为了你。

"我们达成了一项交易。"睿山说着把我一撮头发拨到了耳朵后面。他用手指抚摸着我的脸颊，动作很是轻柔。王座大厅霎时一片死寂，在所有人的见证下，他对塔姆林说出了下面这番话："为了报答我在她完成第一项挑战后为她提供的医疗服务，今后的每个月，她都要在寂夜王庭里陪我一个星期。"他举起我的左臂，给塔姆林展示那个文身，文身的墨水不像涂在我身上其他部位的颜料那样闪亮。"这笔交易将持续到她人生的终点。"他轻描淡写地说着，目光却落在了阿玛兰萨身上。

仙灵女王微微挺直后背，就连尤里安的眼睛此时都在看着我，看着睿山。持续到我人生的终点——他说的像是我还能活好长时间似的。

他相信我能完成阿玛兰萨剩下的挑战。

我凝视着睿山，凝视着他那俊美的鼻梁和性感的嘴唇。游戏——睿山酷爱游戏，而我现在已经成了这场游戏中的关键参与者。

"享受这场派对吧。"阿玛兰萨转动着那枚骨头链坠，只说了这么一句话。睿山明白这是在让他退下，便用一只手轻推我的后背，使我无法继续看向仍然紧抓着王座的塔姆林。

人群和我们保持着距离，我也不愿细看他们，既不愿再去看塔姆林，又生怕一不留神看见卢西恩，看见他望着我流露出的神色。

我继续扬着下巴，不允许自己在这些仙灵面前表现出软弱——不允许被他们看破我简直快被这身打扮，被睿山命人在我全身上下涂的这些花纹，还有塔姆林那轻鄙的眼神折磨得无地自容了。

睿山在一张堆满精致食物的餐桌前停下脚步，原本围在餐桌旁边的高等魔仙见状纷纷让开。如果说在场的还有来自寂夜王庭的其他成员的话，他们也无法像睿山和他的仆从们那样在黑暗中泛起涟漪，谁都不敢接近他。乐声渐响，说明可能有仙灵在大厅的某处跳起舞来了。"要喝酒吗？"他说着冲我举起了一只高脚杯。

艾莉丝定下的第一条规矩。我摇了摇头。

睿山微笑着再次将酒杯递了过来。"喝吧，你会需要它的。"

喝吧，在我的脑海里也有个声音在劝我，我的手指不受控制地伸了过去。不，不行，艾莉丝特地叮嘱过我不能在这里喝酒；这里的酒和我在那愉快自由的夏至庆典上喝的可不一样。"不了。"我对睿山说，一群站在安全距离之外注视着我们的仙灵咯咯笑了起来。

"喝。"睿山坚持地说道，酒杯被我那不听话的手指握住了。

✧

我在牢房中醒来，身上还带着那块被他称为长裙的薄纱。整个世界在我眼前飞速旋转，还没等我看清四周，我就哇哇大吐起来，一遍又一遍。当我胃里再也没有东西可吐时，我爬到牢房远处的角落里瘫倒了下去。

世界继续旋转着，我像是被绑在了一个飞旋的砂轮上，不断地转啊转啊转啊，时而昏睡过去，醒来便转个不停——

不用说了，我那一整天几乎都是在呕吐中度过的。

当热腾腾的晚餐被送来时，我只是胡乱挑了几口，这时牢门一响，出现了一张金色的狐狸面具，还有一只眯缝着的金属眼睛。"见鬼，"卢西恩说，"这里真是冻死人了。"

是啊，可我光顾着吐，完全没有觉得冷。光是仰着头就够难受了，何况还要把食物消化下去。卢西恩解开斗篷，帮我披在肩上，那沉甸甸的暖意渗透进了我的身体。"瞧瞧他们干的好事。"卢西恩凝视着我身上的颜料说道。谢天谢地，我身上的花纹总算完好无损，只有腰上有几处花掉了。"该死的杂种。"

"出什么事了？"我脱口问道，虽然我也不确定自己是否真想知道答案,我最后的记忆里只有嘈杂而狂野的音乐声。

卢西恩退后一步。"你恐怕未必想知道。"我仔细观察着腰上的那几抹乱糟糟的色块,看起来像是有人抱住过我。

"是谁干的?"我安静地问道,目光仍然在循着那被触摸过的轨迹移动。

"你觉得呢?"

我的心一紧,低头问他:"塔——塔姆林看见了吗?"

卢西恩点点头。"睿山之所以这么做,就是为了激怒他。"

"那他得逞了吗?"我还是不敢去看卢西恩的脸,但幸好我能从颜料的痕迹上清楚地看出自己的其他部位没有被侵犯,睿山只碰了我的腰。

"没有。"听卢西恩这么说,我苦涩地一笑。

"那我——那我从头到尾在干什么?"

卢西恩长出了一口气,我用手拨弄着他的红发。"睿山整个晚上都让你给他跳舞,只要是没在跳舞的时候,你都坐在他的腿上。"

"跳什么样的舞?"我追问。

"反正不是你和塔姆林在夏至日上跳的那种舞。"卢西恩说得我双颊发烫。根据我对那天晚上零星残存的记忆,我记得有一双紫罗兰色的眼睛跟我分外靠近,那双眼睛注视着我时,眼神中满是挑逗。

"当着所有人的面?"

"没错。"卢西恩回答,语气比从前任何时候都要温柔。我愣住了。我不需要他的同情。卢西恩叹了口气,拿起我的左胳膊,看着上面的文身图案。"你怎么会这么做?难道你不明白,我一定会尽快赶到吗?"

我把胳膊抽了回来。"我当时就快要死了!我高烧不退,几乎快要失去意识!我怎么知道你会不会来?我甚至不确定你是否明白区区那点小伤就能在短时间内置人类于死地！遇到纳加那一次，你也承认你当时犹豫了。"

"那是因为我对塔姆林发过誓——"

"我没有别的选择！你以为在庭园那天听你说过那些话之后，我还会再相信你吗？"

"我冒着掉脑袋的风险帮你完成了第一项挑战，难道那还不能得到你的信任？"他那只金属的眼睛柔和下来。"在我对你说出那些话、做过那些事之后，你还是为了救我说出了自己的名字。难道你不明白，见你那样舍命为我，无论我有没有立下过誓言，我都会帮你吗？"

我根本没想到那件事情会被他放在心上。"我没有别的选择。"我用力吸着气，又说了一遍。

"你不清楚睿山的身份？"

"清楚得很！"我怒吼，随后又叹了口气。"我清楚。"我一边说着，一边看看掌心的那只眼睛。"这件事情已经板上钉钉，所以你也用不着再顾及你对塔姆林许诺过的什么护我周全的誓言，更用不着因为我在阿玛兰萨面前救了你而觉得对我有所亏欠。就算是为了杀杀你那群兄弟的锐气，我也会这么做。"

卢西恩咂了咂舌，那只褐色的眼睛里却有光芒闪过。"看来你总算没有把你那股人类的精神气和倔劲一块出卖给睿山。"

"不过就是每个月陪他一星期而已。"

"这个嘛——到时候我们再看看究竟会如何吧。"他的声音里含着愤怒，抬起那只金属眼睛，朝门口看了一眼，随即站起身来。"我该走了，卫兵们要换班了。"

他说着便朝门外走去，我在他身后说道："对不起，我还是害你受罚了，我听说在那场挑战之后——"我喉咙一紧。"我听说她命令塔姆林亲自动的手。"卢西恩耸了耸肩,我接着说,"谢谢你帮了我。"

他一步一步地朝门口走着,这时我才注意到他走路的姿势很是僵硬。"就是因为这个我才来晚了。"他对我说,声音有些不自然,"她利用她的——利用我们的力量不让我的背伤痊愈,我直到今天才能下床走动。"

我的呼吸变得有些困难。"给。"我说着脱下了他的斗篷,起身递给他。突如其来的寒意令我打了个寒战。

"你留着吧,这是我在过来的路上找一个睡着的卫兵借的。"借着微弱的光线,我看到那沉睡之龙的刺绣图案在隐隐发光。这是阿玛兰萨麾下军队的徽记。我内心虽然万分抗拒,还是把斗篷披到了身上。

"顺便说一句,"卢西恩坏笑着对我说,"我那天晚上透过那层纱已经把你看了个遍,这辈子也忘不了了。"我满脸通红地看着他打开了牢门。

"等等,塔姆林——塔姆林他还好吗?我指的是……我是说阿玛兰萨对他施的法术,让他一直那么安静……"

"哪有什么法术,难道你没想到过,塔姆林之所以始终不说话,是因为他不想让阿玛兰萨看出来怎么折磨你才能让他最难受吗?"

没有,我没有想到过。

"可他这是在玩火。"卢西恩说着走了出去,"我们全都在玩火。"

✣

第二天晚上,我又被人洗了澡,浑身涂满了颜色,被带进了该死的王座大厅。这回这里倒是没有举行舞会,只是即将上演晚间的娱乐活动,主角自然就是我了。幸好我不会记得喝完酒后发生的任何事。

在接下来的日子里,我每天晚上都会被打扮成相同的模样,陪着睿山前往王座大厅。就这样我成了阿玛兰萨男娼手中的玩物。我醒来时脑海里总是只有零星的记忆碎片,睿山坐在椅子上开怀大笑,我则在他的双腿之间曼妙轻舞;还有睿山的那双手,在摸过我的腰和手臂之后总会被染成蓝色,然而除此之外,他竟然再无逾越之举。他总是会让我跳到头晕恶心,等到我吐完之后再让我继续跳下去。

每天早晨,我都会在虚弱疲劳中醒过来,虽然那些卫兵很听睿山的话,没有再想其他的招数来对付我,可光是夜夜歌舞升平已经把我折磨得精疲力竭。白天我总是处于宿醉的状态,也是想趁着睡觉来逃避内心的羞耻感。凡是清醒的时间,我都会用来思考阿玛兰萨的谜题,对每个字思来想去,却还是毫无线索。

每当我再次走进王座大厅时,我只能匆匆朝塔姆林看上一眼,就又会被强行灌酒。可是每天晚上,在与他目光相对的那一瞬间,我从来都不会掩饰心中的爱意和痛苦。

✠

我再一次被穿戴齐整,全身上下涂满了颜料。今天的纱裙是红橙色的,这时睿山走了进来。幽影女仆们像往常一样穿过墙壁消失了,可睿山却没有命令我跟他走,而是关上了牢门。

"你的第二场挑战将在明晚到来。"他的语气中毫无感情色彩,黑色外衣上的金银丝线在烛光下分外闪亮。我从没见过他穿其他颜色的衣服。

他的话像一块大石砸中了我的脑袋。这些时日,我已经没有了时间的概念。"所以?"

"你的死期可能到了。"他靠在门边,抱着双臂回答。

"要是你还想引诱我陪你玩另一场游戏的话,不必白费唇舌了。"

"你难道不想求我让你跟你的爱人共度一晚吗?"

"等我完成她的三项挑战之后,那样的夜晚要多少有多少。"

睿山把肩一耸,笑着从门边走了过来。"你当塔姆林的俘虏时,不知是不是也是这么铁嘴钢牙?"

"他从来也没有把我当成俘虏或是奴隶对待过。"

"对,他怎么可能那么做呢?在那只可怜而高贵的野兽看来,他父亲和哥哥们当年的暴行始终是他肩头的千斤重担。不过也许他已经渐渐懂得了一点残忍的真谛,懂得了作为一位真正的至高之主意味着什么,懂得了为了让暖春王庭不至于没落,需要付出什么样的代价。"

"你的王庭不也没落了吗?"

在那双紫色的眼睛里有悲伤闪过。要不是因为我在内心深处也有所感觉,我还真不会注意到。我看着掌心的那只眼睛——这个文身背后到底暗藏着什么玄机?但我却问道:"烈火之夜那天,当你在仪式上畅行无阻时,你说过你也付出了代价。在那些选择对阿玛兰萨奉献忠诚,以此获取相对自由的至高之主当中,是不是也有你?"

刚刚从他眼中闪过的悲伤不见了,只剩下冰冷和平静,我几乎能够看见那双强有力的翅膀投在墙上的阴影。"无论我为我的王庭做什么,都不关你的事。"

"那么她在过去的四十九年里又做了什么呢?任意妄为地控制各个王庭,折磨所有人?她的目的究竟何在?"快告诉我她在用什么样的手段威胁着人类世界吧,我真想这样恳求他——快告诉我这一切背后的意义,为什么会有这么多邪恶的事情发生。

"山之底的至高女王做任何事都无须对人交代。"

"可是——"

"大家还在晚宴上等着我们呢。"他指了指身后的门。

我知道自己这是在铤而走险,可我却不在乎。"除了激怒塔姆林之外,你还想拿我怎么样?"

"激怒他，就是我最大的乐趣。"睿山嘲弄地鞠了一躬。"至于你的问题嘛，身为男性，享受美人在怀，寻欢作乐，还需要什么理由吗？"

"你救了我的命。"

"而且通过救你，我也救了塔姆林。"

"为什么？"

他眨眨眼，拢了拢蓝黑的头发。"这才是你真正想问的对吧，菲娅？"

说完，他便拉着我走出了牢房。

我们走进了王座大厅，我已经准备好了再次酒醉失态，尽失廉耻。可仙灵们注视的却是睿山，尤其是卢西恩的那群兄弟。阿玛兰萨清脆的声音盖过了音乐声，唤他上前。

睿山有些迟疑，看着缓缓朝我们走来的卢西恩的兄弟们，他们此时将视线移向了我，眼神里充满急切、贪婪和邪恶。我张开嘴，刚想放下骄傲求睿山不要把我一个人扔在他们中间，不要自己走到阿玛兰萨身边，睿山把一只手搭在我的背上，推着我向前走去。

"待在我身边别动，把嘴巴闭紧。"他一边揽着我往前走，一边凑在我耳旁小声叮嘱。人群见状纷纷退避，我们的视野登时变得开阔起来，看清了前方的一切。

确切地说，那是给睿山看的。

有个棕皮肤的男性高等魔仙正趴在高台底下哭。阿玛兰萨像条蛇那样对他微笑着，专注得连看都没看我一眼。塔姆林在她身旁还是那副毫无表情的模样，连利爪也没有伸出来。

睿山瞥了我一眼，暗示我待在人群边上。我照做了。而当我抬眼去看塔姆林，希望能得到他的回应，哪怕只是看我一眼也好，他却没有理会，眼里只有女王和她面前的那个男性。用意不言自明。

阿玛兰萨拨弄着手上的指环,注视着睿山走上前来的每一个步态。"这位炎夏的小公子,"阿玛兰萨冲着蜷缩在她脚下的那个男性仙灵说,"想利用通往暖春王庭的出口逃跑。我想知道是何原因。"

有位高大帅气的高等魔仙站在人群边上——头发近乎雪白,两只蓝眼睛像水晶般摄人心魄,皮肤则是最为鲜艳的红褐色。他时而看着阿玛兰萨,时而看着睿山,并未开口说话。我在完成第一项挑战时曾经见过他,他是炎夏王庭的至高之主。先前他光华四射,从内而外散发着金光;现在却变成了一副死气沉沉的模样,仿佛身体里的所有力量都在阿玛兰萨审讯面前的罪人时被抽取得一干二净。

睿山把手伸进衣袋,慢悠悠地朝趴在地上的仙灵走了过去。

炎夏王庭的那个罪人在地上瑟瑟发抖,满脸是泪。当看见他在睿山走近再次哭出来时,我也感觉到恐惧和屈辱在内心翻涌。"求——求——求求你了。"那仙灵颤巍巍地说。

围观的人群连大气都不敢出一口。

睿山背对着我,肩膀松弛自然,衣服上连一丝褶皱也没有出现。而当我看见那仙灵在地上不再发抖时,我明白睿山的利爪已经伸进了他的脑海。

炎夏王庭的至高之主也怔怔地定住了,我在那双木然的蓝眼睛里看到的是真真正正的痛苦。我记得,炎夏王庭是参与过反叛的王庭之一,因此这是一位新上任的尚未被考验过的至高之主,还没有做出过关乎生死存亡的重大决定。

在片刻的沉默过后,睿山对阿玛兰萨说:"他想要逃走,想要逃到暖春王庭,越过高墙,向南进入人类的领地。他没有同党,除了胆小如鼠之外,也没有什么别的动机。"他朝那仙灵身下的一摊尿扬了扬下巴。这时,我用余光注意到炎夏王庭的至高之主稍稍松了口气——这不禁让我猜想,睿山在摄取过那仙灵的思想后,是否对阿玛兰萨说了谎话。

阿玛兰萨转了转眼珠,懒洋洋地坐在王座上说:"粉碎他吧,睿山。"说着对炎夏王庭的至高之主挥了挥手。"然后尸体随你处置。"

炎夏王庭的至高之主对女王深深鞠躬——仿佛得到了某种赏赐似的——然后看着伏在地上的王庭成员,后者此时已经坦然而平静地接受了这样的结局。那个男性仙灵做好了赴死的准备,不再恐惧。

睿山从口袋里伸出一只手,垂在身侧。我看见他的手指微微弯曲,利爪幽幽一闪。

"我觉得越来越无聊了,睿山。"阿玛兰萨拨弄着颈间的骨头,叹着气说道。她的全部注意力都被眼前的猎物吸引住了,从头至尾也没有看过我。

睿山攥紧了拳头。

那仙灵的眼睛瞪得老大,随后目光呆滞地瘫倒在了他制造的那摊秽物旁边,鲜血从他七窍流出,满地都是。

这一切进行得如此利落,如此轻易,如此不可挽回……他死了。

✣

"我是让你粉碎他的意识,不是粉碎他的脑子。"阿玛兰萨斥责道。

我身边的人群嘀嘀咕咕地骚动起来。我真想退回到人群中间,逃回牢房里去,用记忆力烧掉刚才那一幕。塔姆林毫无反应,连一块肌肉都没动过。如果连这般血腥的场面都不足以让他露出表情的话,真不知道他在那漫长的一生中究竟目睹过何等惨烈之事。

睿山耸耸肩,又把手插回到了衣袋里。"抱歉咯,女王大人。"说完没等阿玛兰萨回应就转过身来,朝王座大厅后方走去,途中也没有理会我。我跟在他旁边,努力不让身体颤抖,努力不去想那具瘫倒在我们身后的尸体,努力不去看仍然被钉在墙上的克莱尔。

人群在我们经过时退得好远好远。"男娼。"有人等他走远，才愤愤不平地小声骂他。"阿玛兰萨的男娼。"可不少人还是试探着对睿山露出了欣赏的微笑，好言好语地说："杀得好，那叛徒本来就该死。"

睿山谁都没有理睬，慢条斯理地往前走着。不知除了他本人和炎夏王庭的至高之主之外，还有没有其他人能看出来他刚才的残忍其实是仁慈之举。我敢打赌，一定还有其他人参与到了逃跑计划之中，搞不好连炎夏王庭的至高之主都脱不了干系。

但也许保守那些秘密，是为了确保睿山自己酝酿的计划能够顺利完成。也许迅速杀死那个仙灵有助于睿山实行下一步计划，他不能照女王的心意粉碎他的意志，听他口无遮拦地说出所有实情。

他在纵贯王座大厅的那条通道上没有作任何停留，一直带着我走到了大厅后方的餐桌前，递给我一只高脚杯，又举起一杯酒一饮而尽。在我意识模糊之前，我没有听见他说一句话。

第四十章

我的第二项任务到来了。

阿特尔龇着利齿冲着我笑,看着我站在阿玛兰萨面前。这里是另一个洞穴,虽说比王座大厅略小,但作为一处古老的娱乐场地也不算局促。除了金色的四壁之外,这里没有别的装饰,也没有别的家具。女王只是坐在一张雕琢的木椅上,塔姆林站在她身后。阿特尔跟在女王身边,用细长的尾巴一下一下地在地上扫过。我没有把目光停留在它身上,以免被它乱了心神。

我确实被它看得有些慌了,就算是我朝塔姆林看,也无法平静下来。我把双拳攥在身体两侧,同时感受着阿玛兰萨的微笑。

"菲娅,第二项挑战的时间到了。"她的声音里带着得意,确信我今天必死无疑。我当时拒绝死在那虫子的利齿之下,在她看来简直是自讨苦吃。她交叠双臂,用一只手托着下巴。尤里安的眼睛在那戒指里转动着,它转向了我,瞳孔在微弱的光线下扩得更大。"你解开我的谜题了吗?"

我决定不予回答。

"太可惜了。"她撇着嘴说,"不过我今天晚上觉得自己非常慷慨。"阿特尔咯咯笑了起来,我身后的几个仙灵也随之发出了嘶嘶的笑声,笑得我浑身发冷。"让你稍微练习一下如何?"阿玛兰萨问道。我强迫自己面无表情。如果塔姆林是在用喜怒无形的方式来保住我们俩的性命,那么我也可以做到。

但是我还是朝我的至高之主看了一眼,发现他正在专注地盯着我看。这时我多么希望能抱住他,能感觉到他的温暖,能闻见他身上的气味,能听见他呼唤我的名字……

大厅里响起嘶嘶一声,我朝那声音的方向转过头去,看到阿玛兰萨正皱眉看着塔姆林。我这时才惊觉我们俩刚才正在盯着对方看,周围一片安静。

"开始吧。"阿玛兰萨下令。

还没等我准备好,地面便颤动起来。

石砖开始向下移动,我的双脚站立不稳,只好拼命挥舞手臂来保持平衡,随着石砖降落到一个长方形的大坑里。围观的仙灵七嘴八舌地议论着,而我和塔姆林再次相互望着彼此,直到我越降越低,再也看不见他的脸。

我从四面的墙壁上寻找着线索,推测着接下来会发生什么。三面墙壁是用整块光滑闪亮的石料制成的,平整滑溜得根本没有往上攀爬的可能。第四面墙根本不能算是墙,而是一道铁栅栏,将大坑一分为二,在铁栅栏的另一边——

我的心跳到了嗓子眼。"卢西恩。"

卢西恩被锁链捆着,躺卧在另一边的正中央。他那只棕色的眼睛瞪得好大,眼白在眼眶里清晰可见,另一只金属眼睛像是发了疯似的转动着,那道刺眼的伤疤被他苍白的皮肤反衬得格外刺眼。看来他又变成了任凭阿玛兰萨折磨的玩具。

大坑里没有门,也没有通道,要想走到另一边,我只能翻越那道铁栅栏。栅栏的铁条很粗，栅格又宽，我应该可以从这边爬上去，然后跳到他身旁。可我不敢。

仙灵们嘀咕起来，接着又是当啷一声。难道睿山又对我押注了？红色的头发在人群中显得鲜艳极了——是四个红头发的脑袋。我顿时挺直了脊梁。我知道卢西恩的那几个兄弟正在对他的遭遇幸灾乐祸，可是他的母亲和父亲去了哪里？眼下这种情形，暮秋王庭的至高之主一定在场。我在人群中寻找着，却没有发现他们。这时我看到阿玛兰萨和塔姆林站在大坑边上，探着头往下看。她朝我点点头，优雅地冲着她脚下的那面墙把手一挥。

"亲爱的菲娅小宝贝儿，第二项挑战就在此地。只要选对控制杆，你就赢了。要是选错，那就等死吧。反正控制杆只有三根，我对你算是不薄了。"她说着打了个响指，有金属声响起。"但必须在规定的时间内做出选择。"

从不太高的位置上，有两块插满尖钉的巨大铁砣——之前被我错看成了枝形吊灯——开始缓缓下落。

我飞快地朝卢西恩转过身去。大坑之所以被那道栅栏隔开，原来是这个原因——我将在自己被碾得粉碎的同时，亲眼看着卢西恩也被碾成肉酱。原本用来支撑蜡烛和火把的那一根根尖钉闪着虹光。即便是站在这里，我也能感觉到它们散发出来的热量。

卢西恩使劲挣扎着，这种死法可一点都不干脆。

接着，我又转身看向阿玛兰萨指的那面墙。

在光滑的墙面上刻着一句长长的铭文，底下有三根石质控制杆，上方分别刻有1、2、3三个数字。

我开始发抖。我只认识最基本的文字，而且全是没用的那些。那句铭文在我看来简直如同天书，即使当中那几个认识的一时也想不起来了。

插满尖钉的铁砣还在下落，现在已经和阿玛兰萨的头顶齐平，我很快就连逃出大坑的一点机会也没有了。那烧红的铁钉已经烤得我快要窒息，汗珠开始从我额头渗出。到底是谁告诉她我不识字的？

"有什么问题吗？"阿玛兰萨挑起眉毛问我。我竭力平复着呼吸，把注意力汇聚到那句铭文上去。她不知道我不识字，要是她知道我是个大字不识的文盲，一定会更加过分地嘲笑我。命运啊，这一切都是残忍邪恶的命运之手在幕后捉弄。

锁链被卢西恩拽得铛铛直响，他也看到了我面前的那句铭文，满脸愤怒。我朝他转过身去，但当我看见他的脸时，我明白他离铭文实在太远，就算那只金属眼睛视力过人，他也无法把铭文念给我听。如果我能听见那上面写的是什么，也许还有机会做出正确的选择——尽管我从来都不擅长猜谜这种事。

我注定要被那滚烫的尖钉扎穿了，然后像葡萄那样被彻底碾烂。

铁砣已经降到了深坑的边缘之下，将坑完全填满。没有一个角落是安全的。如果我不能在那两块铁砣超过控制杆之前选对的话——

我嗓子眼被堵住般，使劲盯着铭文看啊看，可还是什么内容都看不出来。空气变得厚重，弥漫着金属的臭味——不是魔法，而是金属在燃烧，那誓要置我于死地的钢铁正在一寸一寸地朝我压下来。

"选啊！"卢西恩拔高嗓音冲我喊道。我只觉得双眼刺痛，眼前只有那些错综复杂的文字，一笔一画都在嘲笑着我。

金属把石壁摩擦出了嘎吱的呻吟声，仙灵们也越发狂热起来。透过铁栅栏的栅格，我想我看见了卢西恩的大哥正在偷笑。好烫啊。这里的空气烫得我无法忍受了。

那些尖钉又大又钝，扎在身上肯定会很疼，而且死亡的过程也不会太快，必须要等那些尖钉扎穿我的身体。大滴的汗珠顺着我的脖子和后背直往下淌，我认真地看着那一行字，看着那掌握着我生死大权的1、2、3。这其中的一个数字会让铁砣停止下落，另两个数字则会让我万劫不复。

我在铭文中看到了数字——这显然是一个由令人费解的文字拼凑出来的逻辑谜题，比任何虫子的迷宫巢穴都更加复杂。

"菲娅！"卢西恩大声喘着粗气，瞪着那离他越来越近的尖钉。站在我头顶上方的高等魔仙和普通仙灵们全都在欣喜若狂地等着看我丧命。

三只……草……草莽……草蜢……

铁砣还在往下降着，距离我的头顶只有不到一人高的距离了，我能真切地感觉到深坑里的空气灼热得能够燃起火来……

……蹦……蹦……跳……

我应该和塔姆林说声再见。再晚就来不及了。我的生命将在这一刻戛然而止。此刻就是我人生的终结，我的呼吸、我的心跳，都要停止了。

"好歹选一个啊！"卢西恩高喊，人群爆发出笑声。当中笑得最响的无疑是他的兄弟们。

我朝控制杆伸出一只手，看着在我那颤抖的绘有文身的手指下方的三个数字。

1、2、3。

它们对我来说除了生与死之外，再无别的意义。运气也许能救我一命，可是——

2。2是一个幸运数字，因为那就好像塔姆林和我，我们两个人。1肯定是坏的，就像阿玛兰萨，或者阿特尔，孤家寡人。1惹人讨厌，3又太多了。我们三姐妹挤在那一间小茅屋里，彼此憎恨得喘不过气来，深受其害。

2。就选2吧。我愿意欣喜地、自愿地、狂热地把我的命运托付给创世之釜和命运之神。我对2这个数字很有信心。就选2不会有错。

我把手伸向第二根控制杆,但还没等我摸到那石头,一阵令我眼冒金星的疼痛感突然从手上传来。我嘶的一声抽回了手,摊开手掌,看着那只狭长的眼睛文身。那只眼睛在对我眯缝着,这一定是我的幻觉。

铁砣马上就要降低得盖住那句铭文了,距离我的头顶只一米有余。我无法呼吸,也无法思考。空气太过灼热,金属冒着轻烟,离我的耳朵是那样近。

我再次朝中间的控制杆伸出手去,手掌再一次疼得发麻。

那只眼睛恢复了平日的形状。我改变了方向,把手朝第一根控制杆伸了过去。哎哟,还是好疼。

我又把手伸向了第三根控制杆。这次没疼。我的手指触摸到了石头,铁砣就快要砸下来了。在它背后,我看见了一只遍布星形斑纹的紫色眼睛。

我又朝第一根控制杆伸出了手。好疼。可当我伸向第三根控制杆时……

睿山还是一副兴味索然的表情。汗水顺着眉毛往下流,刺痛了我的眼睛。我只能信任他,我只能再次向我的绝望无助低头,再次放弃自己的原则。

尖钉近在眼前了,我不得不把胳膊举过头顶,顾不得手掌上的皮肉会被烤掉。

"菲娅,选一个啊!"卢西恩哀求道。

我的身体在剧烈地颤抖着,我快要站不住了。灼热的尖钉快要将我融化。

石头控制杆在我手中触感冰凉。

我闭上眼,无法再看塔姆林,聚精会神地抵御着热浪和疼痛感,拉动了第三根控制杆。

一片寂静。

炙热没有继续逼近。随后我听见了有人喘了一大口气。是卢西恩。

我睁开眼睛,发现我那紧紧握住控制杆的带文身的手指已经被捏得发白。尖钉距离我的头顶不过几寸而已。

铁砣不再下降——它停住了。

我赢了——我赢了……

铁栅栏缓缓向上升起,凉爽的空气吹进了大厅。我努力让呼吸平复下来。

卢西恩口中念念有词地感谢着苍天与大地,我脚下的地面渐渐升高,我不得不松开了那根救了我一命的控制杆,回到了大厅的平地上。我的膝盖剧烈地抖动着。

我不识字,这个劣势险些害我死在这里。虽然我赢了,但赢得并不光彩。我跌在地上,用颤抖的双手捂住脸,任由平台带我升了上去。

泪水流出了我的眼眶,左臂随之传来一阵剧痛。我绝对没可能赢得第三项挑战,我永远都救不了塔姆林,也救不了他的族人。疼痛感再次袭遍了我的全身,随着我的幻觉越发变得不受控制,我又听见有人在我脑袋里对我说话。

别让她看见你哭。

把手放在身体两侧,站起来。

我做不到,我动不了。

站起来,别让她粉碎你意志的阴谋得逞。

我的膝盖和脊椎似乎不再完全听我的使唤,强迫我站直了身体,当大地终于不再颤动时,我看向阿玛兰萨的眼睛里也不再含着泪水。

很好,睿山对我说。看着她,不要流眼泪——要哭也要等回到牢房里。阿玛兰萨的脸色红一阵白一阵,一双眼睛好像黑玛瑙似的。我赢了,可是我现在应该是个死人才对。我应该被碾成烂泥,鲜血横流。

数到十。别看塔姆林,只看她一个人。

我照他说的做了。只有认真地数数,我才能忍住那拼了命想要冲出我眼眶的泪水。

我迫使自己迎着阿玛兰萨的目光,那目光冰冷、深邃而充满着古老的邪恶,可我还是承受住了。我数到了十。

好姑娘。现在可以退下了。转过身去。很好。朝门口走。下巴扬高点,看着人群给你让出路来。一步一步地往前走。

我认真地听他说着,只有把意念集中在他的声音上才能不至于发疯。就这样,我被卫兵们一路护送回了牢房。途中那些卫兵始终和我保持着距离。睿山的话语回响在我的脑海里,支撑着我。

当牢门关上时,他的声音消失了,我终于瘫在地上哭了起来。

✢

我一连哭了好几个小时,为了我自己,为了塔姆林,为了我本该死掉偏巧又活下来了的事实。我为我所失去的一切而哭,为我受到的每一个伤害、每一处伤口而哭——无论那是身体上的还是精神上的。我怀念那个卑微的自己,那个曾经散发着色彩与光芒现在却只剩下空虚和黑暗的自己。

我哭得停不下来,无法呼吸。我打不过她。今天其实是她赢了,只是她不知道。

她赢了,我是靠作弊才活下来的。塔姆林永远都无法重获自由,我也会以最悲惨的方式消亡。我不识字,我是一个无知而愚蠢的人类。我心高力亏,这间牢房将会是我的坟墓。我再也无法画画,再也看不见太阳升起。

墙壁仿佛在向内塌陷,天花板也在下落。我真想就这样被压碎,就这样立时毙命。世界从四面八方压向我,压得我喘不过气来。我快要被墙壁从这躯壳里挤出去了。我拼命地想要抓紧我的身体,可每当我试图维持这联结时,都会感到疼痛万分。我所向往的一切,我胆敢向往的一切,不过是安静平淡的生活,仅此而已,不需要多了不起。可是现在……现在……

我感觉到黑暗泛起波纹,身旁响起轻柔的脚步声,我无须抬头也知道来者是谁,早就放弃了会在这里见到塔姆林的幻想。"还在哭呢?"

是睿山。

我没有把手放下。牢房的地面正在不断上升,朝着下落的天花板靠近,我很快就要被压扁了。这里没有色彩,也没有光芒。

"你在第二项挑战中赢了她,没什么好哭的。"

我哭得更加大声,睿山大笑着在我面前蹲了下来。虽然我想挣扎,但他却紧紧地抓住了我的手腕,把我的手从脸上移开。

墙壁没动,牢房也还是原来的样子,像一张洞开的大嘴。这里除了夜晚的漆黑之外,再也没有别的颜色,只有那双遍布星星的紫罗兰眼睛是明亮的,在那双眼睛里有色彩和光芒在跃动。他懒洋洋地笑着靠了过来。

我把手往回抽,可他的手却像锁链将我锁住。我什么都做不了,只好任凭他亲吻我的脸颊,吻掉了一滴眼泪。他的嘴唇竟然是那样温暖,一滴又一滴地吻掉我了我脸上的泪水。我无法移动,身体骤然紧绷而又松弛,炽热而又寒冷。直到他的舌头碰到我睫毛湿润的边缘时，我才猛地躲开了。

他咯咯笑着看我缩回到牢房的墙角里。我一边瞪着他，一边擦起脸来。

他把眼一眨，也在墙边坐了下去。"我想那样可以让你停止哭泣。"

"真恶心。"我继续擦着脸，对他说道。

"恶心吗？"他挑挑眉，指着他的手掌，指着和我手掌心上的文身相同的位置。"在你骄傲和固执的表面之下，我敢肯定我感觉到了不同的东西。有趣极了。"

"出去——"

"还是这么不知感恩。"

"你难道希望我跪下来亲吻你的脚，来报答你在挑战中的慷慨相助吗？还是你希望我再把自己卖给你一个星期？"

"要是你执意如此，我也只好接受。"他的一双眼睛好像星辰。

我的人生如今和这位高等魔仙领主捆绑在了一起，这已经足够糟糕了，更何况他还能如探囊取物般轻易地读出我的思想和感受，跟我……

"谁能想到这个自以为是的人类女孩竟然不识字？"

"闭上你那张该死的嘴。"

"什么？我可从来没想过要把这件事告诉给任何人。这么有趣的情报，怎么能当成普通的谈资去浪费？"

要是我有力气，我肯定会扑到他身上，把他当场撕得粉碎。"你这个令人厌恶的浑蛋。"

"我得问问塔姆林，你是不是就是用这种恭维话赢得了他的心。"他站起身来，从嗓子眼里懒懒地发出了一声轻柔而低沉的声音，听得我浑身一颤。他发现我在看他，于是微微一笑。我对他露出了牙齿，几乎要发出威胁的嘶嘶声。

"明天我就不让你当我的女伴了。"他朝门口走去,耸了耸肩对我说道,"至于后天嘛,希望你到时候能打扮得漂漂亮亮的。"看他那一脸坏笑,我就知道在他心里"漂亮"二字跟我并无太大关系。他在门口停下脚步,没有立即遁入黑暗。"我一直在琢磨等你光临我的王庭时,我得用什么好办法来折磨你。我在想,要是让你像今天这样给我念念字,会不会很有意思?"

没等我飞扑过去,他已经消失了。

我在牢房里踱着步,愤怒地看着我手上的那只眼睛,把所有难听的话都骂了个遍,它却没有任何回应。

过了好久我才意识到,无论睿山是不是故意为之,他都把我从彻底崩溃的边缘拉了回来。

第四十一章

第二项挑战过后的那些日子对我来说实在是煎熬，永恒不散的黑暗将我笼罩，我甚至开始盼望从睿山手中接过盛满仙灵佳酿的酒杯，只有那样才能意识全无地放松几个小时。我不再思考阿玛兰萨的谜题——反正作为一个既不识字又没文化的人类，我也想不出答案。

每当我想起塔姆林时，情况只会更加糟糕。我完成了阿玛兰萨的两项挑战，可是我知道，我打从心底里知道，我一定会在第三项挑战中丧命。无论是因为她妹妹的遭遇，还是尤里安的过错，她都绝对不会让我活着离开这里。对此我也不能全怪她，要是有人对妮斯塔或埃兰做出了同样的事，不管过去多少年，我也一定无法原谅，更不要说遗忘。总而言之，活着离开是不可能了。

我梦想中的未来，注定只会是一个梦。等我到了风烛残年，他还是会一直英俊潇洒下去，把青春保持几百年甚至上千年都不在话下，我最多只能陪伴他几十年光景罢了。

几十年。这就是我在苦苦争取的时间。在仙灵族眼里，这点时间不过是白驹过隙。

于是我贪婪地喝着杯中美酒，不去在乎自己是谁，不去介怀曾经被我看重的一切。我不再去想色彩，不再去想光芒，也不再去想塔姆林那双绿色的眼睛，不再去想所有那些我从前渴望用画笔去描摹而今却再也触碰不到的所有。

我是没可能活着走出这座山了。

✠

我跟着睿山派来的那两位暗影仆人朝更衣室走去，目光没有焦点，脑袋里更是一片空白。这时从前方拐角处突然响起了嘶嘶声，还有翅膀扇动的声音。是阿特尔。我身边的两位仙灵顿时显得有些紧张，但却微微扬起了下巴。

我始终无法做到在阿特尔面前泰然自若，可我已经渐渐能够接受它那邪恶的存在。两位仆人紧张的神色唤醒了我内心深处的惧意，随着我们和阿特尔的距离越来越近，我感到嘴巴也越来越干。在暗影的遮蔽之下，阿特尔看不见我们的行踪，但我每向前迈出一步，都觉得双脚又变重了一分。

有个低沉的喉音对阿特尔发出的嘶嘶声做出了回应，还有脚掌踏在石板上的声响，两位仆人交换了一个眼神，默契地把我拽进了墙壁的凹陷处，一块前一秒还不在那里的挂毯紧跟着垂了下来，暗影随之变得更加深邃而稳固。我有种感觉，就算有人这时候把挂毯掀开，也只能看见黑暗和砖石。

其中一位仆人用手捂住了我的嘴，将我紧紧揽住，暗影顺着她的手臂蔓延到了我身上。她身上有茉莉花的香味——我之前从来没有注意到。共处了这么多个夜晚，我还不知道她们俩的名字。

阿特尔和它的同伴走过拐角，两人还在窃窃低语。等到我听懂他们之间的对话时，我才意识到我们躲在这里不仅仅是避免被他们发现这么简单。

"是的，"阿特尔说，"很好。听说他们终于做好了准备，女王一定会很高兴的。"

"可是那些至高之主会愿意派兵吗?"那个低沉的声音问道,真像一头猪在打鼾。

他们离我们越来越近了,完全没有发现我们的存在。两位仙灵仆人紧紧挨着我,我感觉到她们在屏住呼吸。这两位仆人既是侍女,又是间谍。

"他们哪里敢和女王对着干?"阿特尔扬扬得意地说,身后的尾巴一扭一扭地抽打着地面。

"我听西博恩的士兵们说起过,至高之王对那女孩惹出的乱子很不满意,阿玛兰萨这是在搬起石头砸自己的脚。至高之王上回打败仗就是因为她跟尤里安的仇怨,要是她这回再任性行事,肯定无法全身而退。偷窃法术、自立门户是一回事,屡次三番地破坏大业可就要另当别论了。"

这时阿特尔冲他的同伴转过头去,发出一声响亮的嘶嘶声,吓得我一阵颤抖。"女王绝对不会做不划算的买卖,她让他们以为能抓得到希望,等到那希望破灭时,他们就全都会变成对她俯首帖耳的奴才。"

他们眼看就要从挂毯跟前走过了。

"但愿如你所愿。"那个低沉的声音回答。这怪物到底是什么身份,竟然在阿特尔面前也毫无畏惧?两位暗影仆从死死地捂紧了我的嘴,阿特尔从我们身前走了过去。

不要相信你的感官,艾莉丝的声音回响在我的脑海里。我曾经在自以为安全的情况下,落在了阿特尔的手里……

"你最好管好自己的舌头。"阿特尔警告道,"否则女王会帮你——她的钳子可不是吃素的。"

他的同伴又用鼻子发出了猪打鼾的声音。"我这次来,可是从至高之王那里得到了豁免权。如果你的女王大人自以为在这片扭曲的大地上作威作福，就能凌驾在至高之王头上的话，那她很快就能明白谁能在不用法术和药剂的情况下剥夺她的力量。"

阿特尔没有回答。我默默地等待着它的回击，然而它却保持了沉默，恐惧感像一块石头似地打在了我的胃上。

无论西博恩的那位过往这些年来在苦心计划着什么，他始终没有放弃对凡人世界的觊觎。他现在终于似乎不愿意再等下去了。也许阿玛兰萨很快就能得到她想要的：毁灭整个凡人界域。

我的血液变得冰冷。妮斯塔——我相信妮斯塔能把一家人带得远远的，能够保护好他们。

他们的声音渐渐远去，过了足足有一分钟，两位女仙灵才松开了手。挂毯消失了，我们又溜进了走廊。

"怎么回事？"我轮番打量着她们，感觉到暗影似乎减弱了几分，但还是相当浓重。"那是谁？"

"是麻烦。"两位仙灵异口同声地回答。

"睿山知道吗？"

"他很快就会知道了。"其中一个仆人说，我们继续默不作声地朝更衣室走去。

反正我拿西博恩的那位至高之王一点办法也没有，因为我此刻被困在山之底，连帮塔姆林和我自己脱身的力量都没有。妮斯塔已经做好了带一家人逃跑的准备，外面也再也没有什么人令我挂念。于是日子一天天地过去，第三项挑战越来越近了。

✥

我或许在自我意识里沉沦得太深了，花了不少力气才把自己给拽出来。我注视着地牢的房顶，看着那沿着潮湿的砖块跳动的光亮如同月光照在水面上。这时，有声音顺着地面传了进来。

我的耳朵早就适应了仙灵族那种诡异而嘈杂的乐声，乍一听见那轻快的旋律，还以为是自己又产生了某种幻觉。有时候，如果我盯着房顶看得太久，那房顶会幻化成繁星密布的浩瀚夜空，而我则像是随风飘荡的一片枯叶。

那乐声是从房顶角落处那个小小的通风孔传进来的，我抬头朝通风孔望去，料想声音的源头一定离这里很远很远，因为我只能勉强听见几个模糊的音符。然而当我闭上眼睛时，我却听得更加真切了。仿佛那音乐是一幅宏大的画作，是一面灵动的画壁。

这音乐中蕴藏着美感，宛如天籁，音符如瀑布般飞流直下，四溅的水花托起了一个完满而升腾的我。那旋律并非杂乱无章，而是充满了激情，是大喜大悲的碰撞交汇。我将膝盖蜷缩至胸口，我必须要感受皮肤的真实感，哪怕上面涂满了颜料。

音乐形成了一条小径，形成了一条五颜六色的彩虹坡道。我沿着坡道向上走去，走出了牢房，沿着脚下缤纷的色彩一直往上走，走进了开满矢车菊的原野，走过了茂密的树林，走在无垠的碧空之下。那音乐犹如一双手在轻轻推着我往前走，把我拽得更高，领我走向云端。我从来都没见过那样的云——在蓬松的云团边缘，我能看见一张张俊美而哀伤的面容。然而没等我看得真切，那一张张面容就消失不见了，我注视着前方，注视着音乐召唤我去的方向。

我也说不清此刻是日出还是日落。太阳把云团映照成了红中带紫的颜色，金灿灿的光芒更是把我脚下的小径照得闪闪发亮。

我真想整个人都钻到那阳光里去，想让那光芒把我烧融，让我的心中充满喜悦，把我也变成那光芒的一部分。这不是供人翩翩起舞的音乐，而是让人顶礼膜拜的乐声，它能够填满我的灵魂，把我带到一个没有痛苦的地方。

直到有一滴温热的泪水打在我的手臂上，我才发现自己在哭。

然而即便如此，我还是紧紧地抓着那音乐不放，只有那样才能不至于倒下。我之前没有意识到，我是多么的不愿意跌入黑暗的深渊，我是多么想要停留在这云团、色彩和光影里。

我任由那声音冲击着我，任由那鼓声踏平我的身体。我随着音乐向上飞升着，飞向那空中琼楼，飞向那银装素裹的皎洁殿堂，飞向那汇聚着所有美好、仁慈与安宁的圣所。我哭泣着，为了我距离那圣所如此接近而哭，为了我渴求到达那里的心愿而哭。我所向往的一切都在那里，我爱的人也在那里——

那音乐是塔姆林轻触我身体的手指，是他眼中的那抹金色，是他唇边的笑意。我仿佛能听见他的轻谈浅笑，听见他对我说出那三个字。这些正是我苦苦抗争的目的，正是我誓死也要夺回来的东西。

那音乐愈发高涨，节奏变得更急、更快，声音也更加响亮，渐渐达到巅峰，驱散着我牢房里的阴霾。随着那乐声戛然而止，我不由得哭了出来。我坐在原地，泣不成声，在音乐和色彩从我脑袋中消失的那一刻，我竟像是赤身裸体般的不知如何是好。

当眼泪不再流淌时，那些音符却仿佛还残存在我的呼吸里。我躺在草堆上，认真地聆听着自己的气息。

旋律在我的记忆中飞驰，将零星的记忆碎片织成了一张飞毯，包裹着我的身体，温暖着我的骨头。我看着掌心的那只眼睛，发现它也在看着我，毫不闪躲。

距离我的最后一项挑战还有两天。两天之后，我就能知道创世之釜究竟为我安排了什么样的命运。

第四十二章

这场舞会和之前那些没什么两样。这也许是我最后一次在舞会上露面了。仙灵们痛饮美酒,高歌热舞,恣意谈笑。没有人关注明天将会发生什么,没有人在意我会对他们和他们的世界产生什么改变,也许他们也都知道我将要死了。

我徘徊在墙边,被人群遗忘,等待着睿山召唤我去喝下那杯酒,然后为他跳舞,或是做他想要我做的任何事。我还是那身打扮,从头到脚都被人用蓝黑色的颜料画满了文身。今夜我的纱裙是日暮粉色,跟我皮肤上的螺旋纹样极不匹配,太过明亮而柔媚了,像是在用一种欢天喜地的调门迎接着明天的生死之日。

睿山这么久都还没喊我上前,也许是因为有个身姿婀娜的仙灵坐在了他的腿上,用微带青色的纤纤玉指撩拨着他的头发。他很快就会对她厌倦了。

我没有看向阿玛兰萨。此时,我最好假装她不存在比较好。卢西恩从来都没有当众和我交谈过,而塔姆林……近来我越来越无法和他对视了。

我只想让这件事快些了结。我只想赶紧喝了那杯酒,熬过这最后一夜，直面命运的宣判。由于我太过专注于等待睿山的命令，竟然没注意到有人靠近，直到我感受到了他的体温。

那雨水和泥土的味道令我浑身一僵，我没敢朝塔姆林转过脸去。我们就那么肩并肩地站着，注视着人群，像两尊静止的、不起眼的雕像。

他轻轻触碰了我的手指，烈焰从我心中燃起，把我烧灼得满眼含泪。我多么希望，我多么希望他碰的不是我被玷污的那只手，多么希望他的手指抚摸的不是那文身的轮廓。

然而我还是享受着这一刻的美好。在我们双手碰在一起的那短短的几秒钟里，我的人生又变得美丽了起来。

我佯装面无表情。塔姆林松开了手，像来时那样不动声色、闲庭信步般地穿过人群离去。一直到他转过身，微微对我把头一偏时，我才明白了他的意思。

我的心在飞速地跳动着，甚至比我在之前的挑战中跳得还要快得多，我一脸无聊地贴着墙壁，若无其事地跟在他身后。我选择了不同的路线，朝着他附近那被挂毯挡住的一扇小门走去。睿山随时可能会找我，我的时间并不多，可只要能跟塔姆林单独待上一瞬，对我来说也足够了。

随着我离那扇小门越来越近，走过阿玛兰萨的宝座，走过那群有说有笑的仙灵，我几乎快要不能呼吸了……塔姆林像一道闪电似的消失在那扇门后，我放慢脚步，显得格外悠闲。这些日子以来，除非我在喝过酒后变成睿山的玩物，没人会真正注意到我。片刻之后，我走到了那扇门口，门无声地开启了，在邀请我进去。

黑暗围绕着我。我只看见绿色和金色在我眼前一闪，整个人被塔姆林拥在怀里，我们的嘴唇贴在了一起。

我怎么都吻不够，怎么都抱不够，怎么都碰不够，言语根本是多余的。

我撕扯着他的衬衫,渴望最后一次感觉他的肌肤。他抓住了我的双乳,我不得不把那将要脱口而出的呻吟声强压下去。我不想他对我温柔相待,因为我所感受到的那个他与温柔无关。我感受到的他狂野、强悍而灼热,于是他便随了我的心意。

他把嘴唇移开,像烈火之夜那样,咬在了我的脖子上。我必须咬紧牙关才能不让自己发出声音,不让我们的踪迹暴露。这或许是我最后一次触摸他了,是我们最后一次亲密相处。我不能浪费。

我伸手掰扯他的腰带扣,他的唇再次落在了我的唇上。我们的舌头在跳舞——既不是华尔兹也不是小步舞,而是出征的战舞,是在劲鼓和厉弦伴奏下的死亡舞蹈。

我想要他——现在就要。

我用一条腿环住了他的腰,我要离他更近,而他也吻得更加用力,把我整个人压在了冰冷的墙壁上。我松开了他腰带,塔姆林在我耳畔喊出了他的渴望,那声音低沉而带着试探性,让我眼前霎时出现了红白交缠的石火电光。我们都知道明天的到来意味着什么。

我一把将他的腰带扯下,开始笨拙地帮他脱裤子。这时有人咳嗽了一声。

"太可耻了。"睿山说道。我们倏地转过身去,发现他不知什么时候钻了进来,正站在微光下。可是他站在我们背后——在通道更深的位置,而不是面朝着那扇小门。他不是从王座大厅进来的。凭他的本事,他很可能是穿墙而过。"实在是太可耻了。"他说着朝我们走来。塔姆林仍然将我抱在怀里。"瞧瞧你对我的宠物干了什么好事。"

我们二人大口喘着粗气,谁都没有说话。空气寒冷如冰地包围着我的身体,还有我那赤裸的双乳。

"阿玛兰萨要是得知她的小战士正在跟他的人类小美人戏耍取乐,肯定会大为震怒吧。"睿山把双臂抱在胸前,接着说道。"真不知道她会怎么惩罚你们俩,说不定她会照老例继续惩罚卢西恩,毕竟他还有一只眼睛没被挖掉,拿那只眼睛做只新戒指也不错。"

塔姆林用极慢的速度,把我的手从他身上移开,退出了我的臂弯。

"幸亏你还有点理性。"睿山说得塔姆林一凛。"现在,继续当个聪明的至高之主,把腰带扣紧,衣服穿好,到外面去吧。"

塔姆林看了我一眼,我惊恐地看着他老老实实地听从了睿山的话。我的至高之主始终眼珠一转不转看着我,整理好了衣服和头发,束紧了腰带。沾在他双手和衣服上的颜料,那来自我身上的颜料,消失了。

"享受舞会吧。"睿山指着门,阴阳怪气地说。

塔姆林的那双绿眼睛仍然在盯着我看,在他的眼中有微光闪过。他轻声说:"我爱你。"说完连看也没看睿山一眼便离开了。

在他拉开门出去时,我被那道光亮晃得睁不开眼。他没有回头,门在他身后被静悄悄地关上了,四周又变回了漆黑一片。

睿山笑起来:"如果你真那么想要释放压力,找我不就行了?"

"你这头猪!"我愤怒地说着,用纱裙遮住了胸口。

他几步迈到我面前,将我的手臂死死按在墙壁上,我的骨头发出了呻吟声,我发誓有暗影利爪扎进了我脑袋旁边的砖石里。"你是真打算在我这儿装可怜呢,还是你真有那么蠢?"他声音愤怒得仿佛能把我击碎。

"我不是你的奴隶。"

"你是个蠢货,菲娅。你知不知道,万一被阿玛兰萨发现你们俩在这儿,会有什么后果?虽说塔姆林拒不肯当她的情人,可她之所以把他困在身边,就是希望有一天能让他屈服,让他听她的话。阿玛兰萨对我们向来都爱用这一招。"我一语不发地听着。"你们俩真是一对蠢货。"他的呼吸开始颤抖起来。"怎么能蠢到以为不会有人注意到你们离开了?你们真该感谢创世之釜,庆幸没被卢西恩那几个爱看热闹的兄弟发现。"

"关你什么事?"我怒吼着,他紧紧攥着我的手腕,我知道我的骨头再多承受一丁点压力就要断了。

"关我什么事?"怒气扭曲了他的五官,翅膀——那双威风凛凛的膜状翅膀——唰地在他背后的黑暗中展开。"关我什么事?"

可还没等他接着往下说,他突然朝门口看了一眼,又转头继续看着我。翅膀消失的速度和出现时一样快,随即他的嘴唇就吻了下来。他用舌头撬开了我的嘴,强行往里伸,我的嘴里此时还留着塔姆林的余味。我奋力想要推开他,但却被他按得完全动不了,我感觉到他的舌头扫掠着我嘴里的每一处,扫掠着我的牙齿,想把我整个人都——

门突然开了,阿玛兰萨那妖娆的曲线出现在门口。塔姆林,塔姆林就站在她身边,见到我和睿山的嘴唇仍然贴在一起,双目微微睁大,肩膀一紧。

阿玛兰萨哈哈大笑,塔姆林的脸则又变成了一块石头,在那块石头上我看不见任何表情,也看不见片刻之前的任何激情。

睿山故作轻松地放开了我,临了还不忘轻轻嘬了我下嘴唇一口。这时一大群高等魔仙围在了阿玛兰萨身后,也笑得前俯后仰。睿山给了他们一个慵懒而沉醉的笑容,随后鞠了一躬。然而当女王看向睿山时,在她的眼神中有火花闪过。仙灵们总爱把睿山称为阿玛兰萨的男娼。

"我早知道迟早会有这么一天。"她说着把一只手搭在了塔姆林的胳膊上,同时抬起了另一只手——故意让尤里安的眼睛看清发生在这里的事。"你们人类全都是一个样,不是吗?"

虽然我几乎要羞愤而死,虽然我急切地想要解释,但还是把嘴巴闭得紧紧的。塔姆林必须要看清真相。

可是我根本没有机会判断出塔姆林有没有看明白这一切,阿玛兰萨咂着舌头,转身带着众人离开了。"典型的人类渣滓,心性愚钝,变化无常。"她像只心满意足的猫似的自言自语道。

睿山抓着我的胳膊跟在了他们身后,把我拽回到了王座大厅里。直到灯光照在我身上时,我才看见了自己身上的颜料被抹得乱七八糟——胸口和肚子上都花成了一片,而且那颜料居然不可思议地出现在了睿山的手上。

"我今晚厌倦你了。"睿山把我朝大门的方向轻轻一推。"回你的牢房去吧。"阿玛兰萨和她的随从们在睿山身后微笑着,发现我身上被涂乱的颜料笑得更欢了。我在人群中寻找塔姆林,看见他正在朝高台上那个属于他的座位走去,只把背影留给了我,仿佛不忍再看。

✢

我不知道现在是什么时刻,但在几个小时之后,有人进入了我的牢房。我坐起身来,看见睿山的身影从暗影里走了出来。

尽管已经用牢房里的那桶水把嘴巴洗了三遍,我仿佛还是能尝到他那火热的唇舌在我的嘴里肆意钻探的滋味。

他外套的第一个纽扣解开着,伸出一只手拢了拢那蓝黑色的头发,然后才默默倚靠在我对面的墙边,瘫坐在地上。

"你想怎么样?"我问。

"就想安安静静地躲一会儿。"他搓着太阳穴回答道。

"躲什么?"

他用手揉着额头苍白的皮肤,眼睛上下左右地转动,叹着气说:"躲这些麻烦。"

我在干草堆上坐了起来,我还从来没见过他这样坦率。

"那个该死的贱人快要把我逼疯了。"他把手从太阳穴上移开,把头靠在墙壁上说。"你恨我。想象一下要是我逼你在床上服侍我,你会是什么感觉。我可是寂夜王庭的至高之主啊,不是她的男宠。"

看来谣言都是真的。我能毫不费力地想象出要是我被强迫为别人做那些事,对那人会有多么恨之入骨。"你为什么要告诉我这些?"

那个喜欢吹嘘的自大狂不见了。"因为我累了,因为我很孤独,因为你是唯一能让我放心说话的人。"他低声笑了起来。"真是荒诞啊,堂堂皮西亚的至高之主,居然跟一个——"

"如果你只是来羞辱我的,那么请你离开。"

"但是我太擅长干这事了。"他又露出了标志性的邪笑。我瞪了他一眼,他却叹了口气。"菲娅,你明天要是稍有差错,我们所有人就全完了。"

这念头拨动了我恐惧的心弦,我几乎无法呼吸。

"如果你失败了,"他更像是在对自己说道,"阿玛兰萨就将永远大权在握。"

"既然她能夺取塔姆林的力量一次,怎么不能再夺取第二次?"这是我一直想问却没敢问出口的问题。

"他是不会那么轻易再上当受骗的。"睿山看着房顶对我说,"他最大的武器就是她禁锢着我们的法力,却无法使用——无法完全使用——只能借此控制我们。正因为这样,我才没办法粉碎她的思想,否则她早死了。在你粉碎阿玛兰萨诅咒的一瞬间,塔姆林的怒火将会烧毁一切,世界上再也没有任何力量能够阻止他把阿玛兰萨的血肉涂满整面墙。"

我打了个寒战。

"你认为我为什么这么做？"他朝我挥了挥手。

"因为你是魔鬼。"

他笑了。"没错，可我还是个好管闲事的魔鬼。让塔姆林陷入狂怒，是我们对付她最佳的武器。看着你愚蠢地跟阿玛兰萨去做交易是一回事，当塔姆林在你的手臂上发现我的文身时……噢，你要是能有我这种能力就好了，感受下他心中的愤怒。"

我不愿意去想他的能力。"你怎么知道他不会也把你的血肉涂满整面墙？"

"他也许会试试看吧。不过我有种预感，他会先杀死阿玛兰萨，毕竟她才是罪魁祸首，就算你被迫沦为我的玩物也是拜她所赐。所以他明天一定会杀死她，我会趁机尽早脱身，不能让这座曾经的圣山被他的怒火夷平。"他拨弄着指甲。"而且我手里还有几张牌可以打。"

我挑挑眉毛，无声地询问。

"菲娅，创世之釜在上——我给你下了药，可你难道就没有纳闷过，为什么除了腰和胳膊之外，我没再碰过你别的地方？"

除了今晚，除了今晚那个该死的吻。我咬着牙，怒火快要冲破我的胸口，可我却恍然大悟。

"只有那样我才能表明立场。"他说，"只有那样，我才能让塔姆林不要盲目地跟我开战，致使无辜的生灵丧命。只有那样，我才能让他相信我是站在你这边的。相信我，我绝对渴望跟你享受欢愉。但是除了把人类女子带上床之外，眼下还有更重要的事让我放心不下。"

我明白，但我还是问道："比如呢？"

"比如我的领地。"他的目光仿佛飘得很远，那是我从未见过的表情。"比如说我其余那些饱受阿玛兰萨暴政压迫的族人，只要她一声令下，他们全都性命不保。塔姆林一定也和你说过类似的担忧吧。"他没有，没有明确说过。因为诅咒的关系，他想说也说不了。

"阿玛兰萨为什么要找上你？"我斗胆问道，"她为什么要选你做她的男娼？"

"这还用问吗？"他朝他那张完美的俊脸一指。见我没笑，他才正色道："因为我的父亲杀死了塔姆林的父亲，还有他的兄弟们。"

我愣住了。塔姆林从没说起过，从没告诉过我当年下手的正是寂夜王庭。

"这件事说来话就长了，我也不想多说，总之就是在阿玛兰萨偷得了我们的领地之后，她决定要好好地惩罚杀死她朋友凶手的儿子，让我代父受过。"

我有点想朝他伸出手去，有点想向他道歉，可是每个念头都干涸在了我的脑海里。阿玛兰萨对他做的那些事……

"于是，"他疲惫地接着说道，"事情就变成现在这样了，我们这群不朽者的命运全都落在了一个大字不识的人类手里。"他的笑声里带着忧郁，丧气地用手托着头，闭上了眼睛。"真是一团糟。"

半个我想用尖酸刻薄的言辞往他的伤口上撒盐，另外半个我则想起了他在吻我之前的言行举动，还有朝门口看的那一眼。他当时知道阿玛兰萨来了，也许他那么做是故意让她嫉妒，但也许……

如果他没有吻我，如果他没有及时出现，打扰了我们俩，我一定会带着被涂乱的颜料回到王座大厅，那么所有人，尤其是阿玛兰萨，就会看出我做了什么，很快就能推断出我是和谁在一起的，更何况塔姆林还沾上了我的颜料。我没法去想象我们会遭受怎样的惩罚。

无论睿山的动机和方法如何，他总算是保住了我的命。而且早在我进入山之底之前，他就救过我。

"我跟你说得太多了。"他站起身，"也许我应该先给你下药再说这些。只要你有点脑子，你就能想出办法用这些事来对付我。如果你的心肠够狠，还可以去找阿玛兰萨，把她男娼的这些事全都抖出来。搞不好她一高兴，会把塔姆林还给你呢。"他把手插进黑色长裤的口袋里，在他渐渐消失在阴影中时，他那紧绷的肩膀令我忍不住对他说出了下面这番话：

"在你帮我治疗手臂上的伤时，你其实不用理会我的讨价还价，大可以要求我每个星期都到你那里去。"我的眉毛拧成一团，看着他那将要消失的身影冲我转了过来，于是接着说道，"就算你要求我每个星期都去陪你，我也会答应的。'这不完全是在提问，可是我需要答案。

他扬起性感的嘴唇，露出浅笑。"我知道。"说完便不见了。

第四十三章

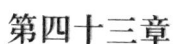

在开始第三项挑战之前,我拿回了原来那身衣服和裤子,它们又脏又破、臭气难闻,但我强忍着恶心,昂头挺胸地被带到了王座大厅。

门赫然打开,大厅里静得出奇。我等待着嘲讽和呐喊声,等待着那些看热闹的仙灵叮叮当当砸钱下注的声音,然而这一次,他们却只是盯着我看,脸上戴着面具的那些看得更是专注。

睿山告诉过我,他们的命运都落在了我的肩上,可是我发现在他们脸上除了担忧之外,还有别的情绪。少数仙灵把手指往嘴唇上一按,随后将手伸向我——这是他们向亡者致敬的姿势,看得我不禁使劲咽着口水。在他们的举止中没有恶意,这些仙灵大多来自诸位至高之主的王庭。在阿玛兰萨夺取他们的领地和人身自由之前,他们对自己的王庭忠心耿耿。而倘若塔姆林和睿山确实在用手段来保住我们性命的话……

人群自动让出了一条路来,我大步向前,径直朝阿玛兰萨走去。女王满脸微笑地看着我在她王座跟前停下脚步,塔姆林还坐在她身边,可我却不想看他。现在还不是时候。

"你已经赢得了两项挑战。"阿玛兰萨一边轻轻掸着血红色长裙上的灰尘一边说道。她的黑头发极富光泽,那亮眼的黑色像是要把她头上的金冠整个吞进去似的。"现在就只剩下一项了。眼看胜利近在眼前,如果在这时候功亏一篑,是不是更残忍呢?"她冲我把嘴一撇,我们俩都在等着仙灵们哄堂大笑。

可是只有几个红皮肤的卫兵笑了起来,其他人全都寂静无声,包括卢西恩那几个不成器的兄弟和睿山在内,虽然我还没在人群中看见他。

我感觉眼睛里火辣辣的,于是眨了眨眼。也许和睿山一样,他们对女王立誓效忠,赌我大限临头,时时羞辱嘲弄,也只是在做做样子而已。而现在这个时候,结局即将揭晓,他们也决定用仅剩的尊严来真实地面对我的死亡。

阿玛兰萨怒视着他们,但当她的目光落在我身上时,却甜甜地笑了起来。"在临死之前,你还有没有什么遗言要说?"

我真想痛痛快快地骂她一顿,但我忍住了,转过头去看着塔姆林。他没有反应,一张脸还是像块冷冰冰的石头。我多么希望这时能揭开他的面具,哪怕就看上一眼也好,可我能看见的却只有那双绿色的眼睛。

"我爱你。"我对他说,"无论她怎么说,无论我这颗人类的心有多卑贱,就算他们烧掉我的身体,我也会继续爱你。"我的嘴唇颤抖着,温热的泪水流出眼眶,模糊了我的视线。我没有抬手将泪水擦去。

塔姆林毫无反应,甚至没有抓紧王座的扶手。虽然我心里万分难过,虽然他的沉默足以杀死我,但我知道他正在用自己的方式隐忍着。

阿玛兰萨甜甜地说:"小宝贝儿,要是你还能剩下一截身体给我们烧,那真是走运了。"

我用坚定的目光久久地凝视着她,周围的仙灵们也没有对她说的话报以嬉笑或是掌声,只有沉默。

他们此时的态度给了我勇气,让我攥紧双拳,拥抱着手臂上的文身图案。我打败她了,公平也好,不公也罢,总之我在死去时不会感到孤单。我不会一个人孤零零地死去,这就足够了。

阿玛兰萨托着下巴说道:"你终究也没能解开我的谜题,是不是?"我没有回答,于是她笑了。"真遗憾,那答案可爱极了。"

"做个了断吧。"我怒声说。

阿玛兰萨看了看塔姆林。"不想跟她道个别吗?"她把眉一挑,见塔姆林没有理会,又冲我笑道,"好极了。"说罢拍了两下手。

一扇门开了,三个身影——被棕色的麻袋套住头的两男一女,被守卫拖了进来。他们把头朝我所在的方向转了过来,在努力地分辨着王座大厅里的动静。在他们走近时,我顿觉膝盖一软。

红皮肤的卫兵们推推搡搡地让他们跪倒在王座的高台之下,面朝着我。从他们的身材和衣装上,我无法判断出他们的身份。

阿玛兰萨又拍了拍手,三位身穿黑衣的仆人走到了那三个跪在地上的仙灵身边。每位仆人那修长而苍白的手里都托着一个黑色的天鹅绒软垫,在每个软垫上都放着一把被打磨得格外光滑的木质短刀。是的,那短刀并非是金属质地,而是梣木。

"菲娅,你的最后一项挑战就是——"阿玛兰萨指着跪着的仙灵对我说,"对着这几个可怜虫的心脏扎上一刀。"

我瞠目结舌地看着她。

"他们是无辜的。可这跟你没有关系。"她继续说,"反正你当天杀死塔姆林那可怜的卫兵时,也没有顾念过对方是否有罪;亲爱的尤里安杀死我的妹妹时,也没有顾念过她是否有罪。不过要是你觉得下不了手的话，你可以拒绝。当然了，我会拿你的命做交换，这样才叫交易嘛！鉴于你对仙灵下过杀手，我这么对你算是仁慈了呢。"

究竟是拒绝然后受死，还是杀死那三个无辜者，让自己活下去。用三条无辜仙灵的命，交换我的未来，交换我的幸福，交换塔姆林、暖春王庭和这整片大地的自由。

那三把木刀是那样锋利，被枝形吊灯的彩色玻璃映照得格外绚烂。

"你打算怎么做？"她抬起手，调整了尤里安眼睛的角度，让那眼睛能更清楚地看着我，看着那三把梣木短刀。"我可不想你错过这么精彩的一幕啊，老朋友。"

我做不到，我就是做不到。这和狩猎不同，不是为了生存或自卫，而是冷血无情的屠杀——屠杀他们仨，等于屠杀我的灵魂。可是为了皮西亚，为了塔姆林，为了在场的所有仙灵，为了艾莉丝和她的两个外甥……要是我这时候能把那些古老神灵的名字想起来就好了，我也许能恳求他们出手相助，要是我能背得出几句祷言，能寻求神灵的指引或赦免也好……

但是我连一句祷言都背不出来，更不知道那些早已被遗忘的神灵姓甚名谁，我只能叫得出那些会因为我的无所作为而终身为奴为婢的受难者。我在心里默默念出他们名字，感觉自己随时都会被眼前的恐惧吞噬。为了皮西亚，为了塔姆林，为了他们和我们的世界……这些仙灵不会白死，尽管我会因此背上永远的罪责。

我走到第一个跪在地上的仙灵面前——那是我从未走过的最长最残忍的一段路。用三条生命换取皮西亚的解放，这三条生命绝不会白白牺牲。我一定能做到，即便是在塔姆林的注视下，我也一定能做到。我能牺牲……我能牺牲他们……我能行的。

我用颤抖的手抓起了第一把短刀，刀柄冰冷而光滑，木质刀刃要比我预想中重上许多。总共有三把短刀，因为她想要我品尝三次拿刀的痛苦，想要我反复咀嚼。

"先别急嘛。"阿玛兰萨笑着说，按住第一个仙灵的卫兵拽掉了套在他头上的麻袋。

那是一个年轻英俊的高等魔仙，我没有见过他，但他那双蓝色的眼睛里满是恳求。"这下好多了。"阿玛兰萨说着又把手一摆，"动手吧，菲娅小宝贝儿，祝你愉快。"

如果我对他下不了手，那么我将再也看不见像他眼睛那般湛蓝的天空，那颜色从来都没有离开过我的脑海，无论我画过多少次，也未曾将那颜色遗忘过。他摇着头，把那双眼睛瞪得老大，眼白乍现。他将再也无法见到天空了。要是我失败了，这里的所有仙灵，都将再也无缘得见蓝天。

"求求你了。"他低声哀求着，视线在桦木短刀和我的脸上飞快地移动。"求求你了。"

短刀在我指尖下不住地晃动，我只好将它握得更紧。三位仙灵——挡在我和自由之间的就只有三位仙灵，阻挡塔姆林找阿玛兰萨报仇的也只有三位仙灵。只要塔姆林能够消灭阿玛兰萨，那么这就不是徒劳的，我对自己说，这不会是徒劳的。

"不要啊——"那年轻的仙灵见我把短刀举高，再次哀求道，"不要！"

我急急地深吸一口气，怯意让我的嘴唇都颤抖起来。对他说"对不起"是远远不够的。我从来也没能对安德拉斯说出这三个字，而现在……现在……

"求求你了！"他的眼睛仿佛嵌了银边。

人群里传出了哭泣声。我将要把他从挚爱他的人身边夺走，他们之间的爱未必会比我对塔姆林的少。

我不能这么想，我不能去想他的身份，他眼睛的颜色，或是与他有关的任何事。阿玛兰萨正在耀武扬威地笑着。先是杀死了一个仙灵，之后爱上了一个仙灵，然后再被迫杀死一个仙灵来保住那份爱。这真是福祸无定，造化弄人。显然她也是这么想的。

王座旁边的黑暗泛起涟漪，随后睿山把双臂抱在胸前出现了，仿佛他是特意凑上前去看个清楚。他的脸上挂着事不关己的冷漠，但我的手却是一疼。动手，那疼痛对我说。

"不要啊！"年轻的仙灵苦苦哀求。我甩着脑袋，我不能被他的声音影响。我必须要马上动手，绝对不能被他说动。"求你了！"他开始尖声叫喊。

在那声音的刺激下，我猛地跨步上前。

我忍着眼泪，把短刀插进了他的胸口。

那桉木的刀刃仿佛比金属还要锋利，瞬间将骨肉斩断，他发出一声惨叫，拼命想要挣脱守卫的控制，炽热而黏稠的鲜血溅得我满手都是。我哭泣着把刀抽了出来，骨头和刀刃摩擦的声音震得我的手生疼。

他用那双充满惊恐和仇恨的眼睛死死地注视着我，诅咒着我，整个人瘫软在地上，人群中的那个仙灵哀声哭号起来。

我跌跌撞撞地后退了好几步，将那把血淋淋的短刀扔在了大理石地面上。

"很好。"阿玛兰萨说。

我想要离开这个躯壳，我想要逃离我刚刚犯下的罪行，我想要出去。我无法忍受溅在手上的鲜血，还有手指缝里那黏糊糊的温热感。

"轮到下一个了。噢，别一脸丧气嘛，菲娅，你难道没有乐在其中吗?"

我望着第二个仙灵,她是个女性,头还没有露出来。身穿黑衣的仆从将摆着一把干净短刀的软垫递了过来,按住她的卫兵们扯掉了她头上的麻袋。

她相貌平平,头发和我一样,也是金棕色的。在她那圆圆的脸颊上已经有泪珠滚落,青铜色的眼睛看着我那双染血的手伸向了第二把短刀。滴血未沾的木质刀刃仿佛在嘲笑着我手指的鲜红。

我真想跪在地上恳求她的原谅,真想让她知道她的死不会是白费的。我虽然想这么做,可却又觉得我整个人空荡荡的,几乎感觉不到我那双手,也感觉不到我那早已变成碎片的心。

"创世之釜,救救我吧。"她开始小声念叨起来,声音悦耳而又平静,像音乐似的。"母亲,请您抱我入怀。"她诵念的祷言在我听来有些熟悉,塔姆林当时在门厅里对那将死的低等仙灵也说过这样的话。那是被阿玛兰萨夺走的另一个生命。"引我向您而去。"我无力举起短刀,无力朝前迈出一步。"让我穿过那扇门,让我闻见永恒之地上牛奶与蜜糖的芳香。"

眼泪静默无声地从我的脸颊和颈间滑落,打湿了我外衣那脏兮兮的衣领。听着她的祈祷,我知道我将永远都无法踏上那片永恒之地了,我将永远都无法被她口中的那位"母亲"接纳,永远都得不到她的拥抱。为了救塔姆林,我注定要毁灭自己。

我做不到,我实在无法再举起短刀。

"请您让我无惧邪恶。"她凝视着我,凝视着我那正在自我劈斩的灵魂。"请您让我不必遭受任何痛苦。"

我啜泣着对她说:"对不起。"

"让我走入永恒吧。"她轻轻地说。

我听懂了,她是在让我动手杀了她。手起刀落,别让她疼,立刻结束她的生命。她那双青铜色的眼睛里充满坦然，略带悲伤。和刚刚死在她身边那个苦苦哀求的仙灵比起来，这样的目光令我更加难以承受。

我做不到。

但她却注视着我，把头一点。

在我举起桦木短刀的一刹那，我心里有东西碎得无比彻底，再也没有希望将它修补成原样。不管过去多少年，也不管我今后将尝试把她的脸画下来多少次。

更多仙灵哭了起来，想必那是她的亲友们吧。短刀在我手中沉重极了，我的手此刻还沾着第一个仙灵的鲜血。

毅然拒绝，然后慷慨赴死，远比在这里屠杀无辜的生命要可敬得多。可是，可是……

"让我走入永恒吧。"她重复着，扬起了下巴。"无惧邪恶，"她小声地只对我一个人说道，"也不必遭受任何痛苦。"

我抓紧了她那纤弱的肩膀，把刀刃插进了她的心脏。

她大口喘气，鲜血像一阵暴雨降洒在地上。当我再次朝她看去时，发现她已经闭上了眼睛，倒在地上不动了。

我更加无可挽回地失去了自己。

仙灵们骚动起来——更多人在低语哭泣。我扔下了短刀，桦木砸在大理石上的声响回荡着整个大厅。挡在我和自由之间的就只剩下最后一个障碍了，阿玛兰萨为什么还在笑？我看向睿山，他的注意力却完全集中在阿玛兰萨身上。

就剩下一个仙灵，然后我们就自由了。我只需要再把手臂一挥。

或许在那之后还要再挥一次——手起刀落，扎进我自己的胸腔。

那算是解脱吧。亲手了结自己，索性死去，总比活着面对自己所做的一切要好得多。

仙灵仆人把最后一把短刀递给了我,我刚想去拿,就看见卫兵把跪在地上的第三个仙灵头上的麻袋摘掉了。

我双手软绵绵地垂了下来。那双布满琥珀色斑纹的绿眼睛在盯着我看。

整个世界都塌了下来,一层又一层地砸落,将一切砸得粉碎。看着我的正是塔姆林。

我猛然转过头去,看向阿玛兰萨身旁的那张座椅,我的至高之主仍然坐在上面,这时阿玛兰萨哈哈一笑,打了个响指。她身旁的塔姆林立即变成了阿特尔,冲我露出了邪恶的笑容。

我被耍了,再次被我自己的感官欺骗了。我朝塔姆林转过身,我的灵魂慢慢地离我越来越远。在他的眼里只有愧疚和悲伤,我跟跄着向后退去,险些被自己绊倒。

"有什么问题吗?"阿玛兰萨偏着头问。

"这……这不公平。"

睿山的脸色变得惨白。

"公平?"阿玛兰萨若有所思地玩着项链上尤里安的那枚骨头。"我还真不知道你们人类也有这种讲究。你杀了塔姆林,他就能得到自由。"她的微笑是我见过最丑陋的东西。"然后他整个人全都归你了嘛。"

我无话可说。

"除非,"阿玛兰萨接着说,"你甘愿放弃你的生命。不然你抗争到现在又是为了什么?自己是活下来了,可却要失去他?"她的话好像毒药。"想象一下,你们俩原本可以长相厮守那么多年,现在你突然要一个人孤孤单单地过了。真是可悲啊!不过就在几个月前,你还恨透了我们仙灵一族,想要除之而后快。你肯定过不了多久就能振作起来的。"她拍了拍手上的指环。"尤里安的那位人类情人就是这样。"

塔姆林虽然跪在地上，可眼睛却变得分外明亮而傲慢。

"那么，"阿玛兰萨接着说道，我却没有看她，"你的选择是什么呢，菲娅？"

杀死他，救下他的王庭和我自己；还是杀死我自己，让他们全都继续做阿玛兰萨的奴隶，让她和西博恩的国王攻击人类的领地。这件事情毫无讨价还价的可能，我也没办法再靠出卖什么来另谋出路。

我看着软垫上的梣木短刀。艾莉丝在几个星期前说的一点都没错——只要是来到这里的人类，都不会再活着出去，我也不例外。要是我够聪明，我真该在被他们抓住之前先行了断自己，至少那样能死得痛快，用不着忍受后面那些必然的折磨，遭受和尤里安类似的下场。艾莉丝是对的，可是——

艾莉丝还说过……一些帮助我的话。诅咒的最后一部分，他们不能告诉我的那部分，或许能帮上我的忙……艾莉丝唯一能做的就是叮嘱我认真聆听，聆听我所听到的，仿佛我已经听到了我需要的一切。

我慢慢朝塔姆林转过脸去。记忆如潮水般涌来，澎湃着言语和色彩。塔姆林是暖春王庭的至高之主——这一点能如何帮到我？那场伟大仪式——不。

他一直在对我撒谎。关于我被带到他庭园的原因，关于发生在他领地上的任何事。那诅咒，他不能对我说出真相，但他也没有假装一切正常。不，他虽然骗了我，却也在尽最大的努力对我解释着，制造出各种显而易见的线索来让我意识到情况很不对劲。

闯入花园的阿特尔，我们双方都看不见对方，然而塔姆林还是把我藏了起来——他让我待着别动，然后把阿特尔带到了我面前，让我听到他们说话的内容。

他在和卢西恩谈起诅咒时,也没有关上餐厅的门,尽管我当时并没有意识到他是故意为之。他在公开场合直言不讳,他是盼着我偷听才好。

因为他想让我知道,想让我听见,因为这个秘密……我回想着记忆中的每段对话,像翻找石块似的翻找着每字每句。在那诅咒里还有我不知道的东西,他们不能直接对我说,可是塔姆林却需要我知道……

女王绝不会去做对她不利的交易。

她永远不可能杀死她最想要得到的人——她对塔姆林的渴望绝不比我少。但要是我杀死了他……阿玛兰萨要么清楚我下不了手,要么就是在玩一场非常非常危险的游戏。

一幕幕交谈的场景在我记忆中闪过,直到我听见了卢西恩的话,一切都凝固了。这时候我才明白。

当我想起我某一天听见的谈话时,我无法呼吸,也无法继续回忆下去。当天,餐厅的门不设防地敞开着,卢西恩和塔姆林就坐在里面,像是专门在等我偷听。

"对于有着一颗石头心的人来说,你的心近来真是柔软了不少。"

我看着塔姆林,当我的目光移到他的胸口上时,又一段记忆在我脑海中闪过。阿特尔在花园里哈哈大笑。

"尽管你有一颗石头心,塔姆林,"阿特尔说,"在你的心里分明还住着恐惧。"

阿玛兰萨永远都不担心我会杀死他,因为她知道我做不到。

因为塔姆林的心无法被利刃刺穿,因为塔姆林的心已经被变成了石头。

我打量着他的脸,寻找着能够验证这个猜想的微妙表情,却只在他的眼神里看到了无所畏惧。

也许我猜错了，也许那只是仙灵之间习惯的比喻，但回想我和塔姆林相拥的那些日子，我从来没有感觉到他的心跳。从前，我总是等到事情发生后才后知后觉，但这次不会了。

她正是用这种手段控制了他和他的魔法，控制了所有至高之主，就像她把尤里安的灵魂囚禁在了那只眼睛和那块骨头上一样。

艾莉丝提醒过我，不要相信任何人。可我相信塔姆林，而且我更加相信我自己。我相信我没有听错，我相信塔姆林远比阿玛兰萨有智慧，我相信我所牺牲的一切都不会是徒劳的。

大厅里死一般的寂静，我的所有注意力都凝聚在了塔姆林身上。这个发现肯定让我的神色起了变化，因为塔姆林的呼吸略微加速，下巴也抬得更高了。

我朝他迈了一步，紧跟着又是一步。我猜的是对的，我猜的必须是对的。

我深吸一口气，从软垫上抓起短刀。我也有可能猜错，这错误将会让我追悔莫及，生无可恋。

然而当我手握梣木短刀站在他面前时，塔姆林的嘴角却露出了笑意。

世上真的存在所谓命运——因为当他们私下交谈时，是命运让我听见了他们的对话；是命运悄声告诉了塔姆林，他带回家的那个冷酷执拗的女孩，恰恰会是能够帮助他破除诅咒的人；命运之所以让我活下来，就是让我走到今天，看看我有没有认真聆听。

此时此刻跪在我面前的，正是我的至高之主，我的爱人。

"我爱你。"说罢，我举刀朝他刺去。

第四十四章

随着利刃扎进了他的血肉和胸骨,塔姆林发出一声惨叫。当他的鲜血溅到我手上时,我不由自主地以为他的身体必定会被这把梣木短刀刺穿。

这时我听见一声闷响——短刀被什么坚硬的东西挡住了,震得我手掌好疼。塔姆林往前一倒,脸色苍白,我赶忙从他胸口把刀拔出。鲜血顺着光滑的木质刀刃不断滴落,我把刀举了起来。

刀尖朝内弯折了。

塔姆林捂着胸口大口喘着气,伤口已经开始愈合。站在高台底下的睿山简直笑得合不拢嘴,阿玛兰萨慢慢站了起来。

仙灵们彼此交头接耳。我松开手,木刀当啷一声落在鲜红的大理石上。

快动手杀死她,我真想这样对塔姆林大喊,但却没有用,他只是用手捂着还在滴血的伤口。太慢了——他愈合得太慢了,面具也没有掉落。快动手杀死她啊。

"她赢了!"人群里有人说道。"放了他们!"又有人跟着说。

然而阿玛兰萨的脸色却越来越白,五官都扭曲了起来,仿佛真的变成了一条蛇。"我会在我觉得合适时放了他们，菲娅无权决定我在什么时候放人。我要做的只是放人而已，至于时间嘛，也许是等你死了之后。"她憎恨地笑着。"我说过只要你能解开谜题，就能'马上'放了他们，所以你以为'马上'二字也适用于这些挑战吗？没脑子的人类。"

她说着走下高台，我向后退去。阿玛兰萨的手指弯曲成了利爪——尤里安的眼睛在指环里变得疯狂，瞳孔放大又缩小。"你，"她嘶嘶地对我说，"就是你。"她口中的利齿变得更加锋利。"我要杀了你。"

人群里有人惊呼，但我却没动，连躲都没有躲，接着被一道比闪电更有力量的东西击中了身体，跌倒在地上。

"我要让你为你的傲慢付出代价。"阿玛兰萨咆哮道，我顿时感觉到前所未有的疼痛，随之发出一声尖叫。

我的身体被提了起来，重重砸在坚硬的大理石地砖上，浑身的骨头都要碎了，又一波难熬的疼痛感朝我压了过来。

"只要你承认你并非真的爱他，我就饶了你。"阿玛兰萨说。透过模糊的视线，我看见她正在徐徐向我走来。"只要你承认自己是一个懦弱、虚伪、言行不一的人类杂碎。"

我不会！就算她把我立时分尸，我也不会说出这些话。

可我确实要被分尸了，我挣扎着，连疼都喊不出来。

"菲娅！"有人大声喊道。不，不是别人，是睿山。

阿玛兰萨越走越近。"你认为你配得上他吗？你配得上堂堂至高之主？有什么东西是你配得上的，人类？"我后背好疼，一根根肋骨也在哀号。

睿山再次喊出了我的名字，仿佛他很在意我的生死。我眼前一黑，紧跟着意识又被阿玛兰萨拽了回来，她要确保我能感受到这一切的痛苦，确保每根骨头断裂时都能听见我的惨叫。

"你不就是一摊烂泥臭肉？"阿玛兰萨怒吼，"跟我们仙灵相比，你是个什么东西，凭什么觉得配得上我们？"

仙灵们开始怒斥她的不公正，要求立即破除塔姆林的诅咒，骂她不守承诺。我视线迷蒙地看见睿山在塔姆林旁边蹲了下去，不是想扶他起来，而是去抓——

"你们全都是猪，诡计多端，肮脏恶心的蠢猪。"

她一脚一脚地踩在我断裂的肋骨上，我只有哀声啼哭的份儿。"你这颗凡人的心对我们来说什么都不是。"

这时睿山突然起身，握住了那把染血的短刀。他如一道迅影，朝阿玛兰萨扑了过去，用手中的梣木短刀对准了她的喉咙。

阿玛兰萨把手一抬，甚至连看都懒得看，用白光将他弹开了。

然而疼痛感却暂歇了一秒，这一秒足够我看清他摔在地上，紧跟着又站起身朝她扑去。他的指尖已经伸出了利爪。睿山撞在阿玛兰萨筑起的那道看不见的墙上，吸引了她的注意力，我的疼痛感也变得时有时无。

"你这个龌龊的叛徒。"她对睿山咬牙切齿地说，"跟这些人类畜生一样坏。"仿佛有一只手在往里推似的，睿山的爪子一根一根地被推进了皮肉里，指尖殷红一片。他低声愤愤地说："这些全都是你早就计划好的。"

她用魔法使睿山匍匐在地，随后又重击他，他的头狠狠敲在砖石上，短刀也从手里掉了出来。没有人上前帮忙，阿玛兰萨用力量再次将他击倒。他落地之处，大理石上溅满鲜血，如蛛网似的朝我蔓延。她毫无停手之意，睿山止不住地呻吟。

"住手。"我伸出一只手去拽她的脚，鲜血从嘴里涌出。"求你住手。"

睿山挣扎着想要站起身，血从鼻子里流出，滴在大理石上。他看着我。

我们两人联结在了一起。我在他和我的身体里穿梭，透过他的眼睛看见了我自己，血流不止、浑身是伤、痛哭流涕。

当我感觉到阿玛兰萨把注意力转移到了我身上时，立即转回了自己的意念。"住手？住手？别装作你好像在意似的，人类。"她说着弯曲手指。我的脊背也随之弯曲，快要断裂了。在我意识丧失的一瞬间，睿山唤出了我的名字。

这时记忆再次浮现——都是我一生中最糟糕的时刻，像一本写满绝望与黑暗的故事书。最后一页到来了，我啜泣着，并不能完全感觉到身体的痛苦，看着那只小兔子在林间空地上流着鲜血，被我手中的短刀割断了喉咙。那是我第一次杀死猎物，也是我第一次夺取生命。

我饥饿难忍，绝望无助。但是在那之后，当我的家人们享用完兔肉，我又悄悄回到了树林里，一个人哭了好久。我明白我踩过了界，我的灵魂不再纯净。

"说你并不爱他！"阿玛兰萨尖叫着，我手上的血变成了那只兔子的血，变成了我所痛失的一切。

我是不会说的。因为对塔姆林的爱是我仅剩下的东西，也是我唯一不会牺牲的。

在我红黑交织的视野里出现了一条路，我看见了塔姆林的眼睛。他瞪大了双眼，朝阿玛兰萨爬去。他只能眼睁睁地看着我死，在伤口缓慢愈合之前救不了我，他的力量仍然被阿玛兰萨握在手里。

阿玛兰萨压根儿就没打算让我活下来，也没打算要放他走。

"阿玛兰萨，住手吧。"塔姆林趴在她脚下，捂着胸口哀求道。"住手吧。对不起。我为我在多年以前说的关于克莱尔的那些话，请求你的原谅。"

阿玛兰萨没有理他，可我的视线却移不开。塔姆林的眼睛是那样的绿，像他庭园门前的那片青草地。一片荫凉冲淡了其他的记忆，将那誓要将我粉身碎骨的邪恶推到一旁。又一阵剧痛简直要让我的膝盖骨断成两半，我失声惨叫，但在我眼前却出现了那片被施了魔法的树林，我看见我们二人躺在绿草地上，看见了我们共同迎来日出的那个早晨，在那一刻——仅仅是在那一刻——我感觉到了真正的幸福。

"说你并不是真的爱他。"阿玛兰萨朝地上啐了一口，我的身体扭曲着，正在一点一点地被碎裂。"承认你那颗人类的心水性杨花。"

"阿玛兰萨，求你了。"塔姆林哀求着，鲜血溅在地上。"你要我做什么都随你。"

"我跟你的事晚点再说。"她对塔姆林怒吼。我再次被她击倒，疼得如同烈火焚身。

我永远都不会说出这句话。哪怕要被她杀死，这句话也绝不会从我口中说出来。如果我注定要死在这里，那就来吧。如果我的软弱之躯再也坚持不住，那么我会用整颗心来迎接死亡。如果这——

> 我出击时从不留情，
> 只待猎物慢慢消亡……

这正是对这三个月的形容——缓慢而恐怖的死亡。我对塔姆林的感情，正是这一切的因由。无论是苦乐还是悲喜，都改变不了我爱他的事实。

> 若遭轻觑，也会如猛兽般难缠。

阿玛兰萨可以想怎么折磨我就怎么折磨我，但她永远都磨灭不了我对塔姆林的爱。她也永远无法得到塔姆林的心，永远无法平复被他拒绝的痛苦。

在我视野的边缘，世界变成了漆黑一片，我反倒不觉得那么疼了。

　　却也祝福所有果敢的勇士。

长久以来，我都在逃避我对他的感情。但是我对他，还有对我的两位姐姐敞开心扉，这对勇气的考验不亚于我完成的任何一项挑战。

"说啊，你这卑贱的畜生。"阿玛兰萨厉声说道。她在我们这场交易中是玩了文字游戏，但她在对我说出那道谜题时却言辞精确——不管她愿不愿意，我们都能马上获得自由。

血从我的嘴里溢出，漫过我的嘴唇。我最后一次望向塔姆林戴着面具的脸。

"爱。"我颤抖着说出这个字，世界塌陷了，跌入了没有尽头的黑暗。阿玛兰萨的法术暂停了。"谜题的答案……"我被自己的血呛得快要说不出话，"是……是爱。"

我看见塔姆林的眼睛睁得老大，随后便感觉到我的脊梁碎了。

第四十五章

我身处很远的地方,但仍然能看得见。只不过这双眼睛不是我的,而是属于另一个人。对方踩着满布裂缝和鲜血的地面,缓缓地站了起来。

阿玛兰萨的脸色稍显缓和。我看见我的身体趴在地上,头以极为奇怪的角度扭向一旁。人群中有红发一闪。是卢西恩。

卢西恩那只健全的眼睛里有泪光闪烁,他抬起手,摘下了狐狸面具。

那张脸上虽然有道长长的疤痕,却依然英俊。他的五官硬朗而优雅。但这时,我现在的这双眼睛却看向了塔姆林,看着他慢慢朝我的尸体转过脸去。

塔姆林还戴着面具,他抬眼看着女王,嘶声怒吼,现出了狼的凶残,口中利齿毕现。

阿玛兰萨朝后退去,从我的尸体旁边走去。她只小声说出了一句"不要",一道金光便炸开了。

女王被震击到了大厅另一侧的墙壁上,塔姆林发出一声震天撼地的咆哮,朝她飞扑过去。我从没见过他能这么快速地变成野兽,紧实的肌肉上顷刻间长出了皮毛和利爪。

阿玛兰萨刚一撞上墙壁，立即被他抓住脖子，死命按在墙上，墙面都在嘎吱作响。

阿玛兰萨奋力想要挣脱，却根本无力对抗塔姆林的兽性。塔姆林被她疯狂抓挠过的手臂鲜血汩汩而流。

阿特尔和卫兵们想要冲上前去保护女王，哪知这时从人群中冲出了几个高等魔仙和低等仙灵，他们纷纷将面具掷在地上，挡在那些卫兵面前。阿玛兰萨失声尖叫，一边手脚并用，一边用黑暗魔法冲击着他，但塔姆林的毛皮却被一层金盾笼罩，仿佛长出了第二层皮肤，根本不会被她碰到。

"塔姆林！"混乱中响起了卢西恩的声音。

一把剑横空而落，犹如一颗钢铁流星。

塔姆林振臂接住，举剑刺穿了阿玛兰萨的头，剑刃扎进了底下的石壁中，阿玛兰萨立即没了声音。

随后，塔姆林又挥起利爪，扯断了她的喉咙。

大厅里无声无息。

我又低头看了看自己那破碎的尸体，这才意识到我是在用着谁的眼睛。然而睿山并没有朝我的尸体靠近，空中有强光闪过，随后响起脚步声。那只野兽已经离开了。

塔姆林扑通一声跪在地上，阿玛兰萨的血从他的脸和衣服上消失了。

他拾起我那残损不全的尸体，紧紧抱在胸口。他没有摘掉面具，我却看见泪水滴落在了我那件脏兮兮的外衣上，听见他一边晃动着我，抚摸着我的头发，一边哭着呼唤我的名字。

"不……"剑从说话人的手中掉落，是卢西恩。看着塔姆林把我抱在怀中，许多高等魔仙和低等仙灵都湿了眼眶。

我真想冲到塔姆林身旁，真想去触碰他，为自己的所作所为，为地上的另外几具尸体求得他的宽恕。可是我离他太远了……

有人走到了卢西恩身旁——那是一个棕色头发的仙灵，高挑而英俊，相貌与卢西恩相仿。卢西恩没有回头看他的父亲，不过当暮秋王庭的至高之主走向塔姆林，并向他伸出拳头时，卢西恩还是身体一紧。

暮秋王庭的至高之主缓缓将手张开，塔姆林这时才抬起头来。一团亮光落在了我的身上，在接触到我胸口的瞬间消失不见。

又走来了两位仙灵，同样的年轻帅气。我立即用现在的这双眼睛认出了他们。左边棕皮肤的那位身穿蓝绿色的外衣，淡金色的头发上戴着玫瑰花环——他是炎夏王庭的至高之主。他身边那个苍白色皮肤，身穿着白灰二色的衣服，头戴亮灿灿的寒冰之冠的仙灵，则是凛冬王庭的至高之主。

两位至高之主昂首挺胸，也把闪着亮光的精华放在了我身上，塔姆林感激地低头致谢。

又有一位至高之主走过来了，他也在我的尸体上放了一团亮光。他是这几位至高之主中间最耀眼的一位，从他那金黄伴红宝石色的衣装来看，我认出他是黎明王庭的至高之主。紧随其后的是日光王庭的至高之主，身穿白金色的长衣，深色的皮肤显得精光内蕴，也呈上了相同的光华，他朝塔姆林难过地一笑，转身离去了。

睿山走了过来，捧着我的灵魂碎片，我发现塔姆林在盯着我看——盯着我们看。"为了她所有的付出，"睿山说着伸出一只手来，"我们将遵照古时的少数几次先例，赐予同等馈赠。"他顿了顿。"这样我们就扯平了。"他补充道。我感觉到了他的幽默，看他摊开手，让光芒之种落在了我身上。

塔姆林温柔地整理着我那凌乱的头发，他的手仿若旭日般闪着金光，在他的手掌中央，一颗奇怪的闪亮的种子开始发芽。

"我爱你。"他轻声说着亲吻了我，把手放在了我心脏的位置。

第四十六章

一切都是漆黑、温暖而黏稠的。好像墨汁,又镶了金边。我在水里游着,扑腾着想要浮上水面。塔姆林正在水面上等着我,生命正在等着我。向上,再向上,疯狂地想要呼吸。金光渐渐变得越发耀眼,黑暗变成了泛起泡沫的美酒,使我更容易从中游过,在泡沫中穿行——

我大口喘气,空气灌进了我的嗓子眼。

我躺在冰冷的地板上。没有疼痛,没有鲜血,也没有断裂的骨头。我眨了眨眼。一盏枝形吊灯悬挂在我头上。我从来没有留意过那水晶是多么的精致,还有回荡在人群中间的轻声惊呼。边上围着一群人——意味着我仍然躺在王座大厅里,意味着我……我真的没有死……我杀死了那些……我杀死了……大厅飞速旋转起来。

我呻吟着用手撑着地面,准备站起身来,可是,当我看到自己的皮肤时,却吓得愣住了。我的皮肤闪烁着奇怪的光芒,按在大理石地面上的手指也似乎变长了。我赶忙跳了起来,浑身充满力量,动作迅速而矫捷。还有——

我变成了高等魔仙。

我觉察到塔姆林站在我身后,闻到了他身上那春天芳草地的气息,比我先前注意到的更显清香。我无法转过身去看他——我不能,我动不了。我变成了高等魔仙,永生不朽。他们到底做了什么?

我能听见塔姆林屏着呼吸——听见他呼出气来。我能听见大厅里每个人的喘气声、低语声、哭泣声和悄悄地庆祝之声,他们仍然在注视着我们,注视着我,有些在吟唱着向至高之主卓越力量致敬的赞歌。

"我们只能通过这个办法来救你了。"塔姆林柔声说道。这时我朝墙壁看了一眼,下意识地用手捂住了喉咙,彻底忘记了周围那群如堕梦境的仙灵。

阿玛兰萨的尸体就在克莱尔那具腐烂的尸体底下,一把剑插在她大张的嘴里,穿过额头而出。她的嗓子眼被人挖空了,鲜血染红了她长裙的前襟。

阿玛兰萨死了。他们自由了。我自由了。塔姆林也——

阿玛兰萨死了。而且我杀死了那两个高等魔仙,我还——

我慢慢晃着头。"你是不是——"我的声音在我自己的耳朵里显得格外大声,于是连忙扶住那面黑色的仿佛要将我吞噬的墙壁。阿玛兰萨死了。

"瞧瞧你自己吧。"他对我说。我转过身,视线没有离开地面。我在那红色的大理石上看见了一张金色面具,那双空洞的眼睛正在盯着我看。

"菲娅。"塔姆林用手托住我的下巴,轻轻扬起我的脸。我先是看见了那熟悉的下颌,然后是那张嘴,再然后——

他和我在梦中见到的一模一样。

他对我微笑着,整张脸上洋溢着令我沉醉的喜悦,轻轻把我的头发拨到耳后。我享受着他的手指从我皮肤上滑过,于是抬起手也去抚摸他的脸，抚摸他那高高的颧骨和那可爱又挺直的鼻梁——那平坦而宽大的额头，还有那双碧色眼睛上面微微弯曲的剑眉。

我何其有幸，竟能守到此刻，站在这里……我从脑海中逐出了这个念头，不妨过一分钟、一小时或是一天再去考虑，再去强迫自己面对吧。

我将一只手放在塔姆林的胸口，感受着那坚定的心跳声。

✣

我坐在床边，虽然我以为拥有不朽之身意味着忍耐疼痛的能力会变得更强，伤口愈合的速度也会更快，但还是在塔姆林检查我身上那寥寥几处伤口时疼得龇牙咧嘴。在阿玛兰萨死后，同时也是我杀死那两位仙灵之后的几小时里，我们几乎没有时间单独相处。

然而现在，在这安静的房间之内，我再也无法逃避那每分每秒都回响在我脑袋里的真相。

是我杀死了他们。是我夺去了他们的生命。我甚至没看见有人移走他们的尸体……

我醒来之后，王座大厅里混乱不堪。阿特尔和那些讨厌的仙灵立即跑得无影无踪，一起逃走的还有卢西恩的那几个兄弟。他们这样做算是明智，因为想找他们算账的不止卢西恩一个人。除此之外，睿山也不知去向。有些仙灵选择了离开，另一些则开始欢庆自由，还有的愣在原地或是缓缓踱步——他们目光飘乎，面白如纸，仿佛他们也不确定这是不是真的。

一个接一个地，暖春王庭的高等魔仙和低等仙灵们全都跪了下来，悲喜交加地拥抱亲吻着塔姆林，向他，也向我表达着谢意。我只能点头回应，因为面对他们的感激，我无言相报，他们应该谢的是那两个死在我手上的仙灵才对。

随后，在气氛热烈的王座大厅里举行了会议——塔姆林先是与诸位至高之主简要而紧张地制定了接下的战略，接着又和卢西恩以及暖春王庭的几位高等魔仙哨卫逐一商谈。但是每字每句、每声呼吸都太过响亮，每丝气味都太过浓烈，光线也太过明亮。要想在这样的氛围下保持静止不动，要比适应这个奇怪而强壮的新身体困难得多，就连伸手摸摸头发，我的手指都会感到些微异样。

当我新获得的所有强大感官都变得有些不耐烦时，塔姆林终于注意到了我无神的双眼，注意到了我的沉默，于是挽起了我的胳膊，带我穿过迷宫般的隧道和殿堂，走进了一个位于王庭遥远角落里的安静的卧房。

"菲娅。"塔姆林说着抬起头，不再检查我那条赤裸的腿。我早已习惯了隔着面具和他交谈，每当看见他那张帅气的脸庞，都会觉得很不适应。

这——这正是我用那两位仙灵的生命换来的。他们没有白死，可是……我醒来时，发现身上的血渍都不见了——仿佛变成不朽者，仿佛活下来的这个事实，竟能让我获得洗刷掉血污的权力似的。

"怎么了？"我问。我的声音安静而空洞。我应该试着为他，也为了刚刚发生的一切显得更加喜悦一点，然而……

他对我微微一笑。如果他是人类的话，这面容应该是将近三十岁的年纪。可他不是，现在我也不是了。

真不知道我该不该感到高兴。

这是我眼下最不值得顾虑的顾虑。我应该恳求他的原谅，恳求那两位仙灵的家人和朋友的原谅。我应该跪在他们面前，为我的耻辱痛哭流涕——

"菲娅。"他再次呼唤道，把我那条腿放下，站在我的双膝中间，用手轻抚我的脸颊。"我该怎么报答你所做的一切呢？"

"无须报答。"我说。就这样吧，就让那间黑暗的牢房渐渐淡去，就让阿玛兰萨的脸从我的记忆中彻底消失。即使那两位死去的仙灵——即使他们的脸将会永远伴随着我。要是我今后还能再次提笔作画,他们的脸将会无时无刻不浮现在我眼前,遮蔽所有的色彩与光影。

塔姆林用手捧住我的脸,靠得更近,随后又放下手,抓住了我的左臂,我被画上了文身的那条胳膊。他仔细地盯着那图案看,眉毛拧了起来。"菲娅——"

"我不想谈这件事。"我小声说道。我和睿山的那场交易跟我灵魂的污点和缺掉的那一块比起来,也是微不足道的。但我相信我很快就会再次跟睿山见面了。

塔姆林的手指从我文身上抚过。"我们会有解决办法的。"他说着把手顺着胳膊移到了我的肩头。他张开嘴,我知道他想说什么,他一定会试图跟我提起那个话题。

我做不到。至少现在还不行。于是我说出了"稍后吧",用脚勾住了他的腿,更加拉近了我们的距离。我把双手放在他的胸口,感受着他心脏的跳动。我现在很需要如此。这虽然不能抵消掉我所做的一切,可是……我需要他靠近我,需要闻到他的气息,需要提醒自己他是真实的,这一切都是真实的。

"稍后吧。"他重复着我的话,俯下身子吻了我。

这是一个柔软而带着试探的吻,完全不像我们在王座大厅里吻得那般狂野而热烈。他再次把嘴唇贴了过来。我不需要道歉,也不需要同情和宠溺。我抓住他外衣的前襟,将他拉过来,张开了嘴。

他发出一声低沉的咆哮,那声音如同野火烧过我的身体,在我心里燃起熊熊的火苗。我任由那野火烧过我灵魂和心中的空洞,任由它烧光那想要压垮我的黑暗,任由它吞噬仿佛仍然沾在我手上的鲜血。随着他的手在我身上四处游走,解开我的衣衫,我对那野火屈服了，对他屈服了。

我往后一缩，停下来注视着他的脸。他那双眼睛明亮而充满热望，但他的手却不再探寻，稳稳地停在了我的胯部。他像静静等待的掠食者，看着我抚摸他的脸部轮廓，听凭我吻遍了我指尖摸到的每一处。

我只能听见他那颤抖的呼吸声，他的手很快就开始抚摸我的后背和侧腰，爱抚着、撩拨着，褪去我的衣服。当我的手指移到他的唇边时，他轻轻咬住，含在口中。这下咬得并不疼，但力度却足够让我再次迎向他的目光，意识到他不愿再等待，同我一样。

他把我放躺在床上，贴在我颈边、耳畔、指尖，喃喃地喊出我的名字。我催促着他——再快些，用力些。他的嘴唇探索着我胸部的曲线，亲吻着我的大腿内侧。

每个吻代表的都是我们分离的每一天，每个吻代表的都是一处伤口、一分恐惧，每个吻代表的都是那被烙印在我皮肉上的刺青，每个吻代表的都是我们在今后将会长相厮守的日日夜夜。或许我不再配得上那些岁月，可我还是全身心地投入了那团烈焰，投入了他的怀抱，任其燃烧。

✢

我被某个念头唤醒，内心仿佛被线牵引一般。

我让塔姆林继续在床上酣睡，他的身体疲倦极了。几个小时后，我们就要离开山之底，回到我们的家，我不想过早地喊醒他。我祈祷着，但愿自己还能睡得如此香甜。

没等我打开通往走廊的大门，我就知道是谁在召唤我了。我一路走得摇摇晃晃、磕磕绊绊，还在继续适应着这个新的身体，调整着节奏和平衡。我慢慢小心地沿着狭窄的楼梯往上走，直到我看见一抹阳光照进天井里，而我则站在山边向外突起的小露台上。

我伸手挡住了那明晃晃的阳光，很是惊奇。我以为此刻是半夜呢——在被困在黑暗山之底的这些时日里，我彻底失去了对时间的判断。

睿山轻轻笑着，从石头扶栏旁边现出了身影。"我忘了，对你来说已经有段日子了。"

我的眼睛被阳光照得刺痛，于是站在原地保持着沉默，等到我能克制住头痛，抬眼看清眼前的景象。跃入眼帘的是一片冰雪覆盖的紫色山岭，但这座山却是棕色的，而且光秃秃的连一片草一块寒冰都没有。

我终于把目光移到了睿山身上。他那对膜状翅膀被收在身后，手脚却是正常人的样子，看不见利爪。"你想怎么样？"想到他一次又一次地跟阿玛兰萨战斗，一次又一次地救我，我的口吻并没有那么严厉。

"只是想跟你道个别。"一阵温暖的微风吹乱了他的头发，吹去了笼罩在他肩头的黑暗。"赶在你的情郎把你永远地带走之前。"

"不是永远。"我晃动着被画上文身的手指对他说，"你不是每个月还有一个星期的时间吗？"幸好我在说出这些话时很是冷淡。

睿山微微一笑，翅膀动了动又停下了。"这我怎么会忘呢？"

我看着他那在几个小时前还在流血的鼻子，还有那双曾经充满痛苦的紫色眼睛。"为什么？"我问。

他明白我的意思，耸了耸肩。"因为当人们书写传奇时，我不想被描写成一个在旁边坐观成败的人。我希望后人能知道我没有退却，而是顽强地与她并肩战斗，即使我的努力并没有多大用处。"

我眨眨眼，这次不是因为强烈的阳光。

"因为，"他看着我，接着说，"我不想让你一个人作战，或是一个人赴死。"

在那一瞬间，我记起了死在塔姆林庭园里的那个仙灵，当时我对塔姆林也说过同样的话。"谢谢你。"我的嗓子一紧。

睿山浅浅地笑了，笑意并没有映在他的眼底。"等我把你带到寂夜王庭时，你恐怕就不会这么说了。"

我没有回答，转身欣赏起雪景来。这片山岭绵延不绝，在开阔而澄澈的天空下光影交错，一望无垠。

我心中却没有泛起一丝波澜，也没有记录那些光影与色彩。

"你是打算飞回家去吗？"我问。

他轻轻笑出了声。"可惜飞行的时间太长了，改日我再品尝翱翔天空的乐趣吧。"

我朝他那强大身体背后的翅膀看了一眼，声音嘶哑地对他说："你从来没有说过你爱那对翅膀，或是爱飞翔。"是的，一直以来，他似乎都觉得自己的变形能力非常无聊而没用。

他耸耸肩。"我总是会失去我所爱的一切，所以我几乎没对什么人表达过我对这双翅膀或是飞翔的感觉。"

在那张月白色的脸上已经渐渐现出了颜色——不知在他被阿玛兰萨囚禁在地下之前，会不会也有着黝黑的皮肤。一位热爱翱翔天际的至高之主，却在山之底被困了这么多年。在那双紫罗兰色的眸子里，我还能看到他那遭人扭曲的阴影。或许那阴影将永远伴随着他吧……

"成为高等魔仙感觉如何？"他平静而充满好奇地问。

我再次看向远处的山岭，想着该如何回答这个问题。也许是因为没人能听见我们的对话，也许是因为他眼里的阴影也将永远与我同在吧，我想了想对他说："我是一个从凡人变化而来的不朽者。这个身体……"我低头看着自己的手，这双手是如此干净而闪亮，仿佛在嘲笑着我的过往。"这个身体很不同，可是——"我把手按在胸口上，我的心脏，"这颗心还是人类的心，也许永远都不会改变，如果我能……"我有些哽咽，"如果我的这颗心也变了，那么带着它生活下去或许会容易得多。可能我不该介意这么多，可能我应该说服自己，让自己相信他们死得其所，可能时间会渐渐洗清我的愧疚，但我也说不清我是否向往永恒不死。"

睿山盯着我看了很久，看得我无法再避开他的目光。"庆幸你有一颗人类的心吧，菲娅。那些什么都感觉不到的人，才是值得同情的。"

我解释不清也不愿意解释在我灵魂深处已经形成的那个空洞，便只是点了点头。

"那就暂且告别了。"他歪歪头，仿佛我们刚刚谈论的都是些无关紧要的小事。他弯腰鞠了一躬，那对翅膀彻底消失了，开始消失在附近的暗影里，这时他突然愣住了。

他瞪大眼睛看着我，鼻孔一张一翕。不知他在我的脸上看见了什么，只见他震惊得连五官都快要错位，踉跄着后退了一步。

"你这是——"我刚想问个明白……

——他就消失了。不再与暗影融为一体，而是真正地消失在了空气中。

✣

塔姆林和我沿着我来时的路，就是山中的那个狭窄的洞穴离开了。在动身之前，几大王庭的高等魔仙合力摧毁了阿玛兰萨的山之底，并将它封印。我们是最后才走的，塔姆林把臂一挥，王庭的入口便在我们身后化成了一堆碎石瓦砾。

我始终不敢去问他们把那两位仙灵的尸体怎么样了。也许有一天，也许在不久之后，我会鼓起勇气问问他们的身份和名字。我听说他们一把火烧掉了阿玛兰萨的尸体——但尤里安的手指骨和眼睛却去向不明。虽然我恨她,虽然我希望能对着她那被烈火焚烧的尸体再啐上几口,我还是能够理解是什么驱使着她做出了那样的事。尽管我对她知之甚少,但还是能体知一二。

塔姆林牵着我的手,带我走出了黑暗。当阳光出现在眼前,给那潮湿的洞穴墙壁撒上一层光辉时,我们谁都没有说话。随着阳光愈发耀眼,把洞穴照得愈发温暖,我们也加快了脚步,两人很快便踏上了覆盖那片绵延山岭的青青草地。这片领地属于他,也属于我们。

轻风夹杂着野花的香气扑面而来,虽然我心上多了个洞,灵魂也不再纯净,当我们爬上一座陡峭的小山时,我还是不由自主地笑了起来。我这双仙灵的腿要比我人类的腿强壮许多,爬到山顶时,我也不再像从前那样上气不接下气。然而当我看到那片开满玫瑰的庭园时,我的呼吸还是停顿了。

家。

当我被关在阿玛兰萨的地牢里胡思乱想时,我从来都不敢想象这样的时刻,也从来不允许自己陷入那般狂想。可是我做到了。我把我们俩带回了家。

我紧紧握着塔姆林的手,凝视着下方的庭园,还有马厩和花园。突然,从庭园深处传出了稚气的笑声,那笑声真挚而自由。片刻之后,两个身材瘦小却闪着光彩的身影尖叫着跑出了花园,奔向田野,在他们身后有个更高的身影在咯咯地笑着追打。原来是艾莉丝和她的外甥们,终于能够无忧无虑地奔跑在阳光之下。

塔姆林伸出手臂,揽我入怀,把脸颊抵在我的头顶上。我的嘴唇颤抖着,紧紧地抱住了他的腰。

我们静静地站在山顶上,一直站到落日给房子、山岭和整个世界都镶上了一道金边,一直站到卢西恩喊我们回家吃晚饭。

我走出了塔姆林的怀抱,轻轻地吻了他。明天,在即将到来的明天,还有永恒的岁月里,我将面对我所犯下的过错,我将面对我在山之底里失去的所有,然而现在,今天……

　　"我们回家吧。"我说着拉起了他的手。

鸣 谢

坦率地说,我不知该从哪里着手表达我的谢意,因为这本书的诞生,凝聚了多年来太多人的心血。我谨在此将我永恒的感激与爱献给以下所有人:

致苏珊·丹纳德,我最亲密的助手——如果我是李奥纳多,你就是拉斐尔;如果我是格斯,你就是肖恩;如果我是布雷克,你就是亚当;如果我是斯科特,你就是斯泰尔斯;如果我是莱戈拉斯,你就是阿拉贡;如果我是伊索尔特,你就是萨菲;如果我是施密特,你就是颜科;如果我是森内斯,你就是基拉;如果我是艾尔莎,你就是安娜;如果我是水手木星,你就是水手月亮;如果我是莫斯,你就是罗伊;如果我是马丁,你就是西恩;如果我是艾伦·格兰特,你就是伊恩·马尔科姆;如果你是布伦南,我就是戴尔;如果你是埃斯科雷托,我就是纳乔;倘若少了你,少了那些只有我们才能心领神会的玩笑,我真不知道自己该怎样做。我们有着"史诗般"的友谊——我相当确信这是命中注定的(甚至早于恐龙诞生一千年,这就是预言的力量)。同时还有:伊姆霍特普、《小手专用的小杯子》、《噢真的吗??》、克里索斯、亨利·卡维尔、山姆·修汉、《经典佩琪》和出自《疯狂神父》的一切。永远的萨鲁珊。

致阿历克斯·布拉肯，你是我入行之后结交的第一批朋友之一，多年来始终是我的至交好友。有时候，我感觉我们仍像刚走出校园那样，刚刚开始打理图书业务，对今后的人生充满期待——能跟你一起分享这疯狂的旅程，我真是感激不尽。多谢你总是细细品读所有的书（不止这一本，还有许多其他的），提供了那么多切中肯綮的反馈，并总是在身后支持着我。我无法向你表达这对我来说有多重要的意义。谢谢你这么多年以来，都对这个故事充满信心。

致比利亚娜·利奇克，多谢你在我一章一章的写作过程中在旁伴读，帮助我完成了那些谜题和韵诗，使我相信这个故事也许不必被尘封在抽屉里，陪我度过余生。你如今的成就，真是令我太骄傲了，好朋友。

致我的代理人——塔玛尔·瑞德辛斯基，是你大胆起用了一位年仅二十二岁的文坛新人，用一通电话彻底改变了我的人生。你真是太了不起了，感谢你所做的一切。

致卡特·昂德尔——很荣幸能够邀请你出任我的编辑，跟你共事真是愉快极了。致劳拉·伯尼尔——非常非常感谢你帮忙把这本书变成了我的光荣。要是没有你那才气横溢的反馈，我是肯定做不到这么好的。

致布鲁姆斯伯里出版公司的全球营销团队：能为这部作品找到如此优秀的出版商，我的兴奋之情难以言表。你们是业内顶尖的精英，多谢你们的辛苦付出，是你们的热情帮我把梦想变成了现实。我无法想象任何人能比你们做得更好。谢谢，谢谢，非常感谢。

致丹·克罗克斯、艾琳·鲍曼、曼迪·哈伯德以及珍妮佛·阿门特劳特，感谢你们提供的所有帮助，你们同样是不可或缺的。

致布里吉德·凯默勒、安德里亚·马斯以及凯特·张，感谢你们阅读了这本书不同版本的初稿，提供了宝贵的反馈意见和热情支持，在此一并谢过。

致"小说之声"的埃伦娜、"亚历克莎爱读书"的亚历克莎、林内娅艺术的林内娅，还有所有"玻璃王座"系列的支持者们：感谢你们的支持和帮助，能够结识你们，是我莫大的荣幸。

致我的父亲母亲：我在一段时间之后才意识到，有你们做我的头号粉丝，做我的爸爸妈妈，真是幸福极了。致我其他的家人：感谢你们无条件的支持和爱。

致安妮——宠物犬历史上最伟大的狗儿——我会永远爱你。

最后，我要感谢我的丈夫乔希——这本书是献给你的。自从我在大学新生宣讲会上见到你的那天起，我的心就完完全全地属于你了。早在我们彼此关注之前，我们的人生就神秘地产生了交集，这更是让我相信一切原本就是命运的安排。谢谢你向我证明了真爱的存在，能够与你共度一生，我真是这个世界上最幸运的女人。

Copyright © 2015 by Sarah J. Maas
This translation of A COURT OF THORNS AND ROSES is
published by Beijing Hongyue Scientific and Technical Co., Ltd. by
arrangement with Bloomsbury Publishing Inc.
All rights reserved.

图书在版编目（CIP）数据

荆棘与玫瑰／（美）萨拉·J.玛阿斯著；刘媛译. ——北京：新星出版社，2019.4（仙灵王庭纪）
ISBN 978-7-5133-3198-2

Ⅰ．①荆… Ⅱ．①萨… ②刘… Ⅲ．①长篇小说－美国－现代 Ⅳ．① I712.45

中国版本图书馆 CIP 数据核字（2018）第 185630 号

荆棘与玫瑰（全二册）

[美] 萨拉·J.玛阿斯 著　刘媛 译

责任编辑：汪　欣
责任印制：李珊珊

出版发行：新星出版社
出　版　人：马汝军
社　　　址：北京市西城区车公庄大街丙3号楼　　100044
网　　　址：www.newstarpress.com
电　　　话：010-88310888
传　　　真：010-65270499
法律顾问：北京市岳成律师事务所

读者服务：010-88310811　　service@newstarpress.com
邮购地址：北京市西城区车公庄大街丙3号楼　　100044

印　　刷：北京美图印务有限公司
开　　本：910mm×1230mm　　1/32
印　　张：14.25
字　　数：337千字
版　　次：2019年4月第一版　2019年4月第一次印刷
书　　号：ISBN 978-7-5133-3198-2
定　　价：79.00元（全二册）

次元书馆

出版统筹：贾　骥
　　　　　　宋　凯
出版监制：张泰亚
特约编辑：楚　何
美术编辑：张　慧

版权专有，侵权必究；如有质量问题，请与印刷厂联系调换。